U0466720

刘先平大自然文学文集典藏
云海探奇

刘先平◎著

刘先平
大自然文学
文集典藏

摄于1996年

刘先平，1938年11月生于安徽省肥东县长临河西边湖村。父母早逝。12岁离家到三河镇当学徒，后在大哥刘先紫的帮助下脱离学徒生活。求学道路坎坷，依靠人民助学金完成学业。1957年毕业于合肥一中。1961年毕业于浙江大学中文系。在合肥师专、合肥六中等校任教师。1972年之后，在安徽省文联任文学刊物编辑、主编。

1957年开始发表作品，先是诗歌、散文，后涉足美学。1963年，因一篇评论再次受到批判，停笔。20世纪70年代中期，跟随野生动物科学考察队野外考察数年。1978年，响应大自然召唤，重新拾起笔来，致力于大自然文学创作与思考……

他被誉为我国"当代大自然文学之父"。

他曾经两次横穿中国，从南北两线走进帕米尔高原。

他曾经三次穿越塔克拉玛干大沙漠，四次探险怒江大峡谷。

他曾经六上青藏高原，多年跋涉在横断山脉。

他曾经两赴西沙群岛，在大自然中凿空探险40多年。

他的代表作有四部描写在野生动物世界探险的长篇小说和几十部大自然探险奇遇故事。

他的作品共荣获国家奖九项（次）。其中有三届中宣部精神文明建设"五个一工程"奖、三届全国优秀儿童文学奖……

2010年，安徽省人民政府建立并授牌"刘先平大自然文学工作室"。

他2010年获国际安徒生奖提名。

他2011年、2012年连续两年被列为林格伦文学奖候选人。

他2018年获首届中国自然好书奖。

他2019年获第三届比安基国际文学奖。

他历任安徽省人民政府参事、安徽省政协常委和人口与资源环境委员会副主任、安徽省作家协会常务副主席、中国野生动物保护协会理事。现为中国作家协会名誉委员。1992年，国务院授予其"突出贡献专家"称号。享受国务院政府津贴。

刘先平大自然文学文集典藏

云海探奇

刘先平 ◎ 著

时代出版传媒股份有限公司
安徽文艺出版社

图书在版编目（CIP）数据

云海探奇/刘先平著. --合肥：安徽文艺出版社,2021.6
（刘先平大自然文学文集典藏）
ISBN 978-7-5396-7155-0

Ⅰ．①云… Ⅱ．①刘… Ⅲ．①长篇小说－中国－当代 Ⅳ．①I247.5

中国版本图书馆CIP数据核字(2021)第023728号

出 版 人：段晓静
策　　划：朱寒冬　姚巍　统　筹：宋晓津　张妍妍
责任编辑：宋晓津　花景珏　装帧设计：张诚鑫

....

出版发行：时代出版传媒股份有限公司　www.press-mart.com
　　　　　安徽文艺出版社　www.awpub.com
地　　址：合肥市翡翠路1118号　邮政编码：230071
营 销 部：(0551)63533889
印　　制：三河市华东印刷有限公司　(010)61594404

....

开本：700×1000　1/16　印张：24.75　字数：490千字
版次：2021年6月第1版
印次：2022年1月第1次印刷
定价：1200.00(精装，全15册)

....

（如发现印装质量问题，影响阅读，请与出版社联系调换）

版权所有，侵权必究

卷首语

我在大自然中跋涉四十多年,写了几十部作品,其实只是在做一件事:呼唤生态道德——在面临生态危机的世界,展现大自然和生命的壮美。因为只有生态道德才是维系人与自然血脉相连的纽带。我坚信,只有人们以生态道德修身济国,人与自然和谐之花才会遍地开放。

——刘先平

序

呼唤生态道德

生态道德的缺失，造成了我们生存环境的危机。

感谢大自然！ 在山野跋涉的三十多年中，大自然给予了我最生动、深刻的生态道德教育，因而无论是我的描写在大熊猫、相思鸟世界探险的长篇小说，还是在野生动植物世界探险的奇遇，都是努力宣扬生态道德的伟大，呼唤生态道德在人们心间生根、发芽。

环境危机重压着世界已是不争的事实，人们都在纷纷追究其原因，并寻找济世的良方。环境危机实际上是生态危机。

建设生态文明，中国为世界树立了榜样，具有划时代的意义。生态文明的建设，必然呼唤生态法律的完善、生态道德的树立，从根本上消解环境危机，保护、营造良好的生态。

法律和道德是一切文明的两大支柱，也是人类文明的标志。几千年来，我们已有了处理人与人之间、人与社会之间关系的行为规范、法律法规、道德准则，却根本没有处理人与自然关系的行为规范。按《辞海》(1979年版)中"道德"的释文："道德是一定社会调节人们之间以及个人和社会之间的关系的行为规范的总和。"这足以证明：人与自然之间的关系根本未被纳入"道德"的范畴，缺失了生态道德；或者说，生态道德在这之前，根本没有进入我们的观念。这是认识的失误。

"生态"一词的出现,至今不过二百来年的历史,而生态与人、与生存环境的紧密关联,在时间上则是更近的事情。这也从另一个侧面反映了人类在认识自然、认识人与自然、认识人与环境方面的重大失误,更加说明了树立生态道德的紧迫和重要!如果不能在全社会牢固地树立生态道德的观念,就无法建设生态文明和人与自然和谐的社会。

正是生态道德的缺失,成了产生环境危机的重要原因。长期以来,我们在处理人与自然关系方面,根本没有建立系统的行为规范、树立道德,法律也严重滞后;因而对大自然进行了无情的掠夺,无视其他生命的权利,任意倾倒垃圾,没有预后评估、监测地滥用科技,造成了环境污染、资源枯竭、生态失去平衡,以致受到大自然的严厉惩罚,直到危及人类本身的生存,才迫使人类重新审视与自然的关系,规范人与自然关系的法律和生态道德才得以突显。强调生态道德,在于强调、突出它比之于其他道德的鲜明特点——人与自然的关系。我们急需建立对于自然应具有的行为规范,以调节人与自然之间的关系,消解环境危机,建设人与自然的和谐。这是时代向我们提出的重大命题。

比较而言,树立生态道德比制定、完善生态法律,有着更为艰巨的一面。法律是"由立法机关或国家机关制定,国家政权保证执行的行为规则的总和",而道德是公民应具有的修养、品质,带有自觉或自我的约束。当然,对法律的遵守,也是修养和道德的表现。法律可以明令从哪一天开始执行或终止,但同样的方法并不适用于道德。比如某一行为并不违背法律,但违背了道德。这大约也就是媒体纷纷设立"道德法庭"的原因。生态道德在全社会的树立,是个艰难而长期的任务,需要启蒙和培养的过程,对一个人说来甚至是终生的,需要全体公民的参与和努力。

三十多年来在大自然的考察,七十多年的人生经历,使我逐渐深刻地认识到树立生态道德的重要、紧迫。三十多年前我所描写的青山绿水,现在已有不少面目全非。大片原始森林被砍伐了,很多小溪小河都已退化或干涸,有些物种消亡了……

记得1981年第一次到西部去,云南的滇池,四川的岷江、大渡河、若尔盖湿地……美丽而壮阔的景象,使我心潮澎湃。滇池早已污染、水臭。2007年10月,再去川西,所经岷江、大渡河流域,到处在建水电站,层层拦江垒坝。在一个山村水电站工地,村民忧心忡忡地诉说:大坝建成后,村前的小河将干涸,到哪去找吃的水啊?!这种只顾眼前的利益,无序、愚蠢的"改造自然",对整个生态系统的破坏已有显示。我国最大的高寒泥炭沼泽湿地若尔盖,泥炭层最深达9米,它在雨季吸水,干季溢水,1千克干泥炭可吸蓄8—12千克的水。它是黄河上游的蓄水库,蓄水量相当于三个葛洲坝。枯水季节,黄河水的30%(一说40%)是由这里补给的。但在20世纪曾挖沟沥水采掘泥炭。现在湿地已大面积退化为草原、沙化、鼠害严重。最发人深省的是,在这里拍摄红军战士过草地时,竟然无法找到深陷的沼泽,只好人工制造。黄河屡屡断流,当然不足为怪了!

水是生命的源泉。水的污染给整个生物链带来的是灾难性的影响,使人类的健康、生命处于极不安全的状态。中国五大淡水湖是长江中下游湖泊群的代表,是中国人口最为密集地区的生命线,号称"鱼米之乡"。但只经历了短短的二十多年,其中的太湖、巢湖,已是一湖臭水,根本无法饮用。其他的也都面临着湖面缩小、污染等生态恶化。在经济发达的长三角、珠三角,水污染更是触目惊心。

大自然养育了人类,可我们缺失了感恩,缺失了对其他生命的尊重,妄自尊大,胡作非为。当人类对自然缺失了道德时,自然也会还之以十倍的惩罚!

我曾立志要为祖国秀丽的山河谱写壮美的诗篇,但只是短短的二三十年,我所描写的山川河流不少都已是"历史""老照片"。

我曾冒着种种的危险和艰难,在野生动植物世界探险,无论是描写滇金丝猴、梅花鹿、黑叶猴还是红树林、大树杜鹃,都是为了歌颂生命的美丽,但是总也避免不了生命的悲壮——它们在人类的猎杀、砍伐、压迫下苦苦挣扎。即如每年要进行一次宏伟生育大迁徙的藏羚羊，或是给人类带来福祉的麝，或是山野中呼唤爱的黑麂……都无可避免地遭受着厄运。它们生存的空间，正被人类蚕食、掠夺。

这使我无限忧伤、愤怒，更加努力地呼唤生态道德的树立，也更寄希望于孩子。

正是大自然的生存状态，激起了我决心在一些作品之后写下后记，为过去，为未来，立此存照。

三十多年来，大自然以真挚、纯朴、无比的热情，接纳了我这个跋涉者，倾诉、抚慰……结下了深厚的友谊。

热爱生命，尊重生命，热爱自然，保护自然，保护环境，应是生态道德最基本的范畴。

我们来自自然，与自然有着血肉相联的关系。人类初期对自然是顶礼膜拜的。很多的部落，将动物的形象作为图腾。我们的祖先，对人和自然关系的认识，曾有过很多智慧的表述，如"天人合一"、盘古开天地的创世纪之说等等，至今仍是经典。

从世界教育史考察，对自然的认识，一直是教育的最基本、最经典的内容，讲述天体气象、山川河流、森林、环境和资源等等。以人类生存的环境、人类在自然中的位置作为人生的启蒙，在孩子们幼小的心灵中培植对生命的热爱、对自然的感恩。但这种优良的传统，随着人类社会、经济，尤其是科学技术的发展，逐渐淡化或消失。城市钢筋水泥的建筑，活生生地切断了孩子们与自然的联系。现在城里的孩子不知稻、麦为何物已不是怪事，甚至连看到蚂蚁也发出了惊呼。缺失生态道德的社会、科学技术的发展，不仅使自然失去了自然，更为可怕的是使孩子们失去了自然。

我希望用大自然探险奇遇，还给孩子一个真实的大自然世界，激活人类曾有的记忆,接通与大自然相连的血脉,接受生态道德的洗礼、启蒙,同时,启迪智慧的成长。大自然是人类的母亲,请千万不要忘记,大自然也是知识之源,正是在人类不断探索自然的奥秘中,科学技术才发展到辉煌灿烂。即使到今天,生命起源仍是最艰难的课题。

  道德是一个人的品质、修养、不朽的精神。道德力量的伟大,犹如日月星辰。我一直坚信,只有人们以生态道德修身济国,人与自然和谐之花才会遍地开放。

2008年4月2日

目 录

卷首语 / 001
序 呼唤生态道德 / 002

第一章 山谷里升起一朵白云 / 001
奇怪的高山小河 / 001
山鸡和锦鳞鱼 / 003
茫茫云海 / 006

第二章 云海猴鸣 / 010
带匕首和毒药的人 / 010
竿竹溪边 / 016
云海来客 / 019
美妙的音乐 / 022

第三章 密林角斗 / 027
闯进大森林 / 027
野猪追来了 / 029
新月形包围圈 / 032
更危险的情况 / 037

第四章 山溪静静地流 / 042
崇高的工作 / 042

是猩猩吗 / 046

　　能直立的长毛怪物 / 050

　　大自然在召唤 / 052

　　追踪 / 055

第五章　银燕在蓝天飞翔 / 059

　　三个奇装异服的人 / 059

　　考察云海漂游者 / 062

第六章　门前一树紫茶花 / 066

　　它碰到我枪口上了 / 066

　　江上鱼梁 / 072

　　欲飞的凤凰 / 075

　　被逐的猴王 / 079

第七章　千山万壑 / 084

　　密林里的野兽 / 084

　　枪没有响 / 088

　　猴尖 / 094

　　石壁下的坐虎 / 098

第八章　两只猴 / 104

　　岭上岭下 / 104

　　侯队长摆猴经 / 109

　　猿猴世界 / 114

　　象形石 / 118

　　炸弹响了 / 122

第九章　爱美的四不像 / 126

　　云端飞马 / 126

事故 / 130

风波 / 133

四不像的故事 / 137

第十章　云海漂游者 / 140

红嘴蓝飞机 / 140

飞行青蛇 / 145

见到了流浪汉 / 146

可怕的蘑菇云 / 149

路标被移动了 / 152

就是它 / 154

捕兽坑 / 157

第十一章　翡翠池边 / 161

捅马蜂窝的孩子 / 161

解剖 / 164

小翠鸟钓鱼 / 168

高山鱼族 / 171

九花山的野兽街 / 175

猴子酿酒 / 179

第十二章　初探猴子街 / 185

远眺平天河 / 185

老猎人放了空枪 / 189

两只小斑狗 / 194

猴子街漫步 / 197

捕鹰 / 201

篝火映流水 / 204

第十三章　鹰飞猴叫 / 209

山蚂蝗无孔不入 / 209

黑河失踪 / 212

鹰群发动了攻击 / 215

小猴和它的妈妈 / 218

守护 / 222

第十四章　温泉奇事 / 225

猴子会说话吗 / 225

揭开了秘密 / 229

宏伟的计划 / 234

和牛蜂作战 / 235

第十五章　月下白猸 / 240

狠汉子 / 240

彩霞映照 / 242

古怪的大肚子 / 247

庄严的仪式 / 252

猿形猴影 / 255

第十六章　雪线下 / 260

盼望 / 260

金色的课堂 / 262

优秀的答卷 / 267

侦察任务 / 270

白雪和白鹇赛跑 / 274

李白的爱好 / 279

山道上的两个黑影 / 281

第十七章　怪音 / 285

　　徘徊的猴群 / 285

　　森林中的饕餮者 / 287

　　披荷叶的豹子 / 291

　　截获信号 / 295

　　猴群呼应了 / 297

　　不祥之音 / 300

第十八章　赶猴 / 304

　　寻找,再寻找 / 304

　　无数的小窝凼 / 309

　　猴子的行军序列 / 313

　　特殊爱好 / 317

　　快乐的猴群 / 320

第十九章　玉树琪花下的精灵 / 324

　　谜中谜 / 324

　　猴战以后 / 327

　　并非最后的答案 / 331

　　放猴啰啰啰 / 334

　　跌一跤的报偿 / 339

　　泥雨 / 343

第二十章　擒猴记 / 347

　　猴相种种 / 347

　　奇特的睡眠方式 / 352

　　紧急警报 / 355

　　擒贼先擒王 / 359

一次"政变" / 365
　　多了一只"猴" / 368
尾声 / 374

后记 / 377
附录　刘先平四十多年大自然考察、探险主要经历 / 378

第一章　山谷里升起一朵白云

奇怪的高山小河

微风荡开了迷迷蒙蒙的雾，像是拉开了白纱般的帷幕。随着那徐徐地斜着飘去的轻烟，黎明的景物在广阔的天地间显露出来。

巍峨的紫云山山脉，层层叠叠。天宇中的晨曦把峭崖怪石勾勒得刚劲有力，把奇峰幽谷映得秀丽多姿。

阔叶林挺着高大的身躯，像是刚刚从大海中出浴归来，翠绿的叶片上闪着点点水珠。婆娑的竹林迎风曼舞。老樟树在竹林旁突兀而起，粗壮的躯干，顶起了一幢参差层叠的绿叶迷宫。

老樟树下，站着一个叫黑河的孩子，眼看着晓雾悄无声息地来了，把他裹在湿润的云雾里。这云雾拉不开扯不碎。一切景物显得迷迷茫茫，似真似假，就连黑水潭的哗哗流水声也变得遥远了。这梦幻一般的情景，使蹲在小黑河身旁的小狗白雪，不安地跑来跑去。小黑河感到像被云雾托着飘荡起来，身体似乎也轻了。

一会儿，那迷人的雾像来的时候一样，又悄无声息地飘走了。小黑河的目光跟随着那向峡谷里飘去的云雾，要不是手上拿着钓鱼竿，他真想也纵身跟着飞去……

小黑河今天的运气真不好。鱼浮子只是被流水冲得摇头摆尾，就是不往下沉。钓了很长时间,鱼篓里还是只有两条小柳叶窜子。

他那两颗黑葡萄般的眼珠子滴溜溜地转着,紧紧盯着浮子,一会儿用脚尖踢着沙石,一会儿用脚跟搓着地。不一会儿,岸上被他蹬出了两个深深的脚窝儿。可是鱼浮子还只是摇头晃脑。

好不容易等到浮子下沉了,小黑河赶忙拉起渔线,却被漂来的枯树枝挂住;钓钩还没放下去,水面上又漂来了一些枯草。心烦意乱的小黑河这才注意到:今天黑水潭的水不一样,发浑了,不像往日那样墨绿。

关于这条高山小河,小黑河可清楚哩。他去探过险。

云门峰尖密密层层的松针滴下了一滴滴水珠。

青青的草棵天天在抖落点点雨露。

石缝缝里,渗出了一丝丝山泉。

还有从雾里、云里淌出来的一股股涓涓细流,它们叮叮咚咚地唱着,从盛开着鲜花的山坡上淌下来,汇合成一条蜿蜒的小溪。

到了杜鹃崖,小溪转身一跃,向峡谷冲去,垂挂下一道雪练似的瀑布,然后才温顺地向前走去。小溪到了这里就叫竿竹溪。因为它的河滩上,长满了秀气的竿竹。

竿竹溪那长长的流水,越往前流,越发汹涌澎湃。

它翻卷着雪一样的浪花,一直涌进一个宽阔的大水潭。石潭岸不高,全是白色的岩石,就连潭底的沙子也白玉一般。大石潭里的水翠绿翠绿的,绿得比竹尖还要生嫩,比云雾洗过的四月茶棵还要翠,连溅起的水花都是绿的。在阳光下,它闪着宝石般的光彩,真像一个白玉盘里盛着一块大翡翠!为此,它得了一个美丽的名字:翡翠池。

小黑河感到奇怪:本来是白花花的水,怎么一到了这大池子里就被染绿了,连周围密密的杉树林子也没有那样翠嫩的颜色?

小溪的水从翡翠池流出来就变成了小河,水又变得清亮清亮的。不知过了几重大崖、高岭,才到了老樟树旁,冲进了大石潭。石潭两岸又高又陡,石壁黑森森的。晶莹闪光的竿竹溪流到这儿,就变成黑黝黝的颜色了。于是,小河得了个新的名字:黑水潭。

雄峻的紫云山山脉,就这样改变着竿竹溪的面貌。竿竹溪只顾一个劲向大江大海奔去! 这条经历不平凡的高山小河,常常被裹在云雾里。它经过的地方,都有许许多多的秘密。

小黑河看到浑浊的水流,想起来了,昨天下半夜下了一场雷暴雨。山水挟着泥沙冲下来,把鱼儿的眼睛都糊住了。他一想到这里,心猛地往下一沉。要是今天钓不到那种很漂亮、很稀奇的小鱼,那可真糟! 这关系到小黑河的名誉呀!

山鸡和锦鳞鱼

小黑河的爸爸、妈妈,都在东北边疆黑河地区工作。小黑河刚生下来,头毛乌黑,眼珠乌黑,皮肤也是黑黝黝的。护士要填出生证,问他爸爸给孩子起个什么名字,爸爸想:孩子是在黑河生的,像个黑孩子,自己年老的父母又还住在紫云山的黑水潭边,就说:"叫'黑河'吧!"

两口子长年在野外工作,带个孩子实在不方便。大孩子是在老家生的,已经留给爷爷奶奶了,干脆,把小黑河也送到爷爷奶奶身边来了。

爷爷的老家在淮北,年轻时逃荒、要饭,流落到了紫云山。新中国成立前,在紫云山温泉口轿行当轿夫,又当过修路凿字的石匠。新中国成立后,当了护林员。

护林员的房子在深山里,四周都是大山和无边的森林。学校在十多里外的居民点。小黑河长到入学年龄,就天天跟着哥哥带上一只小狗,跑路上学。他们早出晚归,中午就在学校吃饭。

小黑河的一张小嘴,就像长了身乌黑羽毛的"咋葛郎"黑卷尾鸟儿一样,成天叫个不停。奶奶常逗他说：

"小黑河，少说点吧，你看：你小时候嘴唇是厚厚的，现在都叫你给磨薄了。要是再不改改这毛病，还没等你长胡子，这嘴唇就该磨没了，以后只好在牙齿上长胡子啰。"

小黑河就反问奶奶：

"俺们陶老师教了几十年书，讲了几十年课，为什么嘴唇还是厚厚的？俺住黑河时，有个来演出的文工团阿姨，歌唱得好听极了。唱了一个，大家还要她再来一个。天一亮，她就起来吊嗓子，可嘴唇还是那样，还越练唱得越好听哩！奶奶你别吓唬俺。俺也在练，越练越会讲。"

奶奶又好气又好笑，说：

"狡嘴！"

小黑河的嘴仍然从早到晚闲不住，也不让手脚有个歇时。有一次，在姑奶奶家做客。姑爷爷正做木工活。小黑河一会儿举斧子砍木头大刀，一会儿拿平凿削手枪。这可把姑爷爷吓慌了，生怕快斧利凿伤了他的手。夺了这样，他拿那样。到晚上姑爷爷对姑奶奶说：

"这小黑河，就像是一条蜈蚣，一动，三十六个关节都会动！"

小黑河说：

"姑爷爷，你看过瘫子得赛跑第一名吗？"

姑爷爷还没反应过来，小黑河笑了：

"运动员整天活动，才能得冠军呀！"

姑奶奶一听，笑着一把搂住了小黑河：

"这个刁孩子！"

就为小黑河好动，老师特意让他和性格文静的鹃鹃坐在一起。鹃鹃个子不高，两条小辫子倒不短。她学习好，上课总是静心听老师讲课。言语不多，可讲起话来，连小黑河也很难找到碴子。有一天，上语文课练习造句子。词语是:漂亮。

小黑河想了半天,也没找到好句子。正想哩,鹃鹃举手站起来,读她造好的句子了:

"山上有一只很爱漂亮的山鸡,它常常到水边照自己美丽的羽毛。"

这下触发了小黑河的灵感,他也不举手,站起来就说:

"黑水潭里有一种很漂亮的小鱼,它常常闪着美丽的鳞片。"

老师在评讲的时候,表扬了鹃鹃,却没提小黑河。下课铃一响,小黑河就找碴子了:

"吹牛!她根本没见过那种漂亮的山鸡!"

有的同学说,这是造句子,可小黑河就是不服。鹃鹃起先只是笑,不吭声,眼见小黑河咋呼个没完,鹃鹃忍不住了:

"我当然见过。"

小黑河说:

"就没有。吹牛!要不,你带来给俺看看。"

鹃鹃说:

"前两天,我爸爸还打到了一只呢。你才是吹牛哩!啊哟哟,还闪着什么美丽的鳞片哩,还常常哩!"

小黑河急了:

"俺家旁边那黑水潭里就有。你没见过?可那本专讲紫云山的书都介绍过呢,叫锦鳞鱼。"

"紫云山漂亮的鱼多着哩!可不会长在你家那黑水潭。"鹃鹃特意把"黑水潭"三个字说得重重的。

最后,经过同学们调解,两人达成了协议:到下星期一,鹃鹃把漂亮的山鸡羽毛带来;小黑河把锦鳞鱼带来。看谁吹牛。

小黑河今天来钓锦鳞鱼之前,昨晚在床上做了一个梦。梦见他和那闪着紫色鳞片的漂亮小鱼打交道:那浮子点了点头,往下一沉,他用劲一甩钩,嘿!一条锦鳞鱼就被拉出了水面。后面还有那么多的鱼,正在排着队来咬钩哩。小黑河乐得要笑出声来……突然黎明鸟叫起来了,惊醒了黑河。小狗一见小主人扛起钓鱼竿,连忙欢蹦乱跳地衔起鱼篓,朝前跑了。小黑河到了黑水潭,投下了喂子,天边才露白。

可是现在……明天怎么向同学们说清呢?他似乎看到了鹃鹃嘲弄人时嘴角微微翘起的神气。平时,别说钓,就是到黑水潭下游,站在岸上也能看到锦鳞鱼在水里亮着闪光耀眼的鳞片哪。

等了一会儿,水还是又急又浑,他索性把钓鱼竿架到小树枝上,眼盯着浮子,想心事……

天空传来一声声:

"弟弟——吃!弟弟——吃!"

今天,小黑河听这种鸟的叫声,老觉得它叫的是:

"钓钓——嗤!钓钓——嗤!"

小黑河抬头一看:是一只他也叫不出名字的鸟儿,在不紧不慢地扇着翅膀飞,像故意发出那种嘲弄他的声音。小黑河便顺手捡起了一块石头朝鸟儿砸去。可那鸟儿飞得挺高,石子离它远远的,就无力地落了下来。黑河看见小鸟落到东边岭头一棵大栎树上,正想去撵,一幅奇异的景象把他吸引住了。

茫茫云海

黑水潭下,一座座山峰的峰脚围成了一个大山谷。这里叫作白云坑。

从白云坑的溪涧,山岩中飘起了一缕缕白雾。开始是淡淡的。一会儿,像是从山岭绿海里喷涌出了沸腾的泉花,轻风把它们聚成了一朵朵白云——

啊,山谷里升起了白云!

小黑河清清楚楚看到白云从脚下的山谷里升起来,就像是童话里描写的一张白色的飞毯,似乎只要他跑几步,使劲一跳,就可以落到那雪白的飞毯上面,乘着它飞上蓝天。

白云飘呀荡呀,溢满了整个山谷。刹那间,在小黑河眼前,出现了一个卷着巨澜、溅着泡沫的高峡平湖。

白云缭绕着座座峰峦,苍苍郁郁的森林,迷迷蒙蒙、雄姿勃勃的山峦,变得轻盈了。

朝霞从天宇深处射出了万道彩线,碧树青山,涌现出漫天紫气。这是山中藏着的紫水晶的辉映,还是四处冒着的温泉喷出的不尽云雾?

不一会儿,这个山谷,那个峰上,也升起了一朵朵白云,把紫云山的七十二峰都淹没了……

站在黑水潭边老樟树下的小黑河看呆了,从心灵发出了呼喊——

白云啊,白云!

你要飞到哪里去?

带上我吧,让我看看云层上可有云层?

带上我吧,看我能不能找到明亮的星星?

这时候,在紫云宾馆等待看云海日出的游客中,有位中等偏下身材的黑瘦子。这人刚劲强健,行动利索,戴着一副近视眼镜的脸上时时露出深思的神态。当云门峰下出现一片薄雾的时候,他就预告:有可能看到云海日出。他的预告使昨天刚到的游客满怀希望,纷纷奔向凌空绝壁的初阳台。

在初阳台,居高临下观赏白云,又是另一番景象:

只见热气铺天,蒸腾而上,犹如怒潮翻卷的大海,汹涌磅礴。云海形成后,又如远山列阵,逶迤万里,忽而又像浮动着羊群的无际草原,辽阔异常,把人们的心胸开拓得那样旷远、单纯……

渐渐地,东面的云海微微地亮起来了。

云海和蓝天相接处横出了一条明亮的线带。

一眨眼,万千条金线在海的尽头闪耀。

彩霞从一角射向天空,云海泛起了一层紫波,直指云霄的天市峰——号称天上的都市——朝霞最早染红了它的峰巅。那参差浮沉、如同岛屿般的迎明顶、莲蕊峰、朱砂峰……也在云海里各显奇姿。

当人们正在惊叹不止的时候,彩霞铺就的轨道上,已经冒出了通红通红的一点,那红点愈来愈大了。

刹那间,海面跳动着火苗,云层像是被点燃的油海猛烈而狂暴地燃烧起来。

那红点似乎猛地一跳,蹬开了云海,跃上了苍穹碧野。

啊,太阳出来了!

那抓不着的"时间",突然成了一个具体的形象,它在向人们宣告:新的一天开始了!

当人们看过了云海日出,却看不见那个预告云海日出的自称老王的瘦子了。

他到哪里去了?

有人想起他刚来时背着一个打了几个补丁、洗得发白的爬山包,里面鼓鼓囊囊,也不知道装了些什么。有一两个好奇的游客,查阅了旅客登记簿,那上面写着:王陵阳,四十八岁,省城大学教师。可是,从他那黑皮肤和一双粗糙的手来看,谁能相信他是大学教师呢?

王陵阳已经背着爬山包穿行在云雾里了。他从初阳台出发,向升起第一朵白云的方向走去。不管有路没路,他的方向一直不变。

进入了云海,他像个潜水员似的往海的深处去探测秘密。起初,他还能见到被朝阳辉映的绯红云层,偶尔也能看到飘浮的彩虹。风吹着水雾,从身边匆匆经过。愈走,他愈感到迷蒙,还得不断擦去眼镜片上的水汽。

但他的心里却像九月的晴天,万里蔚蓝。自从觉得必须尽快弄清那个神秘客人的真相,他来到了紫云山。六十年代初期,他曾来过这里,那是为了完成另外的任务。不久,他的研究小组,把主要精力投入了另一项更为复杂而艰巨的工作,活动范围转移到大别山区去了。

这几年,他们的队伍被打散了。有的人已无法进行工作,还有的人感到前途渺茫,灰心丧气。但他却坚信,情况会好转的,工作应该设法开展起来。

前不久,有个素不相识的人经过了种种周折找到了他,向他提供了紫云山的新情况。他根据当时情况判断,形势可能要很快转好。如果那样,这风景秀丽的避暑胜地紫云山,一定会大有作为。李四光曾在这里发现过第四纪冰川遗迹,使他的对手不得不瞠目结舌。紫云山可能要算是长江中下游最高的山峰了,地理情况复杂,如果摸清楚了,对于将来的科学研究,会有很大帮助。

为了迷惑监视他的人,他突然半公开半秘密地离开了那个令人窒息的地方。公开的,是说他要到江南探亲;秘密的,是他没有暴露真正的目的地是紫云山。

到了紫云山后,他装得像个游客。当然,他不是为了欣赏奇松、怪石、云海、温泉这紫云山的四大胜景。他收集着种种有用的材料,主要是来侦察"云海漂游者",或是如另一些人说的"密林里的流浪汉"。

几年来,他已不止一次听说这样的流浪汉曾经突然闯进了居民点,又突然消失得无影无踪。王陵阳认为在紫云山区可能有"云海漂游者"。只要能见到面,就能判断出他的真面目。他根据这两天的观察、询问,寻找着路径,向白云谷护林员的房子走去。

出了云海,王陵阳感到浑身轻松。虽然身上湿漉漉的,低垂的云层飘荡在他的头顶,但漫山开着的野花芬芳四溢,特别是兰草花,真是荡涤胸怀。他不禁赞美起这"空谷幽兰"来了。

第二章　云海猴鸣

带匕首和毒药的人

小黑河正对着山谷里的云海出神,猛然想起了一件事。这件事发生在和鹃鹃打赌之前。他越想越感到奇怪,也就越想把它弄个明白,虽然爷爷早就叫他不要管闲事。黑河想,这根本不是什么闲事!紫云山来了个形迹可疑的人,不搞清楚还行?

他清楚地记得:那天,那个戴眼镜的黑瘦子问了爷爷很多事:哪里的林最密?这个白云谷有多大范围?四周有些什么山……爷爷说的,他都记在小本子上,最后,还把画好的图拿给爷爷看,问爷爷他画的对不对。

爷爷一点警惕性都没有,拿着那个人带来的放大镜看了半天图,说他画错了三个地方:沿着云门峰山脊梁下来往西的那片密密的大森林,画得小了;森林中的小路位置画得不准;云门谷的出口处画得也不对。

那个黑瘦子还问这里有些什么野兽?

爷爷说:那就多了,麂子、猪獾、豺狗、豹子、老虎、野猪、黑熊、豪猪、梅花鹿、猴子……那人听到这里,连忙问:

"什么样的猴子?"

"小石猴。"

"没见过大的?"

"见过。"

"多大?"

"最大的也不过十来斤重。"

"没见过四五十斤重的大块头?"

"没。只听人说过有那种大猴子。说那是神猴,见到要倒霉的,看到也得躲着走。"

那人不再问了,临走时,还一再说等到有云海时,再来。不错,那天就是大晴天,天上一点儿云丝也没有。

今天,起云了,那人保准要来……他是干什么的? 来风景区偷猎的,还是……一个侦察方案在小黑河脑子里转悠开了。

小黑河拔腿就跑。正在东嗅西闻、闲得无聊的小狗白雪,一听到主人的脚步声,连忙跑来。它看到那架在树枝上的鱼竿,汪汪叫了几声,提醒粗心的小主人,小主人连回头看一眼都不看。白雪咬了咬鱼竿,拖不下来哩,只得衔起鱼篓,紧跟着跑去。

小黑河的家,其实是护林员的住房。他看奶奶正拦着门在纳鞋底,生怕被发现,逮住要他做作业,连忙顺着攀满金银花、喇叭花的竹篱笆,转到了西边。

他从枝枝藤藤的缝隙里,看到哥哥望春趴在窗下的桌子上做作业。小黑河撮起了嘴唇,山树莺婉转嘹亮的鸣叫,立即打破了山谷的沉静:

"玩——耍快活!"

"玩——耍快活!"

山树莺鸣叫的声调很特殊:先是低声序音、拖得很长,然后是快速地吐出几个音;第二音特别高,像金属乐器发出的脆亮高音。孩子们都喜欢学,但学得像可不容易。小黑河在这方面真是天才,他能把鸟鸣模仿得逼真,引得鸟儿也叫起来。他更大的创造性,还在于喜欢把几种常见的鸟鸣,按自己的听觉、兴趣,加以想象,翻译成人的语言。就连严肃的爷爷也常常被他逗笑了,甚至还夸奖过哩。

他连连叫了几声,望春也没在意。是专心做作业呢,还是没听出那是弟弟在调皮地逗他?

一只蚂蚱腾地一下,蹦到了黑河的脸上,气得小黑河"啪"地打了一巴掌——真叫人难堪!小蚂蚱已蹦到一朵红脖子喇叭花上,小黑河的脸却火辣辣地疼。也亏了这响亮的一巴掌,才惊动了望春。

望春一看是弟弟,张嘴要喊。

小黑河只得把捉蚂蚱的手缩回,一边连连摇着,一边还歪过头去对小蚂蚱狠狠地说:"饶了你这回!"

望春比弟弟大三岁,是初中一年级学生,有个做哥哥的样子,凡事总是让弟弟三分。今儿正在埋头做作业,这会还是经不住弟弟的再三请求,放下笔,不声不响地出来了。

小黑河忙迎到山墙头,抓住哥哥的手,指着像无边的盖子一样罩住了山岭的云层:"哥,你看到了吧?"

"看到了啥?"忠厚的望春怎么也没想到,小黑河是在指这三天两头压住山的云层。

"云海!"

"在云层上面的山头上往下看到的,才叫海。"

"不是和你说这个,"小黑河急了,"你不记得了,前两天来的那个黑瘦子?"

"他又不是俺表叔,想他干吗?"望春一看弟弟还要咋呼,连忙问,"你的作业做了?"

"作业?啥作业?新上任的主任到我们班批了陶老师,说他是'复辟派,坏坏坏',不让他上课了,只准读报纸。还说'现在坏人都出来了,正在搞复辟,要叫千百万人头落地'。尖着嗓门要俺们提高警惕,防止上当受骗。"

弟弟的鬼脸和腔调,叫望春又好气又好笑,拉起弟弟就要他去做作业。小黑河正有重要的机密事要讲哩:

"那个黑瘦子讲过云海起就来。今儿个他准定要来。"

"他找爷爷有他的事,又不碍你做作业。"

"你脑子里真是缺少一根阶级斗争的……"小黑河卡壳了。

"弦。"

"对了。俺疑心那个黑瘦子是坏蛋,是来偷猎的。反正不是好人。"

"你瞎讲。"

"你听俺讲嘛。你看,他又是问这山难不难上?那山有没有大石壁?林里长的都是些什么树?还有哪些一般人不知道的小路?问清了,又是写,又是画,还掏出了望远镜来东瞅瞅,西瞧瞧……"

"那是人家的工作。"

"工作?啥工作要带把匕首?"

"你看错了吧?俺没见到。"

小黑河得意起来:"那玩意还能让别人看到?是风把他衣角掀起来了,露出了一个皮套子;后来,俺又故意为他拍灰,摸到了。那匕首就和电影上坏蛋用来杀人的一模一样。"

望春扑闪着大眼:"那不兴是人家怕碰到野兽带上的?他没枪哩!"

"没枪就不能偷猎野物?就不能是搞破坏的坏蛋?就算你说得在理,那他还带着毒药干吗?"

"毒药?"望春也奇怪了。

"对呀!他包里有个小塑料袋子,塑料袋上画着一个死人头脑壳子,还有两根骨头交叉着,下面写了'剧毒'两个字。毒药不能毒野物?不能在水里放毒?不能搞破坏、干坏事?"

弟弟看到这番话在哥哥的心里已发生了作用,就往深里说:

"不吹牛,真的。我还趁他出去时翻过他的包……"

"你又忘了?不准翻别人东西。"望春听爷爷说过,弟弟和爸爸、妈妈在一起时,家里常来客人。小黑河对什么都要探个究竟,手又快,眼一眨,就打开了客人的包。爸爸很生气,就给小黑河立了条规矩:不准翻别人东西。甚至连爸爸、妈妈的东西,不得到同意也不准翻。爸爸送他到这里时,特意讲了这事。现在哥哥一说,小黑河不禁脸红了,只得喃喃地说:

"这是特殊情况嘛。"说实在的,小黑河要不是见那个黑瘦子身上别着匕首,还有毒药,他是不会忘记这条家规的。

望春也不让步:"你也该跟爷爷说嘛!"

"俺说了以后,要是爷爷沉不住气,露出一丝儿怀疑,他还看不出来?还敢再来?他不来,能侦察清楚,抓起来?"

"能随便抓人?"

"是坏蛋还不兴抓?"

"你能断定?"

"差不离,"黑河忙说,"这儿山头、山脚,俺们都熟。不吹牛,真的,侦察一定成功。"

小黑河为这"不吹牛,真的"的口头语,出过不少洋相。就说这岭头、脚崂吧,小黑河才跑了多少?爷爷常说:这紫云山大,地形复杂,森林茂密,山陡路险,野兽又多又凶,豺狼虎豹都有。他叫黑河不要乱闯。爷爷说他自己也还只跑了大山的一小块块。现在黑河倒说山头山脚都跑熟了,这所谓的"不吹牛",其实就是吹了牛。

望春问黑河:"你知道他是干什么工作的?"

"总不会是工人、农民。你没有看他戴的眼镜?一圈一圈的。"小黑河凭印象,觉得挺有把握。

"有的工作就要带刀,带望远镜。你没见过勘察队员?他们就有这些东西。"

"还得画图?"

"当然得画,要不然怎能找到金矿、银矿、铜矿、石油……"

"吹牛!俺就没见过带毒药的单独行动的勘察队员。勘察队一来,人可多哩!"

这倒也是事实。望春从来没见过带毒药的勘察队员!更没见过只有一个人的勘察队。他带毒药干什么?搞破坏?想偷偷毒死野兽……这倒是可怕的事情。得赶快告诉爷爷……可爷爷大清早就背着猎枪到白云谷那边巡林去了。望春不愿做没弄清楚的事情,就像碰到不懂的题目,他从来不是拿起笔就做,而是一定要搞清楚了再下手。一想到这里,他主意定了:"先告诉爷爷。"

"爷爷没到林里去?"

"去了。"

"那起码得等到中午才回来,那个黑瘦子早跑了。"黑河急了。

"你又没亲眼看到人家干坏事。"望春一经打定了主意,很难推翻。

"哥!你真孬。咱们这里还是风景区,要是让他干了坏事,那就迟了。"

"那,兴许他就是化了装的侦察员哩!"

"哎呀呀,俺的哥!他是侦察员?俺没见过这号公安人员。他为啥不带手枪,光带匕首?"

"爷爷都没疑心他呀!"

"爷爷?他有什么怀疑会告诉俺俩?"

小黑河看哥哥只是想心事不讲话,急了,赶紧又说:

"起云海了,他一定来。俺一定能寻到他。"

"就算他准来,山这么大,你到哪找他?"

"从紫云峰来,一定得经过翡翠池上面的十九道冈。俺就在那里等他。"

"爷爷说过,不准一个人跑到深山密林去。俺们这里是风景区的边边,野兽多。前几天,爷爷还在老林里看到黑熊的足印呢。"

"你别吓人,俺才不是胆小鬼呢。十九道冈是条大路,又不是深山老林。"

"俺跟奶奶讲。"

小黑河知道事情愈来愈不妙,要是跟奶奶一讲,天大的本事也溜不掉。

"好好好,俺不去。等爷爷回来再讲,真的,出了事你得负责。"

"俺负责! 爷爷要说去,俺马上就去。好了,现在回去做作业。下午去拾蘑菇。爷爷说今天要拣个兔子回来。兔子肉炖蘑菇,那才鲜哩! 要是你钓到了鱼,就更好了。"哥哥哄弟弟。

小黑河眼看脱不了身,经哥哥这么一说,倒有了办法:

"哎呀! 俺忘了鱼竿还放在黑水潭哩。真的。俺去拿。"

他像一只小鹿子,跳着蹦着跑了。

望春看着小狗飞快地撵着在树丛中忽隐忽现的弟弟,只好无可奈何地摇摇头。

竿竹溪边

小黑河并没跑到黑水潭,而是向竿竹溪岸边茂密的灌木丛和密密匝匝的竿竹丛钻去。这是为了使自己的行动秘密。侦察员嘛,就该像个侦察员的样子。

小黑河尽量挑溪边沙滩走,速度快。在河谷里大摇大摆走,十步路以外,别人也发现不了。山水下来了,这使他不得不时时要攀崖爬壁。小狗急了,越是急着往上爬,越是滑下来。小黑河欣赏小狗的狼狈相,但一听到汪汪的叫声,又怕暴露了目标,只得赶快回过头来提着它的耳朵或是两条前腿,把它拉上来。

小狗偏偏不识相,常常要停下来,东嗅嗅,西闻闻,大约是发现了什么野兽的气味。还不时喷喷鼻子,对着主人叫两声。急得小黑河在小狗头上狠狠地拍了两巴掌,又做出了揪拧的姿势,"不准叫!再叫拧耳朵。"小狗似乎领会了意思,耷拉着头,甩了甩尖耳朵,又紧跟着主人跑。

突然,黑河停了脚步。他看到前面一小溜沙滩上,印着深深的兽蹄印子。这是什么野兽留下的?像个长开口蹄(偶蹄)的家伙。但他说不出名字。爷爷才有瞅瞅脚印就能叫出名来的本领。

白雪不安生了,要不是黑河连连向它发出不准动的信号,早窜了出去。它正在嗅一堆粪便。黑河走过去一看,认出了是野猪留下的,从颜色看是新鲜的,岸边有一条东倒西歪的被践踏出的路迹。从这些情况判断,一头大野猪刚刚走过去。再往前察看,野猪沿着竿竹溪走了一段路,穿过山间小道,往上翻过岭头,向老林方向走去了。这才使黑河稍稍放宽了心。要不,单枪匹马碰到了野猪,那可不是开玩笑的事。

黑河继续往前走,比开头警觉多了。突然,他似乎听到了一阵异样的窸窸窣窣的声音。他连忙按住了小狗,仔细搜寻着可能是发出声音的地方。两耳在仔细地捕捉一切细微声音的白雪,连连挣扎着要爬起来,小黑河紧紧按住它。要是那个野猪又折回来,别说小黑河只带了条小狗,就是猎人带了条真正的猎狗,也得先把自己隐蔽好,还得准备好撤退的道路,才敢向野猪开枪呢。

又是一阵杂乱的窸窣声。这下听准了,是从左前方竿竹丛中传出来的。讨厌的竿竹一根挨着一根,简直就是一道篱笆墙,挡得什么也看不见。他刚准备扒开刺棵子仔细察看,白雪突然一跃而起,向前冲去。这一未曾意料到的事,吓得黑河猛地愣住了。

竹丛里响起一阵低沉的受惊吓的"咕咕"声。哎呀!原来是群竹鸡,总有二三十只哩。小狗的攻击引起了鸡群一阵紧张的骚乱,竹鸡们都弓起肥胖的身子向竹丛深处钻去,褐色的羽毛直闪动。其实,它们的惊慌是多余的,攻击者白雪也拿密密的竿竹丛无可奈何,只得愤怒而又委屈地猂猂狂吠。小黑河心里一块石头才落了地,小声骂道:"这群小东西,吓得俺一身汗,下次要是让俺捉到,非放到火上烤出油不可!"

继而,他又感到脸上有些火辣辣的,这要是叫哥哥知道了,不,要是被鹃鹃她们知道了,那事情就麻烦了。鹃鹃一定要讲:"几只小竹鸡就把小黑河吓蒙了。不吹牛,真的。他还要当侦察员哩!"

其实,小黑河刚才那样的紧张,也和小竹鸡一样,是没有动脑子。你想,一头几百斤的大野猪走起路来,只是窸窸窣窣响吗?那个大家伙也不喜欢到茂密的竿竹林里来呀!就是来了,它一走动,那竹子还不得往两边分开?

这叫人紧张、难堪的一刹那终于过去了。小黑河坐到一块大石头上,摘了两颗野莓子放在嘴里嚼着,一股酸溜溜、甜滋滋的味儿,溢满了小嘴。小狗白雪也亲密地一会舔他的手,一会舔他的腿。

越过碧绿的翡翠池,到了十九道冈。小黑河看中了一块地方,就在离路不远处,突然耸起一块巨石,顶尖像个老猫嘴,怪模怪样的,似乎是正在扑下面那块老鼠模样的小石头,有人叫它"老猫捕鼠"。在紫云山,怪石林立,千姿百态,人们常常凭着自己的想象,给它们巧立名目。

在猫头崖上稀疏的灌木丛中,长了两棵紫罗兰。那紫莹莹含苞待放的花骨朵已缀满了枝头;枝干就像是大年初一缠满了鞭炮的竹竿,正待点燃。

黑河很满意自己选中的埋伏点。猫头崖是制高点,黑瘦子要到白云谷这一带,不管从哪边来,他都能看得一清二楚。那两棵紫罗兰的花丛,又刚好能使他隐蔽起来。

如果不是事先亲眼看到他是埋伏在这里,要找到他,还真够费神哩!特别是"老猫捕鼠"这名字好。他就是"老猫",正要逮"老鼠"哩。

西边遥远的森林深处发出了沉重的呼啸声,像是波浪从云层那边滚来,震撼山谷。不久,他看到白杨树翻开了闪亮的叶背,于是传来了树叶拍打的哗哗声——起风了。风,掠过小黑河的头顶,向山谷吹去。五月的风是温暖而湿润的,吹到身上使人舒畅。

黑河一会挪挪身子,一会伸腿弯胳膊的。他手脚一时不动,就像被根无形的绳带捆住似的难受;硬是不动,似乎那瞌睡虫就爬到了眼皮上。他等呀,等呀,山道上根本没有一个人影。这边是风景区边缘,山势又陡又险,只有很少人认识,当然也就很少有人来了。

白云谷下面有顶草帽在闪动,小黑河发涩的眼睛突然一亮。正有个人站在树木稀少的地方,举着一个东西在瞭望哩!对,那是望远镜,正在朝小黑河望。小黑河赶快将身子伏得更低。

云海来客

真的,那个黑瘦子来了。要不,还有谁会带着望远镜呢?对了,游客也不会像背背包那样背着那个又破又烂的袋子。这时候,那个云海来客不走正路,却从白云谷一条弯死蛇的小道上过来了。

云海来客走走停停,有时还摘下身旁的树叶仔细查看。没一会,索性放下背包坐了下来,掏出小本子,在那上面画呀写的。很显然,他并不急于赶路。是假装镇静,还是留意有没有人跟踪?这可急坏了正在监视他一举一动的黑河。

被小黑河称为"云海来客"的人,就是王陵阳。他在白云谷里搜索了几个小时,分析了各种地理环境,仍然只发现了几只麂子在山冈上来来去去的足印,还有在树上跳跃时,用毛茸茸的长尾巴做舵掌握方向、调节平衡的松鼠,根本没找到他这次来紫云山,要寻找的对象的蛛丝马迹。他所受过的专业训练和专业上的修养、造诣,使他一点也不着急。根据他的分析,在这一带,一定能找到云海漂游者。白云谷的情况基本上清楚了,以后做些资料工作就可以了。

似乎有种异样的声音传进了耳朵,他注意倾听,又什么也没有。他画完了地形、景观草图,看了看手表,已是十一点多,肚子也饿了,便拿出馒头,揭开水壶,香甜地吃了起来。他准备稍事休息后,再翻过南北向的山脊,到老林边去摸摸情况。按规律,在云海附近,碰到那个漂游者的机会要多些。

两只杜鹃鸟悠闲地重复鸣奏着只有两个音节的短曲:"布谷!布谷!"它们向远处飞去了,柔和的音乐也愈来愈远。棕头鸦雀唧唧地在灌木丛中跳跃,山雀叽里呱啦地吵个不休。

"呱——呱——"两只乌鸦拍着翅膀飞了起来,盘旋了一圈,落到不远处一棵高高的白杨树上,头朝着它们刚飞起的地方。山雀也停止了争吵。

王陵阳敏捷地收起了东西,迅速找了个隐蔽处,开始观察搜索附近的异常现象。他虽然不像故事中所讲的公冶长能识鸟语,但多年的工作经验却使他略知一些常见鸟鸣叫的含意。

乌鸦的感觉很灵敏。你不想伤害它时,它会在你头上飞来绕去,甚至就落到你身旁。要是你举枪要打,它已"呱"的一声飞走了。要想采一只乌鸦做标本,还真得好好地动番脑筋。难怪群众说,它尾巴上有根"灵性毛",能未卜先知。

刚才,乌鸦先叫再飞,以及飞翔的情况都说明周围有威胁它安全的异常现象。乌鸦落在高枝上是为了观察;它所注意的方向,往往就是出了问题的地方。

是呀,动物生存竞争的本能,培养了它们很多防止袭击的本领,甚至于互相依存。

八哥和喜鹊就喜欢歇在牛背上,不管脾气怎样暴躁的水牛、黄牛,都从来不对踩着它的脊梁跳舞的鸟儿表示不满,更不会用尾巴去驱逐那些侵略者,而是更安详地迈着步子,头也不抬地只顾啃草。鸟儿也愉快地在牛背上用爪子扒着,用嘴啄着,还不时唱着愉快的歌。

细心的生物学家发现,鸟儿是在牛背上寻找寄生的小虫,那是美味可口的食物。它一边啄虫,也就一边替牛搔痒。事情还有更妙的地方:牛在平时没人放牧的情况下,一边吃草,一边还得不时抬起头来观察周围的动静,防止突然袭击。特别是在山区,人们只在牛脖子上拴个铃子就赶到山上,直到使用时,才循着那清脆的铃声去把它找回来。这时,牛碰到天敌的机会特别多:老虎、豹子、豺狗、狼……停在牛背上的鸟儿,正是在这方面帮了老牛的忙。它们像是警惕的哨兵,敌人还在远处,它已鸣叫报警,牛也就做好应付紧急情况的准备。

王陵阳未看到什么,又举起望远镜观察。灌木丛太密了,视野很不理想。

"呱——呱——"乌鸦飞走了。灌木丛里也飞起了不安的山雀。

王陵阳注意到了,灌木丛中有个黑影子一闪,个体并不太大。他判断出那不是大型兽类。小黑熊?那身段不太像,行动也没有这样快。熊在散步时,总是慢吞吞地迈着步子。但这里有黑熊出没,还是避开一点好。

这次是在特殊情况下出发的,他没有带武器,如果有枪,那情况就完全不一样了。他的枪法,不说百发百中,这样的距离,还是有把握的。但他只有一把刀,如果不是妻子一再劝告,他连这把锋利的刀也不带的。

他试了一下风向。他是处在下风头,要避开还不是太困难的事。突然,那里的树丛晃了几下,隐约听到了踩着枯枝黄叶的吱吱声。从这吱吱声中,他似乎感到了那踩踏的分量。这使他有些紧张。

王陵阳敏捷地转移了位置,选择着道路,考虑着每一个停留处的环境,从皮鞘里拔出了明亮而锋利的刀……

怪事,一点动静也听不到了,一丝一毫的可疑迹象也看不到了。对方似乎也潜伏在那里。是发现了自己,还是在窥伺方向?倘若真的是最坏的估计,这样相持下去,有它的好处,那就看谁的耐心大。对这一点,王陵阳充满了信心。可是,时间对他说来是宝贵的,还要到老林里去寻找那位漂游者哩!

他以迅速的动作穿过了一块毫无隐蔽物的岩石,向着对方埋伏的地方冲去。还未跨出第三步,又突然一折,隐伏到一堆乱石和树棵的后面。

王陵阳放下了爬山包,还特意让包的一角暴露在外面,自己却从另一条道路,悄无声息地往前走去。他采取的是迂回的路线,不一会,就出现在对方的后面。他轻轻地扒开树枝,出现在面前的是这样一幅场景:

一个十来岁的孩子伏在树丛下面,他的一只手还按着一只小黑狗。孩子的身边再没有其他的物件了。从伏卧的姿势看来,他正在紧张地监视王陵阳原来的地方,大约正在为那探头露脑、一动不动的爬山包而纳闷哩!

纳闷的何止是那孩子呢?王陵阳也非常纳闷:这个孩子在干什么?

上到白云谷后发生的几件事连成一串。事情很清楚:这个孩子盯上了他。

那么是自己有什么会被怀疑的举动吗?一路来,他是一个极其普通的人,也根本没和什么孩子打过交道。

难道是学校派来的?派一个孩子到这样的大山里来?他原来想大喝一声,让那小侦察员站起来。但一想到那可能吓了孩子,把事情搞糟,就连忙收起了雪亮的短刀,轻轻地站了起来,向仍然伏在地上的孩子走去。

倒是小狗精明,发现了情况,刚要抬头,却又被小主人紧紧地按了下去。王陵阳只得放重了脚步,还轻轻地咳了一声。

这轻轻的一咳,就像晴天霹雳一样响在孩子的头上。他一个急转身站了起来,惊呆了,他紧紧地盯梢着的黑瘦子,竟从他背后冒了出来,正站在他的面前哩!小狗却没有这么多复杂的想法,不声不响地往前扑去……

美妙的音乐

当王陵阳看到孩子的面孔时,他的惊讶也不下于孩子。他所从事的事业,使他能一眼就抓住观察对象的特征:黝黑的皮肤,穿了件蓝色长袖翻领衫,咖啡色裤子。和他同年龄的孩子相比,他的肩膀宽,将来一定能长成大骨架。又黑又硬的头发,有一缕很漂亮地贴在前额。有棱有角的脸上,扑闪着一对会说话的大眼睛。下面是个翘得很可爱的小鼻子。面部表情丰富而生动。

当小狗一声不响地扑上来时,王陵阳往旁边一闪,小狗扑了空;还未等它回头,王陵阳已抓住了它的后腿,轻轻一甩,小狗就跌到了几米以外。这一连串的动作,小黑河都看呆了。王陵阳笑着说:"小黑河,你就是这样欢迎客人的?"

小黑河只得向白雪发出停止进攻的命令。小狗不情愿地夹着尾巴,回到主人的身边转来转去。黑河也从刚才的情绪中清醒过来,装出一副满不在乎、理所当然的神态,两手叉住了腰眼,问:"你到这里干什么?"

王陵阳被他眼睛鼻子都在说话的样子逗乐了:"嘀嘀,你倒先审查起我来了。小黑河,我要问问你,你趴在这里瞅到了什么?"

"是俺先问你的。"小黑河语气很强硬。

王陵阳想要尽快缓和气氛,于是,乐呵呵地说:

"好,先回答你的问题,我是游客,来玩的。"

"不对,你吹牛!"

"不吹牛,真的。"王陵阳虽然上次来只和两个小兄弟短暂地在一起待过,但他已发现了他的口头语。

"你看,哪个游客会到白云谷来玩?"

"就为这事,惹了你怀疑?"

"怀疑说不上,俺得注意。"

"嘀嘀,小黑河啥时当起了侦察员? 不上学读书了?"

"还笑哩! 俺在问你话。"

小黑河原来可没打算这样明明白白地盘查这个黑瘦子的,要是这样问,那还算什么侦察?可是没盯住黑瘦子,却被他抓了俘虏。眼看这人点子多,怪狡猾的,再去盯梢也盯不上了,只得这样直来直去。

"哟,问题还有这样严重?我不想回答你。"

"俺是护林员,有责任保护国家财产,严防敌人破坏!"

"第一,你不是护林员。第二,我没损坏树木。"

"第一,俺是护林员的孙子,护林员就有俺一份儿。第二,你又看、又写、又画,不像个游客。"

"对了,你说得对。我还顺便来调查一件事。"王陵阳想尽快结束这场谈话,因为孩子的动机基本上清楚了。

"调查啥事?"

"这个嘛,暂时不能告诉你。等一等,你就会知道的。"

他从小黑河脸上的神态,知道他又要提问题了,就连忙亲切地抚摸了一下小狗,转变了话题:"这只小黑狗怪凶的嘛!"

"它不叫小黑狗,叫白雪。"黑河不满地纠正。

"这就怪了!明明是只小黑狗,怎么倒叫白雪?"王陵阳真的奇怪起来了。

"你没看到?它身上的毛全是黑的,四个蹄子是白的。爷爷说,这叫'乌云压雪',是在书上能查到的名狗。"说到他心爱的小狗,来劲了。

王陵阳仔细一看,果真不错:小狗全身的毛色乌黑发亮,唯有四个蹄子毛色雪白;竖着两只尖耳朵,体形瘦长,腹部紧缩。虽不是一只优秀的猎犬,但确是一只善跑善扑的良种狗。

"嗬,小黑河不吹牛,真的,这是一只良种狗。'乌云压雪',这名字起得也好,多亏了你爷爷哩。"

"是俺起的。开头爷爷叫它小黑。奶奶说,这可好了,一个小黑河,又加上一只小黑狗,这就成一对不安生的根子了。这话提醒了俺,这哪成?小朋友知道了准没好事,一定得给它改名字。来个特殊的,叫'白雪'。"小黑河又咋呼起来了。

气氛缓和了。他们一起走到放着爬山包的地方时,王陵阳似乎听到了云海深处发出了奇异的声音,接着又传来了两声模模糊糊的声音。只是风卷着林海的呼啸,严重地干扰了听觉。他全身的神经细胞都紧张起来了。

小黑河被瘦子那副神态弄得稀里糊涂,莫名其妙。他也侧耳倾听,可是什么声音也没有。刚想开口提问题,却被不客气地制止了。

还是什么声音也没有。多么难熬的等待。在王陵阳的听觉系统里,小鸟的鸣叫、风的呼啸都不算声音,他要捕捉另一种声音。他举起了望远镜搜索。

前面的云层在逐渐消散,天空什么也没有,既看不到飞翔的鹰,也看不到其他大型的鸟类。他刚才隐约听到的声音,如果不是大型的鸟类,就该是那个神秘的漂游者了。

就在他感到毫无希望时,林海深处又传来了那神秘的声音。这次,仍然是隐隐约约,但比刚才清楚。

这种鸣叫声,像是山谷里的回音,悠悠荡来,又像是在互相呼应。

这声音就像是美妙的音乐,在他心里激起了喜悦的浪潮。这股浪潮冲刷了这些天来的疲劳、失望引起的焦急,激起了他热切的希望。

小黑河看到黑瘦子如此热烈的情绪,连忙问:

"这是什么在叫?"

王陵阳喜悦地回答:

"猴鸣!云海传来的猴鸣!"

小黑河迷惘了。他虽然没听过猴子叫,就是听到了又有什么了不起?难道他是偷猴的?

王陵阳用望远镜搜索,可是只能看到风掠过树林时所掀起的波涛。他觉得时不可待,急忙背起爬山包,提腿要走。小黑河却一下子拦住了他:

"你去哪里?"

王陵阳抓住了黑河的肩膀,轻轻把他提到了一边:

"回去告诉你爷爷:我上老林里走走,今晚可能要住到你们家。"

小黑河没想到这个个子不高,又黑又瘦,还戴着眼镜的人有这样大的臂力。拦是拦不住的,只得眼巴巴地看着他踏上去老林的路,消失在密密的森林里……

第三章　密林角斗

闯进大森林

小黑河没精打采地回到家里。一进门,奶奶就开始数落他了。小黑河只是默默地听着,一声也不吭。这反常的情况,引起了奶奶的注意,一看他那满脸不如意的样子,心就软下来了。

奶奶是个和善的老人,六十多岁了,还满头黑发。耳不聋,眼不花,走起路来扎杠杠的。她可疼这个不在身边生的,却在身边长的小孙孙哩。生怕孩子想爹妈,平时就比较迁就他,唯恐受了委屈。爷爷也爱这个伶俐的小孙孙。

小黑河一边吃饭,一边问哥哥哪里去了,奶奶说:

"打猪草去了。"

他又问:"爷爷呢?"

"还不是和你一样,遍山跑去了!他早上带了锅巴,说是白云谷北边发现了松毛虫,要去看看虫灾重不重。"

小黑河吃好了饭,望春背了满满一筐子猪草回来了。他忙着去帮助哥哥倒猪草。

望春是在奶奶爷爷身边长大的,面庞、性格和弟弟都不一样,喜眉笑眼的,话语不多,一副忠厚相。不知情的,还以为他没弟弟精明;其实,他喜欢动脑子,话一出口就有些分量。碰到重要的事情,爷爷都注意他说话。在学校,老师、同学都喜欢他。在家里,放下课本、作业,就是忙活猪呀、鸡呀、劈柴、种菜,是爷爷的好助手。

弟弟不咋呼,倒使望春动了心思。慢慢掏问,才知道了大概情况。望春也觉得,这事有些古怪,想等爷爷回来再说。

小黑河越想越窝囊,脑子里挂满了钩子般的问号:俺去监视他,没在意,倒让他溜到了身后,俺怎么一点也没发现呢?都怪那爬山包,它一直在那里探头露脑的……对了,这是他有意安排叫俺上当的。黑瘦子又刁又鬼。

他像是在找谁,还说在调查一件事。

找谁?是要和谁接头吗?俺只听到几声怪叫,他可乐得脸都变了形,说是猴子叫。

他又不是耍猴的,找猴做啥?不要紧,他不是今晚要到俺家来吗……哎呀,这话也靠不住,那人可鬼哩!那怪模怪样的叫声,该不是联络信号吧!俺和哥哥到山上就学鸟叫传话哩……

小黑河浑身热燥起来,就像是大热天痱子炸了,周身不自在。一个新的计划又在他小小的脑袋里形成了。

地壳运动,把紫云山主峰顶出海平面一千八百多米。大自然又用无形的巨手,随意把它切割、雕琢成许多孤峰深谷。有的陡峭,有的雄浑,各呈妖姿。高度的差异形成了不同的小气候带。你如果是在炎热的夏天去攀登紫云山,从山脚到山顶,就像是从亚热带,经过温带,到了寒带。地形、大气的多变,孕育了紫云山丰富多彩的生物世界。它们各自择善营居,互相竞争,互相依存。地理系、生物系的老师,大都选择这里作为学生实习地。

从紫云峰下来,不远处,就能看到无边无际的林海。常绿阔叶林和落叶阔叶林的混交林带,使林海的绿的色彩有了多种的变化。在山坳里间夹大片竹林。高大的乔木下,遍布着金刚刺、老虎藤、灌木和各种蕨类。

在这片密密的森林里,隐藏着种种的神秘。有胆大的游客曾试图去探索一番,然而,总有人出来耐心地劝告:林深,野兽多,山势险,路径复杂,有的地方简直没有路,容易迷失方向。种种不安全的理由,立即会使人望而生畏了。

就连白云谷护林员罗大爷,也不轻易深入林海的腹地。他常常是在几个山峰巡查林海的情况。他也不断告诫行人,特别是对两个孩子:没有重要事,不经他的许可,不得单独闯到老林去。

小黑河站在老林前的那个黑瘦子进林的路口,不是没有想到爷爷的这些话。越是不让他碰的,他偏要碰,非要看个究竟不可。好奇心,神秘的诱惑力,常常使小黑河闯祸。

他打量了一番森林,那树也平常嘛,不就是山毛榉、青冈栎、杉树、檀树、枫树、樟树、杨树……这些常见的树吗?再说,也跟爷爷进出过几次,哪里会没有路呢?林子里一定有好玩的,爷爷不让去,故意吓唬人。

再说,现在还有更重要的任务哩!只要剥去那个黑瘦子的画皮,抓住他干坏事的手脖子,揪住了他,那可立一大功!连公安局也要请俺去介绍经验哩。嗨!看那个小鹃鹃还敢从针眼里看俺?爷爷生了气也会消的……

小黑河一头闯进了密密的大森林。一双小腿迈着轻快的步伐,走在一条蜿蜒小溪的岸上。溪水在脚下哗哗地淌着。他不禁感到寂寞。上午行动时,白雪没帮上忙,倒给他找了不少麻烦。他来老林时,就有意把它甩在家里。现在,要是有小狗做伴,那就热闹多了。

高大的青冈栎、甜槠、白桦、槭树,伸出了它们肥大的叶子,把天空也遮掩了。阳光只能从茂密的枝叶中筛进一些光亮。小黑河发现,森林里的树也像楼房一样,一层一层的,得到阳光少的,就长得矮些。

野猪追来了

前面,有条岔路离开了河岸,折向更密的树林。那个黑瘦子走的是哪条路?小黑河正在想着,黑眼珠突然停住不转了:在岔道口的地上有根折下的菝葜条子,它的枝梢指向离开河岸的小路。菝葜上还压了块石头。小黑河心想:他还懂得猎人的规矩、按猎人的方法留下了路标。嗨,还真得感谢他哩,要不,真够俺找的!

离开了河谷,森林里就阴暗多了。大树下面长满了各种小灌木。最讨厌的是金刚刺和老虎藤,它们不是拉住你的裤子,就是拽住你的褂子。小黑河走呀走呀,一会儿爬山,一会儿下谷,碰到岔道口就按路标走,小腿肚子都走酸了,连黑瘦子的影子也没看到。

突然,没有路了。他查看了一下周围的情况,发现黑瘦子是向右拐弯的,那里的草踏乱了,刺棵也折断了。他实在累了,便坐在一棵倒下的枯树上,歇歇气,可他脑子没休息,一会儿,又有个主意冒出来……

现在,小黑河已在一处石壁下休息。在密林中,这里是一块小小的空地。比他高了一个头的石壁向前伸出了大脑袋,自然地形成了一个半洞穴式的穹隆。

小黑河撵走了趴在那里的几条蜥蜴,就坐在穹隆的最里面。

外面长满了密密的山杜鹃之类的小树,像是一道篱笆扎在前面,可以看清前面这块空地。他坐在里面很惬意,一想到将要指挥那个黑瘦子的行动,不会再像上午那样反而被他抓住了,就很高兴刚才的主意……对,这叫"计策"……

这个计策是要那个黑瘦子自投罗网,叫他按俺黑河的指挥棒转,走到前面的空地来,一下落到迷魂阵。那时,黑瘦子一定急得团团转,等他转够了,俺才出来。俺要像他上午那样说:"大朋友,你在这里转什么呀?"再后,他一定得求俺。

一阵银铃般的鸟鸣从对面的树上飞出来,小黑河仔细一瞅,躲在那棵大栎树茂密的枝叶里的小鸟,正伸出了嫩黄的嘴,那小嘴里不断地吐出了一个个清脆的音节。喉下一弯白毛,像是个月芽儿,把头上的黑毛衬得闪亮。黑河偏头看看,才看清了那是只绿鹦嘴鸭鸟。突然有道紫色的云霞,从眼前闪过,是一只黑河从来没见过的全是紫色羽毛的鸟儿。

棕脸鸫莺、灰林䳭在一声声鸣叫。山谷里吹来的风,不断掀起树林的呼啸。小黑河感到有股寒气向他扑来。不行,得活动活动,要不,这手脚都得麻木,更何况他原来就是个坐不住的人。

他正在空地上弯腰扭脖子,树林里响起了一阵异样的哗啦声。循声看去,小树丛向两边分开了,夹杂着踩断树枝的碎裂声。

他正想看个清楚,一头大野猪已蹿出了树丛,跑到了空地上。一看到小黑河,就拱起丑陋的嘴脸,吐出了白沫,伸出了獠牙。

这个丑八怪的种种凶恶事情,都一齐在小黑河的脑里闪了一下,他拔腿就跑。要知道,小黑河赤手空拳呀,连小狗白雪都没带。

小黑河在前面拼命地跑,头也不回,只顾选着路径,尽量找些不便于野猪奔跑的大岩石,爬上跳下。那个蠢猪就沿着下面的树丛跑。忽然,响起一阵哗哗的水声。黑河回头一看:大野猪没追上他,却跌到一个小水凼里去了。

小黑河倒希望它摔断腿,最好能跌断脊梁骨。可真怪,那头大野猪竟歪到水里扑打起来,两个大鼻孔喷着响鼻子,吹得水直冒泡。

黑河喘着粗气,心想:它是跑热了,还是犯猪头疯了?还未搞清是怎么回事,野猪又一跃而起,向小黑河冲来。他忙往旁边一闪,那个全身长着硬毛的野家伙直冲过去,小黑河也一脚踩空,从岩石上跌了下去……

后面的树林里响起一阵更急促的哗哗声。小黑河心想:坏了,碰到野猪群了。可他眼前全是野草和枝枝叶叶,他在慌乱中爬了几次都未爬得起来。在他的上面,一阵野兽的喘息声、跑跳声很快地过去了。

黑河好不容易才站了起来,连忙抓着旁边伸出的石棱往上爬了两步,伸头一看:不得了,那头野猪又像箭似的往回冲来,压得小树丛向两边直倒。大约是它想起了小黑河藏在这里。他刚缩回头,野猪就从头顶蹿了过去。他刚想伸头,又有几只野兽冲了过来,是黄褐色的。

等到都过去了,他才探出头来,这下看清了:

野猪在前面跑,有三四只似狼又似狗的黄褐色的野兽在后面追。

新月形包围圈

奇怪,那头野猪又折回来了。原来有一只黄褐色的野兽在野猪的前头,拦住了它的去路。这时,其他三只也都散开了,形成了半个包围圈。野猪怒气冲冲地东奔西突,可是都被黄褐色的小野兽拦截堵回。

很明显,不管是黄褐色的野兽,还是大野猪,都未注意小黑河。现在的阵势清楚了:黄褐色的野兽是追捕野猪的,野猪在想法避开它的仇敌。

小黑河仔细地打量那些黄褐色的小野兽:身段、体形和狗差不多,稍显得大些;两只耳朵要小些,腿短些。它又像狼,但狼的嘴向耳根裂开,尾巴蓬松且长些。就是这样的小野兽,怎么能叫大野猪害怕呢?

野猪跑得快,有劲,发怒的时候,碗口粗的树,拱不倒也只要几口就咬断了。它的牙齿比锯子、斧头都厉害。

爷爷曾说过,他头次打野猪时,火枪轰的一声响了,却没打死它。受伤的野猪一闪,就蹿到跟前,爷爷来不及装药,赶快爬上了树。那树大得像根大立柱,可野猪拱几下,树就像被大风刮得要倒。

要不是爷爷利手快脚攀到旁边一棵大树的粗枝丫上,那就坏了。蠢猪还只管拱,直到把树拱倒,才又转过满身血污的身子向大树冲来。锋利的牙齿把树啃得呼啦啦响。爷爷瞅这空档,装好了药,补了一枪,才把它撂倒了。

这时候,野猪无可奈何地又往水凼里一跳,稀里哗啦地拍打着水,那黄褐色的野兽就围着水凼跑。

野猪愤怒地叫着,那黄褐色野兽却围着水小凼踏着碎步欢快地蹓起来。在小黑河看来,它们就像是围着丰盛的筵席在跳舞,就差唱歌了。

忽然,传来了两声像狗一样的叫声。这一叫,提醒了小黑河:

啊呀!这不是斑狗吗?它们是野猪的死敌——斑狗!这小东西成群结队地在山林中生活。

小黑河听人讲过它的厉害:别说野猪,就是狼、老虎、豹子也得让它三分。而且听说它不伤人,从来不向人攻击,有时还保护人哩!碰到单身行人,它护送你,但你不能回头。一回头,它就以为你要它回去,它就会不声不响地隐入森林、山谷中。

这样一想,小黑河紧张的心情才松弛下来,开始观察周围形势,准备脱身。

现在斑狗不跑了,分散坐在水函的三面,形成个新月形的包围圈。野猪在凉水里一洗,又休息了一会,也显得有一些生气了。敌对双方都虎视眈眈。斑狗伸出了长舌头,口水流成一条线。

一只头上全是黄毛的斑狗哼唧了一声,其他的斑狗也都哼了哼,然后都站了起来走动着;还有的甩了两下头,抖了抖身子。

坐在水函里的野猪不安地站起来,但它就是不离开水函,只是前后腿换了换位置。

黄毛头斑狗在慢步中,突然轻轻地一跳,就踩在野猪的背上,还未等野猪来得及反应,又已轻轻落到对面岸上。它刚刚过去,有着白白肚皮的第二只斑狗,四只小蹄子是很漂亮的银灰色的第三只斑狗,也都开始了这种游戏。只有一只斑狗坐在稍远一点的地方观看。

斑狗仍在水函的岸上慢步走着。

还是那只黄毛头的斑狗,又带头悄然无声地跳到野猪背上,迅急地用一只爪子挠了一下野猪的左边大耳朵。

野猪愤怒地吼了一声,扭头就咬。但那只领头的斑狗,早已轻松愉快地落到岸上。

正当野猪挪动身子、头对着黄斑狗时,那只肚皮雪白的斑狗又从它的侧面跳起,踏着它的脊梁,也是那样迅速地挠了一下它右边的大耳朵。

野猪又愤怒地把头偏到右边,张开血盆大口去咬。

轮到那只漂亮的小灰脚斑狗时,它竟然在野猪的眼边抓了一下。

小黑河看清楚了,这种玩笑所引起的后果,是野猪耳朵上、头上,往下滴着大滴大滴的血。野猪被撩拨得在水里乱蹦乱跳。

小黑河心想:它大概要冲出来和斑狗拼命了,一场大战即将到来。

果然,野猪张开血盆大口,伸出长长的獠牙,面目更加狰狞,吼着、威胁着。但它的腿却像是被什么绊住似的,刚冲两步,又退回原处,死死守着水凼。

野猪占据水凼,也确实增加了进攻者的困难。水几乎淹没了高大的野猪的腿。斑狗要是下了水,可就糟糕了。

野猪在走投无路的情况下,跳到水凼里,除了是选择有利的防守地形,也有引诱斑狗下水作战的念头。

斑狗对这一切都不作反应,只是按自己的方案行事。

四只斑狗,除了一只仍然坐在稍远处,其他三只都很悠闲地踏着慢步,在新月形的包围线上晃来晃去。

这种相持不下的局面并未维持多久。黄毛头斑狗又开始进攻了。它跳起来,在野猪的背上点了一下,锐利的前爪却狠命地往它的眼睛一挖。

野猪疼得大吼一声,狠命地一甩头,把斑狗拱到一丈远的地方跌翻在地。

斑狗两个滚一打,若无其事地站起来。

野猪的眼眶鲜血淋漓,眼珠虽未被挖出来,上眼眶一条斜伤口却像刀砍的一样。

野猪怒不可遏,立即向前冲过去。白肚皮斑狗猛地向野猪的侧背咬去。

野猪只得舍远求近,用头一拱,把"白肚皮"拱出了老远。那有着一双漂亮小灰脚的斑狗又迎面冲了上去……

野猪就这样忽左、忽右、忽前地应付着斑狗的轮番进攻。它终于被撩拨得跳出了水凼,拼起命来,两根长牙像利剑一般。"白肚皮"受伤了,身上的血,把白肚皮染成了红肚皮,疼得哀哀地哼叫。漂亮的"小灰脚"的耳朵也裂了,耷拉下来。只有"黄毛头"的身上一点血迹还没有……

一直坐在旁边观战的那只斑狗,听到"黄毛头"一声哼唧,立即像饿狼似的蹿来,直扑野猪的屁股。

野猪血淋淋的左眼模糊地看到它从后面来进攻,恐怖地大吼一声,向后退去。那只观战的斑狗在它背上狠狠地撕开了一个口子。血糊糊的皮翻开了,露出了模糊的血肉。

野猪忍着疼痛,向水凼上面的石壁退却,把屁股紧紧地对着石壁,只用那锋利的獠牙来阻挡进攻。

地形对斑狗的进攻很不利,野猪据守的石壁正面,几乎没有什么空地,紧连着的是和着血的混沌沌的水凼。水凼虽然不深,倒是天然障碍,就像是城堡外围的深壕。只有两侧有进攻的道路,但也是狭窄的,又长了些矮树棵子。

在有组织的轮番进攻被野猪打乱后,混战中,"白肚皮"又受了伤,它虽然还在进攻的行列中,显然已没有刚才那样敏捷和快速了。

一直观战的那只,不仅受了伤,还被野猪拱到水凼里去了,全身水淋淋的,一副狼狈相。

"黄毛头"和漂亮的"小灰脚"也都受了不同程度的轻伤。

野猪身上五六处伤口像小溪一样淌着鲜血,黑毛染得殷红。观战的斑狗凶狠地向它屁股袭击,反而使它有所清醒,赶紧保护住要害部位。它调整了行动,不仅守着有利的地形,而且每次的反击也显得有力和准确。不一会,又在漂亮的"小灰脚"的屁股上扯开一个口子,疼得"小灰脚"凄厉地尖叫。

双方都在喘息。山谷里宁静下来了。

突然,"黄毛头"锐不可当地展开了凌厉攻势,漂亮的"小灰脚"、"观战者"都紧跟上去了,就连重伤的"白肚皮"也艰难地向野猪展开进攻。

在这种重新组织的激烈轮番进攻下,野猪愈加愤怒地反击,一头就把"白肚皮"拱到水凼里,"白肚皮"虽然惊慌地爬上了岸,可是再没有力气站起来了。

野猪愈战愈猛,眼看斑狗败退下来。野猪乘机猛吼一声,冲了出来,张牙舞爪地向漂亮的"小灰脚"扑去。

就在野猪冲出时,"黄毛头"斑狗,迅速转身,袭击了那离开石壁屏障的野猪屁股。

"观战者"、漂亮的"小灰脚"都抖擞精神,敏捷地向野猪后面进攻。

野猪只得团团转地招架。

眼看着"黄毛头"用嘴撕扯,叼出一长条肉来了,疼痛难耐的野猪猛地向前一冲,浑身一哆嗦,砰的一声,翻倒在地。

几只斑狗蜂拥而上,三扒两扯,撕开了野猪的肚子,大吃大嚼起来。"白肚皮"眼看着同伙在饱餐,伤心地哼着,向那边爬着,可是,谁也不睬它……

树林里早已有一对贪婪的眼睛,注视着这些真像古代铜器上常刻着的、传说中的凶恶野兽——饕餮者在撕肉、喝血……

三只斑狗都吃饱了,只是瞟了瞟睁着失神眼睛、挣扎着的"白肚皮",舔着各自身上的伤口,歇了一会,动身走了。

漂亮的"小灰脚"大约和"白肚皮"相处得好一些,独自嗅了嗅"白肚皮",才去追赶"黄毛头"和"观战者",默默地向山林深处走去……

小黑河费劲地爬出了草坑,感到小腿肚子火辣辣地疼,忙低头一看:裤子被扯破了,伤口的血也止住了。他往旁边一瞅,不禁伸出了舌头。那是个小崖,崖下乱石伸出了石尖尖,要不是摔到这坑里,要不是这坑里长满了乱草、堆满了烂树叶,那就麻烦了。

他怀着好奇心向刚才的战场走去。

"快回来,危险!"森林里传来一声喊叫。

更危险的情况

小黑河还未明白是怎么回事,就见那个他要追踪的黑瘦子突然出现,拉起他向山上爬去。等到他们气喘吁吁地在石峰上停下时,黑瘦子才叫他看刚才的战场:

一只金钱豹正不慌不忙地向残存的野猪走去,眼里射出贪婪而凶残的光,向四周扫了一眼,就扑向野猪。它撕下一块肉,似乎没咀嚼,一下就吞到了肚子里。这种穷凶极恶的吃相,把小黑河吓坏了。黑瘦子安慰他:

"别怕,暂时没什么危险了。豹子在饥饿的时候,才会主动攻击人。当它吃饱时,一般说来,你不惹它,就没有什么事。刚才,它早已等在林子里,滴着馋涎。你却往那边去,多危险!"

黑河难为情地咕哝着:"你咋知道的?"

"我往这边走时,发现路径不对,正想重新找路,倒听到了野猪叫,慢慢找到了这里。看到豹子起步向那边走,你还在呆头呆脑往前闯哩!"

小黑河向黑瘦子讲了刚才所看到的。

王陵阳很懊悔没看到这场精彩的搏斗,只得详细地向小黑河询问了斑狗的形状。他在心里默默地想着,可怎么也想不清楚这是一种什么动物。最大的可能是豺狗。

小黑河坚持说不是,因为他见过豺狗,爷爷还打到过一只;又说猎人见到豺狗非打不可,见到斑狗却不打。因为传说它常常保护人。

当黑瘦子听说还有一只死斑狗时,马上要回去看。小黑河怎么也不让他单独走,就一道去了。还未到跟前,小黑河发现豹子已把那只"白肚皮"快吃完了。他们又走回刚才隐蔽和休息的地方。

王陵阳掏出笔记本,根据黑河的讲述,用铅笔在纸上飞快地画着。小黑河又修正了几处,一只斑狗就站立在纸上了。王陵阳左思右想,还是难以断定它的准确名称,按推测可能是属于犬科的。

小黑河很奇怪这黑瘦子画画的本领,惊讶地问:"你是画家?"

"不是的。"王陵阳笑了笑。

"你骗人。那你怎么画得这样像?"

"工作需要。"

"那你是做啥工作的?"

"哟,小黑河又开始盘查了。"

黑河不好意思地低下了头:刚才,幸亏是他救了俺,要不……他究竟是什么人?为什么不在风景区好好玩玩,却要一个人跑到这深山老林里来?好奇心又使他活跃起来:"问问不行吗?"

王陵阳友好地说:"不骗人,真的。我是来找动物的。"

小黑河脸色一变,严肃起来了:

"这是风景区,不准打猎。偷猎野物犯法,要当坏蛋抓起来的!"

王陵阳被小黑河的严肃劲感动了:"我又没带猎枪,只是看看还不行。"

"你是先来侦察情况的?"

"说得对。"

"那是为谁?"

"是为国家呀!"

"哦,你是公园里养动物的?"

"除了公园就没有别的部门也要找动物,研究它?"

黑河纳闷了。他瞧瞧王陵阳的脸,那黑黑的脸膛上没有丝毫开玩笑的影子。

"对了,你是马戏团的,专门教小狗认字、猴子骑老绵羊、狗熊摔跤的。"

王陵阳心里咯噔一下:是呀,孩子们都是喜欢看马戏团演出的。他们也许还不知道马戏团早已受到批判,罪名是:把狼训练得不吃人,把老虎训练得可以和小狗在一起表演节目,把狗熊训练得摔跤——这是宣扬和平主义,取消阶级斗争,搞调和折中。尽管大家都哑然失笑,但毕竟还是把马戏团砸烂了,动物杀掉吃了,只有少数送到了动物园。当然,驯养员也必须下放到农村,去接受再教育。

王陵阳感到对这样缺少科学常识的孩子,一时难以说清,就漫不经心地应了一句:"也算沾点边吧?"

小黑河顾不得再问,紧围着一棵粗檫树团团转了起来。前面是一大片大竹林,可来的时候却根本没看到呀,这是怎么回事?

王陵阳看到小黑河着急的样子,知道有了麻烦:

"黑河,别着急,静静地想一想。这里的路,你不是挺熟悉吗?"

"俺没到这里来过,爷爷也不让来。"黑河焦急地说。

"那你怎么来了?"

"俺,俺是……"一向好咋呼的小黑河把脸憋得通红,也没吐出下面的字来。

王陵阳知道是怎么回事了,心想,孩子是天真的,不能怪他怀疑自己。

他们都迷路了。

在密林里就怕迷路。

你想判断方向吗?森林把天遮得只透过缝隙漏下一点光来。大多数未到过大森林的人,总是把大森林想象成一色的树种,它们高大、粗壮。树下是广阔的林下空地,最多只长些小花小草。

其实,森林里的树木总是有层次的:高大的树木,中等的,再次,就是小灌木丛、乔木的幼树、野草、刺棵了。植物在长期的生存竞争中,形成了这种相互竞争和相互依存的关系。王陵阳和小黑河就走在这样的树林里。

王陵阳观察了一下四周的地形,凭着多年野外工作的经验:要么找到有溪水的山谷,顺着峡谷走,有可能走到山下,但怕碰到悬崖陡壁,那就上也上不了,下也下不得,落入进退维谷的地步;要么爬到山顶,看清方向,判定方位,再沿着山脊的走向,就有把握了。后一种方法要多走路,但比较稳妥。

时间已是下午四点钟了,离天黑也只有两个多小时,森林里暗得还要早一些。无论如何要在天黑前走出森林,不管到哪里都行。自己又没有带武器,无法进行必要的自卫,还有这个小黑河需要保护哩!

小黑河心里非常懊恼:都怪那野猪,要不被它追得乱跑一气,怎么会找不到檫树、黄杨、亮叶桦,然后再走上有路标指引的路?

偏偏在这时,他受伤的那条腿的脚脖子老是不对劲,小石头子一咯,就疼得钻心。他暗暗做了决定:绝不暴露这个问题。

王陵阳领着小黑河向山上爬去,他走几步就要停下等黑河。要不,就喊他。他拿出了短刀,劈刺、剁柴,把路开得稍稍好走些。碰到倒在地上的枯树就比较麻烦了,有时跨不过去,从下面钻也不行,枯烂的树干上还长着红的黄的毒菌子。

不一会,他终于发现小黑河走路的姿势不对劲,就强迫他坐下,脱下鞋袜,才看见小黑河脚脖子肿起来,火烫烫的,幸而没脱臼,只是扭了筋。他拿出活血止痛膏,帮他贴上。这是野外工作者必备的药品。

王陵阳扶着小黑河,好不容易才爬到山顶。山顶上仍然是高大茂密的树林。他找了一处树木稀少的地方瞭望,判断出从偏东北的山脊下去,能到达进入森林时那条路的附近。

王陵阳看看手表,已将近五点了,小黑河的脚又相当吃力。他把爬山包移到前胸,蹲下身子,说:"小黑河,趴到背上去!"

"不,俺能走。不吹牛,真的。"小黑河倔强地说。

王陵阳也不和他争辩,硬是把他驮到了背上。小黑河眼里不禁涌出了泪珠。

没走多远,发现了断壁。断壁有两丈多高。别说还有背在背上的小黑河,空身人没有绳子,也甭想下去。

王陵阳感到问题严重了。他放下小黑河,擦了擦满脸的汗水,要小黑河坐着别动,自己又去找路。不一会,他回来了,看着小黑河低垂的头,忙说:"没关系,我们会找到路的。就是找不到路,找个大石壁过夜,体验体验野营露宿的生活,也怪有意思的。小黑河,有意见吗?"

小黑河心里像是吃了青莓子,酸得难受,他能说什么呢?

第四章　山溪静静地流

崇高的工作

沉思的王陵阳似乎听到了什么,他一边注意捕捉那声音,一边说:"小黑河,快听听,像是有人在喊山。"

呼啸的风带来了微弱的"啊——啊——"声。

惊喜的小黑河一把拉住了王陵阳:

"真的,不吹牛,是喊山。"说着,他站了起来,脚脖子疼得他直咧嘴,可他还是扶着小树,把两手拢到嘴边,"哎——哎——"悠扬的喊声,飞出林海,在山谷里回荡。群山也像接力赛似的,把呼声从这山传到那山。

"啊——黑河——啊——黑河——"更为清楚的声音,在山岩上荡来荡去,尽管它已变音变调,小黑河还是马上就听出来了。

"爷爷!是爷爷在喊!"

他抑制不住满腔的喜悦:

"爷爷——哎——爷爷——哎嗨——"

"在——哪——里——"

"在——这——里!"

大山把喊声、应答声传来送去。山上,山下,尽管他们喊破了喉咙,还是判断不准位置。森林里阴暗起来了,得赶快想办法。王陵阳又叫黑河喊了两声,但还是判断不出罗大爷应答时的方位。

"有根竹子就好了。"黑河说。

"干什么？"

"那就有办法了。"

王陵阳连忙劈了根竹子来。小黑河又问："你有白衣服吗？"

王陵阳脱下了衬衣,小黑河把它绑到竹竿上。王陵阳明白了,放下爬山包,准备上树。小黑河说："俺上树的本领比你大,也上得高,不吹牛！那小枝子经不住你。"

"你的脚……"

"不要紧。你先托俺上去。"

小黑河把鞋子脱掉,叭叭,吐了两口唾沫在手心,搓了搓就往树上爬去。王陵阳连忙托住他那只好脚,又握着那只扭了脚脖子的腿,帮他使劲。小黑河一声不吭,豆大的汗珠子却噼里啪啦往下掉。王陵阳心里想："多坚强的孩子！"

黑河爬到树梢,举起竹竿,连连直摇：

"爷爷——俺在这里——"

当他们回到家时,已是晚上八点多钟了。

路上,王陵阳才知道罗大爷是怎样找上山的。下午三点多钟,罗大爷回到家里。歇了一气,见望春背了猪草回来。小狗一见老主人,摇头摆尾地亲密了一番。可过了好久,还是不见小黑河的影子。

他问了望春,才知道已经发生的事。老人皱起了眉头。他还没想到黑河已进了老林。又等了一会,还是不见小孙子的影子,老伴着急了。望春说,爷爷说过不准单独到老林,他不听。

这话提醒了老人：这孩子牛劲上来,可能去了老林。还有那个老王同志,也只是问了问路。他是个读书做学问的人,山林里的路没走过,容易迷路……于是,就找来了。

罗大爷采来了一把草药,罗奶奶忙着烧水煎了药,给小黑河熏扭了的脚脖子。

罗大爷喝了几杯酒,看王陵阳实在不愿喝了,就吃饭。

王陵阳对兔子炖蘑菇赞不绝口:"肉香,汤鲜。"

他已吃好了饭,罗奶奶还特意盛了一碗,非要他吃掉不可。

望春一直默不作声,脑子里转悠着今天的事儿:这个黑瘦子叔叔的身上,散发着吸引自己的无形力量。他的言谈和到自己家来过的人都不同。不同在哪里?自己一时说不清。有一点是完全可以肯定的:弟弟错了,他是个好人。望春满脸忠厚、诚朴地问:"王叔叔,你是干什么工作的?"

这普普通通的一句话,在王陵阳的心里搅起了巨大的波澜。他想过,从他选择了自己的工作那天起,他就认为自己的工作是崇高的,并为它付出了全部心血。不管经过多少挫折和失败,从来没有回过头。连一般人最不愿做的细小的事情,他也一丝不苟地高兴地去做。他曾对自己的孩子说:

"不会做常人认为渺小的工作,就做不成伟大的事情;没有渺小,伟大也就不存在了。"

自己绝不是个完人,也犯过这样和那样的错误,有成堆的缺点,可是,也绝没有做过损人利己的事。然而现在,为什么这样一种对人民有益的工作却不能名正言顺地进行?这又怎样向孩子解释?富有生活经验的罗大爷,望着王陵阳那沉闷的表情,亲切地说:"王老师,在俺这屋里,你可以敞开怀说话。俺见过五花八门的人,俺也识得人。就像看了成千上万的树,知道它能当栋梁,还是只能当个橡子。"

王陵阳向罗大爷点点头,对望春说:"望春,我和每天给你讲课的老师一样,是向青年们传授知识的教师!是和学生们一起研究生物科学的。"

茶炊在炉子上吱吱地响着,呼啸了一天的风也停了,山野沉寂了。

望春听了王陵阳的话,似懂非懂,又仰着脸儿问道:

"那你来这里干什么呢?"

"我是来找猴子的。"

"找猴子和教书有啥关系?"

"你们学过动物学、植物学吗?"

望春摇了摇头,说:

"只有政治、数学、语文。主任还说要把数学、语文都停了,说现在正有人刮右倾翻案风,学校要成为无产阶级专政的工具,只能有一门课,就是揪走资派。"

这些政治术语,望春毫无困难地说出来了,这更使王陵阳感情复杂起来。

中学里早就不设置生物课了,正像大学的生物系,徒有虚名。有人打着教改的旗号,把微生物专业改成发酵,把动物专业改成养鱼,把植物专业改成农作物栽培。前不久,还流传过一个笑话——动物专业毕业实习时,一个同学竟然指着一只喜鹊问老师:"那是什么鸟?"

王陵阳想到这里,原来以为是多余的话,也不得不说了:

"过去,初中就开设动、植物课。大学里有个生物系,专门学习生物科学,是研究一切生物的发生、变化、成长规律的学问。比如,你家养的猪、鸡、鸭,队里养的牛、马、羊,原来都是野生的,在山野老林里自生自灭。我们的祖先发现它们有的可以吃,有的可以用来拉东西,就慢慢地驯化饲养,变成家畜家禽。

"当前科学发展的一个特点是,要求学科分工愈来愈细。譬如生物学中的生态学吧,是关于有机体居住地或生存环境的科学,原来只是一个分支,现在,光是这一个分支中就有:个体生态学、种群生态学、群落生态学,等等。不过,经过科学家们研究,认为在整个科学世界中,有三门基本科学的理论是基础的。你学过物理吗?"

"没,没老师哩!"

王陵阳听了望春的话,又一阵难过,现在有人就是在摧残科学,摧残教育,要把知识分子统统打下去,把广大青少年统统变成愚昧无知的人。这样,才能使他们篡权的阴谋得逞。历史上的一些阴险家伙不正是这样干的吗?

王陵阳继续对望春说:

"物质结构、天体演变、生命起源,是三大基础理论。所有的科学要得到巨大的发展,都得依赖于它们研究的成果。它们的每一项突破,都将给各种学科带来深刻的革命,都将极大地造福于人类。原子能的发现和利用,就是由对太阳能源的研究、物质结构的研究取得重大进展的结果。"

望春闪着明亮的大眼,说:"你说的生物学是指生命起源学说?那么,月亮、金星、火星上也有人吗?"望春很有兴趣。

"目前还没发现。你说的人和我说的'生命',是有区别的。你还要学一些基本知识才能听得懂,只好以后再谈。你想,要是在别的星球上也发现了'人',那将多有意思!现在,这三大基础理论都面临着重大的突破,你们快点成长吧!"

这些话,像春雨一样洒到了望春的心里:多么新鲜!多么奇异!望春想了想说:

"那么,猴子……"

王陵阳注视着望春,他感到自己刚才讲的,望春不一定就理解了,但是看得出,这个孩子多么想跟着他走进那科学的迷宫啊。于是,王陵阳便像对大人似的对两个孩子讲起了自己的故事。

是猩猩吗

这是不久前发生的一件事。

晚上九点多钟,一个二十来岁的青年,风风火火地闯到了王陵阳的家里。

青年人看看挤在一间屋子里的四口之家——王陵阳夫妇和正在看书的两个孩子,说:

"王老师,我找你,是想请教个问题,能不能到你的书房去?"

这头一句话,安定了王陵阳一家的情绪。这几年凡是有人喊"王陵阳……",一定不是好事,一声"王老师"的称呼,使这一家感到了温暖。这说明不是过去的学生来看望,就是来了知心的同事或朋友。王陵阳仔细打量了一下这个身材魁梧、眉目清秀的青年,不认得他,便解释说:"我只有这一间房子,不过没关系,什么问题都可以谈的。"

青年人笑了,说:"我姓张,叫张雄,是公园动物园的饲养员,1971年的下放学生。1975年,也就是去年才招工来的。"

王陵阳关心地问道:"你们那里有个林师傅,他好吧?"

"怎么讲呢?他就是我师傅,前不久还挨了点名批评,说他只埋头养动物,对路线斗争的大是大非不管不问。实际上是因为他有一次抓了个偷金鱼的小偷。那小偷说他是公园政工组长的儿子。师傅讲,天王老子的儿子偷金鱼,也是个贼!硬是送到民兵指挥部。不出二十分钟,人家老子一个电话,就把他放出来了。从此,师傅就倒霉了。"

王陵阳看看时间不早,说:"你怎么找到这里来的?"

青年人憨厚地笑了笑,如实地讲了他找来的经过。

一个月前,动物园接到公园政工组的一个通知,说是在紫云山东北坡的孙村,社员们捉到一只猩猩。要动物园去人看看,把它运回来。政工组不同意派老林师傅去,说他路线觉悟不高,叫小张去。

小张一听就高兴了,年轻人总是好奇的。老师傅们说这个通知有问题:按道理,不仅紫云山地区没有猩猩,就连我们国家也不产猩猩,只有赤道附近的国家才有。

政工组长一听就火了:"屁话,我们国家连猩猩都没有?要外国才有?洋奴思想已经发展到什么地步!我马上派人去运回来。要是有猩猩,我就把说这话的人和猩猩放一起,在动物园开个现场批判会。"

小张被责令立即乘车出发。日夜兼程赶到孙村,那个"猩猩"却在前一天就死了。小张一眼没有认出躺在地下的尸体是啥玩意。

他没见过猩猩,想起师傅们说过,猩猩不长尾巴,马上找了根棍子去拨它的臀部。他看清了,有根短尾巴。从那副长相看来,像是一只大猴子,足有动物园养的紫云山小猕猴三四个那么大。小张只注意了它头大、尾巴短,别的就没注意了。

孙村的人埋怨公园的人来晚了,他们半个月前就发去了电报。小张说,他三天前才知道,知道就出发了,紧赶慢赶才赶到这里。

小张看看这野物已死,不知怎么办才好,要是把这死的运回去,有两三天的路程,不臭才怪呢!不运回去,又怕交不了差。

小张茶没喝一口,又连夜赶到小镇上去挂长途电话。长途台听说是急事,立即就要公园,可是想尽了办法也找不到人来。小张只得发电报。

等到第二天小张又返回孙村,才知道死猴子在夜里被野物吃掉了一大半,只剩下肚肠和头。

小张无可奈何,空手而归。回来后,挨了政工组长狠狠一顿训,硬说他没有阶级斗争观点,这当中一定有阶级敌人破坏。

林师傅问了小张半天,关于大猴子的情况,小张也只回答出:头大,尾巴短,个子大。问身长、肩宽、尾长,小张说:还没有想到要给它做衣服。问体重,小张说他又不是去给它做体格检查的。

林师傅语重心长地和小张谈了两晚上,小张才知道错了,感到自己是那样的无知,开始认识到了解一个新发现的动物,绝不仅仅是好玩,这当中有比好玩更重要的事。

小张毕竟是个想上进的青年,听从了林师傅的指点,开始跑图书馆借阅有关动物学的书、杂志,特别注意了本省、本地区的有关情况。

在这些书和杂志中,他读了好几篇署名是本省大学生物系王陵阳写的调查报告和学术文章,不仅增加了知识,也产生了希望能见到这位老教师的念头。在他的想象中,王陵阳一定是个满头白发的学者。

第一次,他带着介绍信找到大学生物系,人家告诉他:担任教学的教师都带学生开门办学去了;没有教学任务的,都到学校"五七"农场劳动去了。小张问到王陵阳。那位接待的人白了他一眼:"你找他干什么?"小张只好说随便问问。那人说:"学校的情况是复杂的,千万不可乱跑。现在正在反击右倾翻案风。去年七、八、九三个月,有人错误地估计形势,跳出来了。王陵阳就是个顽固地坚持资产阶级立场的反动学术权威,拉了几年平板车都没有把他改造过来。据反映,他还有不少奇谈怪论哩。"

从系办公室出来后,没走多远,有个女同志追上来,告诉他:王陵阳家住在学校西北角那幢灰楼,要找,就到他家去。张雄感激地说了声"谢谢"。

他见到王陵阳后,更感到吃惊。王陵阳不过四十多岁,体格健壮。如果不知道他的身份,在另外的地方,即使他戴着深度近视眼镜,看到他那晒黑的皮肤和握手时扎人的厚茧,一定会把他当成一个体力劳动者。这样的中年人,最多也只是五十年代初的大学毕业生。怎么会是"反动学术权威"呢?这倒从反面启发了他:王陵阳在学术上是有成就的人。

王陵阳听了这样的叙述,感到一切的客套话都是多余的。他极详细地询问了,有关那只死了的像是大猴子的动物的情况。他没有责备张雄的无知,白白地放过了那么多可贵的资料,只是耐心地要张雄根据印象,比出那个动物的体型有多大、多长、头部像什么样子、毛色是什么颜色、尾巴大概多长、腰有多粗……又拿出了尺子,细心地量。把量的结果一丝不苟地记了下来。

作过简单计算后,他也惊奇,这个大猴子,身长在一百厘米左右,体重在六十斤上下。他突然趴到地上,在床下翻了半天,找出一个本子,那上面用铅笔画了个浑身长了长毛的动物,张雄一看,高兴地说:"有些像。你早就知道了?这是猴子吗?是不是新品种?"

王陵阳两手一摊,说:"我也只是听说过,做过一些设想和推测,没见到实物。根据现在情况看来,就是亲眼见到,也可能很难于立即定下它的名称,因为这当中还有很多问题需要研究。"

能直立的长毛怪物

去年,王陵阳曾接到一位过去学生的来信,说了他听一个开汽车的亲戚说的一件事:

有一天,他开车经过紫云山西北坡只有四五户人家的枫村。这是个招呼站。

只见村头老枫树下围了很多人,闹哄哄的。刚巧有人招手要搭车。

车子停下后,听人说树上有个长毛的野人,有些乘客拥下了车。司机很好奇,也乐意下去看看。果然,他看到那树上坐着一个毛茸茸的野物。像个人样,正用手摘树叶子吃,一声不响,翻眼看着围在下面的人们。原来是早晨,有个妇女出来淘米,看到雾天的玉米地里有个人影在拔包芦,她扯着嗓子喊了声:"哪个在拔包芦?"

喊声一起,那家伙就哗啦啦地跑起来。妇女一看,是个长毛的怪物,吓得大喊大叫。村里人连忙出来,那怪物也吓得蹿上了一棵老枫树。

这棵老枫树就像经常在乡下村头看到的老桑树、老榆树一样,人们把它当成风水树。它孤零零地长在村头,和其他树不沾边。谁也不敢上去捉那浑身长毛、能立着走路的怪物,那怪物也不敢下到围满人的树下。

雾散了,围在下面的人才看清躲在树上的是只长着黑毛的像是猴子的野物。要说是猴子吧,大家在这里生活了这么多年,还没见到过这样的大猴子;

说是野人吧,相信的人更少。几个人准备了家伙想逮它。可那野物虽然跑不掉,也根本没有下来的意思。

树上树下互相监视,毫无办法。时间长了,就有人想用枪打。拿来几根铳枪准备同时放,却又有了异议:最好是抓活的,铳枪一打,八成就打死了。怎么办?好枪法的人用步枪打,可能打伤,而不致打死。围在树下的人中就有民兵中的优秀射手,但没步枪。于是,有人借来了自行车,让那射手到公社借枪去了。

看样子借枪的人短时间回不来,司机吆唤乘客上车,汽车又向前开去。没走多远,乘客看到公路上有人骑了自行车,后面还带了个背着枪的人。大家都要求停下车回头去看。

司机心里本来就痒痒的,还经得住大家要求?停下车一问,正是去借枪的人回来了。背枪的是公社人武部长,他的枪法是有名的。司机叫那两个人把自行车推上汽车,掉转车头又一阵风往回开。

公社人武部长没吹牛,大家说打那家伙屁股,他一枪就把它撂下来了。树下围着的人连忙七手八脚上去逮,好不容易才把它按倒捆了起来。大家一看,果然伤在它的屁股上。等到把它抬上了车,才发现一个社员的胳膊被它抓了个大口子。好心的司机又把受伤的人带上车,加大油门直奔县医院。

好在只一站就到了县城。一到医院,看热闹的人从四面八方围上来了。急诊室的医生说:

"没有给这样的病号抢救过。"

还是个外科医生有些见识,说:

"看样子像是猴子。猴子的器官和人基本一样,赶快采取止血措施。"

那个又大又吓人的野物虽被捆住,还是满脸凶相,龇牙咧嘴,使劲挣扎。

外科医生请来内科医生会诊。内科医生说流血过多,心脏不太好,最好是能输补液。那东西当然不听话,更不知道是在救它命,拼命挣扎。护士没法进针,只好捆得更扎实点。

补液未输完,它的心脏却早已停止了跳动。

等到这个学生知道,连忙跑到县医院。长毛怪物早被火化了,连尸体都没看到。天热,谁也没有想到还要给它防腐。又去查资料,当然没有人给它填写病历。再去问抢救的医生,才得到一些片断而又不准确的材料。

这是什么怪物呢?添油加醋的纷纭传说,使很多人好奇、迷惑。王陵阳听到的材料,都来自缺少动物学基础知识的人。可以肯定,它绝不是猩猩,更不是传得玄乎的野人。即使根据差误很大的形态描述看来,也应该是猿猴一类的动物。

大自然在召唤

20世纪60年代的初期,王陵阳也曾听到过一些片断的有关紫云山大猴的消息。

那时,他正集中精力在研究,关于东洋区和古北区动物区划的东段界线。同时和别人协作,研究江淮丘陵地区造成严重危害的、大型单相马尾松林松毛虫的发生和发展。要兼顾这两项任务,他决定在鸟类方面多做工作。

研究工作的进展速度较快,积累了大量珍贵的资料;同时又对防治松毛虫提出了一些立即可行、收效快的意见。

他提出:单相马尾松林是引起松毛虫危害的原因之一。对此,他不仅从森林群落来说明问题,而且从鸟类栖留情况做了有力说明。

有些鸟是捕食森林中各种害虫和松毛虫的能手,像黄鹂、黑卷尾、乌斑鸫等。就说画眉吧,它在育雏期间,每天要喂幼鸟一百多次,再加上它们本身吃的,数量相当多。可它的巢喜欢做在灌木丛中。单相马尾松林缺少它们生活和繁殖的条件,因而它们很少到马尾松林。

改变马尾松单一林相,种植其他树种;经过调查研究后,列出江淮丘陵地带森林益鸟名录,益鸟天敌的名录;多设鸟箱,引益鸟繁殖和居留;捕猎益鸟的天敌……这个年轻的生物学工作者,从生物学角度提出的生物防治观点,受到生物界很多有识之士的赞赏。由于学术上的成就,他由助教晋升为讲师,担任了生物系动物教研室副主任。当时,他还不到三十岁。

在极"左"思潮猖獗时,他被戴上"反动学术权威""黑帮"的大帽子。有时,一天被批斗三场,游校,挂黑牌子,每天早晨还要被押去按下脑袋请罪。

不管采取什么方式,王陵阳对于横加给他的罪名,一概否认。这样,他受到的折磨就更多。别人挂的黑牌子是木板做的,他挂的黑牌子却是钢板外面糊层纸。他暗暗庆幸在热爱上这个专业的同时,曾经严格锻炼过体质。

那些专政队员们没想到这个黑瘦子还真挺得住,就特意安排他和学校头号走资派——原党委书记老张,一道拉平板车。

从学校到农场有一百多里路,两人一部平板车,四天得来回一趟。可他轻松愉快,在战争年代受过伤的老张就不尽然了。在空车回来时,他往往强按着老张坐到车上。

来回的路上,两人海阔天空地谈着。老张用他深邃的、智慧的语言,把他领到一个新的思想境界,使他心胸豁然开朗。这真是偶然触发了必然,王陵阳决心从新的高度来看待过去的工作,筹划着新的研究课题:环境保护、自然保护、生物资源的保护和开发。

他想,我们这样一个有着几千年文化、曾对世界科学的发展做出过杰出贡献的大国,到现在还没有一本动物志,而有的小国家,几十年前就有长达几十卷的动物志了。

家底不清,如何谈到保护和利用?而工作还得从本省开始。连续两次关于在紫云山发现的怪物——根据推测应该是大型猿猴的情况,引起了他的注意。

他查阅了历史资料,只记载过紫云山有小猕猴,另有清朝康熙年间编的

《紫云山志》上记载过:"狁猴,身大须长……"这个狁猴,是不是就是指的这种猴子呢?这种猴子连连下移到山下居民点附近,是不是因为生境遭到破坏,原栖息地无法生活?如果是这样,那就有抢救这种动物的必要;否则,它有可能灭种,从地球上消失。

人类是从猿猴进化而来的,因而研究猿猴就有很重要的意义。

猿猴的地域性很浓厚,从已有的资料看来,它们的一种或亚种常常局限于一个狭小的地区。因此,推测中的紫云山大个体短尾猴,很可能是尚未被生物学界发现、承认的一个新种,或者是其他已知的种。从过去听到的和张雄的描述看来,似乎只有产于四川一带的藏酋猴,才有这样大的体型,可它为什么,又跳过好几个省而安家落户在紫云山区?这在动物地理学上又具有什么样的意义呢?

根据过去的一些了解,紫云山还有其他一些珍贵动物,因此,将这里划作自然保护区,建成天然动物园的计划是一定要实现的。那种不让搞科学研究的倒行逆施是持续不了多久的。到那时,游览避暑胜地再加上天然动物园、科研基地,那有多好!

对生物的保护,是为了更好地利用。我们对利用、开发生物资源的认识,是多么落后于现实对我们的要求!

他记得曾见过这样一份资料:在南亚,人们每年猎取的野生麂子所取得的肉食,远远超过了当地家羊的屠宰量,还有那些上等的皮革哩。我们省内麂子的蕴藏量就相当可观!

野生动物总是挑选环境适应的地方生活。它们能利用人和家畜目前还不能利用的一些条件。探索它们的生活规律,很可能为农、林、牧、副、渔的高幅度增产,提供新的途径。这对我们这样一个人口众多,幅员辽阔的国家,是具有多么重大的意义和美好的前途!

张雄了解到王陵阳的经历之后,对他十分敬佩。王陵阳真诚、坦率,几句话一谈,就使你感到非要把心里话掏给他。当年的学生听他讲课,一定是种幸福的享受……

夜深了,张雄踏着轻快的步子向城里走去。他像是从海边归来,那浩瀚的海洋开阔了他的心胸和视野,又像在召唤勇敢的人去航行,去探索,去认识新的世界!

他感到以前的生活是多么糟,混混沌沌,庸庸碌碌。宝贵的时间,金子一般的青春,无声无息地流淌了。生活,得来个改变!要投入那知识和科学的海洋,要学习。他摸了摸王陵阳给他写的自学书目,像揣着一团火,心里充满了希望和力量。

临别时,王陵阳低声说,他还在靠边站,没有工作的权利。张雄最好是少来。于他无所谓,但对张雄就不一定了。谁知道那树丛后面有没有隐藏着豺狗的眼睛?但春光明媚的一天终会到来的。一听到这里,张雄的心又沉重起来了。

也就是这天的夜里,王陵阳做出了决定:去紫云山。在这五月的天气,正是猿猴食物丰富的季节,猴群活动量大,容易碰到。直截了当提出来当然走不掉。他有个妹妹在江南,就借口说她生了病,希望他去探望她。反正过去的稿费存款还有一些,他的稿费是只作科学研究专款专用的,其他任何紧急情况也不挪用。

追　踪

一只夜莺在屋前的茶花树上鸣叫,多变的音显得更加婉转、嘹亮、动听。下弦月照得山涧流淌的溪水像一条闪光发亮的游龙,静静地向前游动;只有碰到拦截在溪心的顽石,才哗哗地高歌猛进……

屋子里的人听完了王陵阳不算简单的介绍,都轻轻舒了一口气,同时又像有什么噎在嗓子眼、堵住胸口。

罗大爷重重地磕了磕烟袋锅,说:"这些家伙,把好端端的国家糟蹋成什么样子!真叫人心疼得慌。王老师,俗话讲:兔子尾巴长不了。这紫云山的云海再厚,总是要云开日出的。咱们该干啥还干啥,你这两天找到猴子了?"

王陵阳说:"看还没看到,情况掌握了些。这个季节,它喜欢在水竹笋多的地方活动,这个高度刚好又是云海附近。这倒有利我的寻找。今天听它在老林里叫,我撵去了,没看到它的影子,却找到它吃剩下的东西。"

说着,他从包里拿出一把细水竹笋子,最鲜嫩的地方都被啃掉了,留下的只是笋皮、笋尖。

"这片竹林的笋子给吃得差不多了,估计它明天要到新的竹林去找笋子吃,我想明天再去。"

罗大爷看了看笋子,说:"老林西南角还有水竹林,明天俺领你去,省得再迷路。这小黑河要不是脚摔坏了,得好好教训他。"

王陵阳说:"也怪我一来没把情况说清楚。"

望春可是个细心的孩子,他指着王陵阳敞开的包里那画有骷髅的袋子说:"王叔叔,你来找猴子,还带着匕首、毒药干啥?俺弟弟可怀疑了。"

王陵阳一愣,他又明白了一些今天怪事的缘由了。忙取出那把短刀,说:"这是猎刀,是一个老猎人送给我的礼物。不是匕首。"又指着包,"那是砒霜膏,是毒性大的毒药。我们在野外,常常采到动物。解剖后,要制成标本。制标本要在动物的皮层涂上砒霜膏,防止腐烂,才能保存。喏!还有一盒子解剖用的刀和各种工具呢。你拿去看看,当心,别割了手。"

罗大爷像是想起了什么来:"俺还忘了,我看你一路都按规矩放了路标,咋还会迷路呢?"

王陵阳说:"我也一直在思默这件事哩!"

突然,小黑河冒了出来,走到王陵阳面前,一把抱住他:"王叔叔,路标是俺移的,俺疑心你是坏蛋!"

孩子的眼里充满了闪亮的泪水。

原来,黑河在大森林中得意的"计策",是他移动了王陵阳放置在一棵亮叶桦下的路标,使它指向自己休息的地方。

小黑河并不傻,他牢牢地记住了那棵亮叶桦。正确的路线,到这里后应向左拐,可移了的路标却指向右拐。再往前走一百步,是一棵两人合抱粗的黄杨树,到了这里再向左拐。再往前走一百步,一棵叶尖子是红色的檫树就很显眼地立在那里,现在,该再向右拐。不到六十步,就是小黑河休息地前面的空地了……

这左拐右拐不会弄混了方向? 不要紧,小黑河早就想到了这一层:来时向右拐,回去时应该向左拐,方向相反了嘛。更何况还有刻在脑子里的亮叶桦、黄杨树、檫树哩!

谁知,来往的野猪、斑狗的蹄印,把他这些记忆,踏得个稀里糊涂、乱七八糟。

王陵阳被孩子的话语感动了,他抚摸着小黑河又粗又硬的鬈发,还特意看了他头心的两个旋:"小黑河,这事是你做的,叔叔不怪你。人的行为是受思想指挥的,你在学校里学的啥? 我清楚,我的孩子也在读书。"

罗大爷先是一愣。听了王陵阳的话,又愤怒地说开了:"你看看,现时,有人要把孩子教唆成什么样的人? 讲的是歪理,教的是邪道。要不是怕他将来是个睁眼瞎子,俺早就不让他念了!"

"爷爷说得不全面,俺老师就是好人。新主任批他,他还教。总是叫咱们好好学习,还讲列宁少年时代刻苦学习的故事。"

罗大爷露出了一丝笑容:"俺望春说得在理。"

第二天晚上,正当他们为当天的收获高兴地跨进罗大爷家的时候,罗奶奶从鞋篮里拿出了一张纸条子交给了罗大爷:

"从紫云峰下山的老胡带来的。说是见到你就要交,急事。俺也不敢耽搁。"

罗大爷展开条子看了看,又一声不响地交给了王陵阳。那条子上写着:

"请查询有无江城来的游客王陵阳,并转告:他的妹妹连续拍来两封加急电报,说是病人危急,要他立即回去。有人等他。"

王陵阳又看了一遍,就稀里哗啦把条子撕掉,愤怒地说:"欺人太甚!"

罗大爷蒙了。王陵阳只得解释:"是那些人找到我妹妹那里去了。"

罗大爷似乎明白了:"学校派的人?"

第五章　银燕在蓝天飞翔

三个奇装异服的人

南郊的新建的机场,刚刚开放不久。

林荫道的两旁:前排是枝粗叶大的悬铃木树,后排是碧绿的女贞树。悬铃木树气势雄浑,女贞苗条婆娑。女贞开放出一朵朵像珠子一般的黄色小花,花朵虽小,可顶在圆锥形的花序上,显得熙熙攘攘,像是一座花塔。成群的蜜蜂飞来飞去,忙着采花酿蜜。芬芳的花香飘荡在整个候机室和大厅的前院。

一辆北京牌吉普车从林荫道上驰来,转过大雪松前的弯道,"嘎"的一声,停在候机室的门前。车上下来的四个人,把候机室旅客们的视线都吸引了过去。

第一个下车的,是个刚刚跨进四十岁的人,中等身材,穿着一身野外工作的服装。上装的拉链未拉到顶,领口稍稍敞开一些,袖口是松紧的,褂子的下摆也由松紧带勒住。裤脚上的紧口扣子未扣,脚上穿一双黄色深筒子的胶底解放鞋。背上背着爬山包,左肩挎着水壶,右肩背了支套在帆布套子里的双筒猎枪。

他的眼睛总是像探照灯似的扫射着,可是那微黄的眼珠子里并没有逼人的光芒,相反的,倒使人感到柔和。然而,那眼神里蕴藏着一种特殊的敏锐和机警,并非是人们看到后能很快认识和理解的。只有和他在一起工作后,你才会发现那一对眼睛具有特殊的功能。再联系他在生活中的种种表现,你会惊叹:这双眼睛和他的品质是如何和谐地统一在他的身上。脸上的线条到了鼻子时,向两边散开去;鼻子不高,略略显得平了些;扁扁的嘴、微微翘起的大下巴是他脸上显著的特点。

第二个下来的,是个二十四五岁的青年。身材魁梧,那显然是新做的特大号的野外工作服穿在他身上,被撑得紧绷绷的,总是让人感到这一身衣服如果再大一点、长一点就好了。那样大的一个爬山包背在他的背上,就像比那个扁嘴的中年人要小些,背上两边都还空出不小的地方哩。

他那一双手像蒲扇似的,大约在天热时也不需要找扇子;又肥又长的脚,像是两只小船;粗眉大眼,饱鼻子饱嘴,一切都恰好而适中。要不是这一身服装,又背着双筒猎枪,人们还会以为他是个篮球队员呢。他那眼里,充满着好奇与自信。有着丰富人生经验,善于识人的人,可能在心底要咕哝一句:"是块好料子,但还是嫩生了些。"

另外两个人,几乎是同时下车的。他们一下车就肩并肩地亲切交谈着。左边微胖、满头银发、六十多岁的人,显然是为右边那个黑瘦子、比他矮了一个头的人送行的。

右边那个中等偏矮身材的人,一身洗得发白、打了补丁、得体的野外工作服,是经历过无数风风雨雨、跋过千仞高峰、涉过万里江河的见证。连爬山包上那几个密针缝的大补丁,也像是在向人们显示它的资历。黝黑的脸膛,镜片后面的一双眼睛,闪着敏锐、机警的光芒,像是要一眼把什么都看穿似的。瘦削的身材,并不是那种虚弱、早衰的病态,而是把精悍、强健的体质充分显示了出来。他那裸露在外面的肌肉,就像是经过锤打似的。一身的穿戴都妥妥帖帖,就连那背在肩上的、略嫌长了些的双筒猎枪,也被很妥当地安置在适当的地方。

到了候机室的门廊了。先头下车的两个人都等在那里。黑瘦子止住了脚步:"张书记……"

满头稀疏银发的老同志,听了这样的称呼,眉头一皱,似乎是对说话人的健忘表示了惊讶。说话人也不无歉意地笑了:

"你看,我这一兴奋,就……好了,还是像拉平板车时一样。老张,你说的,我都记住了。本来,坐民航局的车就行了,你偏要送。你还有会议,请回吧。'云海漂游者'考察计划在执行中,一有了好消息,立即告诉你。"

张书记一直兴奋地微笑着,虽是银发缕缕,可身板还挺结实,背不驼,眼不花,脚步平稳而扎实。他很有感触地说:"老王,这次去紫云山,境况与上次截然不同了。去年这时候,你是只身偷偷地出走,结果,还是被抓了回来。今年,我们送你,虽说你的队伍不大,可三个人就成了组了。"

老王的心里也不平静:"这一年,发生了多少惊天动地的大事!要不是粉碎了祸国殃民的'四人帮',我们连为人民工作的权利都没有。"

"你是在这春色似锦的时候出征的,希望你们早日拿出成果,迎接科学春天的到来。要抓紧时间研究利用野生动物资源、保护珍贵动物、建立自然保护区的问题。

"你们的考察研究项目,是极其有意义的。应该很快拿出材料,先向省里提出一个自然保护区的规划,然后再做深入研究。你们这次去,虽然主要是执行'云海漂游者'考察计划,但同时也是为了对紫云山进行大规模考察,做一些侦察和准备工作,是整个宏伟计划中的一个组成部分。

"按理,还应该为你们创造一些工作条件。你看:'四人帮'的破坏是这样的惨重,比一场战争的损失还要大。问题成堆,清查、拨乱反正的工作还是艰巨而复杂的。目前,只得让你们用原始的方法,去创造现代科学的成就。在工作中有什么解决不了的困难,不要打埋伏,应该及时提出来,使工作进展更快。"

这时,扁扁嘴的中年人走来,默默地,但却迅速而敏捷地把老王的背包、枪支拿去托运了。

老王说:"从我们生物系说来,重要的是组织队伍,尽快地把被他们撵走的教师找回来,才能把教学和科研开展起来。"

"是呀!这个问题说出来,谁都不反对,做起来就不那么顺当了。你这次也有了体会。还是你这一阵风来得厉害。要不,谁能这样快把小李从酱油厂找回来?"老张用下巴点了点正在办托运手续的扁扁嘴的中年人。

"他现在是老李了。酱油厂的同志喊他'李师傅'。1962年他留下当助教时,才二十岁出点头哩!正当他出成果时,兜头来了个'黑线专政''彻底砸烂'。"

"要把这损失了的时间抢回来。"

"我们有这样的信心、干劲。"

那个漂亮的小伙子喊了声:"王老师,安检了。"

张书记走了过去,按住他的肩头:"张雄同志,这次王老师把你从动物园借调来,你可不能有临时思想啊!要好好学习、工作。"

张雄胸脯一挺,神气地说:"没问题,别的难说,这爬山、走路难不了我。保险给你逮只大猴子。"

张书记笑了:"还得由实践来检验。逮只猴子,可不像拣个田螺那样容易。"

李立仁站在安检口等着他们,张书记握住了他的手:"小李,欢迎你一归队就参战。"

李立仁只是憨厚地笑了笑,默默地握了握手,啥也没说。

张书记一直看到那架银燕离开地面,隆隆地飞向蓝天,才离开机场。

考察云海漂游者

张雄第一次乘飞机,一切都很新鲜。他非常想看看飞机是怎样离开地面的。飞机还未发动,他就把脸贴在舷窗上,连服务员送来糖果也不知道,还是李立仁碰了碰他。他的大手伸到盛糖的碟子,服务员也惶惑了。其实,他只尖起手指,就夹起六七个糖果。当他疲倦的眼睛眨了一下,再睁开时,飞机却正在将大地向后、向下推,一幅幅奇异的景色又使他目不暇接。现在,他可以从新的高度来观察他日常见过的事物,探索从来没有见过的闪着奇光异彩的景色了。

飞机平稳地飞行着,湛蓝的天空,像蓝宝石一般,没有一丝云彩。银燕就像在蓝宝石的天幕上滑行。

王陵阳舒适地靠在沙发椅子上,他的脑海里,也像这广袤无际的蓝宝石天宇一样,银燕在盘旋、飞翔……

"云海漂游者"计划的名称是他定的,主要任务是去考察新发现的紫云山大型猴子。去年五月份,他根据张雄的介绍,与过去一位学生来信谈的情况比较,觉得基本上是吻合的。王陵阳相信,把那浑身长了长毛的怪物,推测为猿猴类的动物是正确的。这种被围捕到的紫云山猴单独个体,体形大、四肢粗壮、头大、尾短。

紫云山新出现的这种大型猿猴,当然已在这里生活了相当长的历史,当地也一定发现过。可是,生物学工作者却不知道,这说明还有多少工作亟待去做!必须尽快查明这种猿猴的种性,是已发现的猿猴生活在这里,还是一个新种或新的亚种?它究竟还有多少数量?是否正濒临灭绝的危险?

正因为这样,他在去年冒着风险秘密去了紫云山。后来,他虽然被迫草草地结束了紫云山之行,但那短时间里所看到的,还是触目惊心。生态环境被任意破坏,珍贵动物被乱捕滥杀……他不由得想起了恩格斯的一段话:

"我们不要过分陶醉于我们对自然界的胜利。对于每一次这样的胜利,自然界都报复了我们。每一次胜利,在每一步都确实取得了我们预期的结果,但是在第二步和第三步却有了完全不同的、出乎预料的影响,常常把第一个又取消了。美索不达米亚、希腊、小亚细亚以及其他各地的居民,为了想得到耕地,把森林砍完了,但是他们想不到,这些地方今天竟因此成了荒芜之地,因为他们使这些地方失去了森林,也失去了积聚和贮存水分的中心……我们对整个自然界的统治,是在于我们……能够认识和正确运用自然规律。"

是的,人类是自然的建设者,又是破坏者。科学使得人们不得不承认这个令人不愉快的事实。科学家早已在努力改变这种状况,使人类更好地在自然界中生活;可是,多数人对这严重问题并未触目惊心,仍在做着那些盲目而愚蠢的破坏。这种情况需要科学工作者做更艰苦的工作。

飞机微微地上下颤动了几下,王陵阳向舷窗看去,原来是正飞越一条宽广的江河。他知道,那波光粼粼、如带如练的,正是源远流长的长江,它奔流不息,昼夜不舍,宇宙、生命不都是在这样运动吗?他又想到,这十几年来祖国所遭受的灾难。是呀,老张说得对,比一场战争的损失还要大。它的危害性,有些已被我们认识,有些还要在很久以后才显示出来……

要把损失了的时间抢回来,不能只是喊喊,还需要艰苦卓绝的努力。从去年十月粉碎"四人帮"那惊天动地的事情到来之后,他感到青春的活力又焕发了,全身有了使不完的劲。

这次的计划,要在查清"云海漂游者"的分布、数量的基础上,观察它们活动的规律、生态特点。要采到标本,在可能的情况下,研究种群。这是主要目标。同时,还要尽可能多采集一些动物标本,摸清一些情况,为大规模地对紫云山生物考察,做些准备工作和制订计划。为野生动物资源的利用,提出一些立即可行、行之有效的经济的方法。工作的意义是巨大的……

飞机已经飞临紫云山地区的上空。

"云海,气势磅礴的云海!"

张雄惊喜地叫了起来。他是第一次看到早已听说过的云海。在他的想象中,那云海不过是白茫茫一片的云雾,谁知道还有着这样丰富的层次、瑰丽的色彩!

　　王陵阳用眼瞟了一下李立仁,见他正埋头看外文资料。飞机的颠簸,张雄的惊奇,不时送茶送糖来回穿行的服务员,李立仁都没注意。他要把消耗在酱油厂的时间补回来。

　　王陵阳知道,李立仁这几年并没有白白地在酱油里打滚,当他拖着疲倦的身体回到家里时,还是手不释卷的。从日常来往和交谈中看来,李立仁对于生物学的研究动态很了解,特别是对近年来,突飞猛进的分子生物学和遗传工程更是关注。他有时还得利用李立仁的活动方便,请他帮助查阅一些资料。

　　突然,他看到了天市峰和迎明顶,连迎明顶上气象台的天线塔都看到了。他感到这些浮在云海上的山峰全像跳棋盘上的棋子。怎么突然想起了孩子的玩具?对了,他曾见过小黑河弟兄俩下跳棋。两天前他已拍了详细的电报给罗大爷。他似乎看到了这一对小弟兄正瞪着明亮的大眼,仰着头,向天空里寻找飞翔着的银燕……

第六章　门前一树紫茶花

它碰到我枪口上了

踏上山间的石板小路,王陵阳等一行就浮沉在翠影红霞、山红涧绿之中。

山这边,两声杜鹃一声声地唤着:"布谷——布谷——"

山那边,应起了四声杜鹃悠扬的音调:"快播快种——"

小杜鹃则像奏打击乐一样,敲着铿铿锵锵的音节:"嘀咚——嘀咚咚!嘀咚——嘀咚咚!"

一阵低沉的"喔喔喔喔喔"的鸟叫声,从队伍里飞起。张雄猛地回头,原来是调皮的黑河正撮唇弄舌哩。

黑河一边走着,一边学着鸟叫。不一会,树林里又响起一声声愈低愈快的"快打谷,快打谷"的鸟叫。张雄看到,小黑河往林子跑去了。他分明盯着小黑河的背影,却不见黑河哪里去了。突然,一个小石子砸到树上,惊起一只小鸟。这小鸟黑头黑尾,扇动的翅膀像栗子一样红。

王陵阳看着落到前面树林的小鸟说:"雌小鸦鹃,"又把跑回来的黑河拉到身边,"你学得真像,小鸟都和你对歌哩。这种小鸦鹃是雄鸟先叫,刚才你学的就是。它邀请女伴唱歌。雌鸟说:哪有工夫,'快打谷!快打谷'。"

罗大爷笑着说:"你别夸了,他只有学鸟叫的本事。"

张雄也喜欢起小黑河了。

黑河嘴边又"喔喔喔喔喔"地响起低沉悦耳的鸟叫,没一会儿,树林里果然响起清脆急促的"快打谷!快打谷"。

望春拍着手说:"鸟儿对歌了!"

罗大爷喜滋滋地说:"喜着哩!杜鹃鸟对着杜鹃花唱!"

可不是,映山红正开得欢哩!张雄过去只在小说和电影中见过这种像红霞一样的花。春风微微一吹,那红花就掀起波浪,拍着翠竹、绿树……突然,有人塞给正在凝神遐想的张雄一束花。张雄一看,惊奇了:这是一束紫色杜鹃花。望春正走在他旁边,咧着小嘴笑着,还用手指了指路旁。路边沙石地上,偶尔有一丛紫色杜鹃。

王陵阳听着蓝天飞去的杜鹃鸣叫,看着盛开的映山红,心里不禁涌出了唐人王维的诗句:"万壑树参天,千山响杜鹃。"

说着话儿,路就显得短了,更何况大家的心里都乐着哩。快要走出开满映山红的山冈了,前面就是栎树林,队伍将进入大山。葱茏巍峨的群山正向他们召唤。

王陵阳陡然听到一种微弱的声响。他刚想摆手叫大家肃静下来,李立仁已经提着枪向东边山头飞也似的奔去。可是,一点也听不到他的脚步声,像是在冰上滑行一样。张雄正忙着脱枪衣,树林已遮掩了李立仁的身影。王陵阳向张雄摇了摇手,示意他不要去了。

"好机灵的人!"罗大爷拉住要跑的小黑河,轻轻发出赞叹声。

黑河小声地问张雄:"李叔叔看到了什么?"

张雄懊丧地回了句:"不知道。我也没见着。"

王陵阳低声说:"像是野雉打蓬子的声音。"

话未落音,只听"砰"的一声,接着就是一片寂静。

罗大爷很有兴趣地说:"看看去。"

王陵阳很有把握地说:"不用了。打着了。"

小黑河、望春一直紧紧地按着小狗不让它动。这时,两个孩子却像脱缰野马一样向树林奔去,小狗紧紧跟着。

不一会,绿树丛中扬起了小黑河的童音:"打着了!打着了!"

接着,响起了一阵树叶的哗哗声,跳出了小黑河,手里提着一只野鸡,血还在往下滴着。小狗白雪前后、左右地向野鸡扑腾。黑河一边提高野鸡、一边吆喝着小狗:"不要假报功!"

望春傍在李立仁的身边,拿着黄亮亮的空弹筒子端详着。李立仁正在擦着枪筒,默默地走着,好像刚才那只野鸡根本不是他打的。只有熟悉他的人才看出,他那扁扁嘴的嘴角,正挂着一丝笑容。

张雄迎了上去,可是小黑河却把野鸡递到王陵阳的手里。王陵阳一看,欣喜地说:"嗬!是白颈长尾雉!已有的资料还未记载在这里见到过它!"

张雄一看,果然是的,感叹地说:"我们动物园展览的那只,还是从广西买来的。这不是,我们省里就有嘛!"

王陵阳习惯地一只手提着白颈长尾雉的头,一只手抹着它那华丽的羽毛,趁雉体还未僵硬,让它恢复原状。同时,他向人们深有所感地说:"这说明有多少工作等待着我们去做!真要废寝忘食、夜以继日才行!"

罗大爷虽然还不真正了解他们工作的意义,甚至对作为科学的动物学还根本不了解,可是凭着历尽沧桑的生活经验,以及去年和王陵阳的短暂接触,他感觉到这是一件很重要的好事,是一件光荣的事。

过去,他对于知识分子,特别是大学教师,一方面,觉得他们是有学问的人,另一方面,又感到这些人的身上,总是有股和他不同的异样气味。与其说,这些感觉是从和他们直接相处中得来的,倒不如讲,是听人说的,或是从报上看的,是日积月累逐渐形成的。

当年在紫云山当轿夫时,一眼就能看透那些达官贵人、军阀流氓的骨髓。

可现在,要认识这些知识分子,还得花些时间,但他们的气味并不是想象中的那样。所以,昨天一接到电报,今早他就领着两个孙子,跑了二十多里山路,到山区临时的一个小站来迎接他们了。罗大爷一边想着这些,一边很有兴味地把野雉拿到手上观看着。

王陵阳看罗大爷有着浓厚的兴趣,想到以后的工作,就说:

"罗大爷,你看,这种雉的颈子上有漂亮的白色羽毛,它是长尾雉的一个亚种。我们的大别山还有一种白冠长尾雉,头上的冠羽是雪白的。这些都是珍贵动物。这是一只雄雉。它的羽毛多好看,亮闪闪的,它的最大特点是尾羽特别长。"

说到这里,罗大爷把手指叉开量起长尾巴来了。

"了不得,这尾巴比它身子还长五六倍哩!"

王陵阳问:"罗大爷,你看过京戏吧?"

"呸!那老妖婆搞的样板戏可坑死我了。那次演什么《海港》来着,硬要我赶二十多里路去看,说是政治任务。看得人直困。去得急,烟管又忘带,眼泪、鼻涕把衣襟都淌潮了。溜走吧,有民兵端枪看着。回来路上,差点没让老豹子拖走!"

这话把大家说乐了,整个山岭上都荡漾着爽朗的笑声。

王陵阳忍俊不禁:"我说的是古装戏。"

"看过!"

"那上面山大王一出来,头上的两根毛直晃动。那毛,就是长尾雉的尾羽哩!"

"对!经你这一讲,想起来了。那两根毛是怪逗人的。山大王头上要是没这两根长尾巴毛,可就不像个山大王了。"

"它自己就是个山大王,"王陵阳看了一眼张雄,就像是在课堂上要一个学生集中注意力听讲一样,认真讲下去,"长尾雉喜欢生活在丘陵地带或高山的草莽当中。天冷没食时,就到山脚边的庄稼地里,找小虫和撒在地上的种子吃。每年春天开始繁殖。先前听到的声响,是它发情找伴的声音。雌雉在窝里孵蛋,雄雉站岗。它占山头就是占巢区。这个山头只容得它们这一对,别的来了就要斗架,常常斗得头破血流。越是流血,斗得越欢。猎人就利用这点来逮它。大别山捕长尾雉的'提鸡子'人,是用拣来的长尾雉的蛋,给家鸡孵出雏雉来当媒子,吸引野雉。"

"这种鸡我见过,也打过,没想到这里头还有这么多学问。我记得,母的是麻色,又小又不好看。"罗大爷点了点头。

"是这样。雌雉的羽毛颜色要淡些。"

"王叔叔,它不是野鸡吗?怎么又叫'雉'?"望春问。

"'雉',就是野鸡。"

"那,吕后叫吕雉,就是姓吕的野鸡!"

这又把大家说笑了。罗大爷不无赞赏地说:"这小东西,就喜欢转脑子。"

小黑河原来就爱这长尾巴毛,它比鹃鹃带到学校的"漂亮的山鸡"羽毛更好看,又听了这些话,上来就要拔毛,以后也好让那个小鹃鹃见识见识。张雄慌了,一把拉住了他的手。谁知情急中用力大了,疼得小黑河直叫"哎哟"。

张雄连忙赔笑说:"对不起,对不起!"

王陵阳说:"小黑河,咱们先订一个条约:以后不管打到什么动物,一根毛也不能动。咱们不是打猎的,是考察动物的。打到的动物,都得留下做标本哩!"

罗大爷看他们对打到的这种鸡很重视,忙说:"俺这里还有一种白鸡。"

"白雉?"王陵阳惊奇地问。

"是的,白膀子,白尾巴,人们都稀罕它。过去多,飞起来,一群有十来只。现在不大看得到了。"

"是全白,还是杂有其他颜色?"

"肚子上是黑毛。膀子上大毛也不全白,有黑线线。"

"还叫什么名字?"

"山那边叫它鹇鸡。"

"白鹇!"王陵阳和李立仁几乎同时叫起来,又问,"你见过?"

"见过,俺们那里往远走点的山头就有。去年还见过。"

王陵阳兴奋地说:

"白鹇,是种珍贵的野雉,属于国家规定的保护动物。过去,动物学资料上,没说过紫云山有白鹇。书籍和教材中引用的,是几十年前外国学者在中国研究的资料。听说,近年来,有的动物学工作者,正在做这方面的工作。"

张雄说:"我们动物园的白鹇,是从福建进的。"

王陵阳接着说:"我读李白诗,发现有歌咏白鹇的诗篇。从诗中看,李白就是在这一带漫游时,看到白鹇的。应该说,这里有白鹇。我们这次来,要采的鸟类标本中,它是第一个。罗大爷,你以后看到,一定要打下,或者跟我们讲。"

"哎呀!俺随口的一句话,引来这样重要的事!要说珍禽异兽,俺紫云山多着哩!有飞马、独角兽、四不像、梅花鹿、野牛、香獐子……数不完,说不尽,有你们看的。"

王陵阳知道,民间传说的未必实有其事,以独角兽来说,指的是犀牛,热带和亚热带才有这种珍贵的动物。在紫云山的气候带,是绝不可能有的。但这里野生动物资源丰富,倒是实情。

"还能真有飞马?"

张雄只在图画上看过飞马,没想到这里真有那种凌空驾风的动物。

王陵阳说:"从科学上讲,不会有长翅膀、能飞的马。地球上根本没有这种动物。"

没想到,这话引起了强烈的反响。

"王老师,不是俺爱抬杠。光听说的不算,俺还亲眼在落霞峰那边看到过。从这山顶到那山尖,它呼啦一下就飞过去了,这还能假?你待的日子长了,兴许也能见到。"

王陵阳见罗大爷很认真地争了起来,就说:"是吗?那倒真要注意!"

罗大爷不会说假话,可他看到的到底是什么动物?王陵阳希望有机会解开这个谜。

队伍又准备上路了,罗大爷特意走到一直站在旁边、默默地听着别人说话的李立仁跟前,跷起大拇指,说:"好耳朵,好脚力,好枪法!"

李立仁听了这一连三个"好"字,脸有点微红。他憨厚地咧开扁嘴笑了笑,像个老猎人似的谦逊地说:"它碰到我的枪口上了。"

江上鱼梁

队伍又重新踏上了山道。石板小道一直把队伍引向谷底,白沙子的羊肠小道,又牵着人们向高山爬去。小道一直伸向青山白云的深处。

路旁的草丛中,不时响起窸窸窣窣声。每次,张雄都要向旁边闪一下,生怕有毒蛇突然袭击。连碰到长脚的蜥蜴,也提腿闪腰的。望春指着正向石缝爬去的金黄色小动物,说:"不是蛇,是石龙子,颜色真漂亮。小张叔叔,它不咬人。"

一条大河拦在前面,如蓝似绿的一江春水滚滚地流着,两岸摇曳着碧绿的翠竹,开满红艳艳、紫英英、白洁洁的山花。江面上时时漂来三朵两朵落花,似乎是要用自己的芬芳把漫江的春水染香……王陵阳不禁轻轻地吟起来了:"道由白云尽,春与青溪长。时有落花至,远随流水香。"

黑河拍着手:"王叔叔在作诗了。"

"不是我做的诗,我是在读古人的诗。这诗写得好不好?"

"美哩!就像是写俺们现在看到的。他也到过这里?"

"没有。"

不远处,江上横了一条石坝,水从坝上翻过去,跌落到下游的河床。绿得发蓝的水流不慌不忙地从坝上漫着,一过了坝就迅速地泛着白花向下跃去,溅起无数晶莹的水珠,飞起了一片片水雾。在阳光下,水雾闪着虹一样的彩带。远远看去,就像是水帘上的彩门。

王陵阳指着石坝,说:"这就是李白在这一带漫游时,描绘这里风光的诗中写的'江祖出鱼梁'的鱼梁了。"

"他也喜欢俺这地方?你认识他?下次欢迎他也来!"黑河天真地说。

"他是唐朝的大诗人,来不了了。"王陵阳只顾观景,想自己的事,漫不经心地回答。

"他不是俺中国人?唐朝在哪?"

"你……"王陵阳吃了一惊,转而一想,又改变了语气,"你们课本上没讲过李白?"

"没!真的,不吹牛。不信问俺哥。"

望春点了点头,又说:"俺还是从一本破烂的历史书上看到的。"

王陵阳刚才的好情绪一下被满腔的愤怒驱散了,痛苦地说:

"这怨不得你们,孩子,是'四人帮'害了你们!唐朝,是我国历史上公元618至907年的一个朝代。李白就是生活在这个朝代的大诗人。他一生喜欢漫游,曾经在这一带逗留过一段时间,留下了许多美好的诗篇。"

黑河、望春满脸通红。

王陵阳继续说:"那帮家伙真是祸国殃民!连我们民族辉煌的历史、伟大的诗人,都不向学生们讲!这纯粹是愚民政策,忘祖卖国!"

"王叔叔,你别生气,俺们一定好好学习。'四人帮'一倒台,学校抓得就紧了。"黑河诚恳地说。

大家默默无语地沿着江边走。直到罗大爷说了几句话,才使空气轻松一些。

罗大爷招呼大家:"要过江了。"

张雄一看,江上既无桥梁,又无舟筏,不禁急了:"这咋过?"

王陵阳、李立仁已开始脱鞋袜了。

罗大爷对张雄说:"看样子,你是头一次到山里。来,跟着我!"

李立仁要抱小黑河,可小黑河说什么也不肯,反而要扛他的枪。最后,虽然是一溜长行,但自然地形成了两人一组。王陵阳拉着望春,李立仁攥着小黑河的手,罗大爷走在张雄的后面。

这样宽的石坝,上面的水流不急,又浅,按说应是不太难走的,可是身体魁梧的张雄望着那流水,耳朵里轰轰的水声就像隐雷一般,总觉得这石坝是在悠荡、晃动。他像个刚刚学步的孩子歪歪趔趔、抖抖索索地走着。

"别看脚下水。看着李老师背上的包就行了。"罗大爷提醒他。

张雄是个纯朴的青年,父母都在上海一个纺织厂工作。他有正义感、求知欲,敢于在王陵阳还戴着"铁帽子"时去向他求教,但"四人帮"这么多年的宣传,也使他这样一个高中毕业生,对知识分子存在着一种偏见:他认为这些大知识分子对他这样一个小知识分子,一定是清高的,而对物质享受,一定很讲究,他们总是怕苦怕累的。

出发前,他曾想过,自己的知识当然比两位老师差得远,但爬山、涉水、负重,还能比不过你们两个知识分子? 现在,当他看着李老师虽然把自己的背包也抢过去背了,还是稳健、轻松地走着,不禁有些惭愧。

他走在石坝上,不但没有顾得上去欣赏这如画的美景,体验这凛冽的江水中有着微微的春天的温暖,反而却被这小小的水流弄得很狼狈。

山区的路总是蜿蜒在峡谷里、河岸上。他们不断地过河,一会从左岸走到右岸,一会又从右岸走到左岸。而野生的竹林、灌木丛,又往往把路挤到悬崖的旁边。遇到这种情况,张雄就会提心吊胆,笨拙地攀缘着过去。

欲飞的凤凰

到了黑水潭,黑河离开队伍,朝前头跑了,老远地就喊:"奶奶,客人来喽!"

罗奶奶早已站在门前,她笑得合不拢嘴。山区的人本来就好客,更何况是那个救过自己孙子的王老师呢!

几棵茶花树的枝头,盛开着花朵。从远处看去像一片云霞。一条流向黑水潭的山间小溪在茶花树前流过。一幢漂亮的江南山村房屋被翠竹和绿荫掩映着。高敞的房屋坐落在向阳的半山坡上,紧紧地依靠着背后层峰相竞的大山。

王陵阳看清了那四棵高大的茶花枝头,顶着的不是一色的花朵。

西边的茶花树上,开着满枝橙红色的茶花。

紧挨着它的,是一簇白色的茶花,白得耀眼,不是到了近处看到那样大的花盘,还可能把它当成似雪的梨花。

最东边一株粉红的花朵,正颤颤悠悠地在微风中晃着,嗡嗡作响的蜜蜂紧张地从这朵钻到那朵。

夹在这中间,最显眼的是紫茶花了,花也开得特别繁茂。当他来到桥头往下眺望,感到它是顶着一团紫霞。在阳光的照耀下,像蓝紫又似玫瑰红,又像是刻在透明的水晶体上。

茶花树前是用竹子在水溪上搭成的一个竹架,摊开了的篾匾上晒着笋干、野菜。茶花树后是块削平了的山地,裸露在地面的石头上还残存着锤痕凿迹。这是屋前的晒场。靠屋前门廊不远,有一方石桌、几只石凳。

石桌上早已放好了茶水。石桌上空,是一架常春藤,正把浓荫罩成方方的一块。晒场的两旁是几株枇杷树,樱桃还青哩,顶在蒂子上,像是一颗颗绿宝石珠子。枇杷树外就是攀藤附葛、开满小花的竹篱笆了。

房屋具有这里山区典型建筑物的特点。粉墙的上沿,有不知名的画家绘的花朵、图案,灰瓦的檐角是凤凰展翅,游龙摆尾。

李立仁早已不声不响地忙开了。他放下背包、枪支,从罗奶奶手里抢过脸盆,打来洗脸水,又拿来了毛巾。

张雄好奇地打量着这幢房屋,他还没有见过这种具有浓厚的民族风格和乡土特色的建筑。

李立仁看到小张这副神色,主动地介绍说:

"咱们江南的村子大都临河,这山区还得依山。屋前有花有树,有果有藤,绿化了环境。山区的房子大多是楼房,高敞,明亮。天井小些,采了光,又避了暑气。迎门是堂屋。两旁厢房是储藏室,又可做厨房。楼上是卧室。咱们这里梅雨季节长,夏天中午异常炎热,房高,檐深,外墙用砖石,内墙用板隔,都是为了改变小气候的。"

这一串话,把罗大爷、王陵阳都引来了。

张雄对李立仁的说明很信服,又惊奇,只顾连连点头:"对! 对!"

罗大爷:"李老师对俺山里的房子研究得真透彻。"

王陵阳笑了说:

"他就是江南石窝湖边上的人嘛,他说得有道理。这倒使我想起了北京横平竖直的街道和古老的四合院,那是适合当地寒冷气候的。黄土高原挖窑洞居住,再往北,因为更冷,就得修建厚实的夹墙屋了,好烧火取暖。福建比我们这地方更湿热,那里就在绿树丛中建造环楼,十多户住一起。西藏高原筑成碉堡式的房子,草原上张毡包为屋。这些不同的特点,都是由地理环境和气候决定的。"

张雄瞪着惊奇的大眼:"盖房子,还有这么多复杂的情况?"

"兔子做个窝,还得找块好地方哩!"罗大爷很赞赏这些有学问的人。

张雄想:难怪王老师、李老师看东西的眼神都不一样,这野外工作可得有双锐利的眼睛呀。

望春又领张雄去屋后看了猪圈、鸡舍。张雄对水道发生了兴趣,一根根中间去了节、大头套小头的圆竹筒,从山上引来清清的溪水,出口正对着水缸。水缸满了,挪开竹筒,那清清的溪水就顺着墙边的渠道流到了屋前的小溪。难怪一直听到潺潺的水声。

当张雄回到屋前场地上,已见李立仁在剥制白颈长尾雉了。小黑河趴在一边看着,还根据李立仁的指挥帮忙剥着鸡皮、擦滑石粉。小黑河看李立仁这样挺费事的,偏着个小脑袋问:

"叔叔,杀鸡还要剥皮?这多费工夫。鸡皮好吃哩!你们不吃,俺吃。俺顶喜欢吃鸡皮、鸭皮、肉皮。"

"是剥制标本。等会儿你就看清楚了。"

"那为啥要给它里头擦粉?怕它不漂亮?"

"这是滑石粉。它能吸去皮上的血和水分,好剥。"

"为啥还不剖肚子?肚里有鸡蛋吗?"

"公鸡能下蛋?"

"嘻嘻,俺只当它是野的,忘了它是公的。"黑河不好意思了。

雉肉拿下后,王陵阳剖开了雉的胸腔。约略地检查了肝、胆、肺等后,就取下了嗉囊和肫。在天平上称了它们的重量后,剪开了嗉囊。小黑河用手捏着鼻子,另一只手还直扇:"好腥!好臭!难闻死了。"

望春也捏住了鼻子。

王陵阳倒像是鼻子不通,什么也没闻到,只顾低着头,用镊子夹出一个个尚未消化的小虫、草叶,一颗颗种子,整齐地排在一张纸上。做完了嗉囊,又剖肫,然后拿出放大镜照小虫子,认一个,记一个。

小黑河觉得放大镜怪好玩的,伸手要拿。王陵阳说:"要看可以,可得认出看的虫子,认出一个记一分,认不出我就教你。过一会我考你,答不出就扣分。好吗?"

"管!不吹牛,真的。"

小黑河还真行哩,认出了一些,认不出的经王老师一教,也只有两个没记得。王陵阳表扬了他,这使小黑河更加高兴:

"王叔叔,杀鸡还有这么多麻烦事?为什么要记得它吃些啥?"

"好,小黑河在动脑子了。这不是杀鸡,是解剖。杀鸡是为了吃,解剖是为了研究。看它吃的东西,能分出它是好的还是坏的。如果尽吃庄稼、益虫,就是坏家伙,我们要想办法除它。如果吃的都是害虫呢,它就是对人类有益的,应该想办法保护它,让它繁殖。还有,我们可以根据它喜欢吃的东西,找到适合它生活的环境。要是将来在大山沟里办个野雉饲养场,就能选好地方。逮回来养,也知道喂些什么。"

"好,好!奶奶,咱们逮它几只来家养。"小黑河拍着手嚷嚷。

"管!你有那个能耐逮来,俺给你喂。"奶奶从来不肯拂了孙子的面子。

罗奶奶早已催着吃饭了,可是李立仁说,要等标本做完,怕放干了,收缩后,影响标本质量。生物系里的许多标本,大都因这么多年无人管理,损坏了。这次他们决定做姿势标本,可以带回大学做教学用。罗大爷忙着找竹子刨花作填充物和底板木板去了。

在涂砒霜膏的时候,李立仁特意把小黑河喊来看。黑河一看那塑料袋上的骷髅,脸就红了。李立仁虽然已知道这些事,可还是装着一点也不知道,问:"你认得这上面的字吗?"

"认得。王叔叔去年教的。俺晓得那是毒药,是管标本不烂的。"

"对!你学习肯用脑子,进步快。这'砒霜膏'三个字得认清,笔画多就下功夫记,明天写给我看。还有一条,不准乱动这个。"

"管!写不出就给你打。不吹牛,真的。"

"真的不吹牛?这要到明天才知道。"

标本做好了,像真的一样站立着。罗奶奶看着,不禁呆了,说:"这不像在找食吃吗?你看,它听到响动,头还偏着看哩。膀子展了些,想飞啦!要不是俺看着他们做,还当是真的哩!往回退十年,俺比着把它绣出来,当凤凰也没人说不像。"

望春轻轻地告诉张雄:"俺奶奶绣的花,就像是树枝子上开的。"

经罗奶奶这么一提,罗大爷问:"这凤凰究竟有没有?"

王陵阳说:"书上、画上有,可实际上没有。古人就是看了野雉、孔雀,加上想象,美化出来的。"

罗大爷点点头,说:"有理。"

罗奶奶又细细地逐一打量了他们三个人,说:"有学问的人,啥事都会做,理儿也说得透,都是有能耐的人。"

黑河说:"俺也要做有能耐的人!"

王陵阳拍了拍他的后脑勺子,说:"有志气!你们将来会比我们更有能耐。现在,要好好读书,要把基础打好。你的作业本还没给我们看哩!"

"俺有进步。老师说,就是上课不用心听,好做小动作。要不,俺每次都能考一百二十分!"

罗奶奶用手指点了点他的头,说:"看你烧得!一百分就到顶了,怎么还多出二十分?"

"有附加题哩!不吹牛,真的。"

被逐的猴王

一轮月亮挂在山头,银辉倾泻,群山被照得朦朦胧胧。树林里不时响起阵阵哗哗声,像是骤雨打在枝叶上。春风悠悠地吹着,山区的春夜,和煦、温馨。

晚餐是丰盛的。什锦砂锅里面,是豆腐、春笋、火腿、蘑菇、石耳。锅下黄泥炉里的炭火吐着蓝色的火苗,锅里咕嘟咕嘟地响着。一碗野鸡烧香菇,一碗鲜肉烧蕨菜,一碗油辣霉豆腐,一碗鲜鱼。两样凉菜:豆腐皮拌葛粉、麻油、白糖拌萝卜丝。这全是这里山区的特产。王陵阳知道罗大爷喜欢喝一杯,特意带了两瓶古井名酒。瓶塞刚打开,罗大爷就深深吸了两口气,连说:"好酒,好酒。"

这一桌菜,对张雄说来也是样样新鲜的,吃一样问一样。特别是石耳,那有刺的黑耳皮,肉乎乎的,像海参棘皮一样。罗大爷说:这是紫云山的特产,性凉、味温香,全生在大石壁上,得放绳子才能采到。

由于王老师的坚持,全体都坐在外面石桌上吃饭。三杯酒下肚,罗大爷的话稠了:"王老师,去年这时,那些东西咋知道你到这里来了?"

张雄抢先接住了话头:

"起因是从动物园开始的。那个政工组长硬说紫云山有猩猩,引起了大家的讥笑。他恼羞成怒,布置爪牙搜集情况。后来,他从介绍信存根上查到我去过生物系,马上派人到了学校。刚巧王老师又到江南来了,这家伙和生物系的坏家伙一商量,掀起了大波,说:要是王老师果真向我讲了什么,或是到紫云山去了,这就是一起严重的反革命复辟事件,资产阶级夺了无产阶级的权。"

罗大爷奇怪了:"咋扯,也扯不上夺权!"

张雄说:"他们说,现今是无产阶级造反派掌权,无产阶级说了算。有些政治上的糊涂虫不相信无产阶级——就是说我们不相信他说紫云山有猩猩,硬要去找崇洋媚外的资产阶级反动学术权威。这反动学术权威还真敢插手这事。这不就是夺了无产阶级的权吗?"

罗大爷生气地把酒杯一放,说:"尽是歪人说歪理!"

"就这样,他们一方面要我检查交代,一方面派人去王老师妹妹家。去的人一看她好好地在家,便抹下了脸,找她要人。我的师傅和同志们保护了我,才没受大罪。王老师回去就苦了,天天挨批挨斗,还送到了什么封闭式的学习班里,不让出来。"

罗奶奶听到这里,眼圈都红了:"'四人帮'一伙真歹毒!"

小黑河也站起来,说:"他们不让咱们学习,想要俺变成小傻瓜!成天叫咱们揪走资派,斗'坏蛋',把好人当坏人。"

起风了,山野里一片喧闹。

王陵阳向罗大爷详细介绍了"云海漂游者"计划的内容,听取了他的意见。自王陵阳去年来了以后,罗大爷也有心留意大猴的情况。还说他护理的这片森林在海拔较低的山区,虽没有亲眼看到过这样的猴子,倒是有两次发现了它们的踪迹。

王陵阳和李立仁、张雄研究过这些情况。初步认为这种紫云山猴的个体大,活动的范围也相应更大。它们喜欢在高山云海附近。游客们到紫云山来往较多的地方,是温泉到紫云峰,再由紫云峰到白云寺和古松庵。猴子基本上避开了这些地方,因而被发现的机会较少,偶尔有人发现,并不去注意猴子的大小和区别,更不会像动物学工作者那样对它们有这样大的兴趣。

那又怎样解释在海拔更低的居民点围捕到猴子呢?

王陵阳曾在询问中得知:张雄由于偶然的好奇,注意了猴子的牙齿,当时围观人中,有人说了句俏皮话:"它牙这样黄,也不买把牙刷刷刷。"

张雄一看,它的牙比玉米粒子还要黄,又很短,与这样大的猴子不相称。王陵阳分析,它的牙齿原来当然不应该是这样短的,原因只能是长期磨损的结果。这说明,它的年龄相当大了。

从所得到的片面材料分析:这两只孤猴都曾经是体格健壮的。在猴群中的"地位"不会太低。

根据猿猴营群性的特点,一般说来,它们不脱离猴群单独生活。如果从某一只猴子说来,在体弱、多病、年老的情况下,有可能在猴群漫游、迁移中掉队,流落在外。没有给它们做过体格检查,难以确定是否有病,但从被围捕到的情况看来,它们并不像应有的那样强悍和机警,可以认为是体弱的。

动物生存竞争的结果,使猴群要求保持强大的群体,个体对种群也有很大的依赖性。如果仅仅因为年老、体弱多病使它们脱离了猴群,也还有不少问题无法说明。

还有一种可能,即猴群遇到了突然的严重灾害,比如生境被严重破坏,遭到天敌的猛烈袭击,猴群被冲散……可是,为什么两次都是孤猴呢?那么,是否存在着另一种情况:原因来自猴群的内部。

考察组反复讨论了这个问题。王陵阳提出了一个大胆的猜想:这两只被围捕到的孤猴,可能是猴王。

因为年老、体弱,随之而来的昏庸、迟钝,使它们无力指挥猴群,不适应职务的需要。猴群为了生存和发展,迫切要求产生强有力的头领,新猴王应运而生。

老猴王不甘心失去的权势。新的和老的发生激烈的争斗。结果是:老猴王被逐出了猴群,成了孤猴。

这样的猜想,可以在一定程度上解释那两只猴子为什么都是于深秋季节,在低山觅食时被捕到的。因为那时,山上的食物贫乏,孤猴要避开猴群,只得走向低山。失去猴群照顾和保护的孤猴,过着难以忍受的寂寞生活,生存艰难,处处危险。

大家比较倾向于王陵阳的猜想,当然,正确与否,还需要到未来的考察中去索取证明。

这样合理而细致的分析、判断,使望春很惊讶,原来在科学研究中一点细微的现象都不能放过。黑河也是越听越感到有趣味。

张雄懊悔把观察动物的好机会白白放过了。他在动物园只管喂喂食,其他的事一概不管,心里还总是认为整天看着那些又腥又骚的野兽,是低下的工作。自从和王老师认识以后,他才开始接触生物学,才感到过去有多少珍贵的资料从眼前过去,像宝贝一样白白流失了。

第七章　千山万壑

密林里的野兽

考察组通过对群众的访问、对地形的分析,决定分组进行工作。

紫云山山体大致从西南逶迤向东北而去,地处五县之中。最高海拔有一千八百多米的紫云峰,顶天立地,是矗立于我国东部疆域高峰中的佼佼者。

高山的地势,大抵可从顶天冈划分为前山和后山。动物与地形、景观有很大的关系。王陵阳他们把整个山区划成了四个区域,兵分两路:李立仁和张雄跑前山,王陵阳和尽可能参加的罗大爷在后山。先遍地撒网,然后再紧紧收缩。

李立仁和张雄先在前山东区工作了几天。紫云山号称七十二峰,其实,山中有山,峰中拔峦,层层叠叠,何止七十二峰!他们经常是艰难地登上一个山峰,又要小心翼翼地下到谷底。还不断被断谷拦住去路,被峭壁隔绝,只得再折回,沿着山排找路,成天上下起伏。

天刚微明,他们出发转向西区。每人背着沉重的爬山包,沿着一条深谷,一步步向来仙峰登去。李立仁对张雄说:

"来仙峰与谷底的相对高差较大,植被垂直分布明显。从山脚到山顶,就像是一本不同气候带的植物图谱。由马尾松林带,逐渐到高山草甸、苔藓地区。这是一本实实在在的自然植被书,需要认真读,仔细看。"

前两天，李立仁已指导张雄观察了海拔较低的马尾松林带。现在，经李立仁一提醒，张雄喘着粗气，开始注意山岭上的树木，发现大多是常绿乔木，落叶的阔叶林和常绿的阔叶林。他为了辨别树木，确实付出了艰苦劳动。

他自小生活在大城市里。那几年的中学生也没有学到动、植物知识，还是近几年才认得一些常见的树，至于如何分辨落叶树木与常绿树木，这要在冬季是容易的，可是现在万木葱茏，他只得临时学习、询问。

王陵阳曾一再对他说：

"科学是实实在在的，学习知识，从事科学工作，更应该实事求是。你们上学时基础没打好，要在这次难得的野外工作中勤奋学习，不懂就问。我已和李老师谈过，要主动帮助你。假如可能的话，我们非常愿意一下把所有的知识都告诉你，但这在实际中是不可能的，需要一个循序渐进、不断学习的过程。只要勤奋学习，是可以缩短这个过程的。

"这么多年科技人才青黄不接，极需要你们迎头赶上来！养动物，不简单，学问深着哩。我们现在这种只供欣赏的动物园应当改变，也应该把它办成科学实验的场所。"

对于这次邀请张雄参加考察"云海漂游者"，王陵阳和李立仁也是经过多次、反复考虑的。一方面，因为他是现在可以找到的、唯一见过紫云山大猴子的人；另一方面，他自访问王陵阳以后，比较注意学习动物学的知识。还有，就是他们早就想建立一个实验性的动物园。

在学校里创办困难较多，而把动物园改造一下却是可能的。它既可作为科研基地之一，又可以在展出中，丰富人民文化生活的同时，进行动物学的科学普及教育。

带出张雄，可以在实际工作中提高他，再选择适当的时间，让他系统学习理论，一步步将他培养成为动物园的科研骨干。

李立仁看张雄这几天对野外工作很勤奋，心里高兴。张雄天未亮就得起来上山，直到晚上才回到住地。吃了晚饭，还要在灯下解剖采到的动物，有的制成标本，直到深夜才能休息。

他们正艰难地走着，一股有力的强风迎头吹来。李立仁抬头一看，只见一片雨云快到头顶。还没有找到躲雨的地方，风却裹着雨哗哗地下起来了。张雄还在一条流向山谷的小溪那边，也只得就地找块岩石躲雨。

雨点打在岩石、树的枝叶上，激起了一片片雨雾。千重山、万重岭像是画家大写意的泼墨，浓妆淡抹，群山显得更加雄伟、秀丽了。

群山飞泉，银练闪闪，水声争鸣。急涌的溪水从陡壁上跌落下来，成了一道道的飞瀑。

隔开李立仁和张雄的小溪，原来只有一线淙淙的溪水，现在已是急流奔腾了。

可这雨来得急速，去也匆匆。云过天开，阳光灿烂。

这个高山气候的小小玩笑，给他们两人带来了麻烦。张雄几次涉水过溪，都被急流挡了回来。在最后一次，还摔了一跤。

溪水并不宽，只要狠狠跨两步就过去了，可是水冲得人的两腿总是感到发飘。山势又陡，人一跌到水里，水就要把人冲走，到了山谷处就是飞瀑。观瀑是种赏心悦目的乐事，可是人从飞瀑上落下，那就不会令人高兴了。

身材魁梧的张雄，一筹莫展地站在一条小小的溪流对岸。

李立仁用短刀砍来一根粗树枝，要张雄紧紧地抓住，才把他渡过来。

这场雨使他们的行动更加困难了。可是，李立仁仍然若无其事地向前，并不时地观察植被情况。张雄有些沮丧，两条腿像是有千斤重，特别是刚才不在意扭了一下的腿，现在竟也和他作起对来。

李立仁向他发出了信号：停止前进，就地隐蔽。张雄看李老师在侧耳倾听，凝神注视着左下方的一片灌木林。他虽然什么也没有听到看到，还是放下爬山包，从肩上拿起了枪，隐蔽到一棵树后。

李老师正端着枪,往他刚才注视的地方悄悄地走去。灌木林里静悄悄的,他每走两步就停下来观察一会,似在设法寻找有利的射击地形。

树林中也有一对眼睛在瞪着李老师,这只野兽把自己的全身都隐藏在茂密的树叶和野花中,一动不动。它竖着尖耳朵,机灵的大眼注视着李立仁的一举一动。

李立仁又等了一会,灌木林里还是一丝动静也没有。他故意放重了脚步,狡猾的野兽依然一动也不动。

张雄端起枪,注意着野兽可能出现的地方。

李立仁只得继续向前探索,他已考虑到,要么就是刚才没有听准,这不太可能;要么,这个野兽就是极其狡猾的……

隐藏在灌木丛中的野兽,大约已从逐渐向它接近这点,弄清了对方的意图,于是,那双眼睛在树叶中消失了。"哗啦"一声,撒开四蹄就跑。

灌木太密了,李立仁根本看不到野兽,只是从纷乱的树枝的哗哗响声中,知道它已跑了。他放开脚步就追。眼看距离正在逐渐缩短,野兽却来了突然大转弯,直向张雄埋伏的地点奔去。就在野兽突然大转弯的时候,暴露了它一部分身体,这更激起了李立仁的劲头,加快了步伐。

张雄一听野兽是朝着自己这里奔来,立即举枪瞄准,大约是立式不舒服,他又迅速地跪下了一条腿。

已经能看到野兽奔跑时拨得树丛乱动,却见不到它的身体。那狡猾的东西似乎猜透了对手的心思,就是紧紧地依靠树丛遮掩身体,尽量不暴露。

张雄看看野兽已到了自己的射程内,紧张地瞄准,瞄准线随着晃动的树丛而移动。它不离开树丛,是无法射击的。虽然大致能判断出它的位置,连发两颗子弹也完全可以打中目标,但是,茂密的树丛将挡住子弹,使子弹射到野兽时已没有多大力量。他在等待着,等待着最好的时机,希望它离开树丛,哪怕是跃起的一刹那也行……

几只很大的黑蚂蚁,不知什么时候已爬到他的身上,又爬到他的脖子上。张雄动也没动,全部的注意力都集中在瞄准线上。

李立仁眼看难以追上,捡起了一块石头,砸到下面,引起了很大的声响。野兽急忙向前飞奔,准备向山上奔去。

枪没有响

好,正好!野兽在两片树丛中露出了身体的斜侧面。张雄及时扣动扳机。扳机不动。他又使劲扣,还是扣不动。野兽棕黑色的毛衣消逝在树丛中了,张雄头上沁出了大滴大滴的汗珠。

李立仁一反常态,老远就嚷开了,声色俱厉:

"怎么不开枪?"

张雄没有答话,只是低头紧张地检查着枪支。什么都很正常。他又取出子弹,也未发现问题。可是,扳机就是扣不动。

李立仁奔来了,满脸都是乌云。他抓过枪来一看,原来是枪身和木托衔接着的上方,有个插销一头脱槽,一头伸出来了。他不自觉地瞟了一下商标:"齐哈猎枪厂。一九七六年。""齐哈",特别是那个"哈"字,正张开它的大嘴,对他尽情地嘲笑。他气愤地把枪一摔,余怒未息:

"你昨晚没擦枪?早上也未检查?"

"昨晚我俩一道擦的,今早也检查了。"张雄低声地说。

"这怎么解释呢?"李立仁指了指坏枪。

"可能是刚才过溪时摔的?"

"把枪摔断,也不能把这插销摔出来。我背枪这么多年,还没有碰到过这样的事——这明显是销子松了。"他沉默了很长时间,情绪逐渐冷静下来,才又嘟囔着,"这不能怪你,是枪的质量不过关,我们事先没检查好。"

张雄用石头把插销往里砸,李立仁说:

"没用,砸不进去!只有拆开修,我们没带工具。"

张雄说:

"要不,这一枪射去是稳稳的,我装的是零号弹头,连发两枪,不死也重伤。"

李立仁不愿说任何话了。采动物标本,不像采植物标本。这里找不到,在另外可能有的地方再找,它长在那里也跑不了。采动物标本呢,就不一样了。那些长翅膀的会飞,有腿的会跑。即使找到了,采到手也不容易。有时候猎枪里装的是小号子弹,遇到的是大动物;装了大号子弹,跑出来的却是小动物。像刚才这样的机会,是跑几个月未必能找到,失去了这次机会,不知何年何月才能再碰到。

张雄满肚子委屈。

从紫云山复杂的地形看来,最好是找一个对猴子有些了解的人做向导。王陵阳听说,新中国成立前,河南、河北、山东一带常有人到这里逮小石猴,专门卖给玩把戏的班子。前两天,他特意带了介绍信到较近的东山分水公社,一边访问群众,做些调查工作,一边请向导。

接待他的公社丁副主任,三十五六岁光景,留着个俏皮的分头,为人很热情。他听完了王陵阳的来意之后,满口答应。

"几天前听说你们来了,正想去拜访,倒让你们占了先,真是对不起。农村工作,就落个忙。'四人帮'一垮台,科学研究骑着马、加着鞭赶上来了。前几年,你们知识分子受罪,我们贫下中农看在眼里,疼在心里。

"你们的考察工作,我们一定大力支持。有什么困难尽管找我。只是,你问的这野兽、猴子的事,不怕你笑话,我虽是山里生、山里长,还真不如你们晓得的多!我们是大老粗。找个领路、挑东西的,好办!生产怎么紧也要抽出人。要找晓得猴子的人,我马上派人下去摸摸情况,有适合的人,就叫他到你们那边去。"

丁副主任对工作确实关心,详详细细询问了考察组的成员、计划,已发现了一些什么情况……王陵阳觉得考察工作也没什么秘密,倒是应该大力宣传,以求得群众的协助,便把行动计划说了。

从丁副主任的话中听出:马上就要个好向导大约有些困难,王陵阳便告辞了。临分手,丁副主任还一再说:

"紫云山范围大,地形复杂,野兽多,毒蛇也厉害,你们可要注意安全。看样子,你王老师是个干起工作不要命的人,这山沟沟里不像办公室。这次找不到,还有下次嘛。有困难尽管讲,一家人,别客气。"

王陵阳今天刚从山上转了一圈回来,一见李立仁和张雄也回来了,很惊讶。按计划,他们最早也得明天才能回来。又见李立仁闷声不响地背着两个大包,张雄还在远处一瘸一拐地走着,更吃惊了。

望春连忙去接张雄。

小黑河兴高采烈地跟前跟后,问李立仁:

"李叔叔,你们看到什么野物?"

没有回答。

"李叔叔,你们打到什么标本?拿出来看看嘛,还用得着保密?"

还是没有回答。这时,他才抬起头,一看李立仁脸上罩着乌云,就把下边的几个"为什么"都咽到肚子里去了。

李立仁一来就喜欢上了小黑河,小黑河也乐意跟在这个叔叔后面。李立仁可能是因为自己家里有两个都是文文静静的女孩子,一见到活蹦乱跳、一刻也不安稳的小黑河,感到新鲜。小黑河喜欢李立仁,可能是因为第一次见面,李立仁非凡的本领就令他崇拜。虽然,这个叔叔不喜欢讲话,但他也不像别人,老是打断他的话。

张雄强忍着痛楚,打起精神,可心里对李立仁的态度很有意见。心想,你自己也承认是猎枪的质量问题,怎么能怨我呢?王陵阳看出两人的情绪都不好,就没有急于问,只是帮助张雄敷上药,让罗奶奶照顾他,就去干自己的事了。后来见李立仁洗了脸,茶也没喝一口,就忙着拆卸张雄的枪,他也奇怪地走了过来,问:

"怎么回事?"

"坏了!"

"特意给了他一支新枪嘛!"

"我也没见过这种坏法!从厂里出来就是次品,唉!"李立仁气愤地叹了口气。

还在李立仁做学生时,王陵阳就器重他刻苦钻研、一丝不苟的学习精神,更尊重他默默地工作,从不显示自己的朴实品德。李立仁从不轻易地喜怒于色。因为枪坏了,或者是一支坏枪,也不会是这样,其中一定还有重要情况。

"什么时候发现枪坏了?"

"关键时候。"

"发现了什么?"

"最先没看清。后来,远远地看到了,像是鹿科一类的。"

"身上有没有斑点?这里极有可能分布着华南梅花鹿。"

"没看清,因为距离较远,又只暴露了很短的时间。其实只是一跃,又隐没了。"

王陵阳又问张雄:"你看清没有?"

"我只顾瞄准,没特别注意,有些像只大麂子。"张雄如实地说了当时的情况。

王陵阳思索了一会:"会不会是毛冠鹿?"

李立仁说:"我也这样想过。虽然它只闪了一下,倒是可以看到它的毛色乌黑发亮。不过是迎着太阳光看的,难以断定。"

王陵阳一听此说,立即睁大了眼睛,兴奋得几乎叫了起来:"黑麂!难道是黑麂?"

他急速地转身向张雄:"你说,你看到的是什么颜色?"

张雄一点也不明白王陵阳的兴奋和激动,回答时更加斟字酌句了:"好像是个老黄麂的颜色。"

王陵阳一点也不放松:"究竟是黄色,还是棕乌色?"

张雄咕哝着:"两只眼只顾盯在瞄准线上,扳机扣不响,浑身汗毛发炸,哪注意到那么多。"

王陵阳不满意了:"这样说法不对,我们是研究动物科学的,不是猎人。要有一眼就分出毛色、体型特征,叫得出名字,叫不出名字也应知道属于哪一科的基本功。这不行……"

他似乎突然想起了张雄的具体情况,话也就到此为止,否则,后面还有一串话哩!可是,一想到那可能是黑麂,他又兴奋、激动起来:

"黑麂,是我国特有的稀有鹿科动物,生活在高山森林中,别的国家没有!多少年来,已没有见到对它的报道了,很多人都担心生境的破坏,可能已使它灭绝了。

"从文献上看,这里没有发现它的记载。我们出的经济动物志上,用的是外国学者三十年代在我国工作的材料。这说明我们研究动物的人,还没有谁采到过黑麂的标本,更不要说对它进行研究了。

"这是落后、无能、耻辱!难道我们再编动物志时,还只得用他们的材料?外国学者先进的东西,我们要学。可这是只在我们祖国土地上生息繁衍的动物,是我们的财富!我们却没有见过,不知道!只得用四十年前的材料。"

李立仁的感情是埋藏在心底的,王陵阳刚才所说的,他心里也早有一本账。过去,他学习的教材和参考文献中,有一些明明是产在我国,甚至是我国的特产动物,可是,描述的材料、生态学的研究,用的却是外国人的研究成果。每次,这对他的心灵都是一次刺伤。

他也常常思索其中的原因：在旧中国，黑暗腐朽当然要落后，要埋没人才；新中国，应该有自己培养的知识分子。

自己的老师，其中大多数是党和人民培养出来的新中国的科技人员，是从旧社会挣扎过来的，是在老一辈科学家辛勤教育下，逐渐成长起来的。王陵阳就是他所看到的当中的优秀代表。看来，并不需要多长的时间，就有更大的发展，就有更庞大的队伍。自己是这队伍中的一员，需要做到的就应该做到。另一方面，他也考虑到，动物学研究对象——动物标本的难以采集。除了专业知识外，还需要一个优秀猎人所具备的本领。

正是因为要把这些空白填补起来，他放弃了别的兴趣，决心像王老师那样，甘愿做个科学征途上的铺路石子，努力去研究动物保护、环境保护。为了这一工作，他付出了别人难以想象的努力，经受了特殊的锻炼。

李立仁低沉地说：

"前两年，我见到一份材料，介绍了一个外国客人参观我们一个大的动物园，说是向他介绍了黑麂。我心里一惊，虽然黑麂在我国分布面并不太窄，但还没有一个动物园饲养黑麂，除非是最近有所进展。幸而文中有幅照片，我仔细地看了，那不是黑麂，是毛冠鹿。尽管照片是黑白的，又不太清晰，但从头部还是能看出，它千真万确是毛冠鹿。"

王陵阳在房里踱来踱去："真丢脸。"

停了一会，王陵阳又说："动物园的现状一定要改变，要有优秀的动物学工作者去担任领导工作。"

张雄听了他们的谈话，才明白了问题的重要性，委屈的情绪稍稍消了一些。但转而一想：我毕竟只是个饲养员，既不知道这些，更没估计到枪的质量有问题，你们何必这样要求？他正想着，突然听到王陵阳对他说：

"刚才说的，你都听到了，是黑麂、不是黑麂，就要在那一瞬间确定下来。在科学上，这一瞬间是多么宝贵！再要碰到这一瞬间，又不知要等到何年何月。我注意观察了这里的生境条件,有极大的可能出产黑麂。今天虽然未能揭穿这个秘密,但只要有,总是有机会的。已过去的事,总结教训吧!更何况这是枪的质量出了问题。"

"我有责任!"李立仁没有原谅自己。

张雄听了,心里仍然不是滋味:

"我……我……"嘴张了几次,也没说出下文。

王陵阳安慰他:"多想明天的,但要记住昨天的。"又对李立仁说,"想办法换个插销,既然是松了,勉强装上去,关键时候还可能出毛病。这些年各方面的生产都被'四人帮'搞得一团糟!"

望春兄弟俩都瞪着大眼坐在旁边听着。连喜欢咋呼的黑河也未插一句话。大人们的话,在这两颗幼小的心灵里引起了反响。这些新鲜有趣的知识,像股清泉流过他们的心田,滋润着理想的种子。

猴　尖

歌唱了一天的鸟儿都静下来了,森林还在不时地卷起一阵阵的波浪,就像是遥远的海波发出的涛声,低沉、雄浑。溪水潺潺流着,像是缠绵的低声细语。高大的群山黑森森地立在人们的面前。

张雄闻到一阵清香,分辨不出是什么样的香味,可是呼吸了这种香味,感到温暖。他又听到了咕嘟咕嘟的水声,这才看到罗大爷正端起茶壶向杯子里倒茶。

"好香的茶!"张雄惊喜地说。

罗大爷嘿嘿地笑了:"让你们尝尝新。"

王陵阳和李立仁听这样一说,连忙端起了茶。李立仁刚呷了一口,觉得有股醇烈的清香沁人心脾。他又呷了一口,满口清爽,只觉得鼻息里出来的都是幽兰的香味。

李立仁说了声"好茶!",又深深地喝了一大口,立刻感到回肠荡气,浑身的疲倦都消散了,全身筋络都舒松了。

王陵阳也细细地品了茶,长期大量抽烟卷,使他的味觉不是那么灵敏,但这股茶香,还是令人口舌一新。喝了几口以后,就愈来愈感到茶的芬芳、醇厚,他问罗大爷:"这是新茶? 离谷雨没几天了吧?"

"你们来时,月儿没圆。今晚,到这时月亮还未上山,离谷雨也只有几天了,"罗大爷按照他的计算方法回答,"谷雨前采高档茶;谷雨后嘛,茶山就大忙了。"

黑河高兴地说:"过两天就要放茶假了。"

张雄问:"你会采?"

"会! 谁不会采茶? 不吹牛,真的。"

王陵阳说:"难怪了,我们喝的原来是紫云山的名茶。"

"俺摘了点野茶,做工又粗,乐得个新。配上了这好山水,你们在城里就难喝到了。"罗大爷谦逊地说。

王陵阳说:"读过苏东坡的诗的人,大都记得'试将新火试新茶',这新茶就是不一样。"

李立仁还在一口口品着茶:"这茶喝到嘴里还发甜呢!"

"真的,口里凉润润地发甜。"张雄也加以证实。

"茶的老家在云贵高原。我们的先人试制了茶,最早是拿它治病的。"王陵阳一边喝着茶,一边像讲故事般说。

张雄还品不出茶味,只知道好喝,听王老师这么一说,觉得新鲜,不禁问道:"能治病?"

王陵阳说:"是的,茶能益思明目,助消化,正气正胃,可防治坏血病。特别是以肉食为主的牧民,不喝不行呢! 过去,有的老中医开处方,还要加上一味茶。"

"俗话说:山高雾浓,茶才香。俺紫云山是得天独厚的好地方,好几种名茶都离不了俺这大山。大的有红、绿两系。红茶中的尖子有工夫茶、礼茶。绿茶中高挑的,有火青、炒青。挂金字招牌的有松萝茶。这松萝茶就是王老师刚才讲的,中医要入药的。特别出名的有紫云毛峰、云雾、猴尖……"罗大爷如数家珍。

王陵阳听到"猴尖",触动了心思,不禁重复了一句:"猴尖……"

"你喝过?"罗大爷问。

"这猴尖产在紫云山的哪里?"

罗大爷没想到王陵阳问的是这事。

"产在猴岭一带,那里有几个生产队。"

"山头可高?"

"不高,是个山崂子,雾气大。"

"怎么叫这怪名字?"

"听老人说,那里原来是猴子窝。"

"现在还有猴子?"

罗大爷还没答话,小黑河抢着开了口:

"有哩,不吹牛,真的。俺班上鹃鹃外婆家在猴岭。前两天,俺说你们是来找猴子的,谁晓得猴子在哪里,告诉俺。找到了,叫老师给他记一大功。评'三好'时,俺第一个举他的手。不吹牛,真的。鹃鹃说,她外婆家那里就有,去年暑假还亲眼见到过。俺试她,说她吹牛。鹃鹃要跟我打赌。"

王陵阳很认真地听了:"她说见到的是大猴小猴?"

"俺也问过她。她说,啥大猴小猴?她见到的就是一种猴,有大的,有小的。还说有老的,有少的。她存心气人哩!真的,不吹牛。"

李立仁也问起罗大爷:"这紫云山,还有与猴子有关的地名吗?"

罗大爷默想了一会,说:"有。猴子望海不就是?"

王陵阳和李立仁交换了一下眼色,两人在一起商量起来:根据一般的情况看来,地名总是有来历的。"猴子望海"是海拔较高的山峰。"猴岭"的海拔并不太高,刚好是一高一低,再把这两个地方查一下,可能有助于更准确地了解紫云山大猴的生活规律。

黑河一听说要到猴岭、猴子望海去,就嚷开了:

"放了茶假,俺也要去。"

稳重的望春也提出要去。

罗奶奶说:"尽瞎起哄,大人去工作,孩子家去干啥?又不是三里五里。再说,你们跟着碍手碍脚的。"

小黑河一听,缠着奶奶说:"俺走得动,不吹牛。俺做不了大事,能帮李叔叔捡猴子。他打着了俺就捡回来;猴子死在树上下不来,俺还会上树。上次那只白颈箍长尾雉就是俺捡的,真的,不吹牛。"

望春说:"奶奶说得不全对。俺不是去耍的,俺要跟叔叔们学知识,找都找不到这样的好机会哩!"

"哟,这还挺在理的!"罗奶奶被望春那股稳劲说笑了。

"就是嘛,就是嘛!奶奶瞧不起人。"小黑河只管嚷。

"俺今年初二,过几年,高中毕业,俺就去考王叔叔那个大学的生物系。将来也去研究生物学。"望春一本正经地说。

"我接李叔叔的班。"小黑河大声宣布。

这话,把大家全说得高兴起来。张雄看王陵阳和李立仁都笑眯眯地点头,连忙说:

"在近处跟我们跑跑、玩玩还可以,远了可就……"张雄心想:这样爬山越岭,自己都够呛,何况两个孩子?别到时候成了累赘、负担。

罗大爷没正面提这件事,却接过张雄的话,说了两年前的一件事。

石壁下的坐虎

那是中秋节的前两天。黑河他们读书的清溪,有的生产队没栗树。几个大姑娘、小媳妇趁休假日,到风景区外鹞子岭那边采板栗。那里板栗树高大,但不成林,东一棵西一棵的。栗子个头大得吓人,长得把刺壳都挤裂开,露出特有的鲜艳、漂亮的红色。画家们专为它起了个名字:栗红。这种大板栗比一般的栗子要甜,不说糖炒了,就是风干了,吃起来都很甜。因为望春兄弟俩在清溪上学,她们经过罗大爷家时,喝了茶。到吃中午饭时,这五六个人满头大汗,神色仓皇地跑回来了。有的还没喘过气来就叫:

"哎哟,我的妈呀!就是栗子堆成了山,八人大轿来请,我也不干了。"

问了半天,事情才清楚了:她们正在采栗子时,有个小姑娘看到前面山石下坐了个野物,就叫她嫂子来看。

嫂子见是一只身上长着黄色夹黑色条纹的野兽,正坐在石头下,背靠石壁。

再一看斑斓花额上,有几条黑黑的像是"王"字的花纹,立刻吓了一跳,"啊"地叫了一声。声音刚刚出口,又赶紧捂住了嘴,脸都变了色,声音走了调,告诉小姑子:"老虎!"

小姑娘一听就打哆嗦,嫂子到底大了几岁,悄悄地说:"快通知大家,偷偷地走。"

你嘴咬着我耳朵,她脸又贴着别人的嘴,几声一嘀咕,再偷偷瞧一眼坐在那里的老虎,气氛更加神秘而紧张。

大姑娘、小媳妇全都往回走,开始只是快步走,不时回头望望,都恨走得太慢。不知谁由快步变成了小跑,别人一看她小跑,立即快跑,直到撒开脚丫子没命地跑。谁都怕落在后面。

罗大爷有事不在家。妇女们离开罗家一会,望春瞅空拿了爷爷的火枪,不声不响地往鹞子岭走去,他跟爷爷曾去那里采过黑木耳。

他按刚才几个妇女说的路径,找到了那个地方。果然有只老虎坐在那里,虽然是坐着,那样子仍然挺威武。

望春想,自己就这一支火枪,最要紧的是要一枪打中,万一……对,得找个地方隐藏起来,枪一放就赶快转移、装药。要是它没死,追来了,就再给它一枪。只要沉住气,稳住劲,打不死才怪呢。

果然,他找到了一个如意的地方,轻手轻脚地埋伏了下来,趴在石头后瞄准了老虎。他瞄着瞄着,枪头低下来了。

他先捡了个小石子,轻轻甩了出去。石子落在离老虎还有几尺远的地方。被称为兽中之王的老虎,对此不屑一顾,动都没动一下。

不一会,他又扔出一块大石子,落在老虎旁边,它还是不理不睬。

望春胆大起来,随手又投过一块大石头,"啪"的一下打在老虎的身上。它真有修养,就是不动。

望春长长地舒了口气,提起火枪,大摇大摆地向老虎走去。他那一双明亮的眼睛紧紧盯着老虎,只要它一有动静,望春就立即叫它吃子弹。

到了老虎的跟前,它还没动。望春看清楚了,老虎的身上全是蛆虫,皮也烂了。望春估摸着老虎在临死前,实在走不得也坐不住,便靠到石头上休息。谁知,这一坐下就再也站不起来。

他用树棍一拨拉,威风凛凛的老虎像堆黄沙瘫了下来,屁股上还有一支箭。望春想,这支箭大概就是爷爷常讲的毒箭了。这种毒箭,早就不准用了,哪一个还敢这样胡干？可惜虎皮烂得全是大洞小眼,好在骨头还未发黑。他听说虎骨是名贵的药材,就用棍子拨拉到溪边洗干净,找了根藤子捆好,挑在肩上,颤颤悠悠地回家来。

先头,他举起了枪,正在瞄准,要扣扳机,怎么又突然把枪头低了下来？原来是望春犯了疑心。他想：妇女们跑回去,说老虎坐在这里。俺来了,它还坐在这里。俺从那边转到这里,它还是这个样子坐在那里。为啥一动也不动地坐到现在?得想个办法来试试。黑眼珠一转,一个主意就转出来了。

快到家,迎上了爷爷。爷爷是回家看到他留的条子,撵来的。一看望春那副形象,又是生气,又是高兴。

爷爷以后一和人谈到这事,请人喝虎骨酒,就捋着胡子说:

"嗨嗨,这小东西就比别人多个心眼。他哪里知道,老虎死也不倒威哩!老人说过,老虎到死也不躺下,总是要找个地方靠着。倒下架子,要失去威风。"

收购站知道了,动员罗大爷把虎骨卖了。罗大爷说啥也不要钱,收购站只得丢下钱就走,说是不收钱不能要。

事情又传到捡栗子的妇女们的耳朵。几个人又是拍手,又是跺脚,懊悔那时没想到这样简单的事,只顾撒丫子往回跑。多数人称赞望春,说是几个大人的心眼加在一起还没他多。

故事说完了,王陵阳把望春拉到怀里,亲切地抚摸着他,可是,却先问小黑河:"去年我来的时候,听你说,有人叫他……"

"五分加小绵羊。"

"这哪里是个小绵羊呢?是逮虎的英雄嘛,真是颠倒是非。现在好了,打倒了'四人帮',国家给你们开辟了一条金灿灿的大道。以后,我们的科学、技术、文化都会有很大的发展。我们有责任,把我们知道的传给你们,李老师,你看……"

"欢迎两个小同志参加我们的考察小组!"李立仁说得很肯定。

"我负责照顾他们。"张雄也很愉快地表了态。

王陵阳兴奋地说:"这就一致通过了。"就带头鼓起掌来。

罗大爷、罗奶奶喜得连忙嘱咐两个孩子要听话,要守规矩,特别是一再警告小黑河。王陵阳却说:"我们的小黑河不像过去调皮了,懂事多了,是会遵守纪律的。你说是吗?"

"是,不吹……真的。"

大家都笑了。

李立仁知道,王陵阳不是凭着感情做出决定的。过去,王陵阳曾经是科普协会的理事,生物学会的常务理事。那时,在共青团领导下,少先队组织开展了丰富多彩的活动:登山、游泳、运动会;少年宫的各个课外兴趣小组,还请科学家担任辅导员、举办夏令营……增进了孩子们的身心健康,激发了他们学文化、学科学的热情。

王陵阳曾经和李立仁商量过,想根据生物学,特别是动物学的特点,举办一次以野外动物考察为内容的夏令营,从全省中学选拔二十来个生物科学爱好者参加。这样,既可以让他们了解生物学发展的情况,学习一些基本的知识,开阔眼界,培养对生物学的爱好,又可以从中发现人才,提高中学动、植物学的教学水平和大学录取新生的素质。

这个设想得到很多同志的赞同,其他学科的同志都说:"你们先行一步,摸了经验,我们马上跟上。"

谁知,这样美好的计划没能实现,连少年宫都被批判为"培养精神贵族的黑窝",被砸烂了。

不久前,他在向李立仁介绍紫云山情况时,提到望春小兄弟俩不管刮风下雨、飘雪打雹子,都要跑上十多里路,到山下的学校上学。那时,他们就再一次想到了过去的计划。

后来,又在一份材料上看到国外科技先进的国家,早就开始用夏令营和科学俱乐部作为辅助手段,培养专门人才。这使他们又讨论了过去的计划,甚至感到,如果这次执行"云海漂游者"计划中,条件成熟时,就主动吸引望春兄弟俩参加部分活动,为办好科学夏令营,总结一些经验。

王陵阳问罗大爷:"毒箭还留着吗?"

"在。"罗大爷连忙走进厢房拿了来。

李立仁和王陵阳仔细端详着这支毒箭。从箭杆和箭镞看来,做箭人的技艺很熟练;特别是箭镞,更是要有经验的人,才能使它带上强烈的毒性。华南虎虽没有东北虎那样雄伟的气势,个体小些,但也是极珍贵的稀有动物。国家早就三令五申禁猎,就算宣传得不够普遍,但这样的猎人是应该知道的。新中国成立后早就不准用野蛮的地弓和毒箭了,谁还有这么大的胆子? 按一般规律,总是先发现了虎迹,判断出它的动向,然后在可能的必经之路设地弓、毒箭的。虽说是较荒凉的地方,也容易误伤人。这是明知故犯!

张雄从谈话中已听出了问题,问:"罗大爷,有人来找你要虎骨吗?"

猎人有权要回猎获物,这是一般的规矩。罗大爷还未答话,李立仁先说了:"这是犯法的事,他敢来?"

罗大爷说:"李老师说得在理。"

王陵阳问:"你认不出这毒箭是哪里造的?"

罗大爷说:"这……听说东山那边有几个人会造,大多不在世了。往年,没禁止用毒箭时,箭杆上刻字,猎主好凭它领回毒倒的野兽。为这箭,我也查了很久,总没打听出个头尾,只听说,那个时间前后,有个人在鹞子岭那边转悠了几天。我也疑心,就有心去碰他,偏偏没碰上。"

"遇见他的人,认不得他?"张雄有些不解。

"山大着哩! 他有心躲你,远远就闪到林子里去了。这不像在城里马路上。"罗大爷说。

这件事还挺复杂的,都觉得安箭的人不是个简单人物,像是个很有经验的偷猎者,联系到访问中听到滥捕滥杀珍贵动物的情况,他们感到问题不仅复杂,还很严重。到底是单个的偷猎者,还是有一帮子人? 如果是专门偷猎经济价值很高的动物的"高级"山贼,这对他们的考察将是个威胁,对以后建立自然保护区的威胁更大!

  月儿升上了东山。几只宿鸟不知被什么惊起,扇起翅膀,掠过夜空,向远处飞去了。

第八章 两只猴

岭上岭下

四月的茶山裹在云雾里,芽尖子就是斜风细雨催着冒出来的。石块垒起了层层梯田,碧翠的茶棵绕着大山旋了一旋又一旋。闪着银光的山泉,从万竿翠竹中飞了出来,从雨洒风吹的苍茫茫松涛中涌了出来。铺满白色、黑色、蓝色石子的小溪里,叮叮当当地响着流水。

王陵阳一行五人的队伍刚踏上茶山,就被云雾拥抱裹挟而去。

山歌从茶山飞出来了,脆生、悠扬。这山的歌声还未落,那山的小调儿又飞上了峰。群山组织了几部轮唱,只见歌声不见人,使这一切都笼罩在神秘缥缈中。王陵阳在这些景色里穿行,思绪沉浸在诗情画意里。他想起了唐诗中描写山色的好句子:"江流天地外,山色有无中。"

猴崂处于群山环抱之中,是块面积不大的盆地。山坡上,松林郁郁葱葱,竹林翠绿欲滴,杉木林嫩绿的新枝格外显出勃勃的生机。根据采茶社员的指点,他们来到横卧在猴崂东边的小岭。

王陵阳和李立仁他们仔细地观察了植被。王陵阳向张雄和望春兄弟讲:

"你们看,小岭是这一带树木葱茏的地方。"

"对了,别的山坡上都有茶园,就它怪,一棵没有。"小黑河说。

"再瞅瞅,是什么原因?"

小黑河抢着说：

"它不长嘛！"

王陵阳没有吭声，用眼睛注视着望春。望春又慢慢地把一个个山岭扫了一遍，才说：

"这岭石头多，树都没遮住冒出的石尖尖。别的岭上土厚些，开茶园了，树也就少了。小岭石头多，不好种茶，树就多了。"

李立仁露出满意的笑容。王陵阳说："黑河，哥哥讲得对不？"

"俺也看到了，就是没好好想。"黑河诚恳地说。

"不要紧，小黑河遇事是会用脑子的。"王陵阳总是采取这种方式和他讲话，这使黑河感到亲切、信服，就想着要做得使王叔叔满意。王叔叔不像小张叔叔，动不动好瞪眼，一说话不是"你应该这样"，就是"你不能那样"。王叔叔总是和他商量着，还征求他的意见哩。所以，他感到王叔叔是个大朋友，心里有话愿意全倒给他。

接着，王陵阳和李立仁又指着小岭，向他们讲解了怎样观察植被，说明植被和动物的关系：

"这岭是杂木林，主要是各种栎树，中间还杂着一片片的竹林。石头多，有山泉。看样子，猴子喜欢在这样的地方觅食、玩耍。这里可能有猴子。"

王陵阳说完，就分成了两组。他带着黑河从北面上，李立仁带着张雄、望春从南坡上。李立仁他们先上去，到了半途，再通知王陵阳上。这样有可能发现猴群。要是都从一处上，猴群发现后，可能向山上转移，碰到的机会就少了。

王陵阳和黑河在溪水边休息。

"黑河，你一定记住了上山的纪律吧？"

"不说话，只靠信号联系；发现动物不惊叫，赶快通知你；不乱跑，注意安全，盯着前面的人。"

"对,都记清楚了。小黑河说到做到,不吹牛的,真的。"

小黑河脸上有些难色:"那实在想说话,咋办?"

"忍着。"

"嘴发酸,忍不住嘛。"

孩子天真的话,把王陵阳说笑了:"实在忍不住,就不出声地在心里对自己说。要是还忍不住,就把毛巾紧紧咬住。你看,好吗?"

黑河勉强地点了点头。

山腰里传来了钩嘴鹛"喹喹咕,喹咕喹"的鸣叫声。仔细听听,可听出是模仿的。王陵阳向黑河投去一个眼色,一串山树莺的叫声就从黑河的嘴里飞出了。王陵阳听出了那鸣叫声中的调皮味儿。原来他把山树莺叫声中的长序音稍加改造,听者略加注意就会听出:

"春天——最好!"

王陵阳和黑河走在崎岖的溪岸上。别看这只是一个岭头,可到处是凸起的嶙峋山石,石头不大,棱角锋利。王陵阳在前面走着,不时回过头来准备照顾黑河。谁知黑河爬山的本领不赖,小小的身材挺灵巧,要不是有规定,他早就跑到前面了。王陵阳想:这大约和插秧、采茶时,孩子比大人快的道理一样,他们不怎么需要弯腰。

他们看到溪边是一片竹林,就离开小溪,向竹林里穿去。这片林里的竹子并不粗,只是比水竹稍粗一些。林很密,只有隐约的林间小道——这大约是人们掰竹笋、打猪草走出的路。林间石缝里,都冒出了笋子。棕色笋壳毛茸茸的,有的笋尖上还顶着几片绿叶。

王陵阳不时擦着镜片上的水汽,林里又幽暗,这使王陵阳的观察产生了困难。

黑河悄声岔到旁边,钻到林里,捡来了四五根被咬断在地下的笋子,递给了王陵阳。

王陵阳仔细观察了笋子被咬断的痕迹后,低声地向黑河说:"顺着断笋子往前找。"

黑河一路向前找去。这里那里都是猴子吃剩的笋子,路也更不好走了。竹子一棵挨着一棵,还有各种小灌木、野草、藤子。这使王陵阳每动一步,不仅艰难,而且要发出很大的声响。黑河向王陵阳打手势,意思是请他不要再走了,坐在那里等他。王陵阳只得听从了他的意见。

树上轻轻一响,把黑河吓了一跳。一只松鼠攀在树上,两颗黑豆子似的小眼正瞪着他,黄中略带褐色的长毛蓬松着,长尾巴漂亮地翘起,在尾端卷了一个很潇洒的未封口的圆圈。

小黑河也对它转起了黑眼珠,又是皱鼻子,又是挤眼睛,整个的脸都在讲话。小松鼠用爪子拨弄了几下松树上残留的松果。又有一只小松鼠以优美的姿势从林里跳了出来,长尾巴轻轻一提,从空中越过,轻盈地落到这只松鼠的旁边。

两只松鼠头抵头地趴在枝上,两条长尾巴都蓬松地卷在后面,胖乎乎的身子压得树枝颤悠悠地跳动。松鼠对黑河很友好,愉快地扭动着身子。小黑河给迷住了。

黑河听到王叔叔发来的询问信号,只得依依不舍地离开,向林木更茂密的地方走去。

"啪嗒!"头上挨什么砸了一下,那东西从头上弹下,掉到地上。黑河一看,是个挺大的松球。他心里说:小松鼠真调皮,俺不惹你,你倒招俺了,等会再算账!

他又自顾自往前走去,没走几步,不想又有个东西砸到头上,原来是根小笋子。小松鼠还吃竹笋? 真奇怪! 他不觉往上看,刚仰起头,几滴水点透过枝叶落到脸上,还有股臊气哩! 他赶快伸手抹干净,再往上看:嗨! 正有个野东西在尿尿哩!

前面树上传出一片吱吱的叫声——啊,是猴子!十几只猴子在树上晃动,拖着长长的尾巴!这时他也看清了,头上的野家伙也是猴子!黑河早把挨了猴尿浇的霉气忘到九霄云外,惊喜地叫:"猴子!王叔叔,猴子!"

猴子一听声音,惊叫起来。只听呼啦啦一阵响,片时就销声匿迹了。猴子一跑,黑河才清醒过来。

王陵阳一听黑河的惊叫声,连忙不顾一切地快速跑来,问道:"在哪里?"

小黑河低着头,没精打采地一声不吭。王陵阳又问了一句,才听他说:"全跑了。"

王陵阳已明白了,感到责备孩子也没用。黑河这样难过,说明他已经知道了过错。王陵阳正在想着,岭上传来了"砰砰"两声枪响,听得出是双管猎枪的连发。岭上高声喧哗起来:

"在这里,在这里!"

又歇了一会,望春的声音传来了:"打到了,打到了!"

王陵阳对黑河说:"告诉他们,到这里来!"

小黑河心里不是滋味,王叔叔一句责备的话都没有,更使他感到难受。王陵阳见他不吭声,又催了一遍,小黑河才向他们喊了话。

王陵阳安慰黑河:"别垂头丧气,我们看看它们刚才吃的是些什么。"

王陵阳认真地察看着刚才猴群栖息的地方:茂密的枝叶像是刚被一阵雹子砸过一样,有的树叶都翻转过来了,从下面可以看到树叶被采摘后的稀疏枝条,地下有啃食后扔掉的笋头和未吃完的残叶。有堆粪便引起了王陵阳的注意,粪条细小,用棍子拨开,还有未消化完的一些树叶、笋子的筋络。

一片愉快的说话声近了。王陵阳招呼他们,只见李立仁和望春一边说着话,一边走来。王陵阳问:"几只?"

李立仁说:"一只。"

"受伤后跑了?"王陵阳问。

正说着,张雄也到了。他用棍子挑着猴子,扛在肩上。

王陵阳一看是只小猴子,拖着一条长尾巴,顶多不过六七斤重:"这是一般的小猕猴嘛!"

李立仁说:"就是的。"

张雄说:"管它哩,反正是只猴子。"

望春兴奋得有些手舞足蹈,失去了平时那股稳重劲,说:

"咱们正走着,一听黑河叫了起来,李叔叔、张叔叔就闪到林子里去了。俺好不容易才跟上,听响声是往这边来的。张叔叔、李叔叔把住了上那边大山的岭口。没一会,一大群七八十个小猴子就来了。张叔叔一看,说是小猴子。李叔叔说:'打一只吧,拣大的。'张叔叔举枪就打,两枪把它放倒了。它们跑得真快,一眨眼就不见了。"

张雄说:"这是小猕猴。我们公园里养的,比这大哩。"

侯队长摆猴经

眼看一场欢喜落空,又见小黑河一声不吭,李立仁问:"黑河,怎么啦?"

"俺犯错误了,没遵守规定,看到猴子就喊了起来。"

张雄说:"没啥了不起,要不是你喊,它还跑不到我们那里哩!"

"这话不对。黑河认识到了自己的缺点,是好事。干事情,就得严肃认真,不能迁就错误。"王陵阳严肃地说。

张雄很不好意思。黑河诚恳地说:"保证改掉不遵守纪律的毛病!"

"好!跟我们一道能遵守纪律,以后到学校就能遵守纪律了。是吧,黑河?"

黑河郑重地点了点头。

他们交换了意见,认为今天的路线基本上对了,李立仁一组刚巧在猴子转移路线的上方,王陵阳他们刚好在石壁上,猴子发现他们较晚。

根据猴子的生态特点,这地方只能有一群猴子,不可能再有猴群了。这样,他们就先下了山。

他们落脚在岭下生产队。村上人听说打了猴子,都跑来看。孩子们早把望春、黑河找去玩了,请他们讲打猴子的经过。可是小黑河还是提不起精神。不一会,一个半大孩子嚷道:"岭上的侯队长来了。"

人们自动让开了道。只见一个五十来岁的汉子走来。他个头不矮,方脸,络腮胡子又黑又密,一对眼珠有些发黄。他上身穿件灰衬衫,下身穿了条蓝裤子,一般的山民打扮。他迈着很自信的脚步走到放猴子的桌子旁,内行地拨开猴嘴,看了看牙齿,说:

"猢狲的年纪不小了!"

说得周围人都笑了。

他又瞅了四肢、尾巴、头,才又说:"这就是我们山上出的小石猴嘛!"

王陵阳已听人们介绍过,离这五里路的岭上队,有个叫侯振本的人会捉猴。过去有个山东老汉,常单身来为玩把戏的逮猴,两三年就来一次,一回生,二回熟,就在他家落了脚。以后,老汉没来了,据说是马戏团和有关部门订了合同,由土产公司供给猴子,再逮了猴子也没销路了。

王陵阳听说侯振本对紫云山出猴子的地方比较熟悉,想去访问他,可是听说他几年前当了生产队长,昨儿去公社为队里办事了,要到晚上才能回来,没想到现在就来了。王陵阳连忙走上前,说:"侯队长对猴子是个内行人!"

侯振本连忙转过身,笑眯眯地说:"哪里,哪里。这是早就过去的事了。你……"说到这里,他用眼睛询问了一下旁边的人。

"这是省里来搞考察的王老师,那是李老师、小张同志……"有人向侯振本介绍说。

侯振本一一紧紧地握手。最后,他一把抓住了王陵阳的双手,热情地握着:

"你们辛苦了。我们这山沟里条件差,生活艰苦,都是万恶的'四人帮'把我们坑害了。多亏党中央英明啊!现在大学老师们和工农一个样了。我们贫下中农欢迎你们!有什么困难只管讲。"又转身问旁边的社员,"你们队长哩?生活安排好了吧?有困难,我们可以帮着解决。"

王陵阳被来人说得插不上嘴,直到这时才说上话:

"不用费心,已经安排好了。你看,来了就给你们添麻烦。"

"王老师,你这话就见外了。你们这样辛苦地搞工作,还不是为了开发山区?还不是为了把国家建设好?只是,我们大老粗做不了你们那样的细活。有了粗活你尽管说,驮个东西,挑个担子,特别是这山区的道路你们不熟,要找个向导什么的,打个招呼就行。虽说现在是忙季,抽出个把人还是可以的。"

王陵阳被这一番热情的话感动了:"正想向你请教一些事哩!我们这次是来调查紫云山猴的,听说你内行,准备晚上去看你。"

侯振本的脸上又堆满了笑容,说:

"说内行,就丑了。猴子的事嘛,知道一些。那是旧社会,日子过得苦呀。河南、山东常有人来捉猴子,说是玩把戏的。这猴子是再灵巧不过的,它穿件红背褡骑在羊身上,能把老的少的、男的女的都逗乐了。它要是穿件小裤衩拉洋车,小尾巴翘在裤裆后面,那能把人笑得淌眼水。我也去逛过动物园,总是猴林里围的人最多。这鬼东西会学人的样子,又机灵,扮个鬼脸,出个洋相,都能让人高兴。听说,它跟我们人还有亲呢……"

不知谁家的媳妇插了句话:"你也姓侯嘛。"

"去,去,去!这是正经事,又不是说耍子的。"

侯振本打发了说笑话的人,接着说:

"你看,我说远了,再拉近点。那些来捉猴的人也都是穷人哩。估摸你们也听说了。有一年,有个山东老汉来捉猴,一听说我家姓侯,就硬要住我家,说是图个吉利。

"住在我家的那个老汉,头年冬天就得来。干啥?先开荒,种点自己的口粮。到午收后,再种上包芦。包芦还没有出棒子,就得搭棚子在山上看野猪。野猪那熊玩意就是坏,一不留心来了一群,一晚就能把庄稼全毁了。

"包芦长了棒子,得日夜瞅着,看是不是有猴子来吃,有猴子来吃,就是好事;没猴子来吃,还得烧香磕头求山神哩,那就得想法找猴子。

"看清了猴路,就开始挖窖子。这挖窖子是细活,一天只能挖一点,让猴子看不出来。那鬼东西精,看到有点不一样就不来了。

"包芦熟了,窖子也挖好了。收完了包芦,也正是庄稼都收完了,山上吃的东西也少了。猴子在这里吃包芦吃出了味,还是常常来,每天丢一点包芦放在盖在窖子上的活板上。

"猴子刁,每次只来几个,等到来多了,赶快拉动活板,猴子就会掉到窖子里。把陷到坑里的猴子捉住关起来,然后,挑着笼子再一步步担到山东。"

围了不少人听他讲猴经,其实这都是陈芝麻烂谷子的老话,是稍上了年纪的人都能讲出来的,王陵阳他们也早已听说,但人们还是爱听。

王陵阳问了句:"听说你……"

侯振本歉意地笑了笑:

"你看,这年岁就是不饶人,说了这,丢了那。鲁大爷住在我家,我常日给他送饭送水,他也挺喜欢我的。我那时也才二十来岁,喜欢耍,就帮他做些出力气的活。"

李立仁觉得有个问题挺重要,就问:"他怎么知道哪里有猴?"

"这个我也问过,可他只是笑,就是不说。只看他这里转悠几天,那里转悠几天。我有次还偷偷地跟着,也没看出门道。"

张雄听得入神了。他在动物园里也听说过,捉猴子的会找猴,联想到以后的工作,忙问:"那个山东人,是想啥法子把猴子引来的?"

"我也像你一样好奇,问过,他更不讲哩!我又偷偷跟着他。老头子像是背后也长了眼,头两次只是对我躲的地方瞅瞅,不吭声,也不动作,随便转几圈就走了。

"到第三天,我正呆呆地跟着转,不知怎么的,老头从后面一把抓住了我,满脸是怒,吓得我直哆嗦。他说:'要不是看你送茶送水的情分,今天要教训教训你。你要想砸俺的饭碗就直说,俺走;要是好奇,你也看到了,赶快走。'我说:'想给你当个徒弟。'他说:'这不是简单的事,得烧香磕头拜孙大圣。要是你心诚,有缘分能收你;要是发了毛,一金箍棒下来,你就成了肉酱。人命关天,你叫你娘老子写个字据。'

"这还不把我吓个够,死了那份心?事后想想,这是他的衣食饭碗,听说七八口子一家人,就靠老头一个人哩,能轻易讲?"

王陵阳问:"来捉猴的人,捉的是大猴、小猴?"

"小猴。我们这里老人叫它猢狲,又叫石猴,就是你们打的这种猴。"

"他们不捉大猴?"

"什么样的大猴?"

"比这种猴要大两三倍的,身上毛有些发青,头大,尾巴短,脸两旁有毛,就像络腮胡子一样。"张雄说。

看热闹的人一听络腮胡子,望了望侯振本的络腮胡子,笑了。

"他们不捉大猴,只捉这种小猴。倒是听说过有这种大猴,那是神猴,不容易见到。见到的人要倒霉。它凶着哩,能把人抢走,更别说带的东西了。我从来没见过。"

"听说哪里有?"张雄急忙问。

"这……还得好好想想,年数多了,记不清,好像说这一带没有。"

"这里不是叫猴岭吗?"张雄又问。

"我们猴岭就只有这种小石猴,你们说是吧?"侯振本征询周围人们的意见。

大家都说没有见过其他的猴子。

李立仁看主要问题还没有线索,又说:

"侯队长,你想想,听说过哪些地方有大猴?"

侯队长拍了拍脑门:

"对了,听鲁老头说,这里山浅了,存不住大猴子,要到深山大山才有。这深山大山嘛,就是鸡公峰、海外峰那一带。有些地方要讲出具体的位置,还难讲得清哩,有空领你们去。"

张雄张了张嘴,还想问。王陵阳看时间不早了,就说:"我们还想请侯队长帮我们带带路哩!"

"行,好说!你们和大队说一声,让大队通知我就好办了。嗨嗨,公事公办就好。"侯振本说,晚上还要做茶,就告辞走了。

猿猴世界

晚上,李立仁和张雄忙着解剖、做标本。王陵阳和望春、黑河,还有很多来看热闹的孩子谈着。不一会儿,他拿出了一本画册,给孩子们看。孩子们一看到有各种各样猴子的彩色照片,都高兴得不得了,一定要他给讲解。王陵阳一看这场面,也觉得是个好机会,就讲开了。

王陵阳说:"我国猿猴的种类虽然不太多,但有些是珍贵的特产。前两年,紫云山发现了一种猴子,它比我们今天打到的大得多,毛色也好看,这可能是个未发现的新种,是种珍贵的动物。如果是已经在别处发现过的,那就要研究它们之间的关系,为什么一部分在这里,另一部分又在那里?这是动物学上的一个专门的学问,叫动物地理。"

"海洋䴉是鸟类中非常勇敢的候鸟,一次迁移飞行,就飞三万多里。春天一到,成群结队地从冬季的居留地南极向北飞行,越过波涛汹涌、海浪滔天的大西洋。飞呀、飞呀,不停地飞,一直飞到北极圈内的斯匹次卑尔根群岛,才停留下来生活。到了秋季再往回飞。年年如此。

"科学家们注意到了这种勇敢的鸟,发现它们飞行的航线很怪,不是一条直线。在亚洲、欧洲、大洋洲的停歇点是一条迂回曲折的线。怪了,这样勇敢的鸟,怎么能这样笨呢?

"后来,有种大陆漂移学说出现了。这种学说认为:今天的亚洲、欧洲、美洲、大洋洲、南极洲,在两亿多年前是连接在一起的。后来,它们在一起待腻了,都想去看看另外的世界,就各自漂走了。

"这是一种理论,它对不对呢?科学家们就寻找各种根据。候鸟的迁徙,是按一定路线的,飞机使用仪表、电台、地标来导航,鸟也凭各种各样的东西导航,在航线上找目标。

"有的科学家把海洋骦的各个导航点往一起凑,把它当作一条直线,发生了很有趣的事:如果按照大陆漂移说,把这几大洲拼到一起,刚好,海洋骦的三万多里长的航线成了一条直线,成了一条飞越大西洋最短的捷径。只是,由于海洋骦仍按祖传的习惯寻找原来导航的目标,才使路线迂回曲折了。这就从一方面证明了:大陆漂移学说是有科学根据的……"

生动的叙说,使孩子们听得入神。孩子们又要求介绍猴子,王陵阳答应了。他一边翻着画册上一幅幅彩色照片,一边说着:

"这是产在马达加斯加岛丛林中的指猴,它只有后肢拇指长了扁指甲,身体和小猫差不多大。别看它身体小,它的耳、鼻都大。特别是那条像狐狸或豺狗一样蓬松着的长尾巴,比身体还长哩!它的听觉特别灵,能听见钻在树干里的小虫活动的微声,然后用中指从洞里把虫钩出来吃掉。这是一种数量不多的珍奇动物。

"这是产在马来西亚、苏门答腊一带的,后肢长,跗骨特别长的跗猴。大约是最小猴子的一种,身长只有十三四厘米,比筷子还短。最大的也不过二三两重。它的尾巴像个用了很久,只剩下几根毛的细长掸帚。别看它头小,眼可大哩,一张脸上就只长了两只圆眼睛。有人又叫它眼镜猴。它是个跳远运动员,一下能跳好几米远。它们打架更特别,互相咬耳朵、咬脸。这也是动物园千方百计想搞到的一种珍奇动物。

"一看这照片,你们都笑起来了。不注意,还以为它戴了顶漂亮的帽子,穿了件漂亮的斗篷哩!这是最漂亮的一种猴子,它叫髯猴,产于赤道西非洲、东非洲一带。它的拇指已退化成一个小疣了,所以又叫疣猴。面部有一圈白毛,额头的白毛少,像是一条线似的。头顶平,长着黑毛,就像是一顶帽子。背上的毛是黑的,或赤褐色,肩背部的蓑毛多半是白的。你们将来可到动物园去看看,它的仔猴更有趣,全身都是白的,像个小白鼠。过去,外国的贵夫人,曾用它的皮毛做外衣、手套,风行一时。由于它的皮很值钱,猎捕的人很多。无限制的滥捕,使这种猴都快绝种了。现在已列为应保护的动物。

"这个就不漂亮了,面目狰狞,怪怕人的,是老人们故事中常说的山魈。它生活在西非洲,个子高,站起来抵得上一个大孩子。它的脸面很特殊,眉骨耸得高高的,两只眼却一下陷进去,漆黑的。眼下和整个鼻子是深红色。鼻梁两旁有皱纹的皮肤亮闪闪的,蓝色中透紫。嘴边长了密密的白胡须,像是京剧脸谱中的大花脸。它脾气暴烈,性情古里古怪,力气大。几个一道,遇到狮子、豹子也不怕。有时候还向山下扔石头。是一种珍贵的动物。喏,我们省里的动物园曾从别处动物园借来展览过。

"这就是猩猩,身体大,站起来高有一米三四。它喜欢在树上用臂摇荡着前进,像是在运动场上爬平梯一样,胳膊特别有力气。虽然能在地上站着行走,但费力,走起来笨手笨脚,就像是生了软骨病。产地只限于南洋上的两个大岛的密林中,数量少,但在科学研究上很有价值。

"科学家为什么都很重视研究猴子呢?你们多少都听说一点,人是由猿猴经过千百万年进化而来的,在这进化过程中,劳动创造了人类。猿猴和人类的起源有很密切的关系。另外,正因为它是哺乳类中的高级动物,可以用它做各种实验。过去,科学工作者用它在解剖学、心理学、生理学、医学、疾病的治疗和预防上,都取得了很多的成绩。另外,它们也是很重要的一种观赏动物。"

这时候,好客的队长来请王老师他们去参观茶厂,说是到了这里,不看看誉满五湖四海的茶是怎样制作出来的,就"有"虚此行了。王陵阳只得结束科普。孩子们也只好依依不舍地走开了。

山区的村子不大,住得分散,这个村子也不过二三十户人家,茶厂就在村头。回头再看村子,灯光错落,层层而上,这是因为房子是依山势建成的。白天看去不觉得有什么特殊,夜晚,在灯光的映衬下,层次就清晰了。

刚踏进茶厂,一股温暖的茶香向人们扑来,像是走进了芳香的世界,花的海洋。茶机隆隆地响着,一长溜一长溜的炭火闪着红焰,茶匾整齐地排列在炭火灶上。炭火旁还煨着砂锅、缸子,从那里溢出了五香茶叶蛋的香味,这是夜宵哩。茶农在夜里就要把当天采下的鲜叶全部做好。做绿茶的茶草堆放时间长了,会发酵,影响质量。

老队长按茶叶制作的工序,领着他们参观。先是茶草工段,台子上全是今天采来的鲜叶,社员们还在拣择。

"这是猴尖中的特等茶,要求摘的全是一芽两叶的。防止有不合格的叶子混进去,这里再拣一次。"

王陵阳一看,果然每个都像枪矛一样挺出嫩黄的芽,后面是两片不大的嫩叶。他想:这需要多么灵巧的手,多敏锐的眼睛,才能从茶棵上采下像是从一个规格里出来的茶叶呀!

"乖乖,还没想到喝的茶是这样辛苦地采集来的。这一天能采多少?"张雄感叹地说。

"像这样的茶,最能干的采茶手一天也不过摘两三斤鲜叶。哪一片茶叶都要经过几道手,才出得去哩!"

"难怪诗人说'一片茶叶一片情'哩。"对茶有浓厚兴趣的李立仁说。

虽然早已安装了一些杀青揉茶的机械,但因为这是特级茶,掌握火候很重要,所以还是由经验丰富的茶农手工制作。他们看到杀青锅烧得滚烫,茶草一倒进去,茶农的两只手就在里面炒拌。他们在火里炼就了一双铁手,根本不在意那炙人的铁锅。杀青是制茶的头道工序,要求严格。火头老了,叶子发焦,不但泡出的茶有煳味,而且泡开的茶叶有煳点,不美观。火头嫩了,留有青气,茶香味不醇。这温度全得靠手的感觉来掌握。

杀青后,就是揉茶了。揉茶劲要匀,茶的外形才美观。要揉得恰到好处,过了头,茶汤不绿。绿茶的要求,比红茶高得多。

烘干一段,要反复烘,温度逐渐低,炭灶的温度有差别。头烘、二烘换灶就行了,然后得让它慢慢干燥。

最后,老队长请每人喝了杯茶。杯盖一揭开,就连李立仁也惊奇。香味不用说了,出汁的茶叶像漂在一潭绿水里,水一晃动,像是茶树被春风轻轻吹拂,在枝头摇曳。那芽尖和两个叶片上绿中带有嫩黄的色彩,比在茶棵上的还要鲜润、晶莹。茶汤像是一潭春水,碧绿,碧绿……

象形石

两天后,这支队伍向"猴子望海"一带进发。侯振本在前面带路。王陵阳和公社联系时,丁副主任一听说考察组自己物色到向导,很高兴,又听说是侯振本,更加高兴。丁副主任还说,他们在摸情况时,群众称赞他是个山里通,虽然在打猎上不怎么出名,对搞猴倒有些在行。考察组亲自选的向导,对工作更有利。尽管公社有很多困难,还是应该支援考察组的。考察组也高兴,正在找不到向导时,却有个条件很好的人,自己送上了门。

队伍进入了深沟峡谷的地区。王陵阳查看了岩石,那都是浅白色粗粒的花岗岩,知道它是构成紫云山主体的岩石。

不久,山势峻峭了。

黑河高兴地说:"俺哥,快看,那边一片尖瘦的石头,像什么?"

望春看去,山地上冒出了一个个尖峭的石峰,参差不齐,奇形怪状:"真好看,像是竹园里冒出来的笋子。"

侯振本笑眯眯地说:"让你讲对了,这就是石笋比肩。"

"怎么叫比肩?"黑河问。

侯振本说:"一个比着一个长,看谁冒得高,生得俏!"

张雄也像孩子似的惊喜:"黑河,快看这边的。"

黑河见不远处突然拔起了一座山峰,迎面的岩石,比被刀凿过的还要圆滑,沿峰上趋,逐渐圆小,顶端探出一盘松枝,更显出它饱经沧桑。小黑河叫道:"像座大宝塔哩!"

侯振本伸出了大拇指:"嗯,不错,它就叫古塔撑天。"

张雄从不同的角度看了后,说:"要说是宝塔,它真应该是世界上最古老的、最高最大的宝塔了!哪里能找出这样的宝塔山!"

绵亘的岭上,蓝天衬出八片奇石,或高或低,或俯或仰,摩肩接踵,像是一群赶路的行客。那叫"八大金刚朝南海"。另有一座细脖子峰上,顶着个大石钟。望春对着这个"飞来钟"看了半天,说:"一阵大风吹来,恐怕都能把它吹下来哩。"

王陵阳笑了:"把功率最大的吊车开来起吊,也别想动它一丝一毫呢。"

大家随走随看,各种怪石奇峰争俏,诸如"猪八戒吃西瓜""巧女采菱""仙人指路"……名称繁多,令人目不暇接。

侯振本停住了脚步,对望春、黑河说:"你们两个小把戏找找,'猴子望海'在哪里?"

大家都寻找起来了。不一会,望春说:

"那个,那个。你们看,山顶一扎平,像个平台子,在高处坐着一个石猴子,它还弓着背,正抬头看哩!"

黑河说:"没海呀,海在哪里?"

"云海嘛。"张雄说。

"对了,对了。"望春一想,说得有道理。

黑河不服气:"俺说那是个小狗望海不行吗?它也像小狗白雪嘛!"他还在想着不准他带来的白雪哩!

望春说:"狗的身体没那样壮。"

"那俺说它是只猪不行?"小黑河胡搅蛮缠了。

"这原来就是人们以它像什么给起的名字。有时也只是一时会意,起了个名字,叫多了,名字就定下了。像是投票一样,投'猴子望海'的票多。少数服从多数,就叫这名字了。"

张雄话音刚落音,山谷深处滚起了苍苍茫茫的呼啸。阵风刚刚迎面扑来,片片云层已越过山脊向这边飞涌。蓝天立即隐去,云雾迷漫了峰峦。高山气候说变就变,真是天有不测风云。

李立仁欣喜地叫了一声黑河:"快看猴子望海!"

风驰云骋,迷蒙中平台上的石猴正探身向掀波起浪的浩瀚大海张望:浓云中,它弓起了背;淡雾中,它垂手盘膝。八大金刚似乎也谈笑风生,相跟着向狂澜巨涛的海洋奔去……

"石猴子活了!"这话不由得从黑河嘴里跳了出来。

大家像是沉浸在奇异的宇宙艺术宫殿中,又像是漫步在长长的石雕画廊,观赏着,赞叹着这一座座造型粗犷、刀法娴熟、奔放中透出秀丽的别具一格的艺术珍品。

"我开始懂得云海的魅力了。"张雄若有所思地说。

李立仁低声说:"难怪这些奇峰怪石的名字,都带有动词哩!"

张雄一想,真的:石笋比肩、古塔撑天、八大金刚朝南海、猴子望海……这些名称不仅朗朗上口,本身也就是一幅幅生动的画面。

王陵阳在沉思中听了李立仁的话,也有所感:

"大凡风景优美的地方,总是离不开江湖、海滨、山峦、繁茂的林木、奇花异草……山川是静止的,水可以使静止的山川成为动的画面。

"西南的山川秀丽,何以独举桂林山水甲天下呢?漓江不仅衬托了它的美,漓江烟雨中,山色倒影,更是楚楚动人。

"紫云山,特殊在云海的潮起潮落,它使这些矗立的象形石生动无比,成了极美的佳境。

"被誉为人间天堂的杭州西湖,风景名胜也是静中有动,像'花港观鱼''柳浪闻莺''三潭印月'……也都是带了动词。这说明了艺术上的一个共同规律。巧在我们今天有幸碰上了这样的好机会,要不,小黑河还要和哥哥争论哩!"

黑河说:"真奇怪,这些大石头是咋竖到那上面的?比有意做的都巧!"

王陵阳和李立仁查阅过紫云山地区的地质资料,这时,就浅显而简单地告诉小兄弟俩:

"在古生代,这里还是一片汪洋大海哩!你们别瞪眼,地质学家考察过了。以后,经过地壳的不断运动,到了中生代侏罗纪,紫云山才慢慢地隆起,出了海面,往上冒。各种地质条件,加上日、月、风、雨、冰、雪、雷、电这些大自然的刀笔,就把原来覆盖在它上面的砂石逐渐剥蚀,雕塑成了种种奇形怪状,使它成为紫云山的四大美景之一了。"

在分组时发生了争论。侯振本原来就对带两个孩子表示异议。他说,这一带地形复杂,山峰陡峭,林深,长年不大有人来,路都是找着走的,容易出事。既然要他领路,他就要对大家的安全负责。王老师年纪大了,最好是和两个孩子就在这里看看。他们进去。李立仁看此情况,同意分成两组,王老师带一组到地势稍平缓的一带,这样有利于活动。王陵阳也觉得李立仁说得有理,就同意了。详细询问了路线,约定了会合地点,他们就分头出发了。

炸弹响了

侯振本和李立仁、望春一组去南面一带,王陵阳、张雄、黑河一组去北面一带,会合地点在猴子望海的东边。

李立仁一组在峥嵘的山石边休息。吃了点干粮,喝了点水,侯振本和李立仁都解开了衣襟,让山风尽情地吹着。望春还像没事人一样,瞅瞅这块石头,又骑骑那块石头。

李立仁看到左边不远处的一片树林苍郁,竞相崛起的山峰穿出林海,像是在探望着蓝天、白云,在两山之间沿着峡谷、翠竹绵延而下。他又用望远镜一片一片地仔细观察,生境不错,景观也好,想休息后去那里看看。

他刚说出想法,侯振本忙说:"那边我去过,根本没有路,用柴刀砍出路才行。没那种大猴子。"

"你知道?"李立仁问。

"听你们讲过,有小石猴的山,就没那种大猴子。我见过那里有小石猴。"

"是哪年的事?"

"啊,对,前年我来过这里找药草。"

"那也难讲,还是去看看吧。"

侯振本看李立仁执意要去看,就说:"行,去看看。"

李立仁刚才观察时,发现靠近竹林处有一处山石的长相较好,现在就是向那个方位走去。一进到树林里,果然没有路,侯振本和望春都拿出了砍刀,准备开路。山区人,上山就把柴刀架子捆到腰上,像是战士一出门就带上枪一样。在山上行路,柴刀用处大:林密了用它开路;采了药草,用它砍来藤子捆好;要担,用它砍根扁担;遇到过不去的峡谷,还得用它伐木架桥;碰到了野兽,紧急时还是自卫的武器。李立仁说:"最好还是不开路,以免响声大。"

这样,他们就得艰难地行走。侯振本是个山里通,倒也不在乎,心想:你李老师能走得过的,我也过得了。他不知道,李立仁为了适应野外工作,曾经做过特殊的训练。望春个头小,走这样的路,他一向比大人要占便宜。

说不出为什么,侯振本和李立仁在一起,总觉得没有和王陵阳待在一处自在,特别是那双眼睛有一种力量,穿透力特别强,像是什么都能看透。

先是侯振本在前走,望春在中间,李立仁殿后。没走多远,李立仁嫌速度慢了,不知不觉走到前面,望春也跟了上去,侯振本反而压阵了。侯振本心想,别看他是个大学老师,还真有两下子。这样想着,他有意看李立仁的举动。只见他看清了道路,先出一只脚,跨过倒在地下的枯树,身子突然一猴,不声不响地过去了。枝子没挂着,荆条子没拉上。身子刚过来,马上另一只腿又向前跨去……侯振本简直看呆了,根本没想到这个不显眼的、成天不声不响的李老师还有这高超的一手!

快到预定地点,李立仁要大家暂且停下。他重新仔细观察周围的环境,虽然在这阴暗潮湿的密林里能见度较差,他还是不时用望远镜观察着。

侯振本也仔细瞅着,他从树林的隙缝中,看见已走到李立仁想到的那片石峰的下方。他想了想,低声对李立仁说:"我往左边走,你和望春往右边走。有事就招呼一声,别离远了。"

李立仁想,分开走,看到的面积要大些,按照计算,应该到竹林边那块石峰了。他低声地对侯振本说:"好!"

侯振本往左边走去。没走两步,望春跟来了,侯振本连忙说:"快跟你李叔叔去,你跟不上我。"

"李叔叔叫俺来的,他要下到那边去。"

侯振本无可奈何地说:"那你要跟上我。"

望春说:"落不下。"

侯振本放开步子在密林中飞快地向前,不时回头看看望春。

走不多会,侯振本突然转身,一把按住了望春。望春一惊,侯振本指指前方,前面石峰旁边的树在晃动,还听到一两声像是一个人有气无力地打哈欠的声音。侯振本说:"快去喊李叔叔,这里有猴。"

望春说:"俺还没看到。"

"哎呀!等你看到再去喊,猴子早就跑了。"

望春一想,也对。他忙把手放到了嘴上,立刻一声清脆的黄鹂叫在树林里响起。

侯振本说:"这孩子,真贪玩,还不快去!"

望春说:"这不就是在喊他吗?"

侯振本先是一愣,脸也变了形。只一刹那,他脸上的线条又舒展开了,笑眯眯地说:"你这孩子还真神哩!你在这里等着,我到前面去拦住猴路。"

从李立仁的方向也传来了微微的几声黄鹂叫,不过,总是不大像。望春说:"好!你去。李叔叔来了。"

侯振本的身影,不一会就消失在树林中。

望春仔细地观察着石峰那边的林子,怎么也瞅不到猴子。他急了,想上到一棵树上去看,突然——

"哇——哇——"

尖厉而短促的叫声从林里传来,这并不太大的声音,在望春听来,就像颗炸弹响了一样。

随着这两声,树林里枝叶呼啦啦地响起来了,像是掀起一阵刮地风。

望春刚刚从惊慌中清醒过来,猴子早已蹿到树上,还有一只正从石峰上往下跳。

它们是那样快,身影一晃就不见了。顷刻之间,枝叶的响声没有了,树枝还在微微地颤动着。

望春对跑得满头大汗的李立仁大声说:"跑掉了。"

"侯队长呢?"

"他去前面卡猴路了。"

"快跑!"

李立仁提着枪,快步向前蹿去,树枝、荆条、野藤、杂草都纷纷让路。跑了一会,李立仁又喊:"侯队长!侯队长!"

"哎,快来。我正追哩!"声音从左上方传来。

这里刚巧是上坡路,净是些怪模怪样的石头,格外难走,有的地方还得攀着树枝在峡谷边一步步地挨着走。要在平时,望春一定得瞅几遍路才走,急忙中什么也不顾了,只是跟着李立仁跑。

"李老师,快来!"

怪了,声音是从背后传来的,他们只得折回,再往山上爬去。

第九章　爱美的四不像

云端飞马

绕了几个圈子,好不容易才和侯振本会合了。只见侯振本满身汗水,坐在石头上大口大口地喘着气,脸色发白,衣服扣子也全都解开了。

"跑到哪里去了?"李立仁问。

"往那边去了,"侯振本用手往前面一指,"唉,真把老命跑掉了。我一听它叫起来,就怕炸群,恨不得多长两条腿。那东西可真机灵,尽往叶子密的树上跑,看也看不清。我拼命追,追到这里才看清——唉!都是些小石猴子,跟我们那里的一样,总有一百多只。早晓得是这玩意,我也不追了!"

"你也看到了?"李立仁又问望春。

"先没看到,后来跑的时候看到了一只,毛是黄的,怪大的,比前天打到的大。好像不一样。"

侯振本一听望春这样讲,笑了笑说:"你孩子家没见过大的,看到小的当中的大个的,当然也是大的。一点不错,毛是黄的,小石猴就是黄毛嘛。"

"飞马!快看,真有飞马!"

望春又惊又喜的叫声,像是紧急刹车的信号,使正在归途中的考察组立即止住了脚步。所有的视线都向他手指的方向投去:

只见在苍茫暮色的群峰中,一匹凌空的骏马正扬鬃蹬蹄,踏着落日的余晖,闪过山峰之间的天际,消融到峥嵘山岩的幽暗中……

瞬息飞掠而过的影子,给大家留下了强烈的印象。特别兴奋的是望春兄弟俩,他们肚子里装着听来的关于飞马的种种传说,比如一个故事说,一位年轻的猎人骑着神马飞过一条天堑深渊,救出了勇敢的采药姑娘。黑河高兴地说:"俺爷爷没吹牛。真的,有飞马!这下你们该信了吧!"

王陵阳和李立仁,都没看清望春发现的那匹飞马的真实面貌,他们不相信那确是长着翅膀的飞马。可是,那个飞翔的影子是什么呢?

张雄也被弄糊涂了。变幻莫测的紫云山,常常给它的景物蒙上一层神秘的面纱。因此他也半信半疑。

王陵阳说:"别急着下结论,今天看到的时间太短了。只要有机会让我们再观察一两次,总能识破这个飞马秘密。说不定,还可以逮它一匹,送给小黑河骑着上学哩!"

"那黑河就不用甩着两条小腿跑了,只要骑上它,呼啦一声,一眨眼,落到了学校。哈哈。十一号换上了大飞马。"李立仁虽然有些想法,觉得还是证实之后再说比较好,就和黑河逗起趣来。

考察组在凌晨出来寻找飞马的踪迹,希图能再观察它腾云驾雾的姿态,无意中却发现了另一只野兽。

"它在看什么?"小黑河举着望远镜。

"你说呢?"王陵阳只顾细致地观察。

"像是在看风景哩,正看得起劲,一动也不动。"

"说对了。这是一种爱美的动物,风景不漂亮的地方,它不待哩。"

"嘻嘻,还有爱风景美丽的动物?真有趣,它自个儿也漂亮。"

王陵阳和黑河在树下观察,李立仁他们在距离不远的地方,也在观察。

这只野兽站在危崖上,面对明亮的东天,高昂着头,像是正在翻阅这日出前的瑰丽画卷。千万道彩霞将蔚蓝的天空染得绯红。

它站在那里,悬起一只前蹄,一动不动,任凭高山的风吹掠着它那披拂的颈鬃,雄鹰在头上盘旋,发出尖厉的叫声,它仍像是被钉了钉在那里,注视着前方的天宇,欣赏着云霓的变幻。

如果王陵阳他们不是亲眼看到它在黎明时,悠闲地走到这探出山体的悬崖上,还真会把它当成一幅剪纸,或是峰顶一块象形的山石呢。

小黑河陶醉在这美妙的画面中,过了一会儿,终于问道:"叔叔,它叫什么名字?"

"你们这里叫四不像,学名叫苏门羚或鬣羚,属于国家规定保护的珍贵动物。"

"它就是四不像?真的,不吹牛,还真有点四不像哩!"

"小黑河,你仔细观察观察,讲讲它像啥又不像啥?"

"听奶奶讲的,那头上的长相,像是马,也像个老驴,那两只尖耳朵倒真像是老驴。叔叔,它那长嘴两旁、下巴颏儿下面,是啥?"

"那是白毛。你看,它全身的毛色基本上是赤褐色的,脊背上要黑一些。只有你讲的那两处长了白毛。你看,它多会打扮!"

"它真晓得漂亮不漂亮吗?"小黑河也疑心起来了。

王陵阳并没有笑。回答说:"它懂哩!不过不是像你那样会用思想。"

"那它怎么会晓得漂亮呢?是不是和它的生存有关系?和它的生活习惯有关系?"

这把王陵阳也问住了:"我对它还没有做过研究。我像你一样,也是第一次在野外观察它。我们以后一道来研究它为什么爱美,好吗?"

黑河看王叔叔很认真,一点也没有逗他的意思,想了想才说:"那等俺长大了,也去学生物。你把这题目留着,等俺。"

"好!留着。其实,现在咱们就在研究它,不过是从外表上罢了。你刚才说它像驴,就对嘛,再看看还像什么?"

小黑河更留心地看了,一会,他高兴地说:"它颈子上长着鬃毛。俺在黑河时,看过马,爸爸带我骑过马,马的颈子上也有长毛。它这颈子上的长毛,就跟马一样。"

"说得对,它颈子上的鬃毛像马哩。"

"俺又看到一条了,它头上还长着角。这角像羊角哩!"

"这家伙真精哩!驴子体型的美观让它学来了,马的漂亮的鬃毛,也长在它身上了,还有像两把小镰刀似的弯角,是它打仗时用的武器。这个武器非常重要,它们在交配期,为了争偶,常常要发生猛烈的争斗。打仗的方式很特别:双方先向后退,然后猛烈向前冲刺,用头上的角去攻击对方,那才是一场真正的角斗!参加的常有十几只到几十只呢。"

王陵阳尽量摸索着和孩子讲话讲得生动,要不,将来在科学夏令营里,第一关就要碰到这样的问题。

"还有一像、一不像,俺看不出来了。"黑河着急了。

王陵阳说:

"我替你说了吧,就是它和牛的蹄子都是偶蹄。你看过牛蹄子吧?像两块半个桃子合在一起。奇是单数,偶是双数。偶蹄类,是具有偶数趾的有蹄类。有人说:它蹄子像牛。奇蹄类,是说它的趾常常为单数。最常见的奇蹄类动物是马、驴,特殊一点的有斑马、貘和犀牛。现代大多数动物都属于偶蹄类。因为你看不到它的蹄子,所以这一条你没想到。"

上次谈独角兽时,黑河晓得了犀牛,现在又听到了个新动物的名字:

"貘?还有叫这种怪名字的野兽?俺们国家有吗?"

"貘类是现在生活在自然界的奇蹄类中最原始的。现代的貘,主要产在南美洲、马来西亚和泰国。它有个能伸能缩的鼻子。考古学家曾发现,在我国曾生存过一种巨貘,可惜早已灭绝了。外国朋友赠送给我国动物园一头印度貘。其实，印度不产貘。它的外形和犀牛有相似之处，只是没有犀牛鼻端上那支独角。身体中部的背上和两肋是灰白色，其他部位都是黑色的。"

事　故

"叔叔，它要走了。"黑河无限惋惜。

苏门羚已放下了蹄子，折转身，在危崖上快步疾走。

突然，它将头一昂，引颈耸鬃，臀部向下一压，赤褐色的长毛奓开，后蹄猛蹬，腾起前蹄，纵身跃上蓝天，劲风抖动了那潇洒的长鬃毛，在绝壁上凌空而过……在冉冉飘浮的白云中穿行，它一会儿飞跃过深谷幽峡，一会儿朝阳和蓝天衬出它无比俊美的身姿，一会儿晓雾蒙蒙的奇峰兀石又把它掩映……

"啊，飞马，它就是飞马！"

黑河惊喜地高声喊叫，不亚于哥伦布发现了新大陆。

王陵阳也惊喜地发现那传说中的飞马，原来就是这四不像！

次日的黎明，他们又来观察这个爱美的动物。这回，王陵阳他们看清了，苏门羚是从一个漆黑的石洞里跳出来的。它还是那样轻松地跃过了万丈深涧，在险恶的岩石上奔驰。白云缠在山腰，它真像是在云端山峰上飞行。它快步走到悬崖上，停住了脚步。不一会，不慌不忙地悬起了一只前蹄，然后就一动不动地看着太阳即将出来的地方。

王陵阳曾听猎人说过，这种爱美的动物，常常为美献出生命。

当它这样注目瞭望时，猎人攀越险峰恶涧，从背后悄悄地接近它，然后猛地一刀，获取猎物。

也有另外的方法：当苏门羚在山上吃草时，猎人走到它对面拿块花布引诱它。当它陶醉在那花布图案的五彩缤纷中时，却突然被从后面摸上来的人用网索套起。

可是，一般的猎人，很少如愿，这倒不是因为传说不确切，而是因为它栖息的地方太险恶。它喜欢栖息在树木稀少的险恶的石崖上——猎人称它走的是"鬼路"。它的力气也大得惊人，随便踢你一下，就够你受的。

王陵阳还想看清楚，在苏门羚出洞前后，大自然究竟有什么变化？它在那里注意看的到底是什么？为什么太阳出来后它就走了？是因为要晒干潮湿的毛衣吗？

怪，站在悬崖上的苏门羚突然倒了下去，山谷里传来一声清脆的枪声，接着听到小黑河尖嗓门的喊叫："打到了！打到了！"

"它还在挣命，快上去！"这是望春的声音。

王陵阳回头一看，小黑河根本不在位置上。难怪他起床就说，要单独去观察。

"李立仁！张雄！"

"哎！"

张雄听到枪声后，已飞快地往山峰上跑去。

王陵阳身上的血直往头上涌，他怒不可遏地大声说："胡闹！谁叫他上去的？"

李立仁刚才的惊讶，也不下于王陵阳，当他发现望春不在身后，更是吃惊。但事情已经发生了，王陵阳又正在火头上，于是，他没说话。

"这是犯罪！事情出在我们身上，更是罪加一等！"

王陵阳铁青着脸，气得来回急匆匆地走来踱去："把他们喊下来！"

李立仁也很恼火，感到对孩子们必须严加教育，姑息是要害他们的。李立仁十分了解自己的老师，对人要求严格，但对自己更加严格。生活上的小事，他从不苛求别人。但一涉及科学研究，就扎扎实实，一丝不苟。

他还清楚地记得一件事，那是他刚刚担任助教不久。有一次，在教学中，需要一只紫鹛䴗的标本。马上要用，也来不及去远处购买和借用了。他派李立仁和另一位助教秦老师到大别山去采一只，顺便还要搞清有关紫鹛䴗生态上的两个疑点(他怀疑资料上这两点叙述得不符合实际)。临行前,他详细地向他们交代了在白马尖、桂竹园一带的什么地方,可以找到这种飞起来像一道紫色烟霞的鸟。他谈的时候,就像是在谈他放在那里保管的标本一样。

没到一个星期,他们回来了。小秦的身体不太好,爬不动山,常常叫苦,再加上又下了一场暴雨,山上的行动更加困难。小秦老是嚷着要回来,把李立仁缠急了,只得空手而归。

王陵阳一看他们回来了,很高兴,忙着要标本。一听说没有采到标本,他的脸就变了色:"那你们回来干什么?我也不是要你们去游山玩水的。马上回去。我和你们一道去,走吧!"还是他爱人出来说:"就是去,你不吃饭行,也要让小李他们把饭吃了呀。"

饭碗一推,他和李立仁、小秦一道去大别山了。天不亮就上山,天黑了才下来。两天不到,果然在白马尖山腰采到了紫鹇鸪,也搞清了它生态上的疑问。证明他的怀疑是对的。这使李立仁不管在哪里碰到了紫鹇鸪,脑子里就立即闪现出这件事。

现在,王陵阳在那里一支烟接着一支烟地抽,闷声不响,越发表现了内心的焦躁。

李立仁用望远镜观察着山上的动静。只见魁梧的张雄正在笨拙地爬山。望春和黑河像猴子一样,附壁攀崖往上去。到了一片陡壁下,两人都没了办法,只得在那里东瞅西瞧找路。

望春看张雄也在往上爬,就和黑河在那里等他。张雄也有些生气:这两个小家伙真是乱来,竟然把他的枪摸走了。可是,看见他们把苏门羚打下来了,又有些好奇。好不容易才爬到他们那里。一看,石壁太险了,就拉黑河一道下山。

黑河说什么也不干,硬是要他把自己顶上去。

张雄无奈,只得蹲下来。望春扶着黑河,让他踩着张雄宽厚的背,踏在他的肩膀上。张雄双手紧紧地抓住黑河的脚脖子,还是差一拃长,才能够着上面那块伸出棱角的石头。

李立仁在远处看着,心里的怒气早已为他们的安全担心所代替,他甚至懊悔自己刚才没有去。在那样险峻的高山上,一失手就有粉身碎骨的危险。张雄的脚下也并没有多宽的地方,黑河一闪身,就会把张雄和望春带下来。就凭这一点,回来后也要严厉批评张雄。

望春要黑河下来,他上去,黑河还是不干。最后,大约是黑河说服了张雄。只见他把脚踩在张雄的头上,终于战战兢兢地上到了悬崖上。黑河拨弄着苏门羚的尸体,毫无办法。望春又要上去,张雄坚决不同意了。张雄对黑河说了些什么,他才慢慢把苏门羚翻滚到边上,让它掉到下一个石阶上。

他们就是这样一级级地往下翻滚着苏门羚,李立仁想:苏门羚大约也跌得血肉模糊了。

李立仁正在观察着,忽然大叫一声:

"坏了!"

他看见黑河用劲翻滚苏门羚时,没能留住脚步,一下滑溜下去了。黑河跌下去的山岩,正好挡住了李立仁的视线。

王陵阳和李立仁都气急败坏地往出事地点奔去,他们也不管什么树棵、荆条、乱石,只顾没命地向石峰爬去。

山上的张雄和望春,也吓得变了声地拼命喊叫。

风　波

等他们气喘吁吁、惶恐不安地爬到张雄那里,往下一看,才算稍稍定了一点心:黑河跌下去,正好被一棵古老的蒲团松托住。紫云山素以各种奇形怪状的奇松而负盛名。

小黑河在蒲团般的松树枝叶上,觉得一股冷风从深渊里袭来,耳边呼呼响。如果再迟一秒钟抓住松枝,那就完了。现在他虽然已经倚着树干,但这样陡的山,爬是爬不上去的。

张雄还没有从刚才的心惊胆战中恢复过来,一副狼狈相地站在那里。王陵阳、李立仁一见黑河倚在蒲团松上,连忙问:"摔伤了没有?"

"哪里也没淌血。"

"能动吗?"

"能。就是山太陡了,俺上不去,这里也下不来。"

他们商量了一下,告诉小黑河:"你别动,李叔叔马上下来了。"

望春说,他人小,身体轻,还是他下去合适。王陵阳认为望春说的有部分道理,可是考虑到虽然有绳子,下去还是比较危险的,更何况还要把黑河从树上接下来。他说没受伤,谁知道实际情况究竟如何?他决定还是让李立仁下去。

李立仁拽着绳子,下到蒲团松处,从树上抱下了黑河。初步检查一下:衣服破了,身上有四五处伤。特别是胳膊上拉了一块肉,屁股上拉了一个口子,血已凝结了。李立仁看着他这副形象,心里疼得慌。

小黑河见李叔叔皱眉头,反而宽慰他说:

"刚才练习了一次跳伞……"

黑河硬要自己上去,可是一使劲拉绳子,却疼得直咧嘴。李立仁用带子往黑河腋下一勒,把他背到了自己背上,就像母亲背孩子那样。

王陵阳看李立仁背起了黑河,就和张雄抓住了绳头,虽然有铁钎插在石缝里,可他看那晃动的钎杆,就感到心悬在半空里。望春也赶快和王陵阳一样,抓住了绳头……

到了较缓处,黑河说什么也要自己走,李立仁只好把他放下。这件突然的事故,暂时扑灭了王陵阳和李立仁的怒火。一路上,谁也没有说话。

黑河和望春原本是想听到王陵阳他们惊喜的赞扬、高兴的谈论。一看他们阴沉着脸,开头还以为是因为刚才的事故,但越看他们的脸色,越感到不安了。

张雄也有些紧张,以为自己一时疏忽,枪被孩子们拿走了也不知道。后来,又迁就黑河的要求,把他顶上了绝顶,差点出了人命。他看着两位老师板着脸,心情便也沉重起来。

他们走到不远处的山棚。

安置好黑河以后,李立仁也一反常态,并没有去解剖苏门羚。

张雄张了几次口,想检讨两句,可是面子拉不下来。他感到无聊,默默地拿起了解剖刀,准备去解剖。

李立仁看到张雄去解剖苏门羚,抑制着自己的感情说:"张雄,你不觉得今天做的,有什么地方不对吗?"

张雄先是不吭声,过了一会,才勉强地说:"我没有保管好枪支。"

"就这点吗?"

张雄沉默。他也没想起还有什么不对的地方。

李立仁站起来了:"苏门羚该不该打?"

张雄没有想到这一点,辩白说:"不是我叫他们去的。我和你们一样,也压根儿不知道。"

这时,望春和黑河走出来了:"李叔叔,是我们瞒着小张叔叔的。"

李立仁回过头,对黑河、望春大声说:"你们为什么这样胡来?不能再让你们参加我们的活动了!明天就回去!"

这句话,就像铁锤砸在心上,兄弟俩先是一愣,接着,泪水在眼里转悠。黑河忍不住,哇的一声大哭起来。

"有错,批评俺……呜呜……俺接受……不让俺参加……呜呜……"

原来,王陵阳是怒气冲天,后来,被黑河掉下去的危险平息了一部分,看到李立仁如此,反而冷静了下来。他想到今后科学夏令营的工作,思想上又多考虑了一些问题。他看黑河哭得那样伤心,便说道:"黑河不要哭了,泪水也不能洗掉错误。你说,为什么要去打苏门羚?"

黑河的哭声虽然小了,仍然泣不成声。王陵阳又偷眼看了看低垂着头,还在无声地淌泪的望春,说:"望春,你说说。"

"俺是哥哥,错误由俺担。俺们觉得它怪好玩的,想采个标本,还想通过解剖,研究它为啥爱美。"

黑河一边抽泣,一边说:"不怪俺哥,是俺要去的。"

王陵阳把兄弟俩拉到身边坐下,慢慢地谈,才把事情基本上搞清了。

昨天,黑河就跟哥哥叨咕,说是王叔叔讲的,要把研究"四不像为啥爱美"这个题目留给他。爷爷一直把这个稀罕的动物当成飞马,既要研究,就去采个标本吧。也好让爷爷和乡亲们见见这个又爱美、又能飞的四不像。

望春不干,说是要和叔叔们讲,同意了才行。

黑河说,咱们又不是喝奶的娃娃,啥事都得问问?这研究的事,就得靠动脑子,就像做算术,尽要别人讲怎样做还有啥意思?再说,那样险的山,只有咱们上去才方便,立个功,有啥不好?

望春又考虑没枪。黑河说,只要采到标本,叔叔们一定高兴,哪里还会再批评?他看望春还在犹豫,黑眼珠一转,就想了个点子,说:"哥,你是怕枪法不准,脸没场地搁,丢丑?"望春毕竟是个孩子,经不住弟弟三激四劝,就同意了。

事情基本上清楚了,确实与张雄的关系不大;同时,王陵阳感到自己的工作做得不够,便心平气和地问道:"你们不知道苏门羚是国家规定的保护动物?"

"昨天听你讲了。"黑河还在淌着泪水。

"知道还去打?"

"俺想,只打一只,山上野物多着哩。打着一只又好玩,又能做标本进行研究。"黑河把想法都兜出来了。

四不像的故事

王陵阳想了想,说:"我给你们讲个故事。"

"从有文字的历史记载到现在,已有很多珍贵的动物在地球上灭绝了。据有关资料统计,从纪元初期,到 1905 年,共灭绝了一百多种哺乳动物。最新的统计数字还没查到。

"这主要是因为乱砍森林,围垦荒地,过量捕猎,导致动物生境遭到破坏。但是,还有另外一种情况,就说苏门羚吧,俗名又叫四不像,其实,真正叫四不像的,不是它,是麋鹿。

"麋鹿头像马头,身像驴身,蹄像牛蹄,角像鹿角。但角的形状十分奇特,主枝代替了眉杈,眉杈没有了。上端分成前后两枝,每枝又分两杈,两杈上再分小杈。

"麋鹿是我国特产动物,世界上没有别的国家有。多少年来,繁衍生息在我们祖国的土地上。原来以为它的野生地是青海或东北。后来,考古学家又在我省淮北地区和安阳殷墟中发现了它的碎角和化石,这说明当时是很多的。

"我们的祖先,编了很多优美的神话故事来歌颂它。古书古画中常当作圣洁和吉祥象征的麒麟,可能就是麋鹿。你们看,这两个字是形声字,它的偏旁是从鹿来的。后来,由于自然和气候的变迁,只剩下清王朝在北京南苑饲养的一百二十只。

"由于它的珍贵引起了帝国主义的垂涎。1866 年,法国传教士通过种种阴谋手段,偷走了一对。后来,其他几个帝国主义国家又利用清王朝的腐朽,偷走了一批。1900 年,八个帝国主义联合打进了北京,他们除了大肆奸淫烧杀以外,还把麋鹿抢杀一空。从此,麋鹿就从我国土地上灭绝了。直到新中国成立后，中国人民扬眉吐气，英国人民又当礼物，送了两只给北京动物园，现在展出的，就是这两只。"

从孩子们那严肃而气愤的脸上，可以看出故事在他们心里产生了强烈的反响。

王陵阳接着说：

"我们这次的主要任务，是考察一种新发现的大型的猴子，同时也为建立自然保护区做些准备工作。你说说：为什么要建立自然保护区？国家为什么要规定保护珍贵动物？"

黑河说："是为了保护大自然，研究大自然，为人类造福。"

王陵阳高兴地说：

"是这样。科学发展到今天，人们已愈来愈认识到人类与大自然的密切关系。人类主要靠动、植物提供食物。必须采取积极的措施，保护自然，保护珍贵动物。我国已制定了一系列的保护自然、利用野生动物资源的法令、措施。当然，在这方面的法规还需要充实、完善。世界上也成立了保护野生动物委员会。

"这么多年来，由于极'左'路线的破坏，科学被扼杀，无政府主义泛滥，我国很多特产珍贵动物——世界上最大型的东北虎，长江中的白鳍豚、扬子鳄，还有野马、野骆驼、野驴、儒艮（古书上称为人鱼的，又叫海牛）、犀牛、扭角羚、金丝猴、长臂猿，也都濒临绝种的边缘，这个问题多么严重！无数的事实已经说明：不好好保护自然，就可能成为历史的罪人！野生动物资源是建设社会主义的物质财富。你们正走在向科学进军的路上，未来是你们的，应该认真想想这些问题了。"

两个孩子默不作声，可是，他们的眼睛却瞪得又大又圆。

"我们就是做这项工作的，以后还想要你们成立珍贵动物保护小组哩！该不该模范地遵守国家的规定？"王陵阳又问。

两个孩子都点了点头。

"要研究,当然要采些需要的标本,我们经过反复考虑,拟了个长长的采集标本的名录。苏门羚就不在其中。为什么呢?因为早已有人对它做过一些研究。在紫云山的一带也采到过它的标本。动物园又饲养着。再乱采,就犯法了。对不对?"王陵阳在启发他们。

"俺知道错了。"黑河低声说。

"咱们是来工作的,不是为了好玩,如果光凭兴趣学科学知识,就学不好。比如苍蝇,谁也不喜欢,可是科学家为了人类健康,就要不断地去研究它。科学研究,是项艰苦的工作,采来个标本就能把所有的问题搞清楚?就是苏门羚为什么喜欢在早晨,到风景美丽的地方去等太阳出来这一点,要研究,就要涉及生态学、生理学、细胞学、分子生物学,等等。你们年龄还小,才读小学、初中,还需要学很多很多的知识,才能摸到它的大门哩。"王陵阳很耐心地说。

黑河和望春都说:"俺知道错在哪里了:不遵守纪律,违反国家法令,凭兴趣办事。咱们一定好好学习,保证不再犯错误了。"

他们越谈越亲热,越谈越高兴。

张雄在旁,也很受教育。李立仁心里则是另一番滋味……

王陵阳说:"今天这件事,你们要记住,将来好作为你们野生动物保护小组,或自然保护小组的第一课教材!"

"既然已经打下来了,我们还是先测量,再解剖吧。"王陵阳招呼李立仁。

这头苏门羚还真不轻哩,足足有二三百斤上下。王陵阳不禁想:小黑河还真有一把劲。

晚上,王陵阳把有关环境保护和野生动物资源保护的文件汇编,给了黑河、望春,要他们好好看看。

第十章　云海漂游者

红嘴蓝飞机

一股清泉,在山沟里游动,一路上,不停地细吟低唱。

几棵大树下,新搭起了一座独特的山棚,巴茅草盖的顶。它比山区社员看庄稼的山棚要高大、宽敞。棚子分上、中、下三层。上两层住人,底层也用树枝搭了个木架,存放各种用品。两头用巴茅草苫起了墙,前后也有用山芒编起的大帘子:放下来,可以御风雨和夜晚的寒气;收起来,可以保持棚子里的明亮。这个山棚是考察组搭的。那天,侯振本、李立仁、望春、黑河是主力,王陵阳、张雄只是打下手。一会儿就按李立仁的设计,把棚子搭起来了。

望春用塑料桶从流过棚前的小溪里提了水,坐在石头上剥笋子。小黑河也扶着梯子从棚子的中层下来了。要是平时,他才不扶梯子哩!下来是一蹦,上去是一猴。小兄弟俩默默地剥着笋子。

黑河的伤势不太严重,侯振本运粮食回来,就再三说还是把两个孩子都送回去好。要不,再出纰漏,那就麻烦了。王陵阳想:既然把孩子带出来了,就有责任带好。将来举办科学夏令营,将不是带两个,而是几十个孩子哩。

从这两个孩子看来,特别是小黑河,容易出岔子,但他们经过教育,进步是很大的,很可能是未来夏令营的小辅导员哩!李立仁、张雄也都同意他的意见。

王陵阳决定说服黑河在家休息两天,怕他着急,留下望春陪伴他。临走,又留下一支猎枪给他们,以便意外时可以自卫,但一再叮嘱望春,要遵守纪律。望春见叔叔们对他还是这样信任,很受感动。

考察组清晨就出发了,这两天正在追踪猴群的踪迹。

小黑河觉得让哥哥陪着他,有点不好意思,说:"哥,别生气。是俺不好,连累了你。"

望春说:"王叔叔,李叔叔批评得对。咱们是考察组的,不是上山耍的孩子。学知识,像盖楼房,基础要打牢。墙脚都是沙,大楼不长久,一阵大风就能吹倒。"

"俺想得容易了。"

山上传来一阵喳喳叫的声音,吸引了望春:"你听,这是什么在叫?"

黑河听了听,不在意地说:"山喜鹊。"

"你再听听。"

黑河又注意一听,还是山喜鹊。不止一只哩,像是在吵架似的,一声紧似一声地喳喳喳。

望春放下手中的笋子:"看看去。"

小兄弟俩转过棚子,就见冈上林子的上空有四五只红嘴蓝鹊在那里飞着叫着。它们老是绕着一个枝头,一会冲下去,又飞起来;这个扑扇着翅膀飞高了,那个又冲了下来。嘴里不停地喳喳叫着,一片嘈杂。

黑河最喜欢山喜鹊了,它和常见的喜鹊不一样,嘴是红的,黑黑的头上还戴顶白帽子,身上的毛蓝得发亮。尾巴特别长,就像蜻蜓的尾巴那样细长,尾巴末梢的毛都立起来一个小片子,就像飞机的尾巴。平时只要一从黑河面前飞过,他就不眨眼地望着那伸得笔直的尾巴,只要尾巴一动,它就拐弯。小黑河给它起了个名字——红嘴蓝飞机。

黑河看蓝飞机还在喳喳叫个不停,飞个不住,从这个树梢移到那个树梢,他便对望春说:"俺哥,它像飞机要投炸弹哩!"

"真的,是像要投炸弹,"这时望春拉了拉弟弟,对着他的脸说,"你忘了?去年,这山喜鹊在俺家后山,也像这样叫过一回;前年,在菜园那边叫过两回。后来都怎么着?"

这一讲,黑河想起来了——

前年,那是一个夏天的早晨,黑河兄弟俩正在菜园旁边摘金针菜。这是奶奶栽种的。翠绿的像水仙花的长叶子水灵灵的,挺出的花箭是笔直的,花箭上长出了很多的金针花苞。小的嫩黄,大的黄澄澄。开出的花,像是朵大喇叭。

摘金针要摘那含苞欲放的花苞苞。摘回来,用蒸笼一蒸,晒干,就是名贵的金针菜了。它也是中医常用的药。要是花儿开放了,就晒不成金针菜,只好摘回去蒸鸡蛋吃。所以,要天天早晨趁太阳没出山、露水未干时打紧摘。

小兄弟俩采着采着,一只山喜鹊喳喳的叫声,引起了兄弟俩的注意。望春见不远的石头上,一只红嘴长尾蓝鹊腾空而起,在石头上空绕了几圈,又往高处飞去。它飞着叫着,短促的音节就像竹片子在敲打。远处,另一只红嘴蓝鹊响应了呼叫,扑着膀子从树林里飞来。

它们又飞到那块大石头上,对着石头下面叫。又有两只红嘴蓝鹊,挺着长长的尾巴,叫着,掠过山头、树林,飞过来了。

望春奇怪了,把篮子放下,拉着弟弟往那边去。黑河往前直冲,想一气跑到石头那里,望春一把拉住了他:"别忙,先看看。"

山喜鹊看他们来了,也不怕,还是俯冲、飞起,叫个不停。有一只飞远点,绕了个弧形,又飞了回来。

"蛇!"黑河惊叫一声,向后退了几步。

望春一看,离石头二三尺远下面,一条蛇盘着身子,像块牛屎饼子。"牛屎盘子"中间,伸出了它的头,正瞅着对它叫个不停的山喜鹊,张开嘴,吐出可怕的蛇信子。

望春仔细看看,还是只看到蛇的黑脊背上,有暗红的花纹,好像是条五步龙。五步龙就是蕲蛇,剧毒。传说人被它伤了,走不了五步,就要倒下。

他们往后退了一点,直到快看不清蛇了,才停下来。红嘴长尾蓝鹊和蛇,都虎视眈眈,还没有发生冲突。突然,一只勇敢的山喜鹊猛地从蛇的背后冲了下来,用红红的嘴,凶狠地在蛇身上啄了一下,蛇全身颤抖地一缩。还未等蛇将头转过来,它已经飞起来了,长长的尾巴还是笔直地伸着。

另外的一只也飞离石头,先向高空飞去,再猛地扎下来,恶狠狠地啄了一下毒蛇盘着的身子。蛇全身一抽,掉转头来反击,山喜鹊已高唱着胜利之歌返航了。

黑河看出来了,山喜鹊虽然凶狠地叫着,就是不敢从正面去进攻,总是从它的后面偷袭。蛇已挨山喜鹊啄了几次,可一点也不气馁,更没有逃走的意思,还是高昂着头、警惕着。黑河既恨蛇,又怕蛇。这要从奶奶讲的一个故事说起:

望春还只有三岁时,睡在箩窝里,正睡得香,却猛然惊醒,哇哇地哭了起来。奶奶赶快去抱起他,见有条黑带子落在望春胖乎乎的小腿上。等到抱起他要走,看那带子动了起来。奶奶一瞧,哎呀,是条正游着的蛇哩!连忙喊来了爷爷,才把那条蛇打死。奶奶看了又看,查了又查,孙子的身上没有伤。小望春也不哭了,美美地睡在奶奶的怀里。

黑河看他喜欢的山喜鹊一时还制伏不了蛇,便捡了一块大石头,走到近处要砸。望春一把拉住了他,叫弟弟不要心急,还该看看到底谁把谁打败才好。

这时又一只山喜鹊从高空俯冲下来了,真快,一掠而过,带钩的嘴凶狠地啄了蛇就飞起。眼见蛇已被它带到了天空,在爪子下扭动着。

突然,蛇从高空摔了下来,"啪嗒"一声摔在地上,抽搐着。那只正往高空飞着的勇敢的山喜鹊,尖厉而可怕地叫了一声,像一片蓝色的羽毛,飘落下来,在远处拍了拍翅膀,不动了。

另外一些正在飞着的山喜鹊,早已扑向五步龙,利嘴撕扯开毒蛇黑红的皮,狼吞虎咽地啄食。

黑河、望春跑到从天空跌下的山喜鹊那里,长久地看着。

去年春天,望春正和弟弟在做作业,还是哥哥心细,又听到了几只山喜鹊在屋后叫。兄弟俩拿起棍子往外跑。爷爷以为出了什么事,忙问:"咋啦?"

望春响亮地回答:

"打蛇去!"

爷爷也跟着出来了。

几只山喜鹊在树上对着地下叫,可是,地下什么也没有。鹊子看到他们拿着棍子,有的飞走了,可还有一只没飞。

爷爷没看出名堂,转身想走,望春拉住他的衣角。黑河也说:"一定有蛇,不吹牛,真的。"

正说着,屋后石头缝里慢慢地伸出了一个蛇头,总有小黑河的拳头大。留在树上没飞的红嘴长尾巴蓝鹊,一见蛇头冒出来了,立刻就冲下来攻击。蛇又猛地把头往回一缩。

飞走的山喜鹊大约是听到了召唤,纷纷兜着圈子飞回来了。

红嘴蓝鹊一停叫,蛇就慢慢地伸出了大脑袋。鹊子一见蛇头伸出来,马上狠命地攻击,蛇只得把头猛缩。它们就是这样一次次反复地斗着。

还是爷爷有办法,抱来了一些柴草,在石头下堆起来,点着火,又往火堆上压了些湿草,浓浓的烟冒了起来。

又烤又熏,时间不长,蛇只得出洞。好大的一条黄风蛇!它一出洞就像山涧里湍急的溪水一样游去,小草往两旁直倒。红嘴蓝鹊疾如流星一样,俯冲了下来,大蛇冒着迎头的打击,没命地往前蹿,可怎么也没鹊子飞得快……

飞行青蛇

黑河想起这些事,连忙要去拿枪;望春已把枪拿到手了。

望春往密林里钻去,黑河一瘸一拐地跟在后面。这里的树木太密,使黑河感到腿脚更不利索。

循着红嘴长尾蓝鹊的叫声,黑河往前钻着,望春在前面喊他:"快来!"

黑河到了跟前,望春指着一棵不高的树说:

"注意看那里,山喜鹊正对着它叫哩。"

其实,不用望春讲,黑河也立即能发现。五六只鹊子正挺着长尾巴在树头飞着、叫着。

"俺哥,你看,蛇!正往那棵树上爬哩。"黑河看到了,忙招呼哥哥。

望春顺着弟弟手指的方向,终于看清了是条大青竹彪;它的脊背是青色的,要是不经意,还很难在绿树叶中发现它。它正从刚才那棵树上,慢慢地向旁边另一棵树伸过来的枝子上游去,偶尔露出淡黄色的肚皮。

红嘴蓝鹊扑扇着翅膀,在树梢上喳喳乱叫。眼看青蛇在游动,很想扑下来攻击,茂密的树枝却把它挡了回去。转弯时,那长尾巴都碰到树叶了。

有两只好不容易穿过枝叶,准备从下面攻击,大青蛇却好像有意只在枝叶密的地方滑行,压得树枝一闪一闪的。

黑河轻轻地对望春说:"好狡猾的家伙!"

"山喜鹊头疼了。"望春看着无法展开进攻、只能干叫的长尾巴鹊子说。

青竹彪就这样穿行在枝叶中,它头已伸到另一棵树上,身子还缠在这棵树上,总有一扁担长。山喜鹊瞅到了有利的时机,从空中扑了下来,勇猛凶狠地啄了一口大青蛇暴露出来的身体。蛇疼得一抽身子,尾巴一甩,叭的一声扫在树枝上,打得树叶哗哗直响,飘飘荡荡地落下了几片。这"啪"一下的响声,使小黑河不自觉地把头一偏。

青竹彪不再悠闲地滑行了,它猛地收缩了一下身子,向前蹿去。青竹彪,青竹彪,真是名不虚传,它蹿起来,就像流星一样闪过了一棵棵树。

望春兄弟想看个究竟,也在密林里追着青蛇的踪迹。有好几次,已经失去了目标,还是靠山喜鹊的指引,才又发现了它。

长尾巴鹊子有的拦住蛇头叫,有的跟在后面穷追。有机会就进攻,得手后又迅速退出,飞上林子梢头。

突然,大青蛇蜷伏起身子,等到鹊子都冲到前面,却调过头来,向山下蹿去了。山喜鹊失去了目标,焦急地叫着。

黑河看见狡猾的大青蛇甩掉了敌人,就叫望春用枪打。望春想起了王叔叔临走的嘱咐,没有听从黑河的意见,还说服了黑河:叔叔说得很清楚,不到万不得已要自卫时,是不能放枪的。望春想到跟着蛇的时间不短了,离山棚已很远,就招呼黑河回去。

见到了流浪汉

黑河正在兴头上,说:

"再看看。"

话音未落,听到前面一阵响动。

"猴子!"黑河低声惊叫。

望春一看,可不是:五六只大猴子正站在树上。看到大蛇蹿来,有一只猴子"嘿呼——嘿呼——"地叫起来,还一边用两只手摇撼着树枝,看样子是在威胁哩。大蛇大约是受了伤,不愿意再进行战斗;也许是它怕猴子,就慢慢地折转头,向别处走了。

大蛇一走,整个林子里又嘈杂起来。望春和黑河才看清,这棵树上,那棵树上都有猴子。这种猴子和上次在猴岭上采到的那只不一样,个头比较大。一个总有三四只小石猴那样大,毛色也不一样:它背部的毛是褐色的,略略有些金黄;胸口和肚子上的毛,是浅灰色的。

猴子正在耍哩。

有只老猴子用手在小猴子身上扒着毛,捉着什么(黑河听说猴子喜欢捉跳蚤),还不时把捉到的东西送到嘴里。

有两只猴子在互相扑打,从这棵树追到那棵树。

调皮的小猴乖巧地爬到妈妈的背上,用爪子轻轻地挠着妈妈的身子。

有的猴子四肢落在粗大的树枝上悠闲地走着,像是在散步;有的猴子坐在树枝上,靠着树干,手里采着树叶在吃;还有三四只猴子跳到树下,溜到岩石底下的溪水里喝水。

也是在这时,望春兄弟才看到树林下的山石,才听到水从高处跌落下去的哗哗声。刚才,他们又惊又喜,只顾看猴子,其他的一切都没看到,都没听到。他们找了多少天啊,爬过多少山,涉过多少水,都快把这千里紫云山跑遍了,可猴子却像捉迷藏一样,就是不露面。今天,终于碰上了,多巧!

望春毕竟细心一些,他开始默默地数着猴子的数目,又叫黑河也数一数。数完了,望春问黑河:"多少?"

黑河说:"俺数的是三十七,你数的呢?"

望春说:"俺数的是四十五。"

"这是俺们要找的那种猴子吗?"黑河不放心地问起来。

望春不假思索地说:"俺看,像哩!像王叔叔画的那种。"

黑河高兴地说:"开枪打吧,打一只标本背回去。王叔叔、李叔叔、小张叔叔准高兴。"

"你又忘了？叔叔说过,采标本不是目的,目的是要研究。"望春认真地说,同时也有责备弟弟的意思。

黑河傻眼了:"那咋办、咋办?"

"现在就俺俩,要讨论讨论。"

黑河一想,也对。叔叔们碰到问题就是在一起商量的。他那两只黑眼珠子在滴溜溜地转着:"要是叔叔们在这里就好了,他们一看,准知道是不是要找的猴子,就知道该咋办了。俺俩去吧!"

望春为难地说:"这群猴子咋办?"

"俺去找叔叔,你留下。"黑河又要走。

"不行哩,你腿受了伤。"

"不要紧,俺跑到现在了。不吹牛,就是把腿跑断了,也保证把叔叔们找来,真的。"黑河挺坚决的。

望春说:"还真的哩,腿跑断了,咋能找到叔叔?"

黑河也笑了:"那是形容词。"

"依俺看,俺去找,你在这里看着。你怕吗?"

"俺怕?俺是胆小鬼?俺才不怕呢……要是猴子想到别处去玩玩,咋办?俺拉也拉不住,劝也劝不止。"挺天真的黑河,想起了问题的复杂性。

"俺想好了办法,只怕你管不住自己。"望春想努力说服弟弟。

黑河噘起小嘴:"你别不相信人,王叔叔已批评了。俺只要下了决心的事,就一定能做到。"

望春说:"好,俺弟一向讲话算数。枪留给你,但得商量个规矩。俺先提一条:不是野兽向你进攻,不准开枪。吓跑了猴子就误了大事。"

"那,要是俺没开枪,猴子就跑了呢?"黑河问。

"先要看清是真跑还是假跑。"

"要是真跑呢?"

"那你说该咋办?"望春反问弟弟。

黑河想了一下:"打它最后的三个。"

"好!就这样定了,俺弟一定能遵守商量好的决定。"望春高兴地说。随后,他又想起了一件事:"听说,猴子成群,好捉弄人,你可得当心。"

"没事,俺有法子。"黑河说。

"说定了,俺俩勾勾手。"黑河很奇怪,哥哥平时挺不喜欢这一套,今天倒特意提出要勾手。

"行,俺俩勾手。"

望春一松掉手,就从袋子里又掏出了两颗霰弹,说:"这两颗是零号子弹,打猴子就得用它。俺弟,要冷静,要想着叔叔们的考察计划,不能胡来。"

"你快走吧,俺记住了。"

他俩又规定了联络信号,望春才往回走去。

可怕的蘑菇云

望春走一会,停下来观察一番,按猎人的规矩,留下了路标,才又继续往前走。

他走啊,不停地往前走。扯住他的藤子,砍断了。绊脚的烂树兜子,跨过去。拉衣服的老虎刺,斩掉。他爬过了一冈又一冈,涉过了一条溪又一条溪,不停地用柴刀砍着,开拓道路。

他的手上、脸上、腿上都是伤痕。他不管这些,只是一个劲地往前走,终于走出了密林。

望春奔回山棚,看一切东西都还是原样摆在那里,就拿出一张纸,给王陵阳他们留了个条子,告诉他们在什么地方发现了猴群,黑河在哪里监视,联系信号是什么。他留下了这个条子,是防备王陵阳他们万一改变了路线,提前回来。他们看到条子,就不会误事了。

望春在山道上飞快地跑着,他一会担心黑河沉不住气,一会又担心猴子跑了……到了紧急时候,黑河就要开枪,两颗零号子弹,打一只猴子,不会有问题。可是要像奶奶讲的,猴子成群,好捉弄单身人,好报复,子弹又打完了那可怎么办呢……快跑,时间就是胜利,找到了叔叔们就是胜利,快跑啊!

他爬坡了,艰难地爬着。有时,还被砂石滑了下来;再上,没有过不了的山冈。滑下来三步,再爬上去四步;多了一步,也是在前进啊!

再有一大步,就跃到顶上去了。路口,刚巧有棵不高的竹茬子。攀住它,上!

哎呀!手心被针扎了,疼得浑身直哆嗦。他把牙一咬,上!

上到冈顶,望春的手像被火烧了一样,疼得他直甩。耳边传来了沉闷的嗡嗡声。他回头一看,嗡嗡声是从刚才攀过的竹茬子里发出的。原来那是棵粗毛竹,不知为啥砍伐时留下了一人高的竹茬。随着低沉的嗡嗡声,飞出了几只黑色的长腰蜂。

望春还没在意哩,蜂群就从竹筒里一拥而出。刚飞出来的蜂群像是圆柱状,越飞越散开,像是冒出了一股黑烟,渐渐扩散,成了一大片。

望春一看,简直就像在电影上看过的原子弹爆炸时升起的蘑菇云。

他连忙加快脚步猛跑起来。

有只大蜂子领着蜂群追击望春。尽管望春变换着自己的路线,蜂群还是追了上来。

真到了危险的时刻,望春反而不怎么心慌,倒是沉着起来。不知为什么,他在脑子里闪出了语文课本中"蜂拥而至"的词。

他迅速地观察着周围的情况:都是矮小的灌木丛,没有理想的隐蔽地方。

突然,他的眼前一亮,飞快地跑了几步,往冈下一块较平坦的石头上一跳,立即沉没到茫茫云海里了。

蜂群还在紧追,可是云海翻卷,铺天盖地,那只大黑蜂只得带领群蜂往回飞。

云海,无边无际的云海正翻卷着怒涛,汹涌磅礴地向山峦冲去。紫云山,一年三百六十五天,就有二百五十天被云海淹没,这才使它更加神秘、多姿,吸引了那么多的探索者。古代伟大的科学家徐霞客,探索了这巍峨秀丽的紫云山后,不禁无限赞叹它的景色:能令人狂叫欲舞!

西峰,漂浮在云海的上面。望春出了云海,好不容易才看到李立仁、张雄。李立仁一见这个一向沉着的孩子望春,风风火火地跑来,立即从山峰上下来迎接他。

望春跑到李立仁跟前,一个趔趄,向前倒去。张雄从旁边拦腰托住了他。望春张开干燥的嘴唇,喃喃地说着:"猴群,发现了猴群……"

"在哪?在哪里?"张雄一听发现了猴群,着急地问。

望春脸色苍白,双眼紧闭。

"拿水来!"李立仁向张雄要来水壶,向望春嘴里灌水,"别急。先喝水,缓缓气再说。"

由于爬山消耗体力大,出汗多,王陵阳要大家在水壶里放了糖和盐。几口水一喝,望春睁开了眼,一看躺在李立仁怀里,连忙坐了起来,说:

"在山棚那边密林里。黑河看着呢。都是大猴子,金黄的毛,总有四五十只。"

李立仁连忙收拾东西,并对张雄说:

"王老师和侯队长下到那边山谷里去了,通知已来不及。张雄,你在岔道口放上我们回去的标志,留下来照顾望春,慢慢走回去。我先走。"

望春一听,马上站了起来:

"俺又没咋的,能走。俺不去,你找不到。"

"你把路线、方位说清楚了,我能找到。又不是初来紫云山的时候。"

李立仁用手按下了望春。

望春挣脱了李立仁的手,提腿就走:"俺说能走就能走。刚才是跑猛了。不信,俺跑得比你快!快走吧,猴群跑掉就坏了!"

张雄说:"走就走。真不行,我背你!"

李立仁一看这样,同时担心猴群的去向,也只得挪开步子,慢慢加快了速度。他看着望春的一双小腿迈着快步,还特意把手甩起,一股热浪涌上心头:孩子,快快成长吧!要为实现自己的理想而奋斗,这样的锤炼是必要的。

他在默默地祝福着望春,希望他将来成为生物学战线上的一名战士!

路标被移动了

云海又漂到了这里,山棚和密林都淹没在云海中。

快到山棚时,张雄把李立仁的背包要来,全都送到了小棚。这样,他们就轻装前进了。

望春在前面领路。密林中不远处,就有望春留下的显眼的路标。有的是砍倒了一棵小树,有的是树枝折了头插在地下,有的是在树上削掉了一大块树皮。这使他们前进的速度很快。

李立仁心里想,望春是比别的孩子多长一个心眼,要不是设置了这么多路标,在茫茫云海中的密林里,还真难走路哩!

越是往前走,李立仁越是担心黑河能不能沉得住气,越是担心猴群又逃跑了。他看了一下手表:十三点三刻。又望望扯不断、撕不开的云雾,心里稍稍安定了一些。

按照猴类的一般生活规律和他们初步的调查,这样云雾弥漫的气候,猴群比较喜欢,也不会有大的行动。除非有老虎、豹子突然出现,猴群被惊动,才可能逃走……李立仁这样想着,脚步越加快了。

望春却停下了脚,踅回到刚走过的路标边,仔细地打量着,对正在停步望着他的李立仁说:"不对。路标怎么错了?俺来时,到这里经过一棵檫树。你看,现在檫树在那边了。"

果然,作为路标的一段树枝,正指着李立仁的方向,檫树却在另一方向。

"你别急,好好想想,也许是记错了。"李立仁想:这人迹罕到的森林,有谁来故意挪动路标?别说猎人,就是一般行人,也绝不干这缺德的、要受到大家惩罚的事。

"路标错了。俺没记错。你们看,这檫树上还有俺砍的印子。起头,是想把路标设在这,怕看不清,才改的。"

望春的话,很有说服力,谁都知道他是个细心的孩子。大家把路标改过来,跟在望春后面。

望春虽然尽量迈着轻快的步伐,可是,胳膊老是很沉重,心也跳得快。他多次暗暗叮咛自己:要沉着,不要慌,猴群还在那里。可不管怎么说,腿还是发飘,眼前的树林、路标也都有些晃动。开始,他以为眼看花了,揉了揉眼睛,结果还是这样。他想,不管这些,赶快走吧,离黑河隐蔽的地方已经不远了。

这些天,对张雄说来,收获是很大的。刚出发时,他认为知识不如两位老师多,可是自己能吃苦耐劳、跋山涉水!他还认为,知识分子总有些清高、自大,难以融洽相处。经过这一段共同工作、生活,他的想法改变了。王陵阳、李立仁走山路、爬险坡,常常把张雄甩下一大截,或者是伸手来拉他一把。

他们吃饭也不讲究。张雄看到,有时为了工作,赶不回营地,王陵阳十分随便地拿着腌青椒就吃,照样吃两大碗。李立仁虽然习惯于细嚼慢咽,也是有什么吃什么。即使饿着肚子登山,李立仁照样走在前头;返回营地时,李立仁总要争着替王陵阳背背包,可每次王陵阳都不肯,而是把张雄的背包背到了身上。

碰到问题需要商量时,他们总是认真地先听取张雄的意见,哪怕是错的,只要时间允许,总是慢慢启发,让张雄收回意见。张雄感到跟他们在一起,心胸比过去开阔多了,总是让人想着科学研究、认识大自然、改造大自然的事情……

"前面不远就能见到黑河了。"望春的一句话,打断了他的沉思,赶紧加快了步伐。

望春停了下来,撮起了嘴,四声杜鹃的鸣叫声就在森林里回响:"麦黄快收——麦黄快收——"

四声杜鹃的声音刚落,密林里也传来了山杜鹃的鸣叫:"快点挑水烧锅!快点挑水烧锅!"

声音短促而铿锵,就像是在催促人们一样。

望春高兴地说:"猴群没跑,黑河催咱们快去哩!"

李立仁异常兴奋,张雄精神抖擞。他们满怀喜悦与希望,向黑河的隐蔽地奔去。

突然,真是来得太突然,森林里响气了震耳的叫声:"哇——哇——"

就是它

只这么两声,寂静的雾蒙蒙的大森林里,立即响起了一阵骚动声。这骚动不像是野兽的奔跑,倒像是静悄悄又迅速逃走的声音。张雄怀疑是不是惊飞了一群夜鸟。

"砰!"

"砰!砰!"

远处,响起了喊声:"快追!"

又响起了大喊大叫声:"在这里,快来!撵啊!在这里!跑不了!"

李立仁在刚一听到"哇——",全身的器官就像一下接通了电流,赶忙对张雄说了声:"跟上!"

他清楚地记得,那次也是由于这样一声猴叫,猴群立即惊慌地逃遁。

当第二声"哇——"刚起,他已冲出了很远。在第一声枪响时,李立仁已冲到小黑河跟前。黑河急得话都变了调子:"跑了!"

李立仁只看见一只猴子的背闪了一下,就消失在树林中。

当第二声、第三声枪连响时,他已追到突然出现的王陵阳身边,看清了一只不太小的猴子拖着受伤的后腿,没命地跑,时而还发出一声短短的哀叫。

他顾不得去倾听这种声音,判断它的去向,就连忙举枪射击。随着枪声,那只受伤的猴子身子一歪,倒在地下。

李立仁望了一眼在地下抽搐的猴子,还是没有减低速度往前冲。

冲了一段路,仍然看不到猴子,却从密林的云雾中闪出了侯振本。侯振本一见李立仁,异常懊恼与惋惜地说:

"哎呀!机会难得。这些猴头,又精又刁,在树上一吱拉就飞了过去。你看清了吧?"

李立仁也逐渐停止了脚步,反问了一句:"你看清了吧?什么样的猴?"

侯振本还在懊恼:"这些猢狲,跑得太快,不太像是小石猴。再问问王老师,他看得比我清楚。"

当他走到王陵阳那里时,看见王陵阳和张雄正在翻检着打下的猴子。张雄还在大口大口地喘气。王陵阳不时地取下眼镜擦着,嘴里独自嘟囔:"这鬼云雾……"

张雄忙着查看猴子的尾巴,只有根短短的尾巴露在外面。再看头,比较大,两颊的毛,又长又密,只露出狭狭的一张脸来……

"哟!死了的猴子真丑!"

"真的,这副塌鼻头、大鼻孔、尖下巴,咋不换一换?"

"这一嘴黄牙,也该买把牙刷来刷刷。"

望春、黑河一边看,一边议论。

张雄一再仔细看了后,肯定地说:"就是那种,就是它!"

李立仁锐利的眼睛早已看出,这群猴子的个体体型都较大,毛色也很鲜亮,绝不是石猴,但在没有充分的理由之前,也很难说准它就是那种还未被发现的新型的猴子……反正标本已经采到了,是啥,自会提供一些线索的。所以,他也没说什么。

落在后面的侯振本,一看围了一堆人,高兴地说:"哈哈!有你们这些能人,我说它跑不了嘛。谁打的? 我猜准是李老师打的。他是神枪手。我们贫下中农看了就高兴,这才是我们欢迎的知识分子!"

黑河后悔地说:"俺要是不心慌,兴许能打着。"

望春说:"你枪里还有颗子弹哩! 为啥不连发?"

"唉! 俺当时又急又慌,心里像揣了个小兔子,忘了!"黑河还在吃后悔药。

侯振本又惊又喜地用脚踢猴子这里、那里:"我还从来没看到这样大的猴子哩,真是在紫云山白活了几十年。"

李立仁笑着说:"你这下看清楚了?"

侯振本笑眯眯地说:"看清了,真的看清了。是和小石猴不一样,没想到紫云山还有这样好看的大猴子。"

张雄用带子捆起了猴子,往身上背:"嗨! 还真不轻哩!"

李立仁早已准备好一根树棍,硬是从张雄背上拿下,两个人抬着。

"走,去看看猴群栖息地。"王陵阳兴奋地说。

今天,王陵阳很高兴。不管这中间经过多少挫折,发生了多少偶然的事情,到底采到了标本。虽然,要说已解开了长期以来的谜,捕捉到了"云海漂游者",还为时过早;但从刚才粗略观察的情况看来,确实是有关紫云山的科学文献上所没有记载的,起码是这个地区新发现的品种。

他们来到了猴群原来玩耍的地方。黑河指着一棵棵猴子玩耍的树。这是一片山毛榉科的栎树,它们比较高大,树上叶子随处可见被采食的残迹,地下也有树叶和丢下的笋子。王陵阳和李立仁都捡了几根笋子,张雄有些莫名其妙:"这就是一般的水竹笋嘛!"

"不错。有的上面留有猴子啃啮的印迹,这都是我们要注意和收集的。"

王陵阳指着笋子,向张雄讲解。张雄也连忙寻找地下丢下的笋子。

捕兽坑

他们大致目测了这些乔木的高度、生长情况、林下植物的状况,就准备再往前,向哗哗流着的小溪走去。这时,李立仁对黑河说:"来,黑河,爬到这棵树上去!"

黑河不解:"干什么?"

侯振本笑眯眯地说:"叫你学猴跳哩!"

李立仁可没有开玩笑的意思:"上去,把看到的东西告诉我。"

黑河看到一向较为严肃的李叔叔很认真,晓得不是逗着玩的,立刻吐了口唾沫在手心,搓了搓,就往树上爬。这一爬,疼得他皱起了眉头。李立仁猛然想起他屁股上的伤,忙伸手抱他下来。黑河一看李立仁伸手,却咬咬牙,三把两抓地蹿上去了。李立仁歉意地说:"我真是高兴得把什么都忘了。"

"叔叔,这里能看到一大片的天,下面一片的树林,溪水响的地方,还有石头堆起来的石峰呢!"

李立仁高兴地说:"任务完成了,下来。"

黑河心想:就这样简单的事? 就问:"李叔叔,还要看什么?"

"快下来,我对你说个秘密。"

这话真灵,黑河下来了。还未到地,李立仁一把抱起他,还特意举了两下,亲切地说:"黑河,你今天立了一大功,看住了猴群,出色地完成了任务。回去后得好好评功!"

王陵阳也笑着说:"真的,黑河今天立了特等功,不吹牛。"

李立仁正想说什么,却被黑河打断了,黑河怕他们再说这些臊人的话,赶紧缠着李立仁问:"什么秘密? 你快说。"

李立仁说:"我在想,猴子怎么老是喜欢在水溪上面,和有大石头的高树上? 你刚才一说,就证实了我的想法。"

黑河一听,也乐了:"俺怎么就没想到?猴子真精,这里能看得远,看得宽广,容易发现情况。"

"对了,小黑河动脑子了。"

王陵阳接着说:"这就明白了。为什么从它旁边,以及和它所在的高度基本相同时,比较容易看到它。"

"嘿嘿,黑河当了一次猴子。"侯振本也来凑趣。

这对张雄启发也很大,这样简单的问题,自己为什么没有观察到?是的,搞科学工作,就要连最细微的现象也不能放过。

溪水从高山流到这里,碰到了一块大石壁,只得来了个急转弯。水从这里跌落下去,形成了一道瀑布。滚滚而下的水,冲起了沸腾的水花,激起了隆隆的响声。山泉闪着银亮,织成了珍珠一般的水瀑帘,挂落下来。

从上面看,陡峭得令人目眩,水沫、凉气直往脸上扑来。

走到下面,向上仰望,只见葱绿的林海中,飞涌出一条玉龙,隆隆地呼啸着飞奔而来。漫天的云海烟雾,又把它遮掩在白帷的后面,看上去若隐若现。

"好风景!"张雄看得惊叫起来。

"真漂亮!"黑河赞美。

"雄伟,壮丽,全都有了。"望春若有所思。

"此山不如彼山好,还有灵山在前头!"李立仁不无感叹地说。

王陵阳的心头,也涌起了李白描写瀑布的诗句:"飞流直下三千尺,疑是银河落九天。"

祖国壮丽的山河,使大家沉浸在自豪中。

张雄忽然有所发现:"我现在才开始懂了:《西游记》里,齐天大圣的府第,在花果山水帘洞那么漂亮的地方,并不是为了艺术,瞎编一通。还真是从生活真实出发哩!猴子尽蹲风景漂亮的地方。"

大家都哈哈大笑起来。

王陵阳说:"大家都想想,这是什么道理?"他看到黑河急着要讲,就摇了摇手,"别急,想得全面一点。以后的讨论会上,让你第一个发言。"

　　黑河见李立仁站在一旁瞅着什么:"李叔叔,你又看到猴子丢下的好东西了吗?"

　　侯振本见李立仁不答话,只顾在那瞅着什么,其他的人也都往那边走去,急忙说:"天不早了,肚子也早就闹革命了。快回吧,有啥好看的?"

　　侯振本看他们还往前走,也只得跟过来。原来是在一块稍平缓的地方,有个往年留下的长方形地坑。地坑已经破败了,但坑边还留下几棵用整棵树木做的框子,框子高出坑口。不远处,还有个长方形的木框,有点像地坑的盖子。

　　李立仁看侯振本也来了,问他:"你看,这坑是做什么用的?"

　　侯振本认真地从这边看到那边,从这头看到那头,说:"看不出哩！还没有见过这玩意。"

　　王陵阳说:"看样子是捕兽的。不过有点怪,捕什么野兽要挖这样的坑呢?"

　　"王老师一讲就有点像了。是捉猪獾的吧？要不,是逮麂子的?"侯振本拍拍后胸勺子。

　　王陵阳说:"不太像,这坑很大嘛。关麂子、猪獾,一次就能关四五只。"

　　李立仁掏出皮尺,要张雄帮忙,丈量了地坑的长、宽、高度;又量了像是盖子的木框,很认真地记下了。

　　侯振本说:"你们大知识分子,做事认真过了头,这是啥了不得的东西？这下该走了吧。"

　　说着,他头里走了。王陵阳他们也挪动了步子。李立仁迅速地从裂开的树桩上,扯下了几根兽毛,一声未吭,也跟着走了。

　　王陵阳见望春落在后面,就来拉他,准备和他一道走。没想到刚抓住他的手,就像抓住一根火炭。望春也疼得"哎哟"一声。这一声"哎哟",使大家都停住了脚步,围了过来。

王陵阳连忙轻轻地拿起望春的胳膊,只见又红又肿,火烫火烫的,可又没有伤痕。他一直查到手上,才看到掌心里有两个血眼,血眼四周肿得像个小馒头。他心里一惊,以为是被毒蛇咬伤。这里毒蛇多,他是知道的。忙问:"怎么回事?"

"是蜂子蜇的。"望春低声说。

"你看清了?"李立仁急着问。

"看清了,是黑的长腰蜂。"

"怎么不早说?"王陵阳心疼地说。

"没什么,不要紧。"望春还是低声说着。

"嗨!还不要紧哩,真是个傻孩子。山里蜂子毒,算你占了便宜,要是碰上了黑牛蜂,你的小命都危险。那东西,六只就能蜇死一条大牯牛。我们队的吴老头给咬了一口,整整病了半年,还落下个大疤。"侯振本轻轻地抚摸着望春滚烫的胳膊,十分惊恐地说。

王陵阳焦急地问望春:"心里难受不?胸口是不是闷得慌?"

望春说:"比刚才好一些了。"

李立仁和王陵阳交换了一下眼色,王陵阳问:"侯队长,有没有什么偏方?"

侯振本想了想,连忙摇头:

"没有!我没听说过,哎呀!就怕这毒归心呀!看看,都肿到这里,离心口不远了。了不得,要赶快想办法。"

张雄一听就急了,连忙要来背望春。望春说:"俺还能走哩!"硬是要自己走。

张雄哪里听他的。

王陵阳说:"赶快走出森林,回去想办法。"

第十一章　翡翠池边

捅马蜂窝的孩子

昨天,回到罗大爷家时,已经很晚了。王陵阳他们原来打算把望春赶快送到附近医院,可是,罗大爷查看了伤口,又问了一些情况后,说:

"不用了。这种黑细腰蜂比通常的黄蜂要毒些。不过俺这里顶毒的是大牛蜂,是酱色的。去年,山那边有个人让牛蜂蜇了,没人知道,活活死在山上。"

张雄听了很紧张:"真有这样毒的蜂子?"

王陵阳说:"这是可能的。有的蜂毒比蛇毒的毒性不弱。有名的巴西杀人蜂,就是美洲人的灾难。这种蜂还常常成群地迁移,从拉丁美洲向北移动,使美国人感到很头疼。美国被这种蜂蜇过的人,听说高达两百万。

"以后,我们在野外工作要多注意,防止蛇伤、蜂伤。当然,我们碰到机会还要研究它。毒蜂对人有威胁,蜂毒倒是贵重药物,对昆虫资源的利用,现在只注意了蚕丝、蜂蜜、紫胶虫,其他的考虑得很少。这些虽然不是我们这次考察的主要任务,却也是为紫云山大规模的考察做些准备工作。"

"牛蜂也难得碰到。小张同志别紧张。"罗大爷说。

王陵阳又问望春现在的感觉怎样。

望春说:"喝了药后,胸口已不觉得闷胀,疼也好多了。"

罗大爷从箱子里找出了一些陈药，又去采了些新鲜的草药，煎了汤让望春喝了，剩下的捣烂，敷到伤口上。一盏茶工夫，望春觉得精神爽快了，说是有股凉气在胳膊上游来荡去，也不怎么疼了。

这样，王陵阳他们才稍稍放了心。

李立仁忙着解剖猴子，可是由于光线不太好，只得在采取一些措施后，停下了。

今天一早，当他们正准备起来时，望春已到他们房间。三个人外衣也没穿，就有的问，有的查看他受伤的胳膊。草药对了症，真有奇效。昨天红肿得像枣木棒槌的胳膊，已经消了不少，也不那么火烧火燎地炙手，只是掌心那两个血眼大了，还不断在向外淌黄水。据罗大爷说，淌黄水好，让毒气往外走。

李立仁又把望春拉在床边坐下。他今天的心情轻松多了，看着望春俊秀的脸，抚摸着他的肿胳膊，不禁想起自己童年时代，与蜂有关的一些愉快的往事。

李立仁生长在美丽的石窝湖边。春季，四五岁的小立仁，常常独自在湖滩上漫游。湖水在头年冬天就落下去了。春天一到，青草在滩上铺开来，绿茵茵的草毯沿湖展成了弯弯的圈子。在护堤的杨柳林、芦苇丛中，有着无穷的神秘的令人快乐的东西。

这个言语不多的孩子，最喜欢看那从草丛中飞起的云雀。它婉转嘹亮地叫着，还打着旋子高飞。

有时候，眼一眨，在蔚蓝的天空中就找不到它了，只是耳边还萦绕着那"啁啁啾，啁啁啾，啁啁啁啁啾"的美妙音乐。

直到它的歌声戛然而止，翅膀一收，从天上掉了下来——年幼的孩子真担心它会跌死——快到地上，孩子连气都不敢出。谁知这小精灵却一下张开了翅膀，贴着柳树尖子滑翔到草皮上。他去找它，却怎么也找不到。

父亲是有名的铁匠，成天抡着大锤。汗水在黑一块、红一块的脸上淌着。

妈妈成天在炉旁拉着风箱,只得偷着空儿亲亲自己的小宝宝。李立仁长到五六岁了,不知为什么,老是觉得肚子饿,找妈妈要吃。妈妈有时塞给他一块锅巴,用围裙擦着眼泪:"宝宝乖,去玩,等爸爸换了米回来,就给你煮饭。"

孩子不知道:怎么会没有米呢?红大门里穿绸大褂的李六爷家,不是成天有鱼有肉吗?

妈妈说:"李老六是财主。"他更迷惘了,可是看到妈妈流泪,也不敢再问。这是使妈妈很伤心的事呀。

夏天的夜晚,孩子们都喜欢到泊在堤边的船上乘凉。躺在船板上数星星,那该多有趣!船上帮工的和爸爸好,都挺喜欢小立仁。有一天,船老板李老六闯到了船上,硬说孩子们踩坏了船板,抡起巴掌就打人。有个帮工的叔叔挡了一下,还挨了一拳。从此,孩子们就上不成船了。

有一天,几个孩子发现小石桥旁的大柳树上有个洞,许多马蜂子进进出出,可忙哩!领头的大孩子就用烂泥巴往上砸,想糊住洞口。小立仁也参加了。他和大多数孩子一样,既怕蜂子,又一看到蜂窝就要捅。

有一次,他捅马蜂窝给蜂子蜇了一口,疼得他直跳,爸爸说:"不哭,再疼也不能哭。"

小立仁马上安静下来,咬着牙说:"不疼,不疼,就是不疼!"

妈妈连忙跑来用嘴吮吸着伤口:"哎呀!蜇这样大眼子,可疼死我宝宝了。"

妈妈眼睛一红,小立仁也就"哇"的一声哭起来了。

"哈哈哈哈……"爸爸却粗犷地笑起来,同时对妈妈说,"看你把孩子惯的!"

妈妈擦了擦眼角说:"他还小哩!"

小立仁听妈妈这样一说,连忙止住了哭,说:"我不小。不疼了。"

爸爸笑得更欢,踱过来,从竹烟筒里抠了点烟油抹在小立仁的伤口,又拔了两棵马齿苋放到嘴里嚼烂,敷到伤口的周围。然后,拉着他的小手,到村东瓜园里,买了个脆嘣嘣、甜蜜蜜的黄金瓜,让他捧着回来了。

这次,烂泥巴"嘭"的一声砸去,马蜂就"轰"的一声,从树洞里往外飞。有几块烂泥巴刚好砸在洞口,黄马蜂忙着去清除;有的还飞出来,像是在寻找胆敢侵犯它的敌手。可是,孩子们都在旁边的小水沟里躲得稳稳的。

有个孩子发现从村子出来的李老六,正往这边来,胳膊还挟了个大笆斗。那个孩子叫大家别砸了。胆小的孩子溜了。小立仁恨死了李老六,就跟几个孩子咬了咬耳朵,几个孩子都乐了,更起劲地砸蜂窝。眼看喝得醉醺醺的李老六快到小石桥了,孩子们都躲了起来。

李老六今天挺乐的,又买了几亩地,占了便宜,正去兑钱,笆斗里全是票子。他哼着小调,歪歪趔趔,得意扬扬地走上了小石桥。

忽然,他用手打了一下自己的脖子,接着又打了一下头,不知咋搞的。

他回过头来,一看那嗡嗡叫的黄蜂群,酒也醒了一半,大声叫着:"哎呀!我的亲妈妈来!"撒开脚丫子就跑。马蜂正怒火冲天,寻到现在才找到敌人,哪里肯放?振翅直追。李老六一看不得了,翻过笆斗就往头上扣,票子飞了一地……

孩子们笑得喘不过气来。

第二天,孩子们看到李老六头肿得有笆斗大,眼睛挤得只有一条缝,让帮工的抬着找医生去了。

李立仁带着这样愉快的回忆,又默默地开始了工作。

解　剖

罗奶奶烧了早饭,硬是把他们三人拖来,才算吃了饭。罗奶奶生过一男一女,可是,在罗大爷背着石匠的褡裢子走乡串村的艰苦年月里,女儿给饥饿和病魔夺去了,只留下了一个儿子。儿子翅膀一硬,飞走了,飞到遥远的边疆,还带走了媳妇。

她喜欢青年人,对这三位客人,她都喜欢。特别是对李立仁,老奶奶更喜欢。每次饭后,李立仁总是默默地收拾了碗筷,去洗刷。罗奶奶又拦又拉,说什么也不依。李立仁总是微笑着,一言不发,埋头洗刷着锅碗勺盏,做完各种琐琐碎碎的活儿。最近,罗奶奶发现,原来吃完饭把碗筷一推的张雄,也来抢着洗锅刷碗了。

罗奶奶正瞅着李立仁消瘦了的面孔,注意到他的洗碗的动作忽然慢了,像是在倾听着什么。接着,他又走到门口。张雄也跟了出来。只听对面山上有个鸟儿在鸣叫:

"喹啰啰——喹啰啰——"

鸟儿叫着,三声一度,一声比一声高,一声比一声急。当音调达到最高点,像是绷紧的弦索突然断了,一片寂静。

李立仁又去拿来了望远镜。王陵阳和大家也跟着出来了。

张雄问:

"是什么鸟?"

李立仁说:

"还判断不清。鸟类的鸣叫常常变调。黄鹂的鸣声在通常的情况下,婉转悦耳,音色丰富。有时,它的变调声就很难听了,像是被人卡住脖子,透不过气来,又拼命挣扎似的。眼下,正是鸟类的繁殖期,变调更多。再加上这山谷回音大,看不清楚,很难准确地识别出来。"

王陵阳说:"黄鹂的变调音,很容易让人上当。有次在大别山,我听到对面山头有只鸟在'呜——呜——'地叫,以为是大水鸟。我费劲地爬到山上,怎么也找不到大水鸟。等到叫声又起,却是只黄鹂。它的变调声,还常常和噪鹃的鸣叫混淆。"

这话启发了张雄,他回忆了一下动物园的鸟叫,怎么也想不起来有哪种鸟是这样叫的。

李立仁说:"似乎有些像鹰头杜鹃。"

"要采的标本名录,有它!"张雄说。

"是不是,得采到才能定。"王陵阳已去提枪了。

李立仁说:"不用你去了。"他放下望远镜,把枪抓到了手就走。张雄也连忙提枪跟上。

他们离对面山上大叶杨还有段路,有只鸟已从树上飞走了。他们正在疑惑时,东边山腰上又"鬼鬼噜——!鬼鬼噜——"地叫起来。等他们折向东边的山,刚要往上爬,那鸟又飞了。停了会,却在西边山腰叫起来。他们被逗引得很生气,只得空手回来。

王陵阳问张雄认出那鸟没有,张雄摇了摇头。

李立仁说:"从体羽和飞翔姿势看来,是鹰头杜鹃的可能性大。"王陵阳也判断那是只鹰头杜鹃,可是这只有拿到标本才能肯定。

他们又接着干未完的工作。王陵阳掰开了猴子的嘴,仔细察看后,又数齿式。数完了齿式,他从背包中拿出了昨天捡来的笋子,找出齿印比较清楚的,互相一对照,两者可以吻合。

他拿出笔记本,翻到画有猴子齿型的那一面。这是根据去年在密林中,在猴崂和猴子望海处带回来的笋子上,猴子啃齿的印痕,然后合理推测、复原的猴子齿型。他要李立仁也过来看。

很明显,一号、三号齿型和昨天捡来笋子上留下的啃印是同一类型的。二号齿型和其他的有明显的区别。这基本上可以说明:除了猴崂的石猴以外,其他已发现的,应该认为都是同一类的猴子,就是已经采到的紫云山个体大的短尾猴。至于究竟叫什么猴,还需等解剖工作完毕,才能有个初步印象。

由于昨天事情太多,望春的伤势又重,喜悦、焦急、疲劳都赶到了一起,使李立仁还未来得及了解一些情况。现在,由于齿型问题所引起的思索,李立

仁问起王陵阳,他们昨天怎么也及时地赶到黑河那边去了。王陵阳向他介绍了昨天的情况:

分手后,王陵阳和侯振本向另一方向去了。那边的景观并不理想,快到中午,就回来了。如果到约定会合点留下标志,冤枉路走得太多,只得径直回到山棚。

到了山棚,两个孩子都不在,枪也带走了,笋子只剥了一半。喊了半天也没人应。王陵阳急了,以为又发生了什么事,忙着要找,侯振本说:

"不要紧,山里的孩子还怕山?"

说着,拿起铝锅来盛米。王陵阳看他从锅里拿出一张纸条在看,忙问是什么。侯振本未吭声也未挪步。王陵阳走过去拿来一看,原来是望春留下的条子。他马上要走,可侯振本说:他们见到的一定是小石猴,我们这些大人跑了这么多天还没找到,倒让孩子先找到不成?

王陵阳要侯振本留家烧饭,准备自己单独去,可侯振本一看王陵阳执意要去,又坚持和王陵阳一道去。还说贫下中农派他来就是带路的,出了事回去怎么交代?

他们按望春条上说的,终于找到了他留下的路标。快到黑河隐蔽地时,侯振本坚持说,他最好是往上面去,可以拦住猴子的路。王陵阳可以去找黑河。王陵阳一想,还是一同去比较好,就随着到那边了。

他们一发现猴群,迅速接近。这时,在旁边不远处的侯振本"哎哟"一声,摔了一跤。发出的响声,惊动了猴群。一个猴子连连两声惊叫,整个猴群就飞快地逃了起来。同时,听到了枪声。

眼看顷刻之间就要逃完,王陵阳也连续发了两枪。由于云海雾大,眼镜片上都是水汽,看不清,没有打中要害。幸而,李立仁及时赶到了。

李立仁谈了昨天望春发现路标被移的情况。在密林中移动别人留下的路标,这可不是儿戏。去年,王陵阳经历过迷路的危险,难道又有了新的情况?这是偶然发生的,还是存在着某种外来因素?

他们考虑了种种情况,联系到毒箭和捕兽坑、竹笋上的啮印……认为对这一连串似乎不太正常的情况,应该引起警惕和注意。在这样复杂地形的山区工作,稍有差错,不仅是生命安全问题,同时也影响考察计划的进行。他俩就下一步工作,交换了一些意见,做了一些安排。接着,又紧张地忙开了。

王陵阳刚刚还见黑河在这里忙着搬这样、拿那样,不断提着问题。怎么一眨眼,却不见了,忙喊:"黑河!"

"哎!"黑河不知从什么地方突然冒了出来,身后跟着小狗白雪。白雪尾巴上拴了个写着"猴子"的纸片。小狗只顾咬尾巴上的纸,不断地打圈圈,却怎么也咬不到。这副淘气相,把王陵阳也逗笑了。

"黑河,玩够了吧?给你个重要任务,快拿上鱼竿、鱼篓,到翡翠池钓鱼去。"

黑河以为王陵阳逗他,将信将疑地从他脸上望到李立仁脸上。李立仁理解了黑河的眼神,说:"真的,我们想看看这里有些什么鱼类,又没带网,只好请你帮忙。"

黑河一听很高兴,今儿要独自去完成任务哩。这可不是去玩,是去采标本哩!他一拿鱼竿,小狗就衔着鱼篓跑在前面。黑河乐得边走边唱起了歌。

王陵阳叫黑河去钓鱼,是由一份紫云山导游手册引起的。那上面介绍的鸟兽有些明显的错误,可是,对谈得神乎其神的锦鳞鱼,王陵阳就不了解。因为他对这里的鱼类还未引起足够的注意。没有调查,当然难以断定真伪。他想回去后,尽快写出一个报告,先纠正这个影响面较大的导游手册。他们就想到请小黑河去钓鱼,摸摸情况,以后大规模考察时,心里也好有个数。

小翠鸟钓鱼

刚巧,有棵大树的阴凉伸到了池边,小黑河就坐在阴凉下的大石头上。

小狗原来坐在他的旁边,大约是待腻了,又跑开去耍了。

　　黑河放下钩子,瞅着漂动的浮子,心里想着这些天来,一件一件的新鲜事。他原来喜欢的全是那些打仗、捉特务的小人书。对算术课还有兴趣,语文课尽是些"孔老二坏坏坏,是个头号复辟派"的大人"儿歌",他一听就心烦,可老师还是讲个不停。回到家里,要么做作业,要么满山遍岭地野玩。

　　这些天来也是从这山跑到那山,可玩得不一样了。他从来不知道一只小鸟、一只猴子、一片森林,有着那么多的问题需要研究哩。

　　不要说王叔叔,就是李叔叔,把小鸟嗉子剪开,捡出一粒粒草种,一条条小虫——有的还只有头或是一小片皮,他就能知道那是什么虫子,什么草,这种小鸟最喜欢吃什么,以后在哪些地方可以找到它。

　　他们还能看出这是什么林子,会有些什么小鸟。进去一找,还真找到了。要是把山喜鹊喜欢逮蛇吃的事告诉叔叔们,他们一定能知道它为什么喜欢吃蛇,为什么不怕毒蛇咬。他想:一个人要有知识,就得学习。现在,他觉得学习是件很有意思的事,以后上课时,一定能找出一些问题问老师。

　　鱼浮子在点头了。黑河的心一下收紧了。当三个浮子被拖走,他立刻甩竿。嘿,鱼竿梢都坠弯了。呼啦一声,鱼出水了:扁扁的鱼头,银鳞闪耀,鱼在线上直跳,一条三两多重的鱼在岸上蹦。小狗白雪一下蹿了过来,张嘴要咬。黑河伸手给了它一巴掌:

　　"这是给叔叔们去研究的。科学的事你不懂,赶紧滚远点。"

　　这是一条嘴边有点红边的白条子,不知王叔叔叫它什么名?他赶紧把鱼放到篓子里养了起来。

　　鱼钩子重新放到水里,摇头摆尾的浮子在碧绿的水上晃着。嗨,它不晃了,点头了,浮子沉了,好,快甩竿——又一条鱼。这条鱼不大,反正王叔叔是做研究用的,又不是为了吃鱼,大小都要。

　　黑河坐在石头上,挺神气地把一条条鱼甩上来。远处,"滴——滴——"

两声,水发出了轻轻的响声,一只小翠鸟从水里飞起来,嘴里叼了一条小鱼,停到池边小树上吃去了。它那长长的鲜红的嘴,长在绿蓝绿蓝的身上,真好看!

不好,水面上鱼浮子全没有了,赶快起钩。嗨,是条锦鳞鱼哩!黑河一双小手赶紧把鱼捉住。紧了,怕把鱼卡死;松了,又怕它跑掉,他还没钓到过这样大的锦鳞鱼哩。看,该有半斤重吧!那鱼瞪着眼睛,不服气地摇头摆尾,尾巴拍得黑河小手背叭叭响。他小心翼翼地把它放进了鱼篓,它却"哗啦"一声,溅得黑河满脸都是水。

小翠鸟扯开尖细的嗓音叫了几声,水面一响,又叼起了一条小鱼,然后落到那根快伸到水面的树枝上,吃掉了。

黑河心想:嗨,它叼鱼,俺钓鱼。这是在和俺比赛呀!好,比赛就比赛。

好一会,黑河一条鱼也没钓到,小翠鸟却一连叼了好几条。

小翠鸟又发现鱼了,飞下了树枝,向水面扎下来。可是,不知为什么,快到水面时,它却不往下飞了,抬起头,翠蓝的小身子向上一仰,两只翅膀不停地扇拍着。

怪,它就停留在那个高度,不上,不下,不前,不后,像是直升机在空中停着,两只小眼睛却紧紧地盯着水面。

突然,它头一低,尾巴一翘,猛地往水里俯冲,水刚响,它马上飞起。水面上留下了一圈一圈的波纹。黑河很惊奇:这家伙真刁哩,它发现鱼跑了,还能停在那里等着哩,直到小鱼快要浮到水面,才立刻扎下去一口叼走了。

黑河很气恼,他钓的鱼没翠鸟叼的鱼多。他的黑眼珠转悠着,心里说:好一个小翠鸟,你使劲地叼吧!你是在帮我钓鱼哩……

他掏出了备用的玻璃丝钓鱼线。抹下钓鱼线上的浮子,在钩子上穿了条逮来的小鱼,放到水里。他向翠鸟停歇的树林走去,翠鸟只得让位,飞走了。他又砸了个石子,把它赶得远一点。然后黑河悠然自得地坐到石头上钓鱼了。他钓了两条鱼,还是不见小翠鸟的影子,有些不耐烦了。一想到这是在帮叔叔们完成科学研究任务,事情很重要,有一次,李叔叔为了等猴子,足足在林子里趴了半天,等到天黑了才回来的哩。这样一想,也就定下心来钓鱼了。

"嘀——嘀——嘀——"

哈哈,小翠鸟,你到底飞来了!

小翠鸟一发现水面上有条小鱼在游动,立即想往下俯冲,可是,它犹豫了一下,飞到另一棵树枝上,偏着头东瞧西瞅。

这是为啥?对了,它刁哩,刚才是被人赶跑的,还能不当心一点?可那小鱼实在诱人!一会儿在水面游着,一会儿又只微微露出小脊背。水纹一圈一圈地散去。

小翠鸟终于失去了耐性,双脚一蹬,翅膀一展,飞起来了。小鱼还在那里游动哩,快俯冲,一口叼住了小鱼。可是当小翠鸟昂头,飞起……怎么?小鱼拉不动。它只得放掉,又飞到一根树枝上。

小鱼就在它脚下游,小翠鸟瞅了半天,急得在树枝上蹦来蹦去,突然,脚爪被一根看不清的透明线拴住了,怎么挣也挣不开……

小黑河一见他安放的捕鸟扣扣住了小翠鸟,手舞足蹈跑过去,逮住了拼命挣扎的小翠鸟。他不管拴在旁边的小翠鸟怎样扑腾着翅膀,又坐下来一心一意地钓鱼了。

高山鱼族

黑河就这样钓呀,钓呀,直到张雄远远地喊他,他才提起鱼篓往回走。小狗在他身前身后跑着,一会嗅着鱼篓,一会儿对小翠鸟汪汪两声。

三个叔叔一见鱼篓里的鱼,全都高兴起来,赶快用脸盆盛了水,把鱼倒了进去。

鱼到水里,活蹦乱跳,挤挤拥拥,挤得脊背露出了水面。这些鱼,有橘黄的、紫色的、青色的、红色的……比一缸红金鱼还要好看。

有条很漂亮的大鱼,引起了大家的注意:它一游动,发出蓝莹莹的金属般的光彩,像一道紫霞在水里流动。这鱼身上的鳞片,有红,有黄,有黑。几种颜色错杂在一起,闪耀着五颜六色。王陵阳连忙把它捉上来,问黑河:"这叫什么鱼?"

"俺这里叫锦鳞鱼,最漂亮的鱼。平常钓到的都不大,这条算顶大顶大的。去年语文课造句,俺说:'黑水潭里有一种很漂亮的小鱼,它常常闪动着美丽的鳞片。'鹃鹃说俺吹牛。那天遇到你,俺就是去钓它没钓到。后来,俺到底钓了一条带给她看,她和同学们才说俺不吹牛,是真的。"

王陵阳也不觉连连称赞:"真是条漂亮的小鱼!"

紧挨着黑河的张雄,感到腿上有个东西扑噜噜直动,吓了一跳。一看,小黑河裤袋里有东西在折腾,就问道:"什么东西?"

"捉到一只小鸟。"黑河漫不经心地说。

"真淘气。"

李立仁和王陵阳忙着研究锦鳞鱼。它的臀鳍很特别,比一般的鱼又宽又大。头是玫瑰红色,上唇有不少白色的颗粒,就和唇边堆着一个个肉珠子的红金鱼一样。身上横斑纹的颜色有红、蓝、黑、白、绿,但分界不甚明显。在水里游动时,这些颜色互相辉映,再加上水色、阳光、折光的外界因素,就如锦似霞了。这大约就是叫锦鳞鱼的来由吧。经鉴定:它是宽鳍鱲,雄性。

还有几条鱼,通身为橘红色,黑色的横斑纹把它衬托得也很好看。罗大爷说:这是石斑鱼,是非常鲜美的鱼。王陵阳他们鉴定:这是克氏光唇鱼。

有条橘红色的鱼,也挺好看。

还有一种犁头鳅很特别:颜色和普通泥鳅相差不多,可肚子是平的。王老师对黑河说:"它的腹鳍变成了吸盘,能吸附在石头上,急流冲不走它。这是适应小溪生境的结果。"

南方马口鱼特别在嘴上,像马嘴一样,上颌向里凹,下颌向上凸。它专吃小鱼。嘴像钳子,一下就能紧紧咬住鱼。

从这些高山溪水鱼的生态看来,它们的底栖性和喜氧性的特点表现得很明显。

王陵阳表扬了黑河:"很认真,细心,钓来的鱼的鳞片都是完整的。这给我们的鉴别提供了方便,"他顿了顿又说,"可惜,还差一些小型鱼类。"

黑河截住话头,高兴地说:"有哩!"

"还打埋伏?在哪里?"

"在这里!"黑河说着,从裤袋里掏出了还活着的小鸟。

王陵阳他们一看,原来是只翠鸟。黑河看他们一时没转过弯子,眉飞色舞地说:"俺猜到你们还要小鱼。俺就和小翠鸟商量:考察组叔叔要调查俺紫云山有哪些鱼,要了解全面情况,俺钓不到小鱼,请你帮个忙吧。俺钓大的,你叼小的。行吧?到临了,它赖皮,不肯把小鱼给俺,俺就把它硬请来了!"

张雄还是不明白他在咋呼啥:"你又吹牛了。小鱼在哪里?"

"喏,在它肚子里。你们不是常做食性分析吗?你看看它叼了哪些鱼?还可查清它是益鸟还是害鸟哩!"

大家一听,全高兴起来了。李立仁一把抱起了黑河,举到头顶:"嗨!黑河的脑子越用越聪明了,有进步!"

王陵阳说:"进步还挺大哩!昨天看猴群,耐心,认真,遵守纪律,为我们采到猴子立了一大功。今天又动脑筋,想办法尽可能把标本采得全面。好,很好!"

李立仁和张雄,忙着解剖小翠鸟去了。

"你们大学的老师带小学生,俺皮猴子小孙孙也成了个人才了。"罗奶奶听叔叔们表扬黑河,喜得嘴都合不拢。

罗大爷捋着胡子,说:"前两年,孩子们全给带坏了。眼下跟了这些好叔叔,或许能长成个材料,"说到这里,罗大爷想起一件事,"不是说你们从猴岭请了个向导吗?怎么没来俺家?"

李立仁说:"他从那里直接回去了,说是采到了猴子,他的任务也就完成了。以后用得着他,喊一声就来。"

罗大爷说:"是猴岭的人?"

王陵阳说:"不是,是岭上队的侯队长。"

"叫什么?"

"侯振本。你认识?"李立仁问。

罗大爷想了想:"没听说过这人。这紫云山大,哪能认得全?特别是些后生。"

李立仁说:"他五十出头了,大个头,满脸络腮胡,过去帮山东人逮过猴子。"

罗大爷使劲想了想,说:"记不得有这样一个熟人。你说山东人逮猴子,俺倒想起了猴子酒。"

王陵阳过去滴酒不沾,前几年挨整,曾借酒浇愁,但不常喝。他也想了想说:"没听说过有这种牌子的酒。"

别看张雄是个小青年,他喝酒不比王陵阳少。他也说:"茅台酒、汾酒、西凤酒、竹叶青、二锅头、古井玉液、濉溪大曲、明光大曲、桃花潭……就是没喝过猴子牌的酒。"

"不是猴子牌的酒,是猴子造的酒。这还是黑河姑爷爷送来的礼呢。"

张雄一听,很有兴趣,忙问:"猴子会造酒?这是哄人的……"要不是想起了礼貌,他差点把"鬼话"两个字说出来。

"哄不哄人,等他姑爷爷来了,你就知道了。"罗大爷脸上挂着让人猜不透的笑意。

"我说嘛,罗大爷故意逗人。这不,还得找黑河姑爷爷作证哩!"张雄也笑了。

"不用去找哩,他姑爷爷两天前从九花山来了。昨儿一大早去苗圃订购水杉苗,说是今儿回来。"罗大爷说。

望春兄弟一听姑爷爷来了,都乐得不可开交。因为他肚子里故事多,一讲就是一大串,尽是一些听也没听说过,想也没想过的奇事、怪事。

九花山的野兽街

解剖工作还在繁忙地进行着。李立仁把猴子的胃容物一样样取出来,分门别类地摆了整整一台子。好在罗大爷的房子大,板材又多,临时搭个台子不费事,要不,还真抓瞎哩。黑河和望春帮助计数,能够鉴别和暂时还难以认出的食物各占多少?毛栗树叶是多少?青冈栎树叶是多少?笋子有多少?虫子有多少?哪一种昆虫最多?

"哟!猴子还吃鸡蛋哩。"黑河看到还有一些未消化完的蛋壳,感到挺稀罕。

李立仁说:"是鸡蛋,是鸭蛋?再看看。"

"是小鸟的蛋。猴子哪里能吃到鸭蛋、鸡蛋?你看,这壳子上有花斑。"望春说得有根有据。

黑河只得信服,又问:"是山喜鹊的蛋吧?"

"这还难说哩,我也认不出。"李立仁实事求是地说。

张雄在测量大肠小肠的一些数据,因为肠子上有伤口,粪便流出来了。张雄连口罩也没戴,黑河捏着鼻子叫臭。罗大爷批评了他,又很有感想地说:

"俺过去总想,你们一肚子装着墨水的老师、教授、工程师、专家,总是坐在沙发上,吹着电风扇,品着细茶,高兴了写上几个字,要么就游山玩水。没想到你们比俺这护林员还要跑更多的路,比俺当石匠那阵子干的活还要苦,还要累呢。"

王陵阳听了罗大爷这番诚恳而亲切的话,心里暖乎乎的,说:

"这是社会的分工,各干一行!各行各业都开足马力,国家才能建设得快呀。前几年,有人骂我们是资产阶级老爷,是寄生虫,是资本主义复辟的基础!罗大爷,你看我们像吗?"

"过去,人家说了那么多,俺听了,还有些相信哩!俺又想,没人研究飞机、轮船、火车、机器,那俺们不还是得推鸡公车(独轮车),用线砣捻线,木机子织布吗?俺看你们跟工人做工、农民种田、护林员护林,是一样在劳动。

"你们知识多,站得高,看得远,出的主意就好。别的不说,就说这紫云山,俺刚来时,野物满山遍岭都有,野鸡成群飞,鹿也是成群跑,獐子、金猫、荷叶豹、老虎都有哩!就是你们讲成宝贝一样的鹇鸡,俺见过的就不少,一群有一二十只。现在呢?看不到,还得找,找都难找了。要是能像你们讲的,对咱国家有用的,养着;有害的,除掉,按计划办事。那该多好!"

正说着,门外的望春喊起来了:"姑爷爷来了。"

一家人都去迎接客人。最欢喜的是望春兄弟。客人许大虎,是罗大爷的妹夫,中等身材,壮壮实实,五十多岁,九花山人。

当年罗大爷家从淮北逃荒到江南的第一个落脚点,就在他家。没两年,罗大爷的妹妹爱上了年轻英武的猎人许大虎,成了亲。尽管他们都有扛起山的力气,肚子还是塞不饱。

罗大爷又辗转流浪到几百里路外的紫云山区。路途虽然远了,但险山恶水还是隔不开两家的情义。现在,许大爷在林场工作,为了引种水杉,建设速生林,场里派他来商量定购水杉苗的事。

许大爷很有兴味地看着王陵阳他们的工作。他已听罗大爷介绍过他们的工作情况。在仔细察看过已经剥下的猴皮后,说:

"你们要找的就是这种猴?"

王陵阳也早已知道他曾经是个很有名望的猎人。九花山区面对长江,风景秀丽,是佛教名山,有不少的古建筑和古文化的遗迹。历代不少的大诗人,如李白、刘禹锡、韦应物、杜牧、苏轼、文天祥……都去游历过,留下了许多脍炙人口的诗篇。国家正计划把那儿建成接待国内外游客的风景区。他还没有去那个地区工作过,正想向许大爷了解一些情况。听他这样说,就问:"你见过这种猴?"

　　"见过。我们九花山区有这种猴子,还有种小猕猴。有人叫这种猴为金毛猴,还说有种青猴。我倒留心了,金毛猴和青猴其实是一种猴。它每年要换毛,冬天里褐色的毛多些,天热后,金黄的毛多些。有人在不同季节看到它,就把它当成两种猴。"

　　这番观察细致、很有见识的话,王陵阳、李立仁听了都很高兴,特别是说九花山也有这种猴,他们更感兴趣。难道相距如此之远的九花山和紫云山在动物区系上是一个小单元?如果是这样,仅仅是九花山区有猴子这一点,就要使关于猕猴分布区域的北限由紫云山推到长江边,而且,在计划紫云山的自然保护区时,就要把九花山区也考虑进去了。

　　王陵阳他们放下了手里的工作,和许大爷亲热地谈了起来。许大爷看两位老师兴趣很浓,就尽自己所知详细地做了介绍:

　　"相传九花山是佛爷显灵的山,各种鸟兽也都要来朝拜佛祖。传说得可神哩,有猴子街、鹿街、獐子巷、百鸟堂呀……"

　　黑河总是性急,插话说:

　　"姑爷爷,有猴子街?那俺去年到你家,你咋不带俺去逛逛?"

　　许大爷笑着,摸着他的头说:"去年,俺咋知道今年俺黑河就进了大学,专门念猴子书哩?去年俺黑河就是个小毛猴,我还敢带你去逛猴子街?要是让猴王看中了,抢了去当个小猴头,咱可怎么向你爷爷、奶奶交代?"

　　"姑爷爷不讲好话,俺要找姑奶奶告状。"

许大爷马上显出一副认真的神情:"不吹牛,真的。十天前,县医院收了个伤号,头上开了个大口子。医生批评他不该打架,伤员说:'我看那些东西在那耍,只是砸了个小石子逗着玩,谁知它们就下起了一阵石头雨,躲也躲不及。'医生说:'你别是碰到了小痞子?'伤号说:'不是的。'医生也火了:'哪有这样不讲理的人?仗势欺人嘛!'伤号说:'跟谁讲理?是一群猴子!'医生以为他说气话,一问送他来的人,才知道这伤号是单身从猴子街经过,惹了猴群。真的,一点不吹牛!"

望春兄弟俩被姑爷爷有鼻子有眼的故事迷住了。

黑河说:"猴子还会拿石头砸人?"

"怎不会?你先砸它,它就学你的样子。不信你问问小张叔叔,猴子是不是好学人的动作?"

张雄说:"动物园里看猴子的人最多,原因之一,是喜欢看猴子学人的动作,就是猴子有模仿性。不过人让猴子打破头,我也是头次听讲。"

望春对姑爷爷说:"那猴子街、鹿街、獐子巷是真有,还是你瞎编的?"

许大爷说:

"地名确实有,下次我带你去逛逛。相传,猴子街尽是猴子开的店,有卖枣子的,有卖瓜果的、板栗的,有卖帽子、衣服的,有卖香火的,还有卖酒的。猴子买,猴子卖,专门供应去朝拜九花山的猴子。"

"姑爷爷又吹牛了。枣子,瓜果,板栗,山上有,哪能还有衣裳和酒呢?"黑河早就想听猴子酒的故事了,他怕姑爷爷故意卖关子不讲,小心眼里想了个激将法。

许大爷脸上浮起了神秘的笑容,说:"吹牛?我亲口喝过。我晓得你爷爷爱酒,还特意送过一瓶给你爷爷,花掉我半块大洋哩!不信你问问。"

罗大爷也笑了说:

"不假,真的送过一瓶给俺,俺也喝过。大虎,早半天我还给王老师他们说过这事,小张同志正要详细问你哩。"

许大爷说:"行!可我口干了,这两个小东西,只顾听《山海经》,也不给姑爷爷斟茶了!"

望春忙去斟茶:"姑爷爷,你放心讲吧。喝残了,俺就给你斟满。"

猴子酿酒

许大爷一边喝茶,一边有声有色地讲起来:"这是陈年古话了。咱年轻打猎时,有次从九花山庙前过,又渴又累,想喝两杯酒解解乏,歇歇气。

"只见一家门前挑了个酒幡,上面画了个猴子,写了个大'酒'字。咱感到新鲜,进去了。店堂的几张桌子上都坐满了人。咱问酒店有啥酒?卖酒的说:'有白干、大曲,还有本店的特产猴酒。'

"我问猴酒是啥样子?卖酒的眼一横:'你大约是头次到这里,咱店卖猴酒都快一年了。你问问这里的客人。这猴酒,是齐天大圣孙爷爷赐的,从猴子酿酒的千年老窖里挑来的。'

"他这一说,说得咱心里揣了个闷葫芦。好吧,咱先尝尝再说,看看是啥味?咱说:'来半斤吧。'卖酒的说:'客人,不是瞧不起你,这酒是论杯卖的,二角钱一杯。'咱横下了心,买了一杯尝尝。

"嗨,还真有另一番香味哩。它没白干、大曲劲头大,可它有点甜滋滋、酸溜溜的果子味。我又问卖酒的,他说是猴子在山上尽采些上等好果子、芳香扑鼻的花酿成的。

"这以后,咱就留意,东打听西打听,才知道事情的头尾。

"原来酒店老板也是开山种田的普通人。他老子临死时对他讲:这南山有个猴子酿酒的窖子,有运气的人才能找到,谁找到了谁就能发大财。这以后,他上山砍柴就留心找,找了几年也没找到。

"有一天,他担着柴下山,一阵山风,吹来了浓烈的酒香。他想,这山里哪儿有酒卖?四处一闻,触动了心事。连忙放下柴担,嗅着酒香找去。

"这风紧一阵慢一阵吹,吹吹还停停。他好不容易才找到一个大石潭子,扑鼻的酒香正从石潭子里飘出来。那潭子里水汪汪绿莹莹的,不能断定是酒还是水。旁边还有好多果子。他拿不稳这是不是猴子的酒窖子,又怕有毒。他躲在旁边,想看个究竟。

"太阳快落山时,稀里哗啦蹦来一群拿着各色果子的猴子,都往石潭边挤,放下果子,争着到潭里喝。不想,来了个大猴子,抡起巴掌左右开弓,几巴掌一扇,把挤来的猴子全打跑了。

"大猴子弯下身子喝起来,喝到高兴处直咂嘴,还嘶嘶地吸气。他想:这大猴一定是猴王。猴王喝得脸通红,步履蹒跚地走了。那些躲在一边看得直淌口水的猴子才跑出来喝个够。

"等到猴子们全走了,他赶紧跑到石潭边去喝。那酒又香又甜。喝够了,又把竹筒里的茶水全倒掉,装上了酒,带回去。以后,三天两头他偷着去装酒来卖。有次正在装酒时,猴王领了一群猴子来了,差点把他掐死、撕碎。自此,每次去偷酒都得烧香上供,这猴子酒渐渐卖出了名。这小子,田也不种了,腆着个肚子搬到庙前开起酒店来了。"

黑河趁姑爷爷喝茶时,赶快插嘴:"别人不是也能找到吗?"

姑爷爷喝完了茶,说:"你别急。别人找不到哩。这是齐天大圣单单赐给他的,看他穷得穿不上裤子,要让他发财。"

"干吗偏偏就给他?"黑河问。

"人家店老板说的,因为他姓侯,是齐天大圣的本家子。"

"嘻嘻,俺们这次也请了个侯队长当向导。要不,恐怕还逮不到猴子哩!"黑河觉得挺有意思,怪有味的。

张雄说:"照你这样说,还真有猴子酒?我不相信。"

许大爷哈哈大笑:"咱当然相信哩,还花了大钱买着送舅老爷。直到新中国成立后,喝过果子酒,咱才想透,是上当了。这果子酒味就和猴酒一模一样嘛!"

大家也都嘻嘻哈哈地笑起来。笑完了,又称赞起姓侯的酒店老板编故事的智慧,还推测这个店老板,对猴子的生活习性一定做过仔细观察,要不还编不了这样圆满。

王陵阳一直很有兴味地听着,等笑声停息,却很认真地说:"你们别当笑话听了,这种天然酒是完全可能有的。"

这倒是冷锅里爆出了个热豆子。王陵阳是不大说没根据的话的。张雄很惊奇,便问道:"还真能有猴子酒?"

王陵阳接着说:"这得要从酒是怎样做成的说起。粮食、水果要做成酒,先得有酵母菌发酵,把糖变成酒精。水果的果皮上就沾有大自然中存在的酵母菌。碰巧,野果落下,堆到哪个石潭,在一定的温度下,完全有可能变成酒。这就是天然形成的水果酒。很可能是因为猴子在喝,引起人们注意,以后又加上种种附会编造,猴子酒就渐渐出了名。"

许大爷也吃惊:"那咱还没受骗?"

王陵阳被他脸上那股天真的神情逗笑了:"真正的天然酒是极少的,哪能大量卖? 显然是真真假假,"王陵阳呷了一口茶,继续说,"记得见过一本古书,作者名字忘了。那上面记载:这一带猴子多,它们在春末夏初,采了各种野果、野花堆在石潭里,酝酿成酒。这种酒香得很,老远就能闻到。"

这一下激起了张雄的兴趣:"书名是什么?"

王陵阳想了想,又拍了拍脑门:"好像是《蓬栊夜谈》……不对,是《蓬栊夜话》。那上面就记载了这一带山区有种猴子酿的'猿酒'……对了,它的作者我也想起来了。是明朝人,叫李君实。回去可到图书馆找来再看看。"

"哈哈! 姑爷爷,俺们这次去找,找到猴子酒就大喝一顿。俺们再让叔叔们带一些到省里,办个生动有趣的展览会,让大家开开眼界。"

"中啊,咱们这次去,就靠你了,一定能找到。"许大爷又眉飞色舞地说。

"为啥?"黑河不解。

"有你小猴领路嘛!"

又是一场哄堂大笑。

李立仁是个细心人,昨天和王陵阳研究应该警惕的事情,这时在脑子里转开了:"那位侯老板以后到哪里去了?"

许大爷说:"垮了。没兴旺两年,他的店就被他那个赌棍兄弟勾引人来抢了,房子也烧了。姓侯的也不知下落。"

李立仁又问:"那个老板当时有多大年纪?"

许大爷想了想,说:"那个卖酒的是伙计,姓侯的老板没见过。"

黑河对这些没兴趣,他想知道的是另外的事:"姑爷爷,现在还有猴子街?"

"有哩!下次一定带你去逛。"

张雄说:"那地方倒是值得去一趟。"

"你们去,咱更欢迎,九花山的鸟兽也不少。你们去研究研究,九花山的前途就更大了。"

王陵阳和李立仁也都在考虑这个问题,但还有待于手头工作告一段落,所以暂时没有发表意见。

到了晚上,他们把前一段工作做了总结、整理,从已经得到的资料看来,紫云山的短尾猴在个体的大小上与藏酋猴有相似的地方,体型大,四肢粗壮。采到的那一只是成年公猴,体重六十一斤。背上的毛长有一百一十九毫米。与红面猴也有相似之处,但是好多的地方是不同的,还需要从形态学、血清学和生物化学各方面与它们进行比较,很可能是一种未发现过的新型猴。

张雄和李立仁将猴子做成了姿势标本,看的人如不注意,还以为是活的呢。

王陵阳又拿出了动物画册,让望春兄弟先看,并和标本进行比较。接着,他指着图片,介绍了我国猿猴的基本情况:

"动物都是从低级向高级发展的。从已发现的猿猴种类看来:在二十多型中,属于最低级的,又称为拟猴类或半猴类的,只有一型叫懒猴。高级的类人猿亚目,也只有长臂猿两型。其他都属于中间状态。

"这是懒猴,棕灰色的身体比普通的猫还要小。圆头、小耳朵,眼睛又圆又大,怪模怪样的。白天藏在树洞里睡懒觉,连夜间爬起来活动时都是懒洋洋的怪样子。有时还喜欢倒挂在树上,和我们上次说的狐猴类相同。有一部分生活在我国云南一带,土名叫'风猴'。国外产于东南亚一带。

"我国产的小型的类人猿有两型。长臂猿,它已进化到完全无尾,能直立行走。"

"它还长白眉毛哩!"望春说。

"对了,它就叫白眉长臂猿。它的面部有白圈、白纹。它产于云南西部。"

王陵阳等他们看完了,又翻了一张:

"这种黑冠长臂猿,雌雄不同色;雄的黑色,雌的是淡黄色。但头顶上都有一撮耸起的冠毛。它们的最大特点是两臂特别长。身长只有六十厘米左右,可是两臂平伸竟有一米七左右。它主要在树上活动,靠两个手臂在树林间悠荡。身体极其灵活,行动如飞,任何猴类都比不上它。性情倒是怯懦、多疑,还有些神经质。"

"咦,这种猴像个化了装的马戏团小丑。"黑河惊喜地说。

"这就是只有我国才出的特产——黑叶猴。它的两颊有两道白毛,从耳朵连到嘴角,下眼皮也有一条白毛;其余全身是乌黑的毛。它小头小脑,头顶上有一撮尖尖的冠毛,像个小丑戴的尖帽子。还有种巴氏叶猴的眼眶有圈白毛,像戴了副眼镜。另外,还有种毛色为银灰色的灰叶猴。都是珍贵的观赏动物。"

"怎么叫叶猴?"黑河说。

"因为它以鲜叶为主食,所以叫叶猴。"

"这是我国的特产金丝猴。外表上看,这金色的长毛非常好看,是毛皮市场上珍贵的'金丝猴皮',就像用疣猴皮毛做漂亮而名贵的衣服一样。毛长是因为它们生活在两千五百到三千五百米的高山上。那里气候寒冷,有的地方终年积雪。金丝猴产于我国西南、西北的少数地区,如四川西部,和川甘边境,澜沧江上游。

"不说整个生物进化了,就是猿猴的进化,也够复杂的。我们研究紫云山这种短尾猴,最后也要知道,它在进化过程中的位置……"

第二天,他们接到了学校张书记拍来的电报,祝贺他们初战的胜利,希望能再接再厉,全面完成"云海漂游者"考察计划,为今后的工作打下坚实的基础。并告诉他们,有关机关和科研单位得知他们的计划后,都表示坚决的支持。还询问了他们有什么困难,学校将给予全面的支持。

王陵阳他们读了电报以后,心里感到非常温暖。经过大家讨论后,考察组决定:李立仁、张雄和黑河跟随许大爷去九花山短期工作。主要目的是了解猴子情况,在可能的条件下,尽量采到标本。王陵阳留在紫云山,继续进行计划中的项目。

热烈的讨论直到深夜才结束。

正当黑河要睡时,李立仁拿了一样东西送给他。黑河一看:小翠鸟正站在树枝上哩。他乐得合不拢嘴。李立仁说:

"这个姿势标本是奖励你的。它帮助我们弄清了这里的鱼类主要属长江水系,少数属钱塘江水系。你留着做个纪念吧。"

第十二章　初探猴子街

远眺平天河

姑奶奶真疼黑河。黑河刚和李立仁、张雄坐下来，她就把家里的坛坛罐罐、盒子、筒子翻腾了一遍。瓜子、花生、芝麻糖摆了一桌子。要不是黑河拦住，她早把还没红的樱桃、青涩涩的酸杏都摘下来了。姑奶奶喜欢望春的斯文、稳重，可比较起来，她更喜欢这个手脚一时不停、小嘴片刻不歇的小黑河。真要她说出究竟更喜欢谁，她一定说，两个都是她苦累苦挣一辈子的哥哥嫂嫂的孙子，都喜欢。

去年黑河来时，门前天天飞来两只八哥在桃树上叫。后来，黑河发现了杉树刺棵里有个鸟窝，里面的小八哥还吱吱叫。黑河要掏小雀子，姑奶奶就给他搬来了板凳。黑河个子矮，够不上，姑奶奶就亲自动手掏。肉乎乎的羽毛未丰的小八哥张着嘴直叫。黑河乐得拍手跳，姑奶奶也喜欢。

不知黑河怎么一撞，把姑奶奶撞跌下来了，腿上跌青了一大块。惹得姑爷爷又是急又是恼，生怕老伴人老骨头脆，摔坏了。姑奶奶却只是笑，不言语。所以黑河到了这里，比在家里还要随便。

第二天，许大爷去林场汇报出差的事，李立仁他们闲不住，硬是自己去闯山了。

姑奶奶家住的这个村叫碾村。过去，村头河边有个碾坊，碾坊里有大石碾子。这大石碾子靠河水带动水轮,传送动力。前两年,安装了小水电,有了机器碾米磨粉。这石碾子就日夜吱吱地响着,专门碾树粉,供给制造蚊香、线香的工厂。

从地图上看,紫云山区和九花山区之间,有条连绵不断的崇山峻岭的纽带。九花山区像是紫云山区的后院。九花山的后面,就是波涛滚滚的长江。紫云山的南面:向东去,是碧绿的新安江,它穿过千山屏障,汇到潮涨潮落的钱塘江;向西去,是激流飞涌的阊江,它冲过险山恶潭,流到鄱阳湖。

碾村在九花山区主峰的南面,它像大多数的山村一样,坐落在四面环山的小盆地里。蓝天只露出一小块,夜晚在门口乘凉数星星,连小熊星座也难以全部看到。

李立仁他们根据许大爷讲的方向,登上了一座高峰,向猴子街的大概方位眺望。

在远天烟雾迷蒙中,微微地显露出连绵的山峰。李立仁和张雄对照地图,根据目测判断:那突出在群山之巅,像伸长了脖子在探望日月星辰的山峰,大约就是九花山的主峰了。顺着主峰下来,他们终于寻找到山岭林木中有条若断若续的闪亮的细细银线,从蓝天白云中飘了下来。如果整个的大方向不错,银带就该是平天河了。银带飘过的地方,林木也格外葱郁。

李立仁观察了一会,说:

"你们看看,平天河两岸景观很有特点。"他把望远镜给了黑河。

"张叔叔先别讲,俺来试试看说得对不对。"

张雄和李立仁都说:"让你先讲。"

黑河看了一会,黑眼珠转了转,说:

"平天河东边的是石山,西边的是柴山。对不对?"

张雄说:"应该算对。"

黑河不满意这样的评语:"本来就对嘛,还不应该?"

"你看,平天河先是北南向,到了山口,拐了个弯,流向变成了西南。山口以上,东岸是林立的陡峭石峰,山上树木稀少。大约也像紫云山一样,这样的石峰上只长些松树。西岸是一片葱茏,从山相和覆盖的树木看来,山势比较平缓,看不出有什么奇峰异石。"

黑河服了,因为张雄刚才讲的也是他看到的,可就是说不出来,他感到张雄说的正是他想的。

"张叔叔说得比俺说的全面。"

李立仁听了黑河简单的一句话,感到他进步多了,不像刚认识时,没理也要搅三分。他对黑河说:"我们还可以顺着平天河往下看……"

"别的俺没看出来,就是从平天河上下来,到拐弯的地方,那里和别处不大一样。"

"哪里不一样?和别处比较比较。"李立仁带有提示地说。

黑河眼睛看着,比较着:"树多,树大,那儿有一大片颜色是墨绿的,比别处深些。"

"观察得很准确。学习知识,开始都是先看表面的,然后再深入。你刚才由树木的颜色不同,推测出是因为树长得多,长得高大,就有道理。再往下推测,那里很可能有个大石潭,或者是拐弯处比较宽,水在那里有积存。你再看,拐过弯来,平天河流过的地方,基本上比较平缓;也可以看出,在拐弯处的落差比较大。"

黑河看李立仁分析得很有道理,心里又增加了一分对他的敬意。于是,说出了这些天来想说的话:

"俺没上学的时候,天天盼上学。可是上了学,听听课就要打瞌睡。要不是怕爷爷、奶奶不高兴,俺才不想天天跑几十里路去上学哩。那是'四人帮'害得老师没法讲课。这学期听课有劲了,跟叔叔们在一起,俺什么都想学。"

李立仁和张雄都觉得黑河突然长高了,就像隔了两天没见的小泡桐树,一冒一节子。

李立仁不禁想起了科学史上一个发人深省的故事,1860年,英国皇家科学院贴出了一张布告:兹定于圣诞节,在科学院大讲堂里举行科学讲座。主讲人:法拉第教授。听众:少年儿童。

这张布告立即轰动了整个伦敦。要晓得:法拉第是举世闻名的电磁学奠基人、伟大的化学家!为什么要去给那些乳臭未干的孩子讲学?

圣诞节到了,纷纷拥入皇家科学院讲堂的,果然是一群群天真而稚气的孩子。走上这个庄严讲台的,确实是大名鼎鼎的法拉第教授!这个出身订书童工的科学家走上讲台后,并未讲什么高深的原理,或是宣读论文,倒是从熠熠发光的蜡烛谈起:它为什么能照亮大厅?为什么会燃烧?燃烧后又跑到哪里去了……孩子们瞪着眼睛,随着娓娓动听的讲演,进入到奇妙的化学世界……法拉第又根据这次讲演,写出了一本有名的科学小品,这就是哺育过世界上无数少年儿童的《蜡烛的故事》。

法拉第说过:"科学应为大家所了解……而且要从孩子开始。"

是呀!我们在这方面做得很不够。专门为少儿撰写的科普读物奇缺,反映爱科学、学科学的儿童文学作品也太少了。

张雄从黑河的身上,似乎看到了自己的影子。回想起开头王陵阳、李立仁决定带黑河兄弟一道工作时,自己是那样不以为然,认为添了累赘。这样的眼光是多么短浅,心胸多么狭小呀!

李立仁拉起黑河的一只手,说:

"你想得对。叔叔们还有很多东西不懂,科学文化的海洋是无边无岸的,大到整个无穷宇宙,细到看不见的最微小物质。不论学哪一门,都需要付出全部的精力和整个的生命。你们是幸福的,人民和国家正在创造条件让你们更快地掌握科学文化知识。希望你在二十岁时就能超过我们,那咱们的祖国就大有希望了!"

张雄的话不多，却也动人心弦："我比你受的害大，无价值地浪费了十几年时间，现在要夺回来。黑河，咱们比赛吧，看谁进步快。"

远山飘起一片白云，没一会，就把山峦裹进去了，只露出点点峰顶。他们直到无法清楚地观察，才依原路返回。路上，李立仁估计：猴子街很可能就在平天河东西两岸，或者是落差较大的拐弯处。根据是从在紫云山区观察猴群栖息地的一些特征得来的。

张雄听完李立仁的意见后，很有同感，就说："对，一定就是那两个地方。我们明天就去。"

李立仁比较慎重："仅仅凭远距离观察，还难以肯定，那里的地形很可能更复杂。估计的正确与否，实际工作后才能分晓。"

老猎人放了空枪

到了碾村村头，张雄对水碾发生了极大的兴趣。

这种石碾和北方常见的石碾不同，又圆又大的碾盘就躺在地面，离碾盘的圆周半尺处，是一条并不甚宽的圆石槽，石槽就像一个项圈一样嵌在碾盘上。要碾碎的树段放在石槽里。你见过运动员投的铁饼吧？石碾的形态几乎和它一模一样，区别在于石碾是直立在碾槽上的。

张雄看得时间长了，感到庞大的石碾虽然挺有气派的，但它步履艰难，走动的吱呀、吱呀的刺耳响声，像是全身的关节都在响动，又有点扫兴："这简直是老头子拄拐棍，半天一步嘛！"

李立仁说："难得它昼夜不舍，始终如一！能把这坚硬的树木碾成粉子，也是硬碰硬！"

在水边，李立仁发现了在石缝中戏水的一种小鱼。别看它小，要捉到还真不容易哩！最后，还是黑河捉到了两条。李立仁用放大镜把它翻来覆去看了后，问："你们认得这鱼？"

张雄摇摇头。黑河说:"见过,叫不出名字。"

李立仁把手心的鱼送到他们面前,说:"这就是有名的麦粒鱼!"

张雄用放大镜看起来,始终没看出有什么特殊的地方。不过,他听说过这种珍贵的鱼。

"听说一斤鱼干有几千条鱼哩!"

"要不,怎叫麦粒鱼?"

"那要多小的网眼才能捞到!"

"你不用担心,它不是用网捞的。捕鱼有多种多样的手段:渔网就有丝黏网、撒网、大网、围网、抬网、赶网……多哩！除了网,还有叉鱼、摸鱼、钓鱼、篾罩罩鱼、鱼笼张鱼、篾扎的迷魂阵,还有用木棍锤石头——震鱼……捕麦粒鱼更特殊了,它是用竹筒设置渔场,制造小瀑布,利用回流水,把成群结队的鱼冲到鱼笼里。捕麦粒鱼关键在于制造小瀑布和回流水的窍门。能不能捕到,能捕多少,就看对这窍门掌握得怎样。其实,这个窍门是渔民充分研究、掌握麦粒鱼的生活特点而得出的。"

李立仁想尽量讲得简单一点,可是捕麦粒鱼确实比较复杂。

黑河高兴地说:"咱们也来捕!"

李立仁笑了:"没那么容易。说得简单,其实还没说清。比如制造回流水就得到现场才容易说清。"

张雄说:"它的产地不是在东池一带吗?"

"1965年,我曾对麦粒鱼进行过一些调查。发现长江中游河流和湖泊里的有名的石斑鱼和它是同一种鱼。因产地不同,名称也不一样,琴溪产的就叫琴鱼。其实,都是虾虎鱼。它大致是从长江,顺着溪流溯游而上进入沿江湖泊、河流里养肥。在河流下游还比较小,愈往上去,个体逐渐长大。这往往被一般人认为是两种鱼。这些年来,由于对它的生态研究不够,没有做自然保护工作,产量大减。

"麦粒鱼营养丰富,味道鲜美,是重要的出口物资。当时曾推测过,在长江中游的湖泊和河流里都应该有这种鱼。这个中断了的项目,以后还要继续研究。这是一种大有前途的鱼种,是特产。有些动物资源保护和发展,先拣几条切实可行的做起,就能收到较大的效果。可惜,这十几年中断了。"

李立仁的话,给了张雄深刻的印象。

第二天,刚透亮,许大爷领着他们向平天河进发。

再翻过前面这个岭,就要登蛟坝。蛟坝在平天河西岸。许大爷说:

"相传平天河通天,常年有蛟龙居住。它稍有不如意时,就要发脾气、出蛟,山洪裹挟巨石、泥沙而下,冲毁田地村落。为了镇住蛟龙,人们在山头筑了条石坝,蛟龙老实了。"当然,连黑河也不会相信真有蛟龙,这石坝只是一项防治山洪的水利工程。

翻过岭,看到岭底有个山棚。转过弯,听到砍伐的声音。不远,见两个工人正在砍树开路。有批原木要从平天河运出去,这条小路两年没砍,又长满了小树。工人听李立仁说是调查猴子的,连忙说:"昨天,还在平天河上看到一群猴子,总有三四十只,全是大猴子。"最后,工人还告诉李立仁他们,山上有人做圆木,放枪时得注意些。

前面的路线,计划先沿着上蛟坝的路,到达山排,再插到去平天河的路。张雄一听说有路,还以为像刚才走过的山间小道那样。他一走才知道只是过去伐木、掏山的人常走的路线,全都长满了高大的乔木和矮矮的灌木丛、苦竹、水竹。

刚到达山排,就听到林子里像是有什么野物在走动。声音刚落,李立仁见许大爷已闪进了林子,心想,真不愧是猎人。

他们沿着山排散开了,注意着许大爷进林子的方向。

不一会,许大爷回来了:"什么也没有,只看到地下有黄麂足印。"

队伍又继续沿着山排前进。

李立仁站下了。他听到左前方有做圆木的斧头声。他们这次来九花山的主要任务是采集猴子标本,尽可能观察它栖息处的生境。刚才听说山上有做圆木的,又特意加了一条:不见猴子毛衣,不看清附近没人,不射击。

他看到传出斧头声音的地方,似乎有个人影,没看清,刚举起望远镜,就见几只猴子爬上了一株古松的横生连枝,正向他站立的方向张望。

他连忙招呼张雄他们,大家一看,都说从外形上看,和紫云山采到的猴子没什么差别。张雄还看到一只小猴调皮地在老猴的背上跳来跳去,可是,猎枪的有效射程却达不到。李立仁说:

"我进林里去。如果惊动了,它很可能翻过蛟坝,向平天河东岸,或者向昨天看到的拐弯处逃跑。你们最好能在那一带散开,准备打伏击。"

李立仁进了林子。许大爷领着其他人向预定的伏击点走去。大家心情兴奋而紧张,可是谁也没说话,只听到急促的脚步声。

刚到伏击区,还未走到位置,就听见山冈上树枝树叶错杂的响声。正循声看去,在前面二十多米的地方跳下了两只猴子。刚落到山排,又哧溜一声,跳到排下,向山坳里逃去。

许大爷在张雄的前面,既挡住了张雄的视线,又影响他射击。张雄看到两只猴子落到山排时,是暴露得最好、射击最有利的时机,可是,不知为什么,许大爷只端着枪,愣愣地站在那里。连黑河都急得叫:

"姑爷爷,快开枪!快开枪!"

又有两只猴子龇牙咧嘴地跳了下来,可是许大爷还不开枪。张雄着急地说:

"开枪!开枪!"

就在说话的同时,张雄看到一只肥胖的猴子,歪歪趔趔地从冈上下来,好像是浑身的脂肪累赘了它,使它不能飞快地跳跃、奔跑。但是,仍然没听到枪响,眼看又要过了山排,钻进林子里。

他连忙从许大爷身旁越过。许大爷的枪却响了,猴子也过了山排,到达排下的林子。张雄看已经响枪,冈上的猴子不会再下来,只好追着猴子连射了两发子弹。

顷刻,烟消雾散。张雄站在山排上发傻。许大爷却在排下林里、石缝里寻找。黑河又是跺脚,又是挠头。

等到李立仁听到枪响赶来,许大爷才从下面走到山排上。李立仁忙问:"没射中?"

许大爷说:"就是哩!咱还以为没打着,也该打伤,看了半天,一点血迹没有。三枪都放空了。"

李立仁听罗大爷介绍过:许大爷年轻时打猎,是个狠人,向来以出枪快、枪法准出名。有猎队出去,他总是当师傅、带班子。今天怎么也放了空枪——这样的想法在他脑子里闪了一下,但嘴里说的却是另外的话:

"怪!这群猴子一声不响就跑了,只听到树叶响。像是夜里惊群的羊,只顾跑,不吭声。听到你们的枪响,我才知跑到你们这边来了。怎么猴群都冲下去了?"

张雄感到有些窝囊,话里带着情绪:"枪放得正是时候!没跑完哩,从我们当面只冲下去四五只,别处不知道。"

许大爷反而笑着说:"小张同志,你别吃后悔药。这打猎的事,名堂多。有得手,有失手。刚刚咱是想等大群来,多打它两只,没想到放了个空。别的不敢夸海口,这九花山的猴子有你打的。"

黑河也忍不住了:"姑爷爷,俺们不是打猎的,是考察动物的。你吹牛哩,那样好的机会都没打到,还挡着小张叔叔不能放枪,要不,一只、两只猴子早就躺在这儿了!"

许大爷一点没生气,还是笑呵呵地说:

"你姑爷爷年纪大了,眼花了。这以后得看咱们的小黑河了。"

李立仁倒是注重眼前该做的事：

"猴群现在被打散了，冈上的是大群，冲下去的就几只。按它生活习性，还是要合群的。咱们再往前走一点，隐蔽下来。"

两只小斑狗

四人分成了三个点：张雄和黑河在最前面，许大爷在中间，李立仁在最后。伏击线总长有一百多米，可以监视二百米左右的山排。各自都隐蔽起来了。

张雄和黑河的隐蔽地是小灌木丛。黑河开头也像张雄那样半蹲半跪着，埋伏了一会，啥也没看到。只有穿谷钻岭的山风一阵阵掠过林海，掀起深沉、粗莽的吼叫，还有鸟儿时而在树林里叫着。黑河听着听着，疲倦了，干脆坐到一块石头上。

黑河坐下去没一会，感到发困，低下了头。一眼看到地上，他像触电一样跳了起来：

"哎呀！"——他坐的石头下，正伸出一条小蛇的前半身，它昂着有条黑杠的头，正向他胯下张望。

张雄低声问他："怎么啦？"

黑河指了指石头下正伸出的蛇，张雄听说过这里的毒蛇较多，看那蛇身上黑一道、红一道的花纹，有些紧张。关于蛇的知识，他不比黑河了解得多。但看那蛇比较小，胆子大了些，手头一时找不到好的武器，又在埋伏隐蔽中，他只得用脚翻开石头，抬起大脚狠狠地踩下去。蛇疼得搅来扭去，最后还是死了。黑河小心地把它踢到一边，还不放心，又压上一块石头，这才重新安静下来。他准备把它留给李立仁。

黑河没一会就检查一遍周围，看看是不是再有蛇从什么阴暗的地方爬出来。直到他们瞪得眼睛发酸，也没见到猴群的影子。好像整个山林都知道这里有埋伏,一只野兽都不出来走动。

忽然,黑河看到前面灌木丛的枝叶有些晃动,这使他疲倦了的眼睛立时亮了,全身的每一根神经都紧张起来。只见小灌木丛中露出了黄褐色的毛衣,接着,一只动物出来了。它像是狗,可是腿短,身子虽然壮实,但是比一般的狗小。黑鼻子正在嗅着。黑河用胳膊肘碰了碰张雄,低声说:"快看!"

张雄转过头来,看到是一只很矮的小狗,并没发生多大兴趣,只是小声地回答:"是狗!"

"狗到深山里来干啥?"

张雄一想,也是的,这深山几十里路都碰不到一个行人,哪来的狗?

"野兽?"

"像是斑狗。这家伙可厉害了,野猪、麂子见它就没了命,老虎、豹子都怕它。王叔叔上次说,他也不晓得斑狗是什么,看到一定要采一只。"

张雄听王陵阳讲过黑河在大森林里碰到野猪和斑狗的一场搏斗,问黑河:"不是说斑狗不单独行动,一出来就一群吗?"

黑河还没答话,灌木林中又走出一只黄褐色的小狗。两只狗长得几乎一模一样,就像一对双胞胎。黑河说:

"这不是又来了一只!快打!要不就跑掉了。"

张雄犹豫了。王陵阳确实讲过:自然保护不仅要保护有益的动物,还要消除害兽,这是一个问题的两个方面。但是,这到底是不是斑狗呢?

"要跑了,快打!张叔叔,你怕,俺来打!采了这个标本,要是研究清楚了,就能把山林里这样的坏蛋一扫光。不吹牛,王叔叔一定高兴,真的。"

张雄知道王陵阳和李立仁对斑狗在分类上都很有兴趣,斑狗是不是豺狗?要采标本,这倒是个好机会,可是……主要任务是采猴子标本,枪一响,猴子肯定不会再来,伏击就失败了。这时黑河又急着催他了:"快呀!快打!"

张雄忽然想起:"你去问一下李老师。"

"不行呀！一暴露了目标,斑狗还不跑?"

张雄一想,也对。这样说着话,狗离他们只有三十多米了,正向另一条路上岔去。张雄慢慢推开了保险,举枪准备瞄准。狗像是发现了他们,掉转头向这边走来。张雄已把枪托垫到肩膀上。黑河连忙按住了枪:"不能打!不能打!"

张雄放下了枪,看到从刚才那两只狗来的路上出现了两个人,各自扛着一根圆木。

两只狗不声不响地向张雄他们扑来,黑河忍不住站了起来。狗汪汪地叫着、扑着。张雄望了黑河一眼,只见他满脸尴尬。

扛圆木的人看到是个孩子,喝住了狗:

"畜生!走你的路。"两只狗不情愿地在原地转着。

这里一讲话,那边李立仁和许大爷也都从隐蔽地走出来了。

扛圆木的人看这几个人的打扮,以为是打猎的,互相交谈了几句,才知道他们是来找猴子的。李立仁觉得伏击失败了,只得继续沿着山排向平天河走去。山排绕着蛟坝,是个半圆形的弧线。

隆隆的响声,像闷雷一样沉重地响着。黑河抬头看看天,天空像水洗一般,蓝得耀眼。望望山排下,只有淡薄如雾一般的白云。黑河奇怪了:

"哪里这样响?就像是放闷炮一样。"

"快到平天河了。"许大爷说。

李立仁已和许大爷说过,请他不要讲猴子街在哪里,让他们自己去找,试试是否可以用在紫云山得到的一些资料,通过观察景观,得出适宜猴群栖息的地方。他想:号称猴子街的地方,应该是猴群栖息比较典型的生境。

走不多远,果然清楚地听到在水跌落下去的轰鸣声中,杂着流水的哗哗声。黑河快步跑到了前面。一会儿,传来了他惊喜的叫声:

"快来,好大的瀑布!"

猴子街漫步

张雄立即响应,大步向黑河走去。

李立仁为了观察,走得慢些。从高大茂密的林带看来,他估计,平天河正横躺在前面。他行走的方向和平天河流向的夹角,不会大于九十度,河口基本上在夹角的顶端。不一会,从上游奔流而下的哗哗水声,基本上证实了他的推测。

黑河和张雄站在一块二十多平方米大小的平台上。这块石头是在山里难以见到的,它平得就像是经过打磨。石头是深赭色的花岗岩。李立仁走到石头上,就看到河水飞着浪花争涌到河口。一出河口,它们还向前飞了一段,然后才不情愿地抛下弧线,一头栽落下去。

他又向前走了几步,想去看看下面的水潭。到了石边,正探头时,后面有人紧紧地把他拉住:"当心点,陡哩!"许大爷警告他。

他再探头时,一股凛冽的水汽扑来,使他不觉打了个冷战。李立仁要黑河趴在石头上往下看,他自己也稍稍低下身子往下看。河口对面,有个隆起的山岭,岭上是长得肥绿的树林。传说,那是颗老龙吐出来的珠子。岭虽不太高,但足以挡住水流,形成一个有缺口的大水潭,叫平天河折向西流。许大爷大声说:

"那叫低岭脚。"

李立仁表示听到了,点了点头。

张雄很兴奋:

"这个瀑布,比我们在紫云山看到的还要雄伟,壮丽!祖国的好山好水太多了。要有文学家来一描写,它就能出名,游客要成群结队赶来了。"

李立仁笑了:

"建个发电站,木材就不要用人驮出去了。整个风景游览区的能源也都能解决。"

黑河赖着不想走,李立仁只好把他拉了起来。

平天河并不宽,河床也就是大峡谷。河岸平缓,清清的水流湍急。两岸是粗大的阔叶乔木。为了争取阳光、空间,密密的枝叶在河床上面连理相接,形成了一个绿色的拱桥,架在河流上。离开河口向上望去,不多远就见不到水光流影,只是看到绿色的长桥绵延到山峰蓝天。

一阵银笛声从蓝天飞来:

"笛笛——呜! 笛笛——呜!""笛笛"两声明亮而清脆,比乐队的银笛还要柔和而悠远,"呜"像是尾音,使这三声一度的鸣叫余音缭绕。

"这是什么鸟?"张雄一边问,一边抬起头来在天空寻找。

李立仁也仰头寻找:

"没看到,还没把王老师的鸟类知识全学来。我还是第一次听到这种鸟叫。许大爷,这种小鸟叫什么名?"

"听到这种鸟叫很稀罕,咱也不知名字。"

"笛笛——呜""笛笛——呜"。

鸟儿渐渐飞远了,蓝天里只留下悠远的笛声。

李立仁由鸟叫想到了工作,感慨地说:

"我们有多少的东西要学习,有多少的工作要做! 就是在本省,还有着这么多的空白。"

黑河连忙说:"李叔叔,你们别把空白全填了,得留点给俺。"

李立仁更加感慨,既是对黑河,又像是对张雄说:

"不,绝不能再留给你们了。按理,都不应该留给张雄。'四人帮',使我们丧失了十多年。我们一定要抢时间做完,把路铺好,或者是搭好人梯,让你们踏在我们的肩膀上,向生物学的更高峰攀登!"

这落地有声的铿锵话语,出自平时比较沉默的李立仁嘴里,更增加了分量,使得张雄、黑河感到周身发热。

黑河高兴地说:"行!俺拼着命上!就怕攀不上去。"

李立仁说:"攀得上,刻苦学习、奋发努力就行,我们有责任扶着你们上。"

队伍沿着西岸林带前进。河岸上是坡度较小的峡谷边缘,大约是气候和地质的关系,沿岸林带和蛟坝山上的森林之间,形成了一条林荫通道。树种大多是山毛榉科的,特别是板栗树较多。枝条上缀满了一个个大刺球。稍矮一些的树木有野杏、山桃、棠棣、柿子、猕猴桃等。

"快来采,好多莓子!"

张雄望见黑河正在采摘莓子,还不时往嘴里送着。莓子又大又红。李立仁和许大爷也去了。张雄过去采了一颗放到嘴里:"哎呀!酸掉牙了!"

黑河看他眯着眼,皱着眉头,咧着嘴的样子,笑得直不起腰:

"要挑红得发紫的,谁叫你吃没熟的。喏,你吃这颗看看。"

张雄接过来吃了:"嗯,这颗就甜了。怎么这么多籽?"

许大爷说:"它是野生的。你别瞧不起它,在大山里又饿又渴时,碰上了这种莓子,真能救命。"

"我在你家前面溪边看到有一种长在地下的莓子。不大,样子像是一颗颗鲜红鲜红的玛瑙珠子,比这好看多了。"

"那不能吃,是蛇莓!"黑河说。

"采蘑菇就得当心,颜色特别艳的,艳得有点妖,绝大部分有毒。我小时采蘑菇就上过当。"李立仁说着自己的经验。

黑河又有新发现:"这儿花真多,真漂亮!"

可不是,两边树林下面,开满了五颜六色的花朵。山头上气候冷一些,花开得比山下要稍晚点。金银花、杜鹃、葳灵仙、野玫瑰……还有一些叫不出名儿的,都开放出红的、黄的、蓝的、紫的、粉的花朵儿,浓郁的芬芳弥漫林间。

许大爷说:"现在是花儿,一到秋天,遍山多的是各色野果子,够你们吃的。"

黑河说："那真是花果山了！"

李立仁笑着问张雄和黑河："你们看，哪里是猴子街？"

许大爷眼角皱纹聚到了一起，狡黠地望着他们。

张雄仔细地观察起来。进山口时，他已看清：平天河东岸峻拔的山峰，陡峭、奇丽；河西蛟坝山势不太陡，森林茂密。从刚刚观察的河谷走廊、林相看来，这里是适合猴群生活的比较典型的生境。他说："很可能我们就是走在猴子街头。"

听了张雄的话，黑河东张西望地说："这倒是像大街，就是没见到果子铺、服装店！"

许大爷用指头点着他："哈哈，你才从猴子店吃了莓子，出门就不认账啦？"

"那是树，不是店！"

"它们没想到请你来当工程师，画图纸，盖房子哩！"许大爷风趣地说。

"那也没猴子呀？没猴子还能叫猴子街？"黑河不同意。

李立仁说："春天，这里猴子可能少一些，更何况刚才射击声惊动了猴群。一到秋天，各种野果成熟了，食物丰富，这里就成了真正的猴子街了。"

许大爷佩服李老师敏锐的目光："李老师一说，就把道理挑明了。"

知道这里就是猴子街，黑河背起一双小手，迈着缓慢的步子，在林荫通道上踱起步来。张雄看他装模作样地走来走去，觉得很滑稽，想讲句笑话逗逗他，许大爷却一本正经地说："你们快看，猴子上街了！"

黑河一听，忙止住步，认真地问："在哪里？"

张雄用手指着他，笑着："这不就是吗？"

黑河也笑了，跑到姑爷爷跟前，又推又搡："你净不讲好话！"

捕　鹰

李立仁看看时间不早,要大家找个地方吃干粮,休息。

黑河领着大家来到一段河床坐下。每人占了块光滑的大石头。许大爷掏出锅巴,先用它当勺子从身旁舀几口泉水喝了,然后很有滋味地吃起来。张雄说:

"许大爷,我的水壶还有水。"

"咱的也没喝完。这种吃法,叫米酥蘸汤,吃着有味。"

大家也都学起来了。把锅巴放在流水中蘸蘸再吃,确实又香又脆。山泉还甜滋滋、凉润润的。

张雄说:"好吃,有味。比咱们小吃部卖的'平地一声雷'都好吃!"

黑河又奇怪了:"扯,打雷还能吃?吹牛。"

"这是菜名,"张雄又特意给他做了说明,"这菜的基本材料是锅巴。一口油锅里炸糯米锅巴,一口锅里炒肉丝。上菜时,先放一盆刚从油锅里捞上来炸脆了的锅巴,然后把一盆刚起锅的炒肉丝往里一倒。锅巴见汤,吱啦一声响……"

"那也不打闪,还能有雷响?"黑河问题就是多。

"这是起的好听的名字。照你这样讲,杭州名菜'东坡肉',还真要把大诗人苏东坡的肉割下来烧?"

许大爷说:"吃菜不如看菜,看景不如听景!"

"别尽馋人,过两天再到俺家,俺请你们吃石鸡。不吹牛,你们一定一边喊肚子胀得疼,一边还舍不得放筷子。真的,不吹牛!"

许大爷说:"不假,那才叫山珍哩!就怕天还不够暖!"

"俺到暖山沟里找。"

张雄不知道石鸡是什么:"吹牛不吹牛,就看黑河的了。"

吃好干粮,只有许大爷仍然坐着,他们三个都躺在石头上了。不一会,黑河感到石头像是打摆子一样颤抖着。他爬起来把四周都瞅瞅,什么也没发现,又躺下了,还是感到腰上被震得痒酥酥的,再爬起来把耳朵贴在石头上听。他听清了,是水从石头下面流过,就像是不断在晃着摇篮。他又躺下了,享受着这痒酥酥的感觉。

"嗨,不能睡着!只能躺躺,凉了腰不是玩的!"许大爷看他们都躺着不吭声,只得喊了起来。

这一声把黑河和李立仁都喊起来了。只有张雄用草帽盖着脸,还躺在那里。

许大爷又喊了声:

"小张同志,不能这样躺。水里的石头,凉气大;再说,你用草帽捂着脸,也不安全。"

这话倒怪灵的,张雄一骨碌坐起来,问:"有什么危险?"

许大爷吸着烟袋,慢条斯理地说开了:

"你们晓得跑着的野兽厉害,还不知道天上飞的也有狠的。别看这天蓝蓝的,啥也没有,鹰飞得高哩,你不注意还看不到。它半天扇一下翅膀,有时还把膀子平展展伸开,一动不动,在天上盘旋。它是在巡逻哩。这些家伙,精灵透了。互相打、咬、拼命,要不,就得不到一口食!

"老鹰眼尖,兴许比你们望远镜那玩意还灵。它看到地下有跑的跳的,看准了就会扎下来。你躺那里睡着了,老鹰发现了,会越飞越低,一个猛子扎下来,啄一口、抓一把就飞。它那弯钩嘴比柴刀还厉害,爪子比秤钩还凶,谁吃得消?"

黑河说:"你唬人,俺也住在山里,哪有那么危险?"

许大爷一点也不生气:

"你见过老鹰抓兔子?北方的猎人不光养狗,还养鹰哩。草原上有种秃老鹰,能把整只羊抓走。出行打猎,牵狗驾鹰。不过,野物再凶,总是怕人,见人就躲。人能制伏它。鹰飞得高,夜里蹲在高悬的山岩洞里,人还是能把它抓住。"

"怎么抓?"黑河又想听故事,又怕姑爷爷糊弄他。

许大爷在石头上磕掉烟灰,又装上一锅,有滋有味地吸了两口,接上话头:

"猎人的办法多。找一领破蓑衣,浸湿了,漂在水上。把鸡肠子撒放上去。巡山的老鹰盘到这里,看见了。它旋了一圈又一圈,慢慢地盘着,膀子伸得直直的,兜着螺丝圈子。一会又飞上去了。它也怕上当哩!可是看着那些又鲜又香的鸡肠子,太馋了,就再盘着螺丝圈,一圈圈小,一圈圈飞下来。

"嗨嗨,没啥危险。它一摇膀子,扎了下来,伸开铁爪子,狠命抓起鸡肠子,头一昂,就往上飞。哎呀,不好,飞不起来了……黑河,你说它咋啦?"

"给猎人逮住了。"

"猎人能藏在蓑衣底下?那不喝饱了水,胀坏了?"许大爷有些得意,这个妙法子黑河还没想到,"是这么回事:老鹰爪子太狠了,秤钩爪子伸进蓑衣里,浸了水的蓑衣多重!拽住它了。"

"快放下呀!"黑河倒替老鹰着急了。

"它放了,不比你慢,放是放不掉哇!它爪子有钩子,下面的蓑衣紧紧拉住它的钩子了。"

"把腿伸直嘛!"

"小傻瓜,你见过哪个鸟儿飞起时能把腿伸直?缩上去了。你下次再看看飞机,在天上飞时,哪有把起落架伸在机身下的?没有。人都是看了鸟儿飞的样子,学会的哩!伸直就难飞了。

"老鹰的爪子有钩,腿能伸直,可钩子放不直,还是甩不掉蓑衣。它扑扇着膀子,打得水花乱飞,挣来挣去。猎人这时出来了,用网罩住了它,才慢慢逮。鹰的膀子也锋利,一下能把别的鸟儿砍倒。逮住以后,慢慢驯养,可以帮猎人打猎,成了被人驱使、失去了自由的鹰犬。"

河水哗哗地响着,泛着绿波;山野的风,紧一阵慢一阵地摇摆着树叶。蓝天上真的飞翔着老鹰,飞得优雅、庄重,就像是在蓝色水晶体的天幕上滑行。

李立仁和张雄也很有兴味地听着故事。黑河催着姑爷爷再讲下去。许大爷说:

"时辰不早了,还得干活。晚上再讲吧。"

篝火映流水

李立仁和张雄分头对猴子街进行了详细的观察,测量了一些数据,分门别类地做了记录。

溯平天河而上,走了一会,环境有了变化。东岸出现了一个东北、西南向的山谷。山谷的喇叭口正对着蛟坝,有条溪水流入平天河。再向上,水流小了,高大的乔木也稀少了,针叶树渐渐多了。

队伍折回头,从小木桥上越过平天河,到达了东岸。在东岸的峡谷里碰到了伐木解板的两个工人。他们说,猴子街三天两头就有猴子在大树上玩。他们人少,没敢去惹它们,倒是让它们来骚扰过一次。把山棚里糟蹋得一塌糊涂:咸菜丢了一地,油倒进了胶鞋里头,还在床上尿了又腥又骚的猴尿。两个工人热情地邀他们在山棚里过夜。李立仁听说这里的猴群都是大猴子,想留下来,一想到今天放了三枪,把猴群打散了,肯定惊动了它们,还在此等待不一定有什么成果。

许大爷刚才听说猴子来骚扰过,很感兴趣,现在看出了李立仁的心思,说:

"李老师,另一条猴子街就在低岭脚。到那山去逮,总能叫你完成任务。今儿时辰不早了,东岸的山还未看。住下吧,省了往返费时间。今晚等不到,明儿一早就从这边山下到低岭脚。这儿有一条猎人走的路。"

李立仁又征求张雄、黑河的意见，都同意留下来过夜。

第二天，他们攀登了东岸的山。山峰沿着河谷两边突兀而起。假设把它缩小到现在的一百分之一，那就像是石笋林立。这样的山难爬，不时要用绳索。许大爷不仅在前面领路，还在前面开路。五十多岁的人，攀起悬崖陡壁，矫健敏捷。不像侯振本，没走几步路就喘粗气，满头大汗。

李立仁选择的是东岸河口的高山。据他估计，在河谷林带的边缘，可能有适宜猴群栖息的地方，但一直没看到。

快到山顶，在一块像吊桥一样伸出去的崖石上，才看到河口向阳一面有一处景观很好的地方，和在紫云山观察的几处猴群栖息地有一些共同的特点，可是无法爬到那里。

据许大爷说，从下面也难爬上去，因为要沿河口绕到南面，靠河口这边的石壁陡峭，而且潮湿，石壁上像屋檐一般滴着水。他过去听人说过，这山有猴子洞，是猴子街的仓库。有个胆大的猎人想去看个究竟，却被猴子关了起来；好不容易逃了出来，人都快死了。从此，没人再敢去探险。在低岭脚，也有个猴子洞，虽然没这样险，但从来没人敢去。他很有些敬畏地说：

"猴子是动物中最精灵的。孙悟空多有本事：一个跟斗就是十万八千里，掐指一算晓得未来、过去，什么魔王都怕它。老虎对它也没办法，没有一种野兽能打败猴子，它比人不就是多了条尾巴？是人的亲戚哩！"

"那它该喊你什么？"黑河喜欢和姑爷爷说笑话。

许大爷诡秘地眨着眼睛，学着黑河的腔调："叫俺姑爷爷呗！"

逗得李立仁和张雄捧腹大笑。黑河伶俐的小嘴一时没了词，也只好跟着笑了。

他们在山岩上看到了两大摊粪便，许大爷说是四不像的粪。李立仁查看了一下，也认为是苏门羚的粪便，又详细询问了这里苏门羚的情况。许大爷说不知道它是国家保护动物。这几年没人管,大量捕杀,被禁止使用的炸弹、地枪,都用上了,所以这种野兽现在已不大见了。

下得山来,许大爷说:

"李老师,你们先回去,咱和黑河去扛一只麂子来。晚上总不能吃素呀!"

到了山棚,两位热情好客的伐木工人正在准备晚饭。招呼他们洗脸喝茶后,一位工人提了篮子就走。李立仁问他去哪里,他说是去采点银耳来,总不能让客人喝光蛋汤。张雄一听是去采银耳,连忙跟着去了。

李立仁心一直放在猴子身上,提枪到猴子街等猴群去了。

到了林子,那位工人同志径直往前走,也不找,也不寻。张雄问:

"是到你们银耳养殖场?"

工人同志笑了:

"还没来得及建场哩,这是野生的。我们上次看它还小,没采。今天该长大了。"

果然,在一片倒在地上的枯树上,长满了银耳。鲜银耳丰润,像一朵朵玉兰花在怒放,透明,晶莹,红红的根部像红珊瑚。张雄后悔没有把照相机带来,要不,一定能拍下好镜头。他想,在这逐渐腐败的枯木上却能开出如此瑰丽的花朵,大自然真是化腐朽为神奇。

到了山棚,张雄还要拍摄银耳。他把篮子放在石头上,夕阳的余晖,映得满篮的银耳更像玛瑙雕的工艺品。

他正拍着照片,黑河和许大爷回来了。黑河扛枪在前面,后面的许大爷扛着一只黄麂。张雄笑着说:"许大爷,下午怎么这样巧?"

"打猴子咱不行,去捡两只麂子、兔子、野猪还不太费事。要不,今儿晚饭也吃不香。"许大爷弦外有音。

黑河乐得手舞足蹈:

"姑爷爷真神,走到河边两三分钟,麂子就来喝水。呼噜呼噜喝饱了,正掉头要走的当儿,'啪'一枪,麂子倒下,腿都不伸一下。铅条正从耳朵进去,脑门里出来。"

"咱是早就在河滩上看见了它的足印,算准它傍黑还要来喝一回水。"许大爷也乐。

黑河眨眨眼睛说:"唉!就是打猴子时,姑爷爷您那枪叫人看笑话,俺到现在牙根还酸哩!"

"这小子,尽学舌,回去要向你姑奶奶学,当心我把你耳朵揪下来喝酒。"

黑河调皮地说:"只要姑奶奶答应,俺乐意给你揪。俺正嫌耳朵挡事哩!"

月儿从山豁口照进来,李立仁才提着枪空手而归。

晚餐丰富味美。篝火噼啪地响着,壶水咕咕噜噜地唱着。架子上麂脯烤得吱吱响,扑鼻的香味缭来绕去。星星像是山顶上挂的灯,天幕衬出大山的轮廓。

喧闹一天的山野还不平静,各种生物都在叨叨絮语,不知名的昆虫振翅鸣奏。轻风时而送来一两声豹子的吼声、狼的嗥叫。

许大爷和两位工人攀谈,李立仁和张雄他们不时插上两句。黑河的头趴在李立仁的腿上,听着他们讲美妙的山野故事。

话题不知怎么一下由《西游记》转到《聊斋志异》。许大爷识字不多,可讲《聊斋志异》上的一些故事却很生动。毫无疑问,那些故事只有原来的筋骨,长在筋骨上的血肉,有不少是别人或者是他自己的创作。

"咱中国出人才。讲动物故事的书不少,《西游记》是研究猴子的,不过那是小石猴,不是咱们要逮的大猴。写猴子的就数它挂头牌。还有《聊斋志异》,写的动物更多,讲得最多最美的是狐狸。豺狼虎豹,熊獐麝鹿,蛇虫牛马,鱼龟鳖虾……哪一样没写?写得妙哩!有美的有丑的,有真的有假的。好人总是有好报,恶人好不了……"

李立仁想,有趣的是,王陵阳也多次和他谈过,在古典文学作品中,《聊斋志异》描写的动物最多,也写得比较接近真实,虽然作者都赋予它们以人的灵魂和感情,还是使人感到那是动物的真实写照,连生态也描写得很细致。作者爱哪些动物,恨哪些动物也是非常有趣的。研究动物学的人,未尝不需要读读这部古典名著。

　　山谷里一阵清风,把篝火吹得跳动、闪烁。溪水很高兴地把一个个故事低语曼声地转告给岸边的群山、森林……

第十三章　鹰飞猴叫

山蚂蟥无孔不入

这天一大早,考察组离开了昨晚宿营的山棚,向低岭脚方向进发。到了石峰的南坡,快下山时,许大爷指着西南方向连绵的群山说:

"那边,是三十六冈,它向西南奔去,一个峰压过一个峰,有好眼力的人还能数得清一个个山垅。它起根发苗在低岭脚。

"这三十六冈是草山。就是现在,站这里也看不到茂密的林子,只是近几年,南坡才封山造林。往年,咱去过。岗上全是一人多高的山茅草。人进去了,像在刀海里过。茅草叶子一刮,拉得身上一个个血口子。

"鹿街在三十六冈和低岭脚的交界处。过去逐鹿,从旌泾、紫云山跟过来,经过鹿街上三十六冈。有一年,咱带着个班子,三天就放倒了两头鹿,砍了鹿茸急忙派快腿的人往回送。谁知,还是给山霸抢走了……

"李老师,你是有学问的人,不说你也明白:蛟坝子这边是柴山。咱们脚下的是石头山。山棚那边谷底过去就到九花峰庙前。这三十六冈是草山。数来数去,低岭脚才是大动物园哩!咱打猎那阵子,这低岭脚的熊、豹、虎、狼、鹿、羊、麂、獐……真比你们动物园的还要多,就是山霸太坏!打猎打到这里,野物打得堆成山,最后还得咽着眼泪往回跑。

"新中国成立后,山霸被打倒了,咱们管得好生生的,可这十几年,有一帮家伙变着名目滥打野物,该管的没人管,野东西一天比一天少了。你们要是能管起来,咱老头子都愿来这大动物园当看门的。"

这一席话,说得李立仁心里涌起多种感情。他想:低岭脚划为自然保护区,确是个很理想的地方。他招呼张雄,多注意景观、林相和其他一些事项。他又想:如果能有空中摄影就更好了,像这样典型的地方是很值得研究的。可是现在没有这个条件,正如张书记所说的,他们还不得不用原始落后而又浪费精力的方式进行工作。不过这也没关系,只要我们自己有志气,四个现代化是可以在我们这一代实现的。

太阳出山了,明丽的阳光渐渐向低岭脚上空洒去。他们下山不得不时时把背仰靠在石壁上,再放下脚,有的地方,只得攀着绳梯下去。

到了低岭脚,就像掉进了绿色的森林海洋,不但不像从高处看的那样,只像个山中盆地隆起的小岭,而且是山岭起伏。群岭之首,就是龙珠低岭了。

李立仁从河谷发现,这里有些溶洞。张雄捡了好几块带蜂眼的石头,说是要带回去做假山。许大爷笑了:"你开一百辆汽车来也装不完。"

李立仁想,这里的地理条件,和已观察过的猴群栖息地都不一样,这倒是要格外注意的。

云层愈来愈厚。不知什么时候,它已改变了颜色,由浅灰变成了浓黑,一片片乌云还在向这边的上空堆积,一丝风也没有,初夏的早半天就这样闷热。

他们来到河谷岸边。还没走几步路,黑河紧张地叫起来:"快看,这是什么小虫?"

张雄低头一看:只见许大爷一走动,两旁的树叶上、杂草上就有很多褐色小虫抬起了头,几乎是站起来了,摇曳甩动。小虫无头无尾,更看不到眼睛,只看到颜色浅红、圆筒般的小嘴像是张着,下面的屁股牢牢坐在草上、叶子上。这副丑陋的形象,实在令人感到恶心。

"哟,这是山蚂蟥!以前还没听说这里有这东西。"许大爷也有些吃惊。

张雄和黑河对山蚂蟥毫无经验。张雄只听说水里有蚂蟥,从来没听说过山上还有蚂蟥!李立仁知道的也不多,但他和黑河都听说过山蚂蟥的厉害。

这种蚂蟥有吸盘,喜欢生长在阴暗潮湿的草丛中。对人的攻击,无孔不入。别看它现在只有一两厘米长,吸饱了血以后,就胀得又大又圆。由于山蚂蟥待在树上,它能从领子、袖口钻进衣服里去。山蚂蟥还很难打得死。因此,大家都紧张地检查自己的身上。黑河大声叫着:"姑爷爷,你看俺这山袜上叮的这许多是不是?"

"是的。不能拉,得赶快打掉!"

黑河连忙噼里啪啦地打起来了。张雄也紧张地打起叮在山袜上的十几条山蚂蟥。李立仁的山袜上也不少。只有许大爷的袜子上叮得少一些。大约他是第一个走过去,山蚂蟥才起身,还未来得及叮上。

"姑爷爷,快来帮忙。打不下来哩!"黑河正在把拼命往袜子里头钻的山蚂蟥往外拉。这家伙真厉害,山袜筒子是两层细布轧在一起的,它也钻进去一层了。

许大爷说:

"幸亏我们穿了山袜。快动手,有带子的用带子,没带子的找藤子,把袖口扎起来。领口扣紧。草帽不要拿掉。"

一路上,他们要不断地清除身上、袜子上的山蚂蟥。

张雄感到小腿上有点凉,好像有个凉冰冰的东西爬在那里。他赶快脱掉山袜,卷起裤脚检查,一条山蚂蟥正在腿上吸血哩!他连忙打掉,但是血也跟着淌出来了。再细细检查,原来是山袜上有个绿豆大的小洞。

李立仁马上掏出针线包,帮助张雄把小洞补好。

许大爷说:"这条猴子街在岭腰。"

下了山,又得爬岭。沿途都可见到喀斯特地貌的风景,钟乳石像蜂窝般地生窍带孔。

云层愈来愈低,已经看不到平天河上的山峰了。浓云像一层厚实的铅盖,紧紧地扣在这个盆地的上空。

他们的内衣早就汗湿了。为了防止山蚂蟥侵入,当然不能解开衣领、敞开厚厚的工作服。所以汗水就像一条条小溪从身上往下淌。

许大爷仰头看看天,有些担心地说:"这里天气怪,恐怕要下雷暴雨。要不要找个地方躲一躲?"

李立仁看了看手表,感到时间已不允许休息。要么,就是继续上山;要么,只得撤下去以后再来。大家商量一下,还是决定上。但是对许大爷说的山区雷暴雨的危险性,也做了准备。

"快到猴子街了。"许大爷又通知大家。

李立仁决定:队形还是散开比较好,否则,发现了猴群,不便射击。李立仁以为这个猴子街和已观察过的生态环境差不多,因而问许大爷猴路在哪里,想从两头堵住。

谁知许大爷说,这个猴子街面临岭下,背靠岭上,如先迂回岭上,不被猴群发现不太可能,而其他通道又没有。要不,就得派两个人从岭那边上,上下夹攻。然而那边没有人走的路,要从密林中钻过去。

李立仁考虑了一番,觉得只好展开队形,从正面上去。

于是,李立仁在左,许大爷居中,张雄在右,黑河跟着张雄,各自出发。

黑河失踪

张雄和黑河沿着小溪向上爬。他们无心去欣赏这掩映在山花野草中的细细的水流,把全部的精力都用到开辟道路上去了。黑河现在懂事多了,一声不吭。他也没力气说话了,只张着小嘴直喘气哩。

走了一阵,张雄想判断一下方向。黑河爬到一块突出的石头上。起先,他什么也没看到,密密的枝叶挡住了视线。可是,有一种微弱的声音吸引了他。他一边倾听,一边用眼搜索。终于,从树的缝隙里看到岭上有什么动物在走动,不时传来一两声吱吱的叫声。刚眨了一下疲倦的眼,又看不见了。他连忙打手势,要张雄也上去。

他们找了半天,终于隐隐约约看到:在石山上走动的,正是他们要找的猴群。距离还有五六十米,可惜树太密,不过他俩还是十分高兴!

他们从岩石上下来,小心翼翼地向猴群接近,生怕发出一点响声,惊动了猴群。

黑河感到脖子上有一丝凉气,伸手一摸,有个冰凉的东西,一想到是山蚂蟥,不觉浑身起了鸡皮疙瘩。幸而张雄看到,一巴掌把它打了下来。两人互相检查了一下,除了山袜上的山蚂蟥,身上也都爬了好多条。他们打掉蚂蟥,继续艰难地行进,好不容易才找到了一个稍大的缝隙,开始仔细观察猴群的活动。

他们看到,林中有一片罕见的空地,面对一个石坡,背靠高大的乔木树林。

猴群正在这山石树林中玩耍。从外形一眼就能看出,这些猴子和紫云山的短尾猴没有什么区别。

其中有一只大猴正庄重地坐在石峰上,冷眼旁观猴群的嬉戏。有一批顽皮的小猴,从这个石峰跃到那个石峰,一个跟着一个,很有秩序。有一两只没能跳到石峰上,跌得唧唧叫,然后连滚带翻爬起来,再作新的尝试,就像是马戏团在训练猴儿一般。

不一会,张雄和黑河又惊奇地发现,在石林另一端,还有七八只猴子各坐在一个石笋顶上,或弓背低头,或低眉闭目,或理毛搔痒,或挤鼻子翻眼……张雄多想把这些形态各异、怡然自得的猴相拍下来!像他这个动物园的饲养员,也还从来没看到过这种景象哩。

突然,猴群中爆发了一阵厮打扭扯的叫喊,只见四五只猴子在争夺一样东西。正在闹得不可开交时,那只庄重地坐在石峰上的大猴,一跃而下,敏捷地跳到厮打的猴群中,怒目圆睁,翻唇露牙。顷刻间,原来厮打得不可开交的猴子都逃走了。

那只大猴子摆出一副理所当然的架势,把争夺物攫起,塞进了嘴里。

张雄对黑河说:"这大概就是猴王!"

远处,滚来一片低沉的林涛的呼啸。黑河说:"起风了。可别下雨呀!"

话音刚落,一声闷雷在头顶炸响,接着又是一声。猴群立刻发生骚动。有两只小猴急忙跑到老猴身边。

张雄急忙拉起黑河说:"快,往前冲!"

这一声"冲",真来劲,根本不管什么挡路,不管树枝扫打着脸孔,不管棘刺撕开衣服。眼看就要冲到那片石林了,一声炸雷几乎和耀眼的闪电同时当头击来。霎时,暴雨像平天河水一下翻了个个,哗哗倒泼下来。

张雄和黑河冲到林边,立即看到一群黑影闪电般俯冲而下,惊恐地嘶叫的猴群正在离开石林,向森林奔跑。

张雄对着黑影举枪就射,连击两发子弹。他顾不得察看是否射中了目标,一面奔跑,一面又从子弹袋里取子弹。

暴雨把子弹袋淋湿了,等他再装上子弹,猴群已消失在森林中……

张雄艰难地向森林里追去。其实,他奔跑的速度只抵得上在平原大道上快步走。他根本没想到森林里一道道耀眼的闪电,一声声震耳的惊雷,使他随时有可能遭到电烧雷击的危险。瓢泼大雨打得他眼也睁不开,他只顾按自己判断的猴群逃跑的方向追去。

雷雨突然消失了,张雄放慢了脚步。

他开始怀疑起追击方向是否正确,因为他一直也没见到猴群的影子。而滂沱大雨又把猴群逃窜时留下的踪迹冲刷得干干净净了。

张雄这才想起:黑河呢?李老师和许大爷呢?他们哪里去了?他连忙转

回头,黑河不在他的身后。这一惊,使他更清醒了,连忙侧耳倾听,只有风在掠过树林时,抖落下吧嗒吧嗒的水滴,没有人在活动的任何声响。

他发出了预定的联络信号,没有一点回应。他认真回想了一下,在他刚扣扳机时,似乎黑河从他身旁蹿过去了,他好像发现了什么,紧追上去了。就在自己装子弹时,他们拉开了距离。

小黑河,你在哪里?在这深山密林中,别说一个没有武器的孩子,就是单身壮汉,也充满着危险呀!

张雄越想越焦急不安。他忽然想起要是有部微型的报话机就好了,抽出闪亮的天线,几声呼叫,马上就会传来黑河童稚的声音。可是眼前,他只有一支双筒猎枪和已经全部湿透的沉重的爬山包。他无力地坐到了一块大石头上……

鹰群发动了攻击

一声尖厉的叫声,把张雄从焦急和沉思中唤醒。

"啊啊!啊啊!啊啊!"

张雄"嚯"地一下站起,全身神经绷紧。

"啊、啊!"

这是什么声音?是不是猴鸣?不对,这声音是从天空传来。难道还有飞猴?

王陵阳说过,有一种属皮翼目的飞狐猴,实际上也只能在空中滑翔,一次能滑翔六七十米的距离。还有一种新大陆种的松鼠猴,它们常常几百只结成一群,要跃过林间空地时,它们一下能跳上八九米的高空,长长的尾巴帮助掌握方向和姿态,就像一群杂技演员在弹跳带上或跳板上那样,做出叫人眼花缭乱的各种表演,那真是蔚为奇观!

难道真被自己碰上了?!张雄经历过了对飞马的考察,难道还能真的又

冒出一种神秘的飞猴？好像是为了解答他的疑问,天空又传来了:

"啊啊!啊啊!"

张雄抬头在森林里寻找,只有树叶上不断闪亮的水珠在他眼前晃来晃去。他找到一处枝叶稍疏的地方,放下背包,爬到一棵树上,仰望天空。

随着从平天河方向传来的"啊啊"声,天空冲来了两只雄鹰。

两只雄鹰在森林的上空交错盘旋,在"啊啊"的呼喊中,逐渐缩小盘旋的半径。过了一会儿,从飘浮的白云中,又冲出三只鹰加入前两只鹰的行列。这些空中雄鹰排成了严密的攻击队形,风驰电掣般地纵横飞掠,尖声厉叫,左右冲击,盘旋的高度逐渐向岭头降低。它们发现了什么呢?

不久,张雄发现叫喊声已降落到森林顶上,在森林里响成了一片。他连忙往树梢上爬,想看得更清楚些。这时,他听出了"啊啊"声中,有种异样的声音,似乎是"哇——呜,哇——呜"的叫声。因为他有紫云山那一段经历,他立刻辨别出,这是真正的猴鸣!

雄鹰发现了猴群。

他想起了那对着猴群俯冲而下的黑影……

他听望春、黑河讲过红嘴蓝鹊发现蛇时,会用叫声呼唤同伴。猴群发出了呼唤,是不是也是为了共同对付敌人?

张雄从树上滑下来,背起包,提了枪就走。

张雄为了摆脱森林中植物对他的绊扯,尽量傍着山溪边的石岸往前走。可是,走着走着,山鹰的吼叫声变得无力了,山鹰盘旋的半径也扩大了。

张雄登到岭上时,天空只剩下几只山鹰没精打采地在天空滑翔。方才那令人振奋的鹰飞猴鸣都消失了。

显然,是猴王用它的智慧使猴群脱离了山鹰的追逐,隐藏起来了。张雄圆睁着双眼,向四周搜索,哪儿也没看到猴群的影子。

这时候,李立仁和许大爷正东奔西跑寻找张雄和黑河。低岭脚方圆几十里,又全是密密的树林子。他们发出过联络信号,毫无反响;鸣枪呼喊,也无回应。这两个人到底哪里去了?会发生什么事情?

不久前,当他们快接近石林猴子街时,雷暴雨席卷而来,像要把这隆起的山岭刮平、森林掀翻。闪电互相撞击,燃起一个个大火球,一霎间,把浓黑的云层烧得像个火海,又像是个庞大的火药库爆炸了,燃烧了。

李立仁虽然在思想上做了准备,但对如此狂暴肆虐的大自然,也感到猝不及防。

一声炸雷,将许大爷身旁的一株大树劈断了,燃起熊熊的火焰。许大爷立刻向火焰扑去,用砍刀清除周围的树木,隔绝火势的蔓延。

李立仁知道雷火燃起森林的可怕后果,也急忙奔去帮助灭火。

幸而雨大,抢救及时,才使这场大火渐渐熄灭。

可是,许大爷被倒下的树干砸伤了腰,他们两人的手也都有多处烧伤。等到他们赶到猴子街,只见空空荡荡的石林遍地流水……

刚才那边岭上鹰飞猴叫的时候,虽然距离较远,他们也还是追上去了。可是,没走多远,天上的鹰消失了,森林里也再听不到猴叫。他们急得漫无目的地四处寻找,仍然找不到张雄和黑河。只得再次回到猴子街。

李立仁要许大爷留在猴子街休息,准备自己单独去寻找张雄和黑河。可是,许大爷说:

"如果张雄他们没出事,是会找到这里来的。如果出了事,别说在这陌生的大山里找不到他们,就是找到他们也毫无办法。"

两人商量后决定:等到下午四点钟,如果张雄他们仍然还未回到这石林里来,许大爷留下,李立仁赶快回村里去求援。

许大爷一口接一口地抽烟,李立仁不时地瞅瞅手表。许大爷又挣扎着帮李立仁把砍下的柴火拖来,准备夜晚燃起篝火。这时,已经是三点四十分了,山野还是静得出奇。

三点五十分，李立仁站起来，和许大爷默默相视。

四点，李立仁准时出发，越过猴子街，投入森林，向山下走去……

小猴和它的妈妈

"啊——！"

山岭上传来的喊山声，像是年初一的开门喜炮，乐得许大爷一骨碌站起。李立仁也钻出森林，边跑边喊：

"哎——！"

山岭上又应了声：

"啊——！"

"你们在哪里？"

"在这里——！"是小黑河的声音！

李立仁刚从这头跑到猴子街那端，拐弯处已转出了黑河和张雄。没到过深山密林的人，往往用听到的呼喊声的强弱来判断距离远近。可是实际上并不如此。李立仁听黑河的声音还远，可没走多远，就相互撞了个满怀。

一片欢声笑语，立即洋溢在石林猴子街的上空。

张雄来不及说黑河脱险的经过，只是拍了拍照相机，说了声：

"李老师，这里有珍贵的资料，巨大的收获。"

张雄的包也没放下，又连忙打开照相机，拍摄石林猴子街的种种景象。眼看太阳就要落山了，李立仁忙着测量，黑河在一旁帮着记录。许大爷用右手顶着腰，走来晃去忙着……

返回的路上，黑河才说了他的惊险故事。

黑河跟着张雄向石林冲去。张雄枪声一响，他就看到一只小猴从黑影的爪子下掉了下来，翻了个跟斗。

他像离弦的箭冲过雨幕,越过石林,去救小猴。谁知,等他跑到那里,什么猴也不见了。

猴群的大队已远去了,落后的几只猴子正在追赶队伍。小黑河在雷鸣的间歇中,听到有只小猴在哀哀地呻吟,他以为是小猴倒在什么地方。找来找去,还是什么也没发现。

再注意一听,原来这声音是从落后的几只猴子中传出的。

他飞快地追着,终于隐约地看到,一只大猴的肚子特别大,臃肿的肚子影响了它的行动。这使得其他几只猴子也只得放慢速度。

不一会,那只大猴的肚子突然掉了下来。原来是只小猴!没容黑河多想,另一只大猴帮着那只大猴抱起了小猴。黑河看到,那小猴就吊在大猴的肚子上——嗨!这难道是从黑影爪下掉下的小猴?它伤了?

这更鼓起小黑河的劲头,他根本没想到森林中雷电的危险、毒蛇的伏击、荆棘的扯挂、山蚂蟥的可怕……他一心要追那只大猴和它肚子上吊着的小猴。他一边跑着,一边抹掉脸上的雨水,生怕失去跟踪的目标。追呀,追呀,飞快地追。

眼看就要追上了,只听那只大猴凶狠地叫了一声,前面的几只猴子立刻转身面向小黑河,一个个龇牙咧嘴,怒目逼视,愤恨地叫着。

多可怕的面孔!

小黑河猛地一惊,停住脚。

大约是看黑河还没有退让的意思,几只猴子直向他扑来,吓得小黑河掉头就跑。等他再返身看时,猴子已消失在密密的森林中了。

小黑河头皮发炸,觉得满头的短发都一根根地竖了起来。他懊悔极了。要不是这大风大雨,电闪雷鸣,森林的呼啸,小张叔叔一定能听到猴叫,一定能听到他发出的联络信号。现在只有自己一个人,要不要追?

一定要追!一定要去救那只可能受了伤的小猴。

小黑河的追击毫无效果，一根猴毛也没找到。一坐下来，疲倦、伤痛、饥饿就向他袭来。

不知什么时候，雨已停了，天也开朗起来。从森林里筛下的一片阳光像是探照灯的光柱，正向他射来，晒得浑身湿淋淋的衣服直冒气，这使他更不舒服。忽然，他看到了山袜上的山蚂蟥。现在他已不怕它了。经过了刚才那阵在狂风暴雨中的追击，他感到不久前对山蚂蟥的畏惧，是那样可笑。

他用手拉下一条条丑八怪山蚂蟥，放在石头上，把它们砸得稀巴烂，好像今天一切的不顺利都是这万恶的小蚂蟥的罪过。

衣服撕破了几处，腿上脸上都有伤。他想，还是不去看伤口为好，反正这里没人硬逼着他去找医生。肚子却不争气地咕噜噜直响，就像是在喊：

"我饿了，我饿了！"

他伸出手紧紧地压着肚子：

"哼！我叫你喊！我叫你喊！"

手一松，肚子又不服气地咕噜了起来。他想去找野果子吃，这里一定有又酸又甜的莓子，有猕猴桃……可是，他不想动。最好是能躺一会。

他躺下了，透过树隙看着蓝天、白云……怎么？蓝天灰暗了，白云消失了，树也成了模模糊糊的一片阴影……

哈哈！原来头顶上就是一棵板栗树，一嘟噜、一嘟噜的带刺的小球，把枝条都压弯了。这一枝挂满像红灯笼一样的果子是什么？是柿子。不对，是猕猴桃。上面还长着一层小毛哩！快摘，快摘！可伸出的手就是够不着。

这次，小黑河改变了策略。他对摇头晃脑的桃子看也不看一眼，眼角却瞟着它，等它快碰到鼻子尖时，他一下就伸出手，山柿子往上一弹，它可没小黑河眼尖手快，眼看就要摘到红柿子了，突然一只黑熊走来。

黑河吓得大叫一声，从梦中醒来，擦了擦眼睛，果然看到一只黑熊正向远处跑去，肥胖的屁股头还一颠一晃的……

黑熊跑走了。黑河拉拉耳朵,证实已从梦中醒来。这时,他忽然看见四五只老鹰在空中盘旋,听到了老鹰"啊!啊!"的叫声。这使黑河想起山喜鹊和大蛇的搏斗。

是不是老鹰发现了什么敌情?是发现了大蛇吗?他连忙爬上一棵大树,他数了数,天空五只老鹰。

老鹰往下一俯冲,就见黄黄的毛衣在树隙里一闪。噢,猴子!他乐得险些从树上掉了下来。一点不错,是猴子。原来和我躲了半天的猴群就在不远的地方,它们还落在我小黑河的后面哩!

黑河动起了脑筋,他要来个伏击。但又想到了黑熊。没有枪,不要紧,他身上有柴刀。不行,这是短武器。对了,用短武器制造一个长家伙。他砍了根树棒做武器。只要埋伏得好,猴群过来时,总是能看得清的。

黑河已经从几个研究动物学的叔叔那里学到一些知识了。他从老鹰盘旋的方向看出,猴群正向这边转移,他又从刚才在树上观察到的地形,推测出猴群可能要向那边一处石峰转移。

他连忙向前跑了一段路,在大家推测的猴群要经过的地方,严严实实地埋伏下来。

事如人愿。当黑河看到猴群似乎是悄无声息地来到时,小黑河的心提到了喉咙口。他强压着兴奋,寻找着肚子上吊着个小猴的大猴。

先来的倒确实是大猴,可就没有抱着小猴的。他有些着急了,浑身燥热,正在这时,他的眼睛忽然特别亮了起来,果然看到有个小猴悬吊在大猴的腹下。

嘿嘿!又有两只大猴肚子上吊着小猴……

正想着,又来了三只抱着小猴的大猴。小黑河傻眼了。哪一只小猴是受过伤的呢?这真叫人犯难。正当他犹豫的时候,后面来的全都是大猴了。

惊吓的猴群立即四散逃窜。一眨眼,连猴影也看不见了。

老鹰倒是挺帮忙,给黑河领了一段路。不一会,不知为什么,老鹰也散了……

守 护

再说张雄。当山鹰不去追踪猴群时,他失望了。他从山鹰刚才的飞行状况,判断出了猴群逃匿的大致方向。现在,只得沿着这个大致方向追踪。走了一段,毫无收获。到了一块树木略略稀疏的地方,他再次沮丧地停了下来。还未喘过气,一想起黑河的失踪,又立即站起来。

到哪儿去找这个孩子呢?他在森林中兜了个小圈子,尽可能地将四周观察一番。他们是从东岭上岭的,这里已是西南方向了。观察的结果,他发现左前方,有座树木稀少的石峰,快到峰顶的一个陡壁引起了他的注意。

他所在的岭子和石峰中间隔着一条峡谷,虽然直线距离不算远,可是,要走到那里,还要先下到谷底,然后再爬上去。要不,得沿着岭子绕圈子。

张雄的视线开始慢慢搜寻。没一会,他的眼光停留在一个模模糊糊的影子上。他的心怦怦地跳着,高兴得跳了起来——那是一个孩子在向石峰上攀登。是的,是他!

"黑河——"

等到张雄艰难地爬到黑河那里,黑河正紧握着棍子守候在一个山洞的洞口。

山洞外是个小平台,平台下是陡壁。不远就是流向峡谷的一条哗哗的泉水。这种栖息地和他们考察过的几处,特点基本一致。只是这个洞,它显然是熔岩,稍稍有点特殊。这可能就是许大爷说的猴洞。

黑河怎么又找到了猴群?当伏击失败后,黑河在追踪中,想到如果小猴受了伤要流血,他便在草丛、树棵里寻找血迹,真的,不吹牛,黑河果然找到了一点一滴的血迹。他就这样沿着血迹追踪着……

不一会,他听到了很低沉的猴叫。他连忙悄悄地迂回前进,跟了上去。没走十几步,发现前面有三只猴子和那只抱着小猴的老猴在一起。大约是小猴流血过多吧,它常常从老猴身上掉下来,老猴不得不时时停下再抱起它。

猴子行进的速度慢了,小黑河终于追上了它们。

黑河心切,在一次小猴又跌下来时,他大喊大叫打横里拦腰冲了过去。落伍的猴子立即奔逃。三只空身猴子很快冲到森林深处。那只带了小猴的老猴虽然跑不快,还是苦苦挣扎地抱起小猴,一边跑,一边叫。叫的声音真怕人。可是跑掉的猴子一声也不回答。

黑河一个劲地追。有时,两条腿直打软,一听到前面传来猴叫,马上又鼓起劲来。老猴一声不响,只顾拼命往前跑。

正当黑河感到最后的力气也快用完时,突然传来了张雄的呼喊……

黑河总算跑完了这场毅力的比赛。是因为猴群不理睬小猴的呻吟、老猴的呼喊,还是被黑河追急了?老猴抱着小猴跑到这里,不跑了,却钻了洞。黑河只得停下,他不晓得洞有多大,更不晓得里面还有什么野兽;又想,反正是钻了洞,就用手电往洞里照去。大约是电池受潮了,只发出昏黄的光线,什么也看不清。

黑河要张雄往洞口边靠靠:

"你听,小猴是不是快死了?"

张雄果然听到断断续续的粗喘和困难的呼吸声。

从平台上杂乱的粪便和残存的食物看来,这儿确实是猴洞,肯定里面不会有别的野兽。他们紧张商量一会后,决定进去看看。

张雄和黑河都守在洞口两尺外。张雄又检查了一下子弹。他先放了一枪。这枪可响哩,震得洞里轰轰响,可是,别说有猴子往外跑,就是里面也连一点动静都没有了。张雄拉开枪膛,取出空弹壳,又填上一颗子弹。他想:枪膛里一定要保持有两颗子弹。他又向洞里放了一枪,还是一点反应也没有。

难道这个洞另有出口？

两个人只有进洞了。电筒的昏暗光线使他们发愁。黑河说：

"用火烤烤，老师说过了。兴许能亮些。"

一句话提醒了张雄，乐得他亲热地拍着黑河的肩头。张雄找了枯树枝点着火，烤了烤电池，果然，电筒发出的光亮多了。

黑河在后面捏着电筒，张雄端着猎枪走在前面。走了一段路，洞变大了。像是一般溶洞一样，有个宽广的穹隆。他们来不及看各种奇异的钟乳石，全神贯注地寻找猴子。

他们循着断断续续的粗喘声，终于发现了躺在地下的小猴，它已经死了。那只老猴就坐在它的旁边。电筒往它脸上一照，老猴吓得连忙用手遮住了脸。也许是为了保护小猴，它怎么也不肯挪动一下身子。这时，张雄的心颤动了一下，一股怜悯的感情从心头涌起……

张雄说到这里，许大爷说：

"过去，真正的猎人有两样东西不打：丹顶鹤有仙气，不能打；猴子通灵气，打不得。猴子看你要开枪，直向你跪着打躬作揖哩！"

黑河说：

"难怪姑爷爷昨天放走了猴子哩，敢情是舍不得打。"

一行四人，踏着星光月色，拖着疲倦的身子，在朦胧崎岖的山道上匆忙赶路。每个人心里，都有说不出的愉快。

第十四章 温泉奇事

猴子会说话吗

在一片瑰丽的晚霞中,王陵阳和罗大爷一家,以极大的喜悦迎接李立仁他们胜利归来。许大爷自个儿回家去了。

王陵阳看着他们一个个疲劳不堪的面容,破烂的衣衫,带伤的身体,兴奋的神情,一股说不出的感情涌上了心头。等他们刚放下饭碗,就硬逼着他们洗澡、休息,只是把解剖报告要了来。

第二天一早,王陵阳又读起解剖报告。他已经读过几次了,仍然愈读愈兴奋,愈读思路愈加开阔明朗。

吃过早饭,王陵阳就召集大家开会,望春、黑河也参加了,研究从九花山得到的老猴和小猴。这只老猴是母猴,它的标本被定为"九花一号"。仔猴是雄猴,它的标本被定为"九花二号"。解剖时,他们发现母猴的乳房里有很多奶汁,正在授乳期。仔猴的胃里,还残存未消化完的乳。小黑河听李立仁一说,忍不住笑了:

"哈哈,小猴还喝奶哩!"

李立仁告诉黑河:

"猴子是哺乳动物。哺乳动物是脊椎动物门的第二个大纲,有一万多种(包括亚种)。它们遍布于天空、陆地和海洋。这类动物的哺乳方法各式各样。

"最有趣的要算澳洲的鸭嘴兽,它是哺乳类最原始的动物之一。它还没有进化到胎生,仍然是卵生,可是已给幼兽哺乳。母兽没有乳房、乳头,只有乳腺。当它授乳时,仰面躺倒,肥扁的身体两头微微翘起,活像一只笨重的小艇。仔兽爬到母兽肚子上,在腹部一个小窝里舔食乳腺分泌出的乳汁。

"还有一种海兽叫儒艮,又叫海牛。它生活在热带和亚热带的港湾和浅海中,我国南海有出产。它在哺乳时,母兽用酷似手的鳍把幼兽抱在胸前,让幼兽含着它五六厘米高的乳头,它一边在大海里游动,一边喂奶。以至于古代在海上航行的水手看到它们,误认作美人鱼。其实,它的长相是很丑的。

"天空飞翔的哺乳动物,常见的有蝙蝠。它属于兽类。别看它不太大,胸脯上也有两个小乳头哩!它喂孩子时很特别,用脚钩住树枝或房顶,吊起身子,头朝下,脚朝上。小蝙蝠就趴到上面喝奶。

"更特别的是深海大洋里的鲸鱼。它也是哺乳动物。幼鲸饿了,就依傍着妈妈游动。母鲸收缩肌肉,使乳汁像高压水龙一样喷了出来,幼鲸赶快饱喝一顿。鲸鱼是现存最大的哺乳动物,有几十米长的。幼鲸吃的奶多,每天能长七八十公斤。母鲸有丰富的乳汁。有人从刚猎获的母鲸乳房里,一次就取出了两三吨鲸奶。船员们立即大喝还冒着热气的鲸奶。它不仅营养价值高而且味道鲜美,比牛奶好喝……"

黑河等不及李立仁再往下讲,插话说:

"那将来不要使劲办牛奶场了,也不用挤奶。在大海里养鲸,建个鲸奶场。每天的产量不吓人才怪哩!"

"这要看科学的发展,我看有可能办到。"

小黑河一想,又认真地提出了问题:"鲸能听指挥吗?"

"我想可以让它听指挥。比如,建立一种特殊的信号系统。只要一按电钮,发出信号,它就到规定的地方喷奶,再由特殊的容器接收,就行了。"

这样有趣的问题,还能让嘴歇着?小黑河连着问了一大堆为什么……

王陵阳他们在听了小黑河、张雄追踪猴群的详细介绍以后,仔细地进行了研究。

王陵阳认为,母猴的母性较强,十分爱护仔猴。猴群对仔猴也是爱护的。当黑河逼近受伤仔猴时,几个老猴一起反扑黑河,就是证明。大家对在逃跑途中仔猴悬吊在母猴腹部的现象,都很感兴趣。这一行为说明什么?还需在以后工作中研究,可惜的是没有拍下照片。

王陵阳又提醒大家注意仔猴和母猴的毛色差异。仔猴的毛基本上以黄为主,在阳光下闪着金色的光辉。母猴的毛是黄褐色的。"紫云一号"标本和"九花一号"标本毛色也显然存在着差别。"紫云一号"标本的毛色要深些。这是因为性别不同吗?可是,仔兽和"紫云一号"标本虽然同属雄性,毛色差别却更大!是因为季节不同吗?不,这三号标本都是在同一季节采到的。许大爷所说因季节不同,毛色有异的说法,又值得怀疑了。

当谈到猴洞时,张雄不声不响地把一叠照片放到桌上。王陵阳奇怪了,昨天晚上还只是胶卷嘛,转而一想,用手指点了点张雄:

"你呀,什么时候学会了李立仁那一套?当着我面去睡觉,夜里又偷偷起来冲洗照片,不要身体了?"

张雄听了这种表扬性的批评,笑了:

"你冤枉人了。这是李老师干的活。我只是到快收尾时才参加的。"

这一沓照片,大部分是张雄他们带了闪光灯,再探低岭脚猴子街、猴子洞时补拍的。特别是猴子洞里的照片,虽然都是黑白的,但仍然看得出那些奇异的钟乳石的千姿百态。除掉猴洞全景照片,还有猴群储藏食物、活动的处所及各种食物残留物的特写照片。这些照片,是多么珍贵的资料!王陵阳看了赞不绝口:

"考察结束时,一定要在生物学会举行一次摄影展览!我们还要鼓动电影厂来人拍电影,让大家都知道我们祖国珍贵的动物资源,都来做保护珍贵野生动物、保护大自然的工作!"

讨论中,大家一致认为:根据解剖报告,可以认定九花山短尾猴和紫云山短尾猴,是同一个种型。把短尾猴的分布向北推进到长江南岸,这在动物地理上是个有意义的新发现。

可以初步肯定,这种短尾猴和我国已发现的短尾猴都不相同,是一个新发现的亚种。这为我国猿猴家族,又增加了一个新的成员。

王陵阳也向大家介绍了他在紫云山的工作情况,由于"四人帮"的破坏,就是在风景区,森林也被大片砍伐。靠近居民点的山坡由于无计划地开荒,使得水土流失严重。动物的自然生境遭到很大破坏!

按照"云海漂游者"的考察计划,他们已初步完成了对紫云山、九花山短尾猴个体的研究,对于它的分布和数量也做了一定的调查和统计。同时,对紫云山动物及其生境,特别是对野生珍贵动物有了初步的了解。剩下的工作,就是对于它的生态、种群进行研究了。

根据紫云山区气象资料看来:冬季,在海拔一千米左右,有一条雪线。到了冬天,猴群可能要下移到气候较为温和的耕作区和常绿阔叶林带来过冬和觅食,它们的漂游范围相应地要缩小。因而发现猴群的机会将比现在多。这些,和访问群众得来的材料基本相符合。从研究工作看来,等到冬季捕捉猴子比较有利,因为,可以同时观察它们在冬季的生活情况。这样,考察组在最近就可以先返回学校。

王陵阳还对山鹰追逐猴群很感兴趣,反复问明情况,并要黑河学鹰叫、猴叫给他听。黑河模仿的叫声,使人难以分出鹰叫和猴叫。张雄就在一边辅导,详细说明鹰叫声尖厉,是双音节的"啊啊",猴叫粗犷,两音之间好像有拖音"哇——呜"。黑河经常模仿鸟叫,可是鹰叫、猴叫,却没有学过。他不明白王叔叔为什么要他学。

"这事很有意思。你想,鹰飞与猴叫这中间要是有什么规律性,不是可以养两只鹰来帮我们找猴群吗?你们注意到没有?我们几次接近猴群,都因为有猴子叫了两声,整个猴群就都逃跑了。在我的印象中,以前听到的几次猴叫,都和你们今天讲的猴叫不同,这是什么原因? 在不同情况下,猴子发出的鸣叫声应该是不同的。这种不同,可能明显,也可能不太明显。"

"那,猴子还会说话?"黑河瞪着一双大眼问。

"不是猴子像人一样会说话。我是说,猴子之间是不是也有一种自己的'猴语'呢? 小黑河,你别急着要说话,我们大家都去考虑考虑,这个问题是个大问题,很可能关系到我们下一步工作的成败。这就算我出的一个试题,我也参加这次考试。"

小黑河根本没想到,这件事会引出这么多的学问来哩!

揭开了秘密

一堆堆云层遮盖了明亮的月儿,群山被掩盖在浓黑的夜幕中。黑黝黝的山谷里突然闪出了两个飘动的红火球,像是刚才那阵徐徐的清风点燃的。这两个耀眼的火球,立即使原来令人烦躁、郁闷的山野变成了一幅生动活泼的画面。难道这是卫星在运行、飞船在夜航?

"俺哥,快来! 这儿全是大的。真的,不吹牛。"

黑河直起身子召唤落在后面的望春。他清脆的童音,就像小铜铃直摇动;左手擎起的火把,照得小脸像涂了一层油彩。

望春连忙深一脚、浅一脚地在山谷溪流里跑着,溅得水珠四射。火把上的焰火就像是飘动的绸带。可不是,一块大岩石下的石缝里,就蹲伏着三只肥大的石鸡。在火光的照耀下,它们只是瞪着闪着黄光的眼睛,动也不动,俨然一副旁若无人的姿态。这使小黑河又好气又好笑。他和哥哥一伸手就各捉了一只。那剩下的一只还是动也不动,鼓着腮在生气哩。

"俺叫你不服气!"黑河一把掐住它,然后重重地把它摔在有倒口刺的背笼里。

黑河捉一只,喊一声:"又是个大的!"

望春却一声不响,眼疾手快。有一只蹲在水中圆石上的大石鸡吸引了他,刚伸手去逮,它壮实的后腿一蹬,腾的一声跳起,胖乎乎的身子晃也不晃,就吧嗒一声落到几尺外的水里去了。

望春哪里舍得放掉? 随后追上去。脚步刚刚跨到,它又跳起了,一头钻进了流水里。弄得望春满头满脑的水,可他一点也不急,继续等着。他知道这个两栖类的小动物在水里待不长哩! 果然,没一会儿它就把头露出水面,游到望春脚边的石缝里。望春提脚堵住石缝,伸手探进去把它紧紧地掐住,掐得它咕咕地叫了两声。

黑河一高兴,咋呼劲就来了:"哥!俺俩的计划完全成功。"

"计划才完成一半哩! 明儿要把炖石鸡悄悄地突然端到桌子上。先少端一点,让他们吃了还想吃,再全部端上去。撑破他们的肚皮。"望春高兴得也调皮了。

事情是这样:小兄弟俩一听叔叔们要走,心里很不是滋味。尽管叔叔们一再说:一飘雪花,这里发现猴群的电报一到,他们就立即回来,这也没能使小兄弟高兴一些。弟兄俩为了欢送叔叔们,便商量着捉石鸡来了。何况,石鸡不但好吃,是紫云山的珍品,特别重要的是和动物考察、科学研究有关呢。他俩等大家睡熟后,悄悄地离开了家里,来到这条小山沟。按气候来说,捉石鸡还嫌早,可是,今晚竟是个大雨前的闷热天气,正好帮助他们完成了心愿。

河谷里响起了一片石鸡的叫声,它是单音节的,声音却很洪亮,特别是在山谷里。两岸的森林,时时发出轻轻的沙沙声。

小兄弟俩顺着峡谷水溪往上走,进入了两旁长满了密密的灌木丛、苦竹的河道。水不深,才淹没小腿肚。小黑河不当心,被青苔一滑,一屁股坐到小溪里,裤子全湿了,褂子也湿了一半,他反而感到很有趣。

他们走着,走着,碰到了石壁,石壁上往下淌着水,没水的地方很滑。望春让弟弟踩着他的肩头,先把他顶上去,弟弟再回过身来,把哥哥拉上去。谁知道他们前面还有着什么样的危险?弟兄俩想也没想,只是一个劲地找石鸡。

黑河看到溪边苦竹下的石缝里,有只大石鸡,正要伸手去逮,忽听有人大叫一声:

"蛇!"

岸边这一声惊叫,使黑河连忙缩回了手。黑河从岸上射来的强烈电筒光圈里,仔细一看,身上直冒冷汗:一条绿色的蛇正吊在苦竹枝上。要不注意,还真会把它当成竹子哩!一条白色的直线,在绿色的蛇身上特别显眼。它那大大的三角头正对着黑河要逮的石鸡。它也正在狩猎美味呢!

"哎呀,竹叶青!"黑河吓得直往后退。

一只大手有力地把黑河拉到自己的身后,那人又向前走去,对准蛇身狠狠地抽了一竹竿。竹叶青像折断的苦竹枝一样,掉了下来。一半落在石头上,一半落在水里。吓得那只大石鸡腾腾地连蹦带跳走了。那人急忙用竹竿把竹叶青拨到石头上,连连抽打,直到蛇嘴里吐出血来。

黑河抬头一看,惊喜地叫了声:

"李叔叔!"

望春也发现了在岸上拿手电照亮的张雄。

李立仁指着竹叶青说:

"你们看,它头部两旁,在这鼻孔和眼的中间,凹下去了。那边也有一个。这叫颊窝。它是个很灵敏的测热器,能感觉到千分之三摄氏度的温差变化。你们以后打火把捉石鸡,要特别当心它。蛙类是它的主要食物。夜晚,它要出来摄食。刚才你们和它去争猎同一只蛙,多危险!"

等到大家从危险的紧张中清醒过来,欢声笑语就从山沟里飞到山岭。

"你们咋找到俺们的?"望春不解地问。

张雄说:"俺们会算!"

李立仁说:"这也是秘密。"

张雄的眼神禁不住在火把上跳了一下,望春明白了:"是你们看到火把了。"

李立仁笑了:"你们要保守秘密,倒给我们引了路啦!"

其实,李立仁早就注意到了小兄弟俩的不正常举动。他们相处的几十天中,兄弟俩早已亲热得什么也不瞒三位叔叔了,只是,这两天老是做一些躲躲闪闪的事。张雄想起黑河在九花山说的要请他们吃石鸡的事。三位大同志一猜,就猜出了他们的秘密。

石鸡的资源情况和生境也需要了解一下。按理说,现在还没到捉石鸡的季节。但这是孩子们的心愿,捕到捕不到又有什么关系呢?孩子们喜欢有个"秘密"。他们不打算揭破这个"秘密",想在吃了孩子们逮来的石鸡以后,再去考察一下石鸡的生境。晚上,黑河早早地就嚷着要睡觉,望春也连连附和,三位大同志也就自觉地休息。怕孩子们出去得太晚。

兄弟俩出门不久,李立仁也跟着出来了,正带门时,张雄也跟出来了。他们怕孩子们碰到危险,悄悄地跟在后面保护他们。要不是发现了竹叶青,兄弟俩怎么也发现不了他们的。

张雄一看石鸡就是青蛙,顿时失去了兴趣,原先以为是雉一类的野鸡。他嘴里没说,心里想:小黑河真会吹,青蛙肉我也吃过,没有什么特别。但看他们逮得很专心,也就逮起来了。可黑河说他逮的不是,张雄不相信,又叫望春来看,望春说:

"这是花皮臭青蛙。"

李立仁拿过来仔细一看,真的是花臭蛙。这下,张雄才开始注意黑河他们逮的石鸡和他捉的不一样。它们是黑褐色的,外貌并不显眼,更谈不上漂亮。翻过来看,白白的腹部,长有褐色肉刺,特别是胸部较多。李立仁察看了石鸡,鉴定出是棘胸蛙。他向张雄介绍了棘胸蛙的特点,还指着另一种蛙,说是叫武夷湍蛙,要他注意形态上的不同。黑河又做示范动作,张雄才捉到了几只。

山沟里不时响起棘胸蛙洪亮的叫声。李立仁问黑河他们:

"按理,还没到大量捕蛙的季节,你们怎么把笼子都快装满了?"

黑河调皮地说:"这是俺们的秘密养鸡场!"

望春看看两位叔叔还是不明白的样子,笑着问:

"你们在水里待这样长时间了,感到水凉不?"

刚才匆忙下水,只想到打蛇,经望春一说,这才感到山溪里水温乎乎的。他凭经验测量了一下,估计水温总在二十度左右。他更奇怪了,这样的季节,就是闷热天气,夜晚的高山水温也不会有这样高呀!

黑河故意兜着圈子:"李叔叔,咱紫云山有四大奇,你知道吗?"

李立仁恍然大悟:"这上面有温泉?"

"一百分。"黑河慷慨地说。

"有股细细的温泉,不大。"望春说。

"这就对了!难怪呢,这倒真是个秘密,大自然的秘密!"李立仁很高兴。

竹篓装不下了,黑河、望春把小的都找出来放掉,又去捉大的。一直捉到温泉口,看到一股细细的温泉,汩汩地流向水沟小溪。

李立仁忙着对温泉的出口、流向、流量、周围的岩石组成等,做了一些初步的测量和调查。

张雄和望春小兄弟俩还在忙着逮石鸡。再往上,已见不到石鸡,篓里也装得够满的了。张雄催了几次,他们才爬到岸上。细心的李立仁又检查一番,看是否还拉下了什么,才跟着他们,踏着林间小路往回走。

宏伟的计划

清炖石鸡端到了桌上,砂锅盖一揭,一股浓郁的香气直扑鼻子。汤汁雪白,像乳汁一样,浮沉着黑色的石耳——真是色、香、味俱佳。

"真鲜,比鱼汤还鲜!"张雄咂着嘴。

"肉嫩,比鸡肉还嫩!"李立仁大口大口嚼着。

"皮好吃,你们把皮都留给我。"黑河用筷子在锅里捞皮。可是石鸡皮像和他开玩笑似的:用劲夹,它碎了;劲小了,又从筷子上滑下去。

王陵阳也异常高兴,说话却不露声色:"黑河,快把鞋和袜子脱掉。"

黑河以为发生了什么事情,忙放下筷子,站了起来:"什么事?"

"下去捞皮呀!"

王陵阳话刚出口,李立仁也忍俊不禁和大家放声大笑。

罗大爷擦着笑出的眼泪,说:

"只有俺老紫云山人才知道这种吃法,外行人要剥皮吃。"

"还有石耳呢。只有俺紫云山才有石耳。这叫'二石惊天'!"黑河对着张雄咋呼了。

黑河一点没吹牛,真的,张雄吃得捂着肚子还想吃。

这顿美味的石鸡和开怀的畅笑,多少驱散了一些他们即将离别的愁思。罗大爷一家早把考察组当作自己家里的人了,王陵阳则把罗大爷一家看成是考察组的组员、顾问和后勤。

今天王陵阳特别兴奋。王陵阳没想到孩子们几小时就捉来这么多石鸡!一篓顶少也有二十五六斤!而每一个石鸡又是如此肥大!这是多么珍贵的野生动物资源!可是,连他这个自认为对动物有研究的人,也还不知道紫云山有这样藏量丰富的肉食蛙!人类的发展,使科学家们在千方百计地寻找新的营养价值高的食品。可是"四人帮"摧残科学,使我国的科学事业停滞了十多年。

俗话说："失去的金子可以找回来,荒误的时间找不到。"王陵阳心情振奋地想:我们一定要把未来的时间,更好地利用起来,让我们的时间,发挥出最大的效用!

紧张的工作又开始了。

张雄专门测量外形、解剖。李立仁和王陵阳做食性分析。黑河和望春测量重量。

真是癞蛤蟆上不得秤盘。黑河把石鸡往天平盘上一放,它就腾地一下蹦走了。接着,就在屋子里连连跳起,东躲西藏。逮起来还挺费劲的。罗大爷只得把罗奶奶也动员起来,老伴俩用麻丝把这些蹦得高、跳得凶的野物一个一个捆了起来。

一夜辛勤,获得了许多珍贵的资料。王陵阳依据这些资料,粗略地计算了一下:如果有计划地进行养殖,仅仅是规划中的紫云山、九花山自然保护区,每年就可向人民提供以千吨来计算的肉食——高级的蛋白质!

养殖棘胸蛙不占农田,无须大量的劳动力和机械,无须投放大量饲料,就在自然的山沟溪流中,在天然的温泉周围,由它们自己摄食大量的昆虫,不但棘胸蛙可长成肉食蛙,而且对于保护森林、发展林业也有很大的意义。当然,还有大量的调查研究工作要做。如果利用科学研究成果,采用科学方法养殖和管理,培育出更大的个体,产量不是将要成倍成倍地增长吗?假设是推广到适宜于养殖棘胸蛙的全部江南山区呢?产量不是将要成千成万倍地增长吗?

到那时,可以在紫云山、九花山风景游览区开设石鸡餐馆,让游客们享用科学和大自然的恩惠。这将是一个多么有广阔前途的事业呀!

和牛蜂作战

为了考察棘胸蛙,考察组返校的行期被推迟了。

他们初步考察的结果,又为王陵阳乐观而宏大的计划提供了更多的依据。这一天,他们向罗大爷讲的那条山谷溪流走去。那里原来石鸡很多,这两年却看不到石鸡了。他们想去看看生境是怎样遭到破坏的,以便为建立自然保护区和未来的养殖场提供另一方面的经验教训:

"李老师,你听——"

张雄的话音刚落,李立仁和黑河已停步倾听:

"喹啰啰——喹啰啰——喹啰啰——"

一只鸟儿愉快地鸣叫着,愈叫愈急,愈叫声音愈高。当音调升到顶点时,突然停止,结束了这次演唱。

"像是上次在门口没打到的鸟,叫什么头杜鹃的?"对鸟音有很强的辨别力的黑河说。

李立仁说:"估计是鹰头杜鹃的可能性大。张雄,你看到鸟没有?"

"没有。"

李立仁刚接过张雄递来的望远镜,那鸟儿又开始了另一场演奏。愉快、激昂的音调,从山腰上兀立的岩石上不断飞出,这次难得的偶然机会,使李立仁看清了它的真相:从望远镜中看去,羽毛是褐色的,喉下是白色的,还有黑色的横斑。

"从体形和羽色看,基本上可以肯定是鹰头杜鹃。"

张雄说得干脆:"采!"又补充说,"距离不算远,在有效射程内。要是再接近,别像上次又飞了。我们也隐蔽起来吧。"

他们趴到一丛小灌木的后面。李立仁想的比张雄说的还要周到一些:

"你看,它在岩石顶上,采中了就要滚到下面,要是落到这边,那倒好,就怕掉到那边。从岩石上看,那边可能是个陡坡,林子密。"

张雄觉得李老师说得有道理。过去他觉得去捡采到的鸟,那还不是三个手指捡螺蛳,简单又稳当。

这次野外工作实践中,他才知道捡鸟类标本,有时比采标本更难。那么一点大的小鸟,掉下来,在树丛草棵里就够找的。

你明明看它掉在这里,其实却在落下时飘到另一边了。要是只受了伤,它还要挣扎着跑呀,躲的。它藏起来后,你不抓住它,它怎么也不动。

为了捡个标本,往往要累得浑身大汗,眼都瞅痛了。所以,在采集鸟标本时,往往要考虑到如何捡标本才行。有时看实在无法捡到,就放弃。可是,有时是非采不可的标本,又怕失去机会,只得硬着头皮碰运气。目前的情况,他一时间没想出好办法。

黑河急了,说:"咱和张叔叔盯着它。不吹牛,你放枪俺也不眨眼,真的。"

李立仁被黑河天真的话提醒了:

"张雄用望远镜监视。黑河用眼睛监视。我也注意它的落点。这样保险系数要大些。你们看好不好?"

他们都同意这个主意。

李立仁装了两发四号霰弹:

"注意,第一枪击不中,我就趁它飞起时再开枪。你们一定要看清落点,记住落点的特征物体。"

谁都没怀疑过他是神枪手,他这样慎重,更增强了大家的责任感。

鸟儿又叫了:

"喀啰啰——喀啰啰——"

李立仁的枪刚响,他们就看到鸟的羽毛一炸,飞出了几片,鸟儿一下滚落到岩石那边去了,再也没飞起来。黑河爬起来就跑,张雄和李立仁都没动,只是把鸟儿落下的起始点的特征牢牢记下,并大致测量了一下他们埋伏地和那里的角度,然后才向山腰跑去。

黑河和两个叔叔趴在石头上往下面看:这下面,正像李立仁估计的,真的是个陡坡。坡下是密密的树林,小树挤得严严实实,连鸟儿的影子也看不到,岩石上只有几片散落的羽毛。

费了很大劲,三个人才下到坡底。各人按自己确定的方位找起来了。找来找去,连一滴血迹都没看到。

毕竟是李立仁经验丰富:

"你们看,那个树丫上挂的是不是?"

张雄和黑河顺着李立仁手指的方向看去,在靠近石坡的一棵笔直的枫橡树的树丫上,果然挂着一个灰黑色的东西。张雄用望远镜一看,正是那只被采到的鸟儿。可是,要走到树跟前,还得从挤得不透风的小树棵里钻过去。

黑河自告奋勇:

"俺去!俺能爬树!"

没等他们答应,黑河已钻进去了。李立仁不放心,也提着枪跟着钻过去。

黑河一看那鸟挂得并不牢,树又不粗,只是冒得高,心想:不用费那个劲往上爬了,提腿往树上咚咚地蹬了两脚,还不往下掉。

"俺叫你还不下来!"又是几脚。其实,蹬到第二下,鸟就飘落下来了,最后那一脚全是赌气。

这时,李立仁听到一种异常的嗡嗡声,正想说什么,黑河已稀里哗啦从树棵里钻过去捡标本了。

"黑河,快跑!蜂子!"

黑河听李立仁一叫,连忙抬头,可不是,一群黑红色的大牛蜂正嗡嗡地向他飞来,那阵式,像是大扫帚,拖着又长又大的尾巴。他上次听王陵阳叔叔说过,这种大牛蜂比蜇望春的黑马蜂毒得多!但他没有退缩,急忙捡起标本,才撒腿向远处跑去。

李立仁一看黑河不向他身边跑,反而向远处坡下跑,也赶快撵去。

黑河不是傻瓜。一起步原是要往李立仁那里跑的,一想到那会把蜂群引到李叔叔那里,就临时改变了方向。

张雄一听李立仁叫喊，也提着枪赶紧往这边跑。

"别管俺，你们快跑！"黑河一边像小鹿一样奔跑跳跃，一边喊着。

李立仁看蜂群黑压压一片，嗡嗡得像远处的飞机，感到问题严重，情况危险。他几次端起枪想射击，都因为蜂群飞得低，黑河又在下坡，很容易误伤了他，才没有做出决断。

时间不容他多想，蜂群的前锋离黑河不远了。李立仁抱着侥幸的心理，对飞得稍高的蜂群开了一枪。眼看掉下了一些蜂子。不知是因为这砰的响声，还是霰弹的火药硝烟，蜂群一阵骚动，散开了，有的转头往回飞。可蜂群的前锋却不理睬，仍然对黑河穷追不舍。

李立仁又开了一枪，蜂群更分散了。张雄见李立仁开枪有效，也小心地从斜刺里拦腰开了一枪。可是，还是有几只蜂子丝毫没有散开的意思。李立仁飞一般向黑河冲去，猛喊一声：

"黑河，卧倒！"

黑河像是个战士听到了命令，麻利地卧倒下去，还乖巧地用双手捂紧草帽，紧紧地把脖子和头护住，接着他觉得有个沉重的身子压到了他的身上。不一会，又连连听到两声枪响……随后是噼里啪啦扑打树叶的声音。压在身上的人站起来了。

小黑河刚想爬起来，就听到李立仁严厉的命令：

"别动！"黑河哪里肯听，他看到张雄正在用脱下的衣服扑打零散的牛蜂，李立仁正摘下草帽左右开弓，他也连忙折了一把树枝扑打起来。

李立仁见剩下的蜂子不多了，急忙说：

"快撤！黑河头里跑，听命令！"说着，他拾起了一个什么，装到袋子里。

黑河明白，李叔叔是怕回去报信的蜂子再带着蜂群追来。这种家伙报复心可大哩！只得在前头跑了起来。张雄和李立仁跟着且战且退……

第十五章　月下白貒

狠汉子

跑到安全地区,刚站定下来,李立仁急忙问黑河:

"挨蜇了没有?"

黑河伸胳膊撂腿地说:

"你和张叔叔不让它蜇俺嘛!"

黑河把捡到的鹰头杜鹃递到李立仁手里。

李立仁接过来,见鸟的羽毛湿漉漉地黏在一起,还散发着一股汗气。原来是黑河的小手一直紧紧地攥着它呢!

李立仁习惯地用手轻轻把鸟儿的羽毛抹顺,心头却像一阵疾风掠过林海,掀起波涛。他想——

当蜂群袭来时,黑河坚决地捡起了它;蜂群追逼时,他紧紧攥着它。

孩子,多可爱的孩子!你不是不知道被牛蜂蜇了有生命危险,可是你却不害怕,不退缩,还把蜂群从我们身边引走,时时记住了自己的任务。谁说在科学的道路上不能培养孩子的勇敢、献身精神?

这只鹰头杜鹃的标本,我一定要精心地制作。以后,我在课堂上讲到鹰头杜鹃,拿出标本示范时,我就要讲一讲这位紫云山上爱科学的小英雄!你们这一代是我们的希望啊……

黑河摩挲着李立仁的脖子说：

"李叔叔，蜇了你没有？"

李立仁从沉思中醒过来，看到黑河满脸天真的样儿，忙说：

"没有蜇着我。张雄，你呢？"

"没……没有！"

李立仁一颗悬着的心，放了下来。这才坐到黑河身边，歇歇气。

可是，当要继续前进时，张雄站不起来了。李立仁卷起他的裤脚，看到右腿膝关节外围，肿了一大块，中间有个血眼子。他不禁一惊，连忙找出药来让张雄吃下，就和黑河扶着他往家走。

他自己苍白的脸上，豆大的汗珠也正往下滚动。

虽说有了上次治疗望春被蜇的经验，又有罗大爷神效的草药，王陵阳稍稍宽了点心。可是，张雄和李立仁的伤势都很重。

张雄虽然只有一处伤，可正在膝关节上。他工作服的裤子昨晚洗了，穿的是条涤纶裤子，料子薄，蜇得狠一些。再加上他没经验，思想紧张，刚到家时便感呼吸困难。

李立仁的伤更重，一处在头上，脸肿了；一处在左手，整条胳膊又红又肿；一处在背上，因为穿了工作服，伤得不重。他和黑河把张雄扶到家，刚走到门口，就软绵绵地，瘫倒在地上，迷迷糊糊地不省事了。经过吃药敷药，一番抢救，总算都没有什么大问题了。现在，他们正迷迷糊糊地睡着。

不管大人怎么说，黑河和望春也不愿离开受伤的叔叔们的身边，他们要留下和爷爷、王叔叔一道守护。罗大爷和王陵阳非常惊奇，李立仁自己伤得这样重，还坚持把张雄送到了家！罗大爷颤抖着胡子，连连说：

"真是条狠汉子！九只牛蜂就能蜇死一头大牯牛！俺这紫云山，隔不了两年就有人被蜇，抢救不及时，就要丧命。"

王陵阳的眼光从李立仁捡回来的牛蜂标本上移开，默默地想着：如果李立仁不能坚持下来,躺倒在路上,张雄也不能走,这叫十来岁的小黑河怎么办? 李立仁的行动,完全是舍己为人! 可是这种事再不能发生了。李立仁说得对,这种牛蜂虽不像巴西杀人蜂群那样构成整个美洲的灾难,但对人畜都有威胁,特别是在即将建立的自然保护区里。这一定得请有关部门花费点精力研究研究。

罗大爷就着王陵阳给他照明,又检查了一次他们的伤情。听着李立仁粗重的呼吸,看着他红肿的脸,又想起了黑河讲的李叔叔救护他的情景,老眼不觉又湿润了,满是青筋凸起的手也抖抖索索:"真是条狠汉子啊!"

罗大爷一口接一口地吸着烟锅儿,若有所思地说:

"王老师,俺估摸透了:做科学,研磨学问的,大多都是狠人。干这样百折不回的事儿,没有个狠劲不行! 就像是爬山,你没有狠劲,看着那笔陡的峭壁,哪敢往上爬哩。就是爬上去了,有时还会滑跌下来。有时两脚悬着,只靠两只手死命地抓着石头,一点点儿往上挪。只有铁了心,最终才能登上山顶。不过,再险再高的山都怕狠汉子;再苦再难的事,都怕狠汉子哩!"

王陵阳浑身燥热,周身的血液都在急速地流动,他看着眼前亲爱的同志,似乎听到老人的心和自己的心在合着一个节拍跳动。

彩霞映照

王陵阳和罗大爷细细谈着,几乎把自己知道的关于李立仁的情况,全谈过了。罗大爷一边听一边发出赞叹。表面上看来十分平凡的李立仁,确确实实,是一个不平凡的人啊!

那是王陵阳带领李立仁那届学生野外实习的夏天。

实习的主要内容是调查大别山南坡的动物。天未透亮他们就出发上山,中午只能吃点干粮,晚上不到八九点钟回不来。因为动物,特别是鸟类,在早晨、傍晚都有一次活动高潮,正是工作紧张的时候。有时,为了观察夜行动物,还得整夜守在山上。

王陵阳开始教他们的头一学期,对这个学习成绩虽然优秀但不拔尖、生活朴素、言语不多的学生并没有特别注意。做实习准备时,才从同学们那里知道他生长在江南水乡,少年时代常随猎人出湖打野鸭、上山狩猎,枪法好。这次采标本的任务主要落在他身上,他比一般同学就格外累一些。

艰苦的生活,难免要引来有些同学的情绪波动,甚至发牢骚,说怪话。可是,李立仁还是那样少言寡语地做着一件件同学们丢下的工作。

一个闷热的晚上,回到宿营地吃饭时,王陵阳发现李立仁的衣服扯了个大口子。他便从自己背包里拿出件衣服。

"李立仁,换件褂子!"

"我有哩,马上就去换。"

"换这件,那件留着回来洗澡以后换!"

王陵阳是以严厉出名的,他关心别人时也不会使语言柔和一些;但他讲课讲得好,吃苦受累的事总是走在前面,对同学也体贴。一般说来,同学们都敬畏他。

李立仁低头站在那里,既不接衣服,又不吭一声。

王陵阳急了:"换上!"

李立仁只得接过衣服,提脚就走。"就在这里换!真磨蹭!"

王陵阳见李立仁勉强地站在那里,根本没有换衣服的意思,两步跨到他跟前,帮他解开扣子就脱。李立仁很不情愿地扭着身子。

衣服倒是扯开了,王陵阳却突然停住了手,木然地站在那里,瞪着惊奇、惶恐的眼睛看着李立仁的胸膛——那宽阔的胸膛上全是大大小小的伤口呀!有的结了疤,有的还红肿……

"怎么搞的?"

"没什么。"

"在哪里跌的?"

"树枝挂的。"

"为什么不说?不找校医?"

"不要紧。"

李立仁被王陵阳拉走了,他感到老师的手微微有些颤抖。找到随实习队来的校医,王陵阳看着校医给他检查、敷药。原来,李立仁的脊梁两旁、胳膊上全是旧痕新伤。

王陵阳和校医百般地盘问受伤经过,得到的回答只有一句:

"不小心,被树枝挂扯的。"

从伤痕看,被树枝挂扯是真话;可是,使王陵阳百思不解的,是在什么情况下才会发生这种伤情,而且是不断地出现呢?

第二天,在实习课前,王陵阳就李立仁的事,作了简短但却是充满内疚的检讨。一句话:自己不关心同学。希望大家在野外工作中要特别注意安全。

有一天傍晚,王陵阳已回到营地,但不放心安放在竹林里捕捉竹鼠的夹子,又跑去检查。当他抄林间小路往回走时,发现路旁树棵里有件衣服放在一双鞋子上。他看了看,认出是李立仁的。他便坐到树棵下面,静静地等着衣服的主人。

俗话说:七月看巧云。这话不假,你看:

晚霞在西天映照,高天的气流把五彩缤纷、光怪陆离的云霓随意塑成万千的形象——有巍峨的丛山、如练的江河、抖鬃的骏马、飘逸的神女、长啸的猛虎、无边的林海、如云的战车、执戈持盾的勇士……

他正在观赏这变幻无穷的云霞,一声"王老师",把他惊醒。他看见李立仁已站在身边,低着头,带着惶惑的表情。他那赤裸的胸膛上,有两三处流血的伤口。满脸的汗水不断地往下掉。那一只熟悉的双筒猎枪紧握在他手里,沉重的爬山包也狠劲地勒在双肩……

王陵阳半天才挤出了一句话:"这是干什么?"

李立仁猛地抬起了头,张开了扁扁的嘴巴,说:

"王老师,你不是说过,我国的动物科学落后,还有很多空白,不得不用外国学者几十年前的材料,就连明明是我国特产的动物,也得引用外国学者几十年前的材料,生物学的新高峰要攀登,动物学的这么多空白也要补上!"

"唔,这是现实。"

"我想要像你一样,做基础工作,去填补空白,建设我国的动物学基础。我也想做人梯的一级,好让后来的同志踏着我们的肩膀,摘取丰实的硕果。"

"应该有这样的雄心壮志,可是……"

"动物学基础离不开采集标本。搞我们这一专业的,既要有专业知识,又要有猎人的本领。现在目标已经确定了,就要做准备工作!"

"你……"

"我这是在做准备工作。"李立仁低声说。

王陵阳明白了。

"那也不需要……"

"王老师,我是一个铁匠的儿子,在风箱火炉边长大的。是党和人民把我送到了学校,我依靠人民给我的助学金上完了中学、大学,是你和老师们把我领上攀登科学的崎岖的道路上。为了我热爱的事业,我什么都舍得!我们的脚下,就是曾经浸透红军战士鲜血的山冈。我要学习革命前辈的献身精神,从事艰苦的科学工作,要不,我能对得起祖国、对得起人民吗?"

王陵阳帮李立仁穿好衣服,紧紧地拉着他的手,缓缓地在山道上漫步。这两个都不善于表露感情的人,一步一步地走着,可两个人的心已经紧紧地靠在一起了。

王陵阳疼爱地抚摸着他身上的伤痕,问:

"是谁告诉你这种办法的?"

"是个老猎人。我小时候很崇拜他。他脚步能轻到十步外,我就听不到。这在落满枝叶、长满杂草和树棵的大山上是不容易做到的。他在密林里奔跑追击野兽,不光速度快,还能做到枝不摇,叶不响。他看到的野兽都跑不掉。

"我要他教我这套本事。他却说:'打猎,这是碗苦饭,吃不得。'今年春节,我特意去找他,说了我的想法,老人高兴了。

"他讲:要赤脚光膀子练。

"打赤脚在山上跑,草呀刺的、尖树茬、带棱子的石头,一踩上,人本能上怕疼,就有了躲闪劲。光膀子在树林子里跑,一遇到枝呀刺呀挂扯,也会这样。

"白天练,黑夜练,久而久之,落脚轻了,身子柔了;直练到脚板扎不上刺,尖石利刃戳不破,腿上的功夫才算有了。就是在树林里猛跑,身子也能灵巧得像猴子。

"天长日久,功夫就练出来了。我才只在白天练,还差得远哩!"

王陵阳很惊奇,李立仁所经历的一切,和自己有很多相似之处。他不是也曾经为了所从事的事业练过功夫吗?只不过他是用绑沙袋跑步和做体操等方法,来培养野外工作的能力和意志。所以他听着李立仁的话,竟觉得像是他讲出了自己的心里话。他不禁紧紧握着李立仁的手说:

"李立仁同学,以后,我们就在科学的道路上共同前进吧!"

就是这样一个对人民的事业忠心耿耿、吃苦耐劳的人,却被那个"最最革命"革到了头上。1968 年,他被当作"资本主义复辟的基础",驱逐出学校,送到酱油厂接受"再教育"去了!

罗大爷听到这里,不觉对桌子猛击一拳,奋然而起。

不知什么时候就偎在李立仁床边的望春和黑河,也刷的一下站了起来。原来他俩也一直在静静地听着哩。

古怪的大肚子

李立仁说,那天蜂群是从黑河蹬动的那棵树上起飞的。枫橡树顶挂了个大蜂窝。望春和黑河为了对牛蜂进行一些了解,更重要的是为了除害复仇,他们决定对牛蜂窝采取行动。昨天,兄弟俩去侦察过一次。

他们站在岩石上,观察了一会儿,看到大牛蜂从那棵枫橡树上一个淡淡的土黄色的大球里进进出出。光溜溜的大球吊在树上,像个挺大挺大的大灯笼。大灯笼上有个口子,蜂子就从那里进去。他们调换了一个方向,望春发现还有另外一个口子。蜂子正从那里紧张而繁忙地,但又有条不紊地飞出。

弟兄俩想了一路,也没想出对付它的好办法。用霰弹打吗?先用四号子弹打烂它,再用十二号子弹杀伤蜂群?不行,全歼不了,反而要挨它蜇。就算防护得很好,不能把它一锅端,还是不解恨。

回到家里,他们和爷爷说了。爷爷早就见过这种蜂窝,大的有箩筐大,它确实有两个口子,一进一出,进出口的形状不一样。蜂子的规矩很严,从来不乱套。它白天活动,天黑,就全躲在窝里,休息了。

爷爷说,这是一网打尽的好时候。可以用一个大口袋把它套进去,扎牢口,从树上割下来。放锅里一蒸,就全完蛋啦;卖给中药房,还是一味难得的药呢。

王陵阳他们一讨论,觉得这办法好,对研究更有利。黑河和望春都说那树枝经得住人,能爬上去。于是,又研究了应当采取的防护措施,计划就定下了。

晚上,又圆又大的月亮已升到中天。夜深了,除了罗奶奶和她要照顾的两个躺着的伤号,全出发了。

明亮的月光,把山间小路照得清清楚楚,队伍行进得很快,不一会就到了目的地。黑河径直往枫橡树那边走去,罗大爷一把拉住了他:

"再到你们说的地方去看看,小心无大错。"

"俺们都看得清清楚楚,甭看了。"

王陵阳也说:

"不。还得再观察一下,看看是不是有更好的办法。"他和罗大爷都还未实地看过,当然要细心一些。

依着黑河,巴不得马上背起三条大茶袋套在一起的口袋,包扎好头、颈子,带上防护镜、手套,三下两把爬到树上。可是,爷爷、王叔叔都说要再去看看,哥哥又不帮他说话,还在前面带路,只得耐着性子跟着走。

月光照耀着他们在山岩上攀登。他们终于走到了最接近蜂窝的地方了。这里和蜂窝似乎在一个水平线上。

不错,那个长圆形的球还挂在树枝上,像是个大椰子,圆球上光溜溜、静悄悄的,什么也没有,也听不到蜂子的嗡嗡声。阵阵清风把蜂窝吹得悠悠晃动。

等了一会,还是没听到任何响动。看样子,牛蜂们都睡觉了。

王陵阳和罗大爷都有一副灵敏的耳朵。罗大爷做了个手势,大家便准备去活捉蜂群。

没走两步,王陵阳又连忙做个手势,要大家停下来。

树枝响动了一下。不一会,枫橡树那边又传来了几下响声。王陵阳退回到原处,要大家都伏下身子。

好长时间,又什么响声都没有。

黑河不耐烦地挪动着身子,王陵阳把他按了按。

王陵阳听到一种难以捕捉的微小声响,这响声还在移动哩。他锐利的眼睛搜索了一会儿,很快,视线里就隐约出现了一个拖着长尾巴的小动物,像是松鼠,可是比松鼠大,尾巴虽长,却不蓬松,倒像是个很大的黄鼠狼。

王陵阳要罗大爷他们看看,大家都点了点头,表示看到了。

黑河碰碰王陵阳，做了个射击的姿势。王陵阳只轻轻地说了一个字："看！"

　　那长身子的小动物敏捷地爬到吊着蜂窝的树枝上，稍停一下，又往前爬，直爬到蜂窝的吊脖上。

　　然后，它像是在打量、考虑什么，又爬到那个蜂窝球上。它先伸出嘴，迅速地紧紧亲吻着蜂球上的洞口，接着，伸出前脚在蜂球上摸索着。然后，又调整了一下身体。

　　等这一切都妥当了，它开始用一只前腿拍打着大球，长长的尾巴也甩在大球上，发出咚咚的声响，像是两个鼓槌在敲打一面大鼓。两只后腿，紧紧地抱着大球。

　　黑河心里好笑：这家伙还挺调皮，挺会耍的哩！

　　王陵阳虽不想笑，倒是越看越有兴趣。没一会，他就看出其中的奥妙了：大球里的蜂群骚动起来了，发出了沉闷的轰轰声。可是，就是不见蜂子飞出来。

　　那小动物啥也不管，一个劲地敲拍甩打蜂球，越打越来劲。

　　王陵阳想：它一定是用嘴或脚堵住了出口，可它这是干什么呢？仅仅是为了捉弄蜂群，还是为了摄取食物？

　　从动物生存竞争的特性看来，后者的可能性大。

　　罗大爷对着王陵阳的耳朵，小声说："白面。"

　　王陵阳不明白这话是什么意思，正在观察，也不想多问。

　　黑河只觉得好玩，看到王陵阳那样全神贯注，就想：这一定是重要的事，也集中精力看起来了。

　　王陵阳看那个动物的肚子渐渐大起来了，大得很古怪。由此，基本上可以肯定：它是先用张开的嘴堵住了出口，像是把个皮口袋套在上面，受惊后飞出的蜂子，就进了它嘴里，全部自投罗网了。真是插翅难飞，一个不漏。他想,一定要设法看清它是什么动物。

他把枪机的保险打开,五节电的电筒紧靠在枪筒上,准备在那小东西离开大球时,突然用灯光照住他,然后开枪。就跟用探照灯协助高射炮打飞机一样。

小动物终于离开了大球,像是吃完了一餐美味,用舌头舔了舔嘴,爬到树干上。那凸起的大肚子,使它的行动迟缓。大球里也不见有蜂子飞出来了。

王陵阳瞅准它暴露得最充分时,突然打开了电筒。罗大爷也打开了电筒,强烈的光柱照在那小动物身上,它像发呆似的停在那里,动也不动。

黑河轻声催着:"快打,快打!"

王陵阳没有开枪,他看清了,也认准了,是一只属于獴科的食蟹獴。从头到肩清清楚楚有两条白纵线。

他知道獴善于捕捉毒蛇,但没听说过食蟹獴还吃毒蜂!这算是新发现。獴是受保护的动物,打不打呢?

正当他犹豫时,食蟹獴却像突然明白了危险,呼啦一声逃走了。

黑河把大蜂窝球背到家,高兴极了。一会拎着给李立仁看,一会又提给张雄瞧。嘴里咋呼着:

"报仇啰!报仇啰!"

可是不论小黑河怎么晃动拍打,也听不到里面有响动了。罗大爷还是不让解开口袋。直到在锅里蒸了一顿饭时间,才取了出来。

罗大爷说:

"俺听老一辈人说过,有种叫白面的小动物,它喜欢吃牛蜂。晚上爬到蜂窝上,用嘴堵着出口,用一个前脚堵住进口,就像咱们刚刚看到的一样。

"蜂子惊动了,赶快往外飞,嗨!没飞到外面,倒是飞进了白面的嘴里。一晚上,就能把整群蜂子吃掉。这小东西,厉害哩。真是强中还有强中手。

俺还以为今晚看到的就是白面。听你们一讲,才晓得叫獴哩!"

张雄很有兴趣地问:

"王老师,罗大爷说的白面,像什么样?"

王陵阳已明白了罗大爷在山上说的"白面",原来是这么回事,便说道:

"没有白面这种名称的动物,可能是当地的土名。"

罗大爷也和上次说飞马时一样,很认真:

"是,是白面。俺只知道它的小名,大名说不清。"

王陵阳问李立仁:"你在家乡听说过叫这种名字的动物吗?"

"没有。"

停了一会,王陵阳问:

"罗大爷,当地话,白面是怎样讲的?"

罗大爷用当地方言说了两遍。

王陵阳也学着说了几遍,突然,他笑起来了:

"罗大爷,这个谜,我解开了。你讲的白面,就是獴。这里方言的'面'和'貊'的音基本上一样。实际是叫白貊。这个'貊'字冷僻一些。一般人不常用,也不一定认识,就读成了'白面'了。食蟹獴,又叫石獾,又叫白貊。"

"有道理,有道理。"罗大爷高兴地接受了这种解释。

蜂窝真不小,最粗的地方,直径有三十厘米,长有五十多厘米。打开一看,果然,一个成年牛蜂都没有了,尽是一些幼蜂。蜂窝的结构十分灵巧、复杂。

王陵阳他们,通过考察对牛蜂有所了解,特别是因为对獴吃牛蜂的发现,还没见诸文献,因而很高兴。王陵阳说:

"塞翁失马,焉知非福。要不是你们给蜂子蜇了,我们还得不到这样的新材料哩。这新的发现要提供给有关同志,从白貊的身上,也许能找到好办法治疗蜂蜇伤哩!"

庄严的仪式

消灭了牛蜂，报了仇。心情舒畅的小兄弟俩，又领着王陵阳去完成被打断的考察工作。

王陵阳观察了地质情况，发现这条小溪的河床很不错，过去的流量一定不太小。可是，现在只有一股若断若续的水，又沉积了很多淤泥，水流有些浑。据说，两岸的山坡上原来全是茂密的森林。那时，这条沟里的石鸡很多，不到一顿饭时间，就能捉半篓子。

现在，经过风吹雨打，已使光秃秃的山石裸露出来。看样子，水土流失严重。水流小，又发浑，棘胸蛙当然不愿在此安家。更重要的，是失去森林后，也就失去了它们摄食昆虫的基地。这是问题的简单解释。当然，生物种群之间的关系并不这样简单。

王陵阳想起一个林业工作者曾对他说过：由于森林的破坏，不仅水土流失，动物绝迹，同时影响了大气降水，改变气候。

譬如以前到巴西去的移民，把靠近大西洋的热带森林全砍光了，卖木材、种咖啡，以致使二百多种动物、四百多种植物灭绝，仅仅四十年，就使这些富饶的地方变成了不毛之地，连人类都无法居住。

现代科学的发展，已使人类的有识之士认识到森林对保护自然的重要，很多科学技术比较发达的国家，已用森林的覆盖面积来衡量自然保护工作的进展。

我国的森林资源本来就不大丰富。在"四人帮"为非作歹的十来年，整个生产水平落后，唯有森林砍伐的速度加快了。这种"高速度"实在令人痛心，再不采取有力措施，将要酿成更大灾难。

当晚，王陵阳就以紫云山活生生的事实，写了一份关于保护森林的建议。准备回去后，立即交给林业部门。

清早,王陵阳和背着书包的望春小兄弟俩,踏上了去他们学校的山路。他们一路走着、笑着,全都喜气洋洋。

前两天,清溪学校的周校长来了。他为了小兄弟俩参加考察活动和学习上的一些事,曾和考察组联系过几次。这次周校长带来了好消息:少先队和共青团已分别讨论过黑河和望春的申请,鉴于他俩在向科学进军中的突出表现,批准了他们加入少先队和共青团。并准备把这次入队、入团的宣誓大会,开成号召全体师生努力学习科学文化的大会。他是来邀请考察组参加大会,并做科学报告的。王陵阳高兴地接受了邀请。

王陵阳跟着小兄弟俩翻山越岭,过水跨桥。这段路还真不好走。王陵阳想:小兄弟俩为了学习科学文化,每天跑来跑去,不管起风下雨、烈日严寒,这要有多顽强的毅力! 这是一条锻炼人的路,是条培养人才的路。这和他们在科学文化大道上走的路多么相似!

宣誓仪式刚结束,在一片热烈的掌声中,王陵阳向老师、同学们介绍了黑河、望春对考察组的帮助,表扬了他们在学习和工作中的优秀品质。祝贺他们加入了光荣的少先队、共青团组织。

接着,他概括地介绍了动物学研究的对象、发展概况;重点讲了建立自然保护区、保护珍贵动物的意义。他的内容丰富而生动的报告,在师生们中间产生了强烈的反响。会后,好多孩子还围着他提问题。

校长是个懂得教育学、性格爽快的人,当即找了几个教师,和王陵阳商谈了在学生中成立课外动物学爱好者小组的事。王陵阳说回去后就给他们搜罗一些书籍、图片寄来,还答应冬季来时,再来给同学们讲几次。

这天,王陵阳又详细询问了黑河关于猴群鸣叫的声音,同时,要大家回忆几次猴群惊慌逃窜时的叫声。李立仁知道,他是在研究短尾猴的"语言"和"信号系统",当然,也在研究另外一种信号。

他们曾经讨论过那两次短尾猴炸群前,都出现过难以分辨的神秘信号。

李立仁和张雄的伤势明显好转了。李立仁几乎没停止过下地活动,只是张雄的腿走起路来还不方便。学校的回电已经来了,对考察组的新发现给予了肯定评价,完全同意他们下一步的工作计划。学校领导还说,这次考察的初步成果对农林部门的震动很大,有些问题亟待会商。这样,他们就决定后天返校。

　　晚上,罗大爷端着个小篾箩,摘了满满一箩枇杷放到庭院的石桌上。这儿山头高,枇杷熟得晚。罗奶奶又用白瓷茶盘装了一盘樱桃,放在枇杷旁边,红黄相映,黄的包着一层淡淡的绒毛,红的晶莹透亮,越看越惹人喜爱。

　　"这是吃的,又不是看的。你们今天咋像新来刚到的?"

　　老夫妇俩催着客人们尝尝鲜。

　　李立仁笑着说:"老人家把它们摆得这样惹人爱,成心叫人只愿看,舍不得吃嘛!"

　　说得大家都甜甜地笑了。罗奶奶说:

　　"明儿,俺见样摘一箩子,让你带回去看。"

　　李立仁忙说:"要得,要得。"

　　"大爷和大娘可不能偏心啊!"王陵阳捻着手里樱桃把子凑趣说。

　　罗奶奶一拍巴掌笑道:"看你,胡子拉碴的,还馋嘴哩!"

　　王陵阳笑着说:"只放着看,不吃,可以吧?"

　　李立仁想起了:王陵阳家桌子上从没摆过花草,却总是不断摆着新鲜的瓜果,飘着一股清香。而且,那都是一些专门挑出的无疤无节、色泽鲜艳、外形美观的果品。他从来不从这些盘里拿瓜果请客人,而是从筐里拿。王老师就是这样一个外表严厉,对于科学事业却抱有细腻情感的人哩!

　　黑河和望春硬是把枇杷、樱桃塞到叔叔们的手里。枇杷个大,肉厚,汁多,很可口。樱桃甜,核小,余味悠香。罗奶奶看他们吃着果子,很有感情地说:

"你们来了这么多日子,还没安生地歇过一天。想多留你们住两天,又怕耽误了你们的工作,真叫人为难。"

李立仁说:"大娘,我们还要来的。"

"你们是大忙人,说不定还有别的事拖住腿哩!"

王陵阳爱这里,也爱上了这个家庭:

"来,一定来!咱们这次考察只完成了计划中的一小部分。等到冬天还要来逮猴子,整群整群地逮呢!"

"俺要参加,一定要带俺参加!"黑河咋呼着。

"当然,你们都是我们考察组的顾问嘛!"

望春对冬季捕猴的事想得很多。有件事,头都想疼了,还是没想出个好法子来:

"用什么法子逮猴呢?而且,不但要活的,还要整群整群的。"

猿形猴影

望春这句话,正说到了王陵阳和李立仁的心上,他们脸上的表情立刻变得严肃了。捕猴的方法很多,有网捕、陷阱、闸笼、吊弓……可是,能捕到整群猴子的经验还没听到。

从初步考察的情况看来,紫云山短尾猴的数量不多,要找到猴群都困难。当然,随着对短尾猴生态特点的深入了解,办法总是能找到的。但目前,他们还只能像古人航海那样,由于没有精密的仪器,只得抓个大致的方向。至于具体方法,还要在实践中摸索。

"罗大爷,你在紫云山几十年了。没听说有人逮到过成群的猴子?"

王陵阳没回答望春的话,自己也提出了同样的问题。

"没听说过。俺过去是靠做石匠、抬轿子糊嘴的。不过,俺想起过去听人说过的一件事。这事你们听了别笑话。"

他又闷头抽起烟来。

黑河急了:"爷爷快说嘛!"

罗大爷笑了:

"这就说。那年在轿行里,听一个人说,有个山东老头领人挑了四五担猴子,歇在一个大庙里。晚上,老头他们断了炊,抬轿的人煮了锅饭请他们吃了。老头感到过意不去,对主人说:'实在没东西感谢你,咱献个丑,打路拳给你看吧。'

"说着,脱了外衫,紧了紧腰带,伸拳踢腿像阵风似的耍开了。主人不懂拳,可一看老头举手投足,勾腰屈腿的姿态,像是猿形猴影在闪动。突然,老头往下一蹲,双手在膝上一拍,脚不响,地不动,呼的一声,蹿起老高,两手正好抓在大庙的横梁上。

"主人伸出的舌头还未缩回去,老头摆起双腿,松开手,平着身子朝下跌来了。主人吓得眼都闭起了。等睁开眼,怪啦!老头正抱拳向他拱手:'老了,献丑了。'

"看他,脸不红气不喘。主人惊得舌头掉不转,半天才挤出一句话:'这是猴拳?'

"老人笑着说:'夸奖了。'

"正说话间,有个小伙子急忙来找老头,说是猴子不老实,哇哇叫,撕咬笼子。主人随老头走到后院,只见老头撮起嘴唇一声尖叫,嘈杂的猴子立即静了下来,乖乖地蹲在那里不动。有的猴子还吓得双爪蒙住了眼睛。"

黑河问:"后来呢?"

"后来?天不亮,老头领人挑着猴子走了。"

黑河也听得傻眼了。

王陵阳和李立仁却交换了个会心的眼色。

张雄问:"老头是怎样叫的?"

罗大爷说:"俺一开头就说玄乎嘛,谁知道咋叫的,这是飞经。"

王陵阳却问起黑河来了:"黑河,你再想想,在低岭脚追猴子时,老猴回头吓唬你,是怎么叫的?"

"俺当时吓坏了,哪记得?反正叫得怪怕人的。"

王陵阳又转向望春:"你也回忆一下,那天在猴子望海的南边,你和侯队长发现猴群时,猴子是怎么跑掉的?"

"起先是侯队长看到的,俺没见到。俺招呼了李叔叔,侯队长就要俺等李叔叔,他到前面去卡猴路了。李叔叔还未到,就听哇哇,两声叫,猴子全跑掉了。"

王陵阳又问:"你看到猴子跑时,猴子叫没叫?"

望春想了想,摇摇头:"没听到。"

"我赶到后,也没听到。"李立仁说。

王陵阳又问张雄:"你在动物园,注意过猴子的鸣叫没有?"

"没有。我过去根本就不多想养猴子、喂熊的事情。"

"回去以后,要注意。虽然是猕猴,对我们研究短尾猴也可能有些启发。"王陵阳理着思路,"我们采到'紫云一号'标本那天,也是先听到猴叫,猴群才惊散。山鹰发现猴群,山鹰叫,猴子也叫,边走边叫。猴子吓唬人时,也叫。这是什么原因?有没有规律性的东西可以找到?"

大家都在思考王陵阳的问题。

接着,王陵阳对黑河、望春他们讲了生物学上的一些趣事:

猎人是利用媒鸭引诱野鸭,将野鸭捕到手的。

渔民们对大量吞食鲑鱼、食量极大的白鲸,恨之入骨;可是,碰到它时,又束手无策。后来科学家发现白鲸极端害怕虎鲸。虎鲸在海洋里遇到白鲸,很快就将它扑杀并吞食掉。于是,渔民想法模仿虎鲸猎食时的嘶叫声,白鲸一听到,立即慌忙逃走。

一些鸟类受惊时也是先发出惊叫声,使同类纷纷飞逃。比如棕颈钩嘴鹛受到惊吓,会发出低哑的"吱吱"声;红嘴相思鸟的鸣叫本来非常婉转、嘹亮,可是一受惊吓,就"喳喳喳"地直叫,警告同伴。假设能研究出各种害鸟的惊叫声,然后制成录音磁带,驱散害鸟不就成了简单的事了吗?

后来,他发现别的科学家也在研究这一问题,而且做过成功的实验。对短尾猴,是否也能进行这方面的研究?

说完了,王陵阳又对黑河兄弟说:

"交给你们一个任务好不好?假设你们能碰到猴群,要注意它在什么情况下,发出什么叫声。特别是黑河,你学鸟叫灵得很,希望你也学猴叫,一定要学好,要学得跟真的一样!"

小黑河这才明白了上一次王叔叔要他学猴叫,是为了这个,就高高兴兴地答应了。

第二天黄昏,王陵阳陪李立仁沿着门前小溪散步,又议论起前两次发生的奇怪的猴叫响起后,猴群立即惊逃的情况。两个人越来越怀疑:

那两次猴叫,是偶然的,还是必然的?是自然的,还是人为的?

他们都很清楚:紫云山短尾猴在紫云山早已存在。在漫长的岁月中,当地居民能对它毫无了解?一般说来,猎人都是民间研究某些动物生态,并加以利用的专家和实践家。优秀的猎人,总是对他要猎取的动物的生态特点,有很深刻的认识的。但一般说来,他们对自己的经验是保守的。

当然,许大爷说的,有的猎人认为猴子有灵气,从不猎取,这只是一种情况,另外,不是也有来逮猕猴的吗?为什么只逮小猕猴,不逮这种大猴哩?是因为它的数量少,难以发现和捕捉吗?

在'紫云一号'标本采集地发现的地坑,显然是捕捉动物用的。

关捕什么动物?连侯队长也认不出来。

细心的李立仁从地坑边的树桩上,发现挂扯下的一些野兽毛,带回来后,他们初步认为像猴毛,但因为已经过不知多长时间的风吹雨打,要确定下来,只有等回去在实验室里鉴定了。

假设那地坑是捕猴的,这就说明有人在偷捕。

这个偷捕者肯定是个有经验、熟悉紫云山情况的猎人。可是,那么点大的坑,能捕几只呢?侯队长不是说要挖很大的陷阱吗?

是的,群众反映过,曾有人在风景区偷捕珍贵动物,他们是为了经济目的,还是另有其他目的?

他们又再次商量了交给望春兄弟的任务:在可能的情况下,继续了解短尾猴的分布;在冬季,一发现猴群,就要向他们报告;对石鸡还要再做些力所能及的调查。

天黑了,他们才回到石桌边……

第二天清晨,三个叔叔送黑河、望春去上学。他们目送着两个孩子一步步地向山上走着,虽然道路崎岖,险峻,他们还是一口气走到了山顶。两个孩子站在山顶,恋恋不舍地向叔叔们招手,大声地喊着:"叔叔们,再见啰!盼你们早点回来!"

"再见!我们一定还来!"

开满鲜花的山山岭岭,立即响起了亲热的回声:

一定还来……

第十六章　雪线下

盼　望

考察组一回到学校，谁都没能好好地休息两天。揭批"四人帮"的运动正在轰轰烈烈地开展，"四人帮"的帮派体系已经土崩瓦解。春风，吹化了残存在人们心头的冰雪。

考察组的调查报告和汇报会，引起了学校、农林部门以及有关单位的极大重视。他们提出的很多科研项目急待进行。就拿建立自然保护区、野生动物资源的保护和利用、野生珍贵动物的调查和保护来说，就需要省委下决心，定措施以及制定必要的法规。

王陵阳以紫云山短尾猴的初步考察说明：再不采取紧急措施，野生动物的资源将继续遭受极大的损失。有些珍贵动物正濒临灭种的危险。

他根据散布在各地的学生的来信以及到有关部门的调查，列举了诸如省内的华南梅花鹿、大鲵、白鳍豚、麝、云豹、华南虎、鬣羚、青羊、扬子鳄、长尾雉等，在这十几年中所遭受的极为严重的破坏情况。特别是我国特有的，对科研、教学有极大价值的扬子鳄、白鳍豚已多年不见了。

王陵阳又描绘了利用野生动物资源的美好前景，那不仅是科学研究和文化交流的需要，还可为人类寻找新的食品开辟广阔前途。仅仅石鸡养殖一项，就可为人民提供大量富有营养的蛋白质。他一边宣传讲解，一边拿出标本给大家看。

省政府高度重视考察组的报告,做出了许多重要安排。省农林部门抽调了人员,负责协助考察组工作。很快省政府下达了重申不准捕杀属于国家规定保护的野生珍贵动物的通知,并对外地来收购野味的采购人员进行了教育和适当控制;规定不准在筹划中的自然保护区内伐木取材。

王陵阳以他特有的办事果断、雷厉风行的作风,迅速地处理了各项工作。但是,在科学事业遭受多年摧残以后,好多工作都碰到了困难,比如你要做化验、分析,特殊一点的试管都没有,几乎没有一台仪器是拿到手就能用的。

李立仁不声不响地顽强工作着,就像是把一堆乱麻理出了头绪,拧成了麻线,搓成了麻绳,终于解决了不少问题。

也多亏了张雄那两条长腿,东奔西走,和人家扯皮、吵架、威胁、哀求,才把需要的各样东西备齐。

这一切,使王陵阳深深地感到:真是百废待兴!

在这几个月中,他比较满意的是解决了猴群释放后的示踪问题。这是目前比较先进的方法,在有关单位的大力协助下,已实验成功。当然,实验结果还需要到大自然中去检验。党委书记老张又热心地督促学校,给考察组配备了目前所能拿出的一些设备。

可是这年冬天气候反常,直到农历腊月初六,才下了点零星小雨。初七下半夜,一阵噼里啪啦玻璃响,惊醒了王陵阳。他侧耳倾听——下冰豆子了。他听着冰豆子砸在窗玻璃上的清脆的声音,简直就像美妙的音乐。终于,朔风飞卷起漫天雪花,满山遍野换上了银装。

这时,紫云山的电报到了:已经发现猴群。

王陵阳读着那简短的电文,似乎看到了黑河、望春正在雪山银岭登峰越沟,罗大爷、罗奶奶正在满脸堆笑倚门盼着他们哩。

王陵阳他们简直是以马不停蹄的速度,回到紫云山来了。

来到罗大爷家,他们就像回到了故乡,在一阵亲切的问候谈笑之后,紧张的工作马上开始了。

考察组向猴群栖息地行进。

阳光灿烂,白皑皑的群山闪耀着夺目的银光。只有低山的白雪还星星点点地滞留在翠竹绿叶上。落叶乔木在寒风中抖索着,吱吱作响。山腰下冰雪已渐渐消融,绿树、石壁和未化的白雪交错相映,而山峰上则仍然戴着银盔。

这不同的景象,清清楚楚地给大山画了一条明显的线条。这线上的积雪要到早春才能慢慢消失。考察组已经测量过,雪线在海拔一千米左右。

小兄弟俩在前面迈着轻快的步伐。王陵阳看着他们在雪野中的背影,觉得几个月没见,兄弟俩个头都长高多了。

到达紫云山的当天晚上,考察组的三个叔叔检查了兄弟俩的学习情况,结果真叫人高兴。特别是小黑河,不仅期终考试算术满分,语文九十五分,而且所有的作业本中的字写得端正、干净。他的进步是扎扎实实的。

小兄弟俩真是出色地完成了任务。他们按照李立仁画的表格,填写了有关石鸡的各种资料。当考察组仔细阅读了这一沓观察资料之后,个个称赞,都说要给一百分。实际上应该给一百二十分,因为几乎每页上都有清晰的童体小字所加的详细说明。

他们发现猴群的经过,更是使三个叔叔满心喜悦。智慧的成长,比个头的冒高更重要呀。

金色的课堂

原来,考察组走了后,小兄弟俩就觉得自己肩上挑了担子。也为怎样才能发现猴群,伤过脑筋,睡不着觉。到了冬季,叔叔们将等待他们的报告,怎么办?他们便想尽一切办法去找猴群。

黑河说:"俺哥,老办法,俺俩也划几大区,分开跑,跑断腿也得把猴群找到。"

望春说："你记得吗？暑假里,俺们按叔叔们讲的,猴群可能迁向高山,就到高山去找过猴群,可总是找不到,还是爷爷想了个办法——"

"敲山震虎！"黑河也为爷爷的好办法得意。

"对了,爷爷把火枪的铅条倒出来,又加了火药。端起枪,对着空谷,轰地放了一枪。比打炮都响,震得整个山都嗡嗡叫。嗨,猴也吓得哇哇叫。俺们看不到它们躲的地方,总可以听出在哪里叫。这个办法就好嘛！"

"到那时,俺们也放枪好了。"

"不行,俺们找到了猴群,就要报告。一枪吓跑了,叫叔叔们逮什么？"

黑河不吭声了。过了一会,望春的眼睛亮起来了：

"俺弟,叔叔们采到了标本,不是总要做食性分析吗？"

"是呀！"

"做食性分析干什么？"

"对了……有办法了,到了冬天,它没得吃。山上又有大雪,总要往低山找吃的,俺们就在这上面打主意。"

黑河的眉眼舒开了。

他俩先去找地方,按上次叔叔分析的——猴群栖息地的几个特征找地方。找一处地方,哥哥满意,弟弟反对；又找一处,弟弟说好,哥哥说有缺点。四条小腿不停地跑着,两张小嘴不断地辩着,最后,找到了两个好地方。兄弟俩请来了爷爷,老护林员观察了半天,说：

"不准烧山。"就算批准了。

两把柴刀挥舞起来,荆条歪倒一旁,小树棵倒下去,山茅躺在地下,山芒只摇了一下白穗头,也断了。汗水腌得眼疼,望春顾不得擦一下；黑河的手上被山茅叶拉了几个口子,顾不得包扎一下。他们砍呀,砍呀,狠狠地砍,快快地砍！

一块长长的土地开垦出来了,刨了树兜,再挖石头,然后就是播种了。金色的希望随着一颗颗金色的种子,落到了新开的土地上,汗水浇灌着金色的丰收。

夏去秋来,两块地的包芦长得真好。有一天,他们还没走到地里,就傻眼了:包芦秸子东倒西歪,地上全是野猪践踏过的蹄印。兄弟俩难受得好几天吃饭都不香,又辛辛苦苦地拾掇了多半天。

终于到了收获季节。一个个包芦棒子又大又粗,看了真叫人欢喜。他们把收下的包芦藏在近处的山洞里,洞口堵得严严实实。若是细心人一看,就会发现两个孩子太粗心了,还有好多棵包芦秸子,上面剩下一两个包芦棒子。

这玩的是啥把戏?

兄弟俩每天都要去地里看一次,就像是老师布置的寒假作业要天天做似的。来来去去的路程不比到学校短,而且也像每天去上学一样,风雨无阻。

有一天,他们发现野猪来光顾玉米地了。一检查,损失不大,大约是野猪对枯黄的包芦秸兴趣不大。这次可不能再客气了,兄弟俩和爷爷在寒风中守了两夜,终于打了一口大肥猪抬回家来。

好不容易盼来了雪花飞舞,满山银色。孩子们跑得更勤了。飞雪湿了他们的衣衫,凛冽的西北风像刀子一样割人。两个探索知识宝库的孩子,心头却感到热乎乎的。

他们盼呀盼呀,眼睛都望疼了,结果还是什么也没发现。这天,正当他们失望地转身往回走时,一阵嘈杂的啼鸣声使他们停下了脚步。

他们转身一看,一群猴子正在包芦地里疯狂地抢掠。它们四肢落地,跑着,跳着,折秸子,掰包芦,完全是一副流浪汉的穷相。

望春和黑河一眼就认出,这正是他们要找的大猴。

他们怕惊动猴群,就躲在远处看。立在寒风中的包芦秸子,虽然给他们的观察增加了困难,白雪却把这些披着褐色毛衣的猴子,映衬得清清楚楚。

"俺哥,是叔叔们要找的大猴哩!"

"可不正是短尾猴吗!"

他们为了看得更清楚点,又在雪地上向前爬了一段路。

猴子掰下包芦,很熟练地撕开了包芦皮,大口大口地啃着;刚啃几口就扔掉,又掰新的;新的没啃两口,又扔掉;再掰一个……

黑河看它们那副馋相,真想笑。忽听树林里叫了一声,他们这才看到林子里的树上还有一群哩。它们正眼巴巴地望着地里的猴子。

树林里又叫了一声,地里的猴子才不情愿地走了。

有只小猴真是个贪鬼,胳肢窝里夹了一个包芦,还去掰,掰下的又往胳肢窝里夹,结果夹一个丢一个,还落在猴群后面了。这时,山上有一群猴冲了下来,一个大猴劈头打了它两下,打得小猴吱吱叫着跑了。

"嗨,它们还换班哩!"望春发现了问题。

黑河急了:"不好,它们要把这块地糟蹋完了。"

"俺们开地为啥?不就盼望着它们来糟蹋?"

黑河笑了:"谁说不是哩!"

这群新来的猴子又在包芦地里闹腾开了。一个猴子正在掰包芦,又一个比它大的猴子抢过去了。两个猴子厮打起来,互相凶狠地咬着、哇哇地叫着。眼看,那个小点的猴子脸上淌血了,只得凄惨地叫了一声跑开,那个胜利者便大模大样地啃起了包芦。

黑河想看得更清楚一点,没和哥哥商量,又向前爬去,没想到,一下栽到雪坑里。他赶紧爬上来,满头、满脖子都是雪。冰雪一激,黑河感到鼻子奇痒,"阿嚏"一声,这一下可惹出了乱子。

望春看到树林里大树上一个猴子"喔——喔——"叫了两声,地里的猴群立即奔出包芦地,飞快地向山上树林里跑去。顷刻间,就跑得无影无踪。猴子从地里跑的时候,只有碰到包芦秸子发出的窸窸响。在雪地上奔突时,却一点声息也没有。望春心想:难怪不容易找到它们哩。

黑河没等哥哥批评,忙说:"怨俺,是俺鼻子不争气,没忍住!"

望春有些生气:"谁叫你往前爬?"

"俺不是为了想看得清楚点?"黑河感到委屈。

"就忍那么一小会儿都不行?"

"你试试,能忍住?不吹牛!"

这反而把望春逗笑了。他想了想,问:"今儿猴叫,听清了?"

"打起来,哇哇叫;打败了吱吱叫;喊换班时哇哇叫;发现情况,通知偷包芦的跑走,喔喔叫……"

"得了,得了。打起来哇哇叫,喊换班也哇哇叫,发警报也哇哇叫,都是哇哇叫。"

"不是,俺听到的是这样,前面是哇哇叫,拉警报是喔喔叫。"

"俺听你学的都一个样。"

两个人争了好一会,也没争出个名堂。还是哥哥大了几岁,主动结束争论,招呼弟弟到地里去看。那真是被劫后的一副惨相,包芦几乎被掰得精光,遍地是没啃完米粒的包芦棒子,折断的秸子和零碎的叶子。

"要不要投放包芦?"黑河拿不定主意。

望春想了想,说:

"还不知它明儿来不?就是来了,这地上还够它吃的。下次再投也不迟。"

黑河还想到林子里去看猴子,哥哥说啥也不同意:

"俺们又不是去捉猴子的,把它们吓跑了,咋办?"

当天晚上,爷爷连夜翻越大山到邮局,把电报发了。

第二天,兄弟俩带上干粮去看猴群。到了傍晚,一根猴毛也没看到。

黑水潭边护林员高敞的房子里充满了焦急、不安。爷爷抽了半天烟说:

"兴许是猴子没走远,你们出去早了;也许是你们不在意,搞乱了那儿什么。猴子精着哩,疑心病大,不敢来了。甭急,高山的雪还是厚厚的,低山的雪化得快。王老师他们说得在理,它们饿急了,还要到下面的山腰上浪荡。兴许明儿你们去就能看到了。别急,两三天内王老师他们也来到了。"

"对了,俺们在地边上搭个窝棚,好看得清些,也暖和点。要不,再打喷嚏,又坏大事了。"望春说。

说着说着,兄弟俩就迷迷糊糊地睡着了。

因为头天晚上没睡好,这天早上去迟了。他们看到地里剩的包芦不多了,一定是猴群刚刚来过。兄弟俩一商量,又从秘密山洞里拿出了包芦,扔在地里。

这就是考察组叔叔们到来之前,小兄弟俩做的工作。叔叔听了怎能不高兴呢?

优秀的答卷

考察组在野外工作,行进的路上是从来不准说话的。队伍拉得长,两人之间有着一段距离,主要靠手势、信号联系。为了防止冰滑,每人鞋上都缠了草绳。所以,一路上只听到脚步的嚓嚓声和踩碎薄冰的吱啦声。

路上的雪快化完了,晒不到太阳的地方还窝着一点雪,虽是数九寒天,他们个个脸上都沁出了细小汗珠,被风刮的脸面火燎的疼。王陵阳不得不时时停下来擦拭眼镜片上的水汽。

从走在队伍前面的黑河那里,传来了低低的两声:

"归噜噜——归噜噜——"

大家一听鹰头杜鹃的叫声,立即放慢脚步。后队的李立仁、张雄迅速向前靠拢。没一会,果然看到了包芦秸子在朔风中摇摆的枯叶,但是没看到包芦地里有什么动静。

现在，要么冒着惊动猴群的危险，继续上山，沿着小小的山脊走到树林里去；要么，趴到还残留着一些积雪的岩石上。这样，才能观察到小山坳里的包芦地，以及对面半圆形树林的全部情况。

王陵阳考虑了一下，让大家都趴到冰冷的岩石上了。虽然黑河兄弟俩已绘声绘色地描述过，考察组还是要实地观察，再研究如何开展工作。

包芦地在小山坳较为平缓的靠树林的坡上，向阳。俗话说，愿种阳坡一寸土，不种阴坡一尺深嘛。难怪孩子说庄稼长得好，包芦收得多。坡上，是沿着山垅的半环形树林，林相为阔叶常绿和阔叶落叶混交林。

包芦地旁不远处，有条淙淙作响的小溪。沿着小溪向上看去，是条小山谷。在林木掩映中的山谷右边不远处，隐约耸立着一块大石壁，依稀看到的石壁长相，可以推测出上面有块不小的平台。

大家心里都在称赞，这地方选得好，具有他们上次总结猴群栖息地的几个特点。冬季的阳坡，比较温暖；石壁上有平台，可作临时较为安全的休息处所；附近有小溪，可供饮用；有丰富的食物，能居留。是一份令人满意的答卷。

考察组议论了一会，认为小兄弟俩已去投放过食物，还是由他们去查看包芦地，检视猴群昨天来过没有。另外，李立仁和张雄推进到茅草窝棚。

猴群已经将昨天投的食吃完，地下还被挖得大坑小眼。望春从秘密山洞里取来包芦投食后，仍然回到王陵阳身边。

李立仁和张雄从窝棚的瞭望孔观望。不久，李立仁从望远镜中就看到观察区有异常现象。在石壁上方一棵高大的树上，似乎有只猴子。由于浓密枝叶的遮掩，只能在微风吹过，枝叶晃动时，才隐隐约约看到那个褐色的物体。石壁平台（黑河证明确实有平台）附近似乎也有物体在活动，只是模模糊糊，似有似无。

看来，这个观察点看包芦地是理想的，观察猴群可能的栖息地就不太理想了。

第二天,下午三点钟以后,李立仁观察的几棵树中,有一团东西突然从树上掉了下来。没一会,猴群却从张雄的观察区走出树林。看样子,是迂回过来的。

首先冲下来的有五只猴子。

"像是选出的清一色的大家伙。"黑河忍不住,附在张雄耳朵上说。他是硬挤到窝棚里来的。张雄瞪了他一眼。

到了包芦地,这五只猴子四散开去寻食。其中有个显然是最大的猴子,引起了大家注意。它强壮有力,走路时大模大样。在它前面的一只猴子明明发现了地上的包芦棒子,只贪婪地看了一眼,就走了。那只大猴却伸手攫来,撕开衣皮,张口就啃。其他四只猴子都离它远远地去找食。

"盯住那只大猴,可能是猴王。"李立仁低声对张雄说。

李立仁连忙取出照相机,装上长焦镜头。可是,那只被认为可能是猴王的大猴竟不识抬举,老是背对着他们,有两次倒是迎面,却有包芦秸挡着。他正在等待有利时机的时候,那猴喉咙里咕噜了一声,几只猴子便迅速地向树林里跑去了。李立仁只得对着它们的侧背拍了一张。

这批刚钻入森林,另一批猴又下山了。这批有十几只,还有几只是携儿带女的。有的仔猴在地下乱蹦乱跳,有的仔猴还吊在它妈妈的肚子上哩!李立仁已说服了自己,不要再珍惜胶卷,开始连连地拍照。

老猴常常把寻到的包芦塞给仔猴,仔猴在啃食时也不安分,互相打闹。有一只小猴想往包芦秸上爬,跳起来,刚揪住秸子,立即跌了下来,秸子也断了。

森林里又传来一声猴叫,地里的猴子又很听话地往森林里跑。张雄看到一棵大树上有只猴子,也一眨眼就不见了。

又一伙猴乱糟糟地从树林里冲出来,足有二十多只。包芦地里只留下前两批猴吃剩的残余了。猴子又多,因此争夺更为激烈。有的只找到还残留一点粒子的包芦棒,连忙躲起来啃;有的只得在地下捡食包芦的残渣余粒;有的用又长又尖的手指在地里抠着,扒着……

侦察任务

突然,他们三个人的心都一下悬了起来。有只猴子正坐在地头的西北角掘刨。在那里,他们放置了一个录音机。它刨得真快,泥土、沙石像雨点般往两旁飞溅,大约是什么也没找到,失望地站起来,走了。

他们刚松了一口气,那只猴子却又返回身来,在刚扒开的小坑边,更疯狂地扒了起来。扒了这边扒那边,终于拿起了被杂草树叶盖着的一个小盒子。

它先用牙咬咬,壳子被咬破一个小洞洞,可盒子里啥好吃的也没有。

张雄几次抬起了打开保险的枪,都被李立仁按住了。

黑河更是摆出一副立即就要奔出去的架势;他从旁看看李叔叔的眼神,只好安定下来。

那猴子看看不甘心,又把那盒子放到石头上砸。那"嘣、嘣"的响声,直砸到大家的心上。完了,他们藏在那里的录音机要被砸碎了!那只猴把录音机折腾够了,这才走开。

这部小型录音机是张雄跑穿了鞋底,费尽了口舌,才弄到手的。考察组多次讨论了王陵阳所提出的、紫云山短尾猴的信号系统问题,认为它不仅是考察研究中必须搞清的项目,而且可能对捕捉猴群提供新的手段。

昨天,他们设法把这部小型的录音机放到包芦地隐蔽起来,也不是没考虑到可能被猴群发现,所以特意选择了西北角的地头、包芦地的边上。可是,他们对猴群的生活习性还了解得太少,不知道猴子那种喜怒无常、对新鲜玩意好奇的性格。

录音机已损失了,连一点录音也没留下。这使他们都很不愉快。幸而他们还带有一部备用的体积较大的录音机。

尽管这样,罗大爷的屋子里的气氛还是热烈的。考察组正在分析桌子上放的一叠彩色照片。从初步分析看来,这群下来觅食的猴子共有四十三只。从它们进食时的情绪看来,是饥饿的,这和冬季山上食物缺少的情况相符合。

第一批下来觅食的五只大猴,有四只是公猴,还有一只从照片上看不清,观察时也未能将五只猴子全部看清。但从体形上看来,属雄性的可能性极大。

可惜的是,被怀疑为猴王的那只大猴,未能拍下正面的照片,只能看出它体形大,体格强壮,四肢刚劲有力。

第二批下来觅食的共十七只,除了六只仔猴,可辨认的全是母猴,还有一些没看清的确定不了。从仔猴的体形看,六只全有差别,这对研究它的繁殖提供了线索。

特别珍贵而有趣的照片,是拍下了母猴行进时把仔猴悬吊在腹下,仔猴的四肢紧紧抱住母猴的脊背。这和黑河在九花山看到的一样。

第三批下来觅食的共二十一只。个体体形相差较大,但最大的体形也比不上第一批五只中的任何一只。可分辨出全是雄性。它们争食凶猛。

王陵阳依据这些材料,提出了关于猴群组成的一些假想:

"看来,这可能是个中等或中等偏下的猴群。猴群分成三批觅食,可能不是偶然的。可能有一定的组织纪律和等级,因为发出信号它们才换班。

"比较特殊的要算第一批的五只猴子,它们是在没有明显信号的情况下,自动回去的,可以认为它们已满足对食物的要求了。也说明它们在猴群中的地位最高,还可认定,猴王就在其中。

"以下进食的序列,可能表明了那些猴子在猴群中的地位。

"难以确定下来的是:这种地位是按性别分的,还是按体力强弱分的? 或者两种因素都有? 这是有待于今后搞清的问题。人类学家对这个问题也有着极大的兴趣,他们一再要求我们能提供一份详细的报告,以及图片资料。

"至于信号系统,正是我们急待研究的问题,今天的损失,是很大的。但我们还有部录音机哩,只不过笨重、灵敏度不高;总比没有要强吧!

"我有一个假想:猴子发出的信号并不丰富,但是否有细微的区别呢?譬如说,它惊叫声是'喔——喔——',威胁时也是'喔——喔——'。"

"是'哇——哇——'"黑河忍不住插话。

"对,各人听到的还不一样哩!但猴群是能分清的,是有区别的。举个很不恰当的例子,是否有些像是我们语言中的同音异义词?这就使我们的工作更加困难了。"

"我真担心,说不定什么时候猴群会突然跑掉了。"张雄突然说。

王陵阳说:

"可能性不大。这得感谢黑河、望春。他们的办法对我们很有启示。我们是第一次考察猴群,一点实际经验都没有。根据生物学的观点,虽然有过一些设想,经过实践证明:在冬季,山上食物贫乏时,在适于它的生境,只要有丰富的食物,猴群是会停止漫游,留下栖息的。我设想:在一定的条件下,甚至可以接近它们。猴子被驯化后,都可以表演节目嘛!"

李立仁说:

"看来,捕捉还是个大问题。我们虽然带了网来,可我们自己对这种办法也没有多大信心。"

王陵阳说:

"捕捉猴群是个重要问题。我们还是抓紧时机,先对它在野生条件下的情况进行观察。只要做好了野外考察,能取得预想的结果,捕捉猴群的方法是能够解决的。"

"就怕炸群。"黑河说。

考察组的叔叔都相视而笑。王陵阳继续说:

"我们想到一起了。怕也不行。搞科学研究就是要准备克服困难、挫折,甚至危险。冲过去,就是胜利。现在,我们就是要找出炸群的原因,预防炸群。黑河,你爷爷说那个老头一声叫,猴子就不敢动了,可能有些道理呢。这次,真的要发挥你侦察的本领。"王陵阳说到这儿,忍不住笑了。

"王叔叔还笑话人哩,不让人改吗?"黑河一想起当初在竿竹溪,把王陵阳当坏人的事就脸红。

"我说的是实话,这次真的要你侦察哩——假设猴子炸群了,是啥原因造成的?是在高树上放哨的猴子发出了警报,还是另有原因呢?得细心观察哩。"

李立仁也说:

"猴子炸群的原因是复杂的,但每次都是先听到猴叫。这就得对猴叫特别注意。黑河,真的要你和望春侦察哩!"

"行!俺和俺哥一道侦察。"

王陵阳想了想,说:

"告诉你们一件事:上次,在捕兽地坑树桩上取下的毛,经过化验,证明是猴毛,而且是短尾猴的毛。"

一直在旁边吸烟的罗大爷,猛然站了起来,连板凳也歪倒在地上。

两个孩子也惊得瞪大了眼睛,望春说:"有人早已偷着逮短尾猴?"

"小孩家别乱咋呼,不兴是猴子打那过,在那玩,无意中被拉下点毛?"

罗大爷已扶起板凳,稳稳地坐着,又慢悠悠地抽起烟来。

张雄也说:"从地坑的大小、高度看来,是捕猴的。"

黑河站了起来:"嗨!还真有人来偷短尾猴哩!抓住他,非批斗不行!"

罗大爷不好说张雄,只得对黑河说:"看,见了风就是雨。"

望春不同意爷爷的话:"得提高警惕嘛!你不也常说有人偷偷摸到风景区打猎,放炸弹,下吊弓?"

"好了,王老师刚刚说的是要你们记在心里,可不准在别处乱咋呼!"李立仁想结束这个话题。

"一定保守秘密!"黑河和望春同时说。

考察组决定,明天向猴群可能的栖息地靠近,这样便于观察。地点已经选好,对行动路线也做了研究。

连续两天工作的效果都不大。只证实了猴群确实是栖息在石壁的平台附近。从两旁接近,都因为地形地物,树林较密,无法清楚地观察。今天,稍往前靠点,就被放哨的猴子发现了,差点惊动了整个猴群。最理想的是从石壁背后上到高山,居高临下观察。可是,那边山势陡,靠北面,还积着冰雪,几次攀越都失败了。

白雪和白鹇赛跑

这天傍晚,他们一路没精打采地往回走。黑河他们收藏的包芦快投放完了。大家都在闷头想:下一步该怎么办?

李立仁感到似乎有个影子从头顶晃过。抬头一看:是一只白翅膀、黑肚皮的大鸟,拖着长长的白尾巴,正从西边山头向东边飞来。他惊喜而紧张地喊了声:

"白鹇!"

等到王陵阳和张雄也看清那确是白鹇,李立仁已蹿出去几丈远。几个人赶忙向前追去。望春是个有心计的孩子,自那晚听了王陵阳说的李立仁的故事,这次就处处注意他。果然,听不到他脚步响和枝叶的哗啦声。似乎是他的全身都长了眼睛,不管哪个部位,都能及时闪开那些阻挡人前进的枝枝叶叶。

白鹇终于落到对面山腰的一片竹林里。

王陵阳连忙对张雄说:

"我顺这边山谷,到山顶拦住。你带他们包围竹林。"

张雄通过野外工作,早已敬佩王老师的体质和在山峦上的敏捷动作,因而也就没有争。

张雄在竹林里搜索了半天,什么也没发现。这时,他才想起来了:

"打开报话机,分散活动。黑河留在林子外面监视,望春跟我到林子里。"

望春和黑河连忙放下小背包(这是考察组特意为他们做的),拿出小型的报话机,拉出了天线。这次考察组带来了五部报话机,这几天,叔叔们已教会了他们如何使用。

正当他们要走时,张雄说:

"你们和李老师联系一下,说清我们的安排,顺便试一下机器灵不灵。"

黑河连忙调到规定的波段,小声说:"二号,二号!俺是五号,你听到了没有?"

报话机中传来李立仁的声音:"我在竹林东边,没发现白鹇。我们向山上搜索。"

张雄用自己的报话机说:"我是三号。一号已到山顶拦截。五号到竹林边监视。我和四号留在竹林里。"

又传来李立仁的声音:"好!注意竹子上面。注意和一号联系。"

这片竹林正在山坡上,全是粗毛竹。再往上,就和山谷里更为茂密的竹林连成一片了。山谷里的竹林,总比山坡上长得好。

黑河的报话机里,响起了王陵阳的声音:"我是一号,已到山顶。报告你们的位置。"

他们各自做了报告。

王陵阳说:"白鹇的特点是:受惊后向山上狂奔,不起飞,喜欢落在竹枝上。你们可能还没惊动它。"

李立仁说了自己的想法:

"眼看时间不早了,我担心它跑到前面大竹林。要是有只猎犬就好了。"

"俺去把白雪找来……忘了说,俺是五号。"

王陵阳有些担心:"怕时间来不及。这里离家,少说也有四里路。"

"俺五号有办法。来得及。"

李立仁同意了:"四号到竹林边,代替五号。"

"四号明白。"

"五号跑了。"

黑河说是"跑",其实是像阵风,卷走了。熟路,又是下坡,速度真快。眼看出了竹林,到了栗子冈,过了榆树坳,离家就不远了。他顾不得擦擦汗水、察看一下在冰上滑跌的伤口,奋力爬上一块大石头。护林员的房子静悄悄地坐落在那里。

黑河猛地吸了口气,把左手食指塞到嘴里,一声尖锐的呼哨立即响彻了山岭。黑河的气刚喘匀,就见白雪的乌黑身影从屋后紧跑到了场院。

第二声唿哨才划破空气,正在东张西望的小狗已发现了主人,冲过小桥,向黑河跑过来。

第三声呼哨还在山谷中缭绕,黑河看到在雪地上狂奔的乌黑小狗,正向岭上飞蹿。黑河从岩石上往下一跳,没等白雪到跟前,就向前跑了。没一会,小狗已追上了主人。

李立仁他们的搜索,毫无效果。

"五号!五号!你在哪里?"黑河背包里响起了王陵阳的声音。

"俺来了。俺是五号,带来了白雪。"

报话机里同时传出了几种声音。这个小乱子难不了黑河,他已听清了:说"好"的是王叔叔,说"从竹林开始搜索"的是李叔叔。

"五号听清了,从竹林开始。"

黑河对小狗下达了命令。白雪立即开始紧张而兴奋地东嗅嗅,西闻闻,一会停下,一会向前蹿去。

嗨,还真灵哩!只听前面"扑噜"一声,一只白野雉从竹林下面的小灌木丛里飞起了,白雪跟在后面汪汪叫着追上去。

黑河连忙说:"五号报告:白鹇在你们身后,向西边山谷里飞去了。"

报话机里传来一片"明白"声。没一会,又传来话音:

"四号看到了,白鹇在咱们后面,擦着那棵大橡树,飞到山谷西边落下了。"

张雄一出林子,望春就指示了方向。

"占住山谷的两边。三号出了竹林,别往回跑,直接冲过山坳到西边的山谷边缘,迎头截。山谷大多是灌木丛,这很有利。"这是王陵阳的声音,他接着又说,"二号出了林子,下到谷底。四号留原地,注意指示目标。五号,五号,你领着白雪使劲追它。"

这还用说?你看吧!白雪真是条好狗,在灌木丛里奔跑起来,一会像是贴着小树棵顶向前飞,一会像条蛇在乱石堆里游。很快,它和白鹇缩短了距离。

白雪一声不响地向前跑一段,又威胁似的汪汪叫几声。白鹇沉不住气了,只得改变狂奔的常规,又从树林里飞起。

张雄见飞起的白鹇在身后的射程外,连忙向它扑去。站在山顶的王陵阳,估计到张雄的追赶可能是徒劳的。根据资料上所记载的白鹇的生活习性,现在要捕获它还为时过早,关键是不能让它突围。他赶快向张雄说:

"二号,三号,都别追。三号赶快占领山谷西边的山脊。我也沿着山谷东侧下来。"

他原来想占据山顶,也是根据白鹇的生态特点:一受惊吓,要向山上疾步奔走,到达山顶才起飞。现在小狗一来,情况马上发生了变化,也应该随机应变了。

果然,白鹇又落在山谷的东边一侧。

小狗又把白鹇追得飞起来。两条腿的白鹇总是跑不过四条腿的白雪。生存竞争的本能,迫使它充分发挥自己的优点。它大约是发现了已到达西边山脊上的张雄,大尾巴一摆,又沿着山谷向前飞去,落到山谷的东侧。

它再飞起时,已经冲过了李立仁和张雄的埋伏线。可是,却在他们的射程以外。两人连忙起步去追。白鹇一昂头,奋力扇起翅膀,想越过东边山脊,冲出包围圈。

"砰!"

迎面的空中响了一枪。虽然白鹇还远在射程之外,这一声巨响,却使它打消了飞越山脊的念头,只得再落到树林里。

李立仁他们知道:这是王陵阳赶来了。

黑河开头还不断在后面大叫,鼓励小狗:

"白雪,快!快!"

后来,远远落在后面的黑河只得靠尖厉的口哨为它助威。

这一场白雪和白鹇的角逐,真是紧张、精彩。可是谁也没心思去欣赏,喘气都来不及哩!小狗跑得毛都汗湿了,这却使它更显得油光闪亮,像是一匹飞奔的乌骓烈马。

眼看,白鹇又冲过了王陵阳的防线,向山顶方向转移。它飞飞,停停,忽左,忽右。但是很显然,飞翔的距离短了,飞翔和奔跑之间的间隔也短了。王陵阳想:白鹇也该是强弩之末了。但前面就是更密的毛竹林。王陵阳正在焦急担心时,看到毛竹林边有个人影闪了一下——那一定是李立仁。

包围圈愈来愈小,白鹇几次突围都未成功。

小狗终于开始向白鹇进攻了。白鹇只得东躲西闪,绕着灌木丛和白雪兜圈子。很快,三支枪的射程都可命中白鹇了……

正在这时,传来了李立仁急促的声音:"不要开枪!"

李白的爱好

白鹇走不脱,飞不掉,一头扎进灌木丛里不出来了。小狗围着它汪汪叫,钻了几次,都被刺棵扎了回来。

只见一个人影,像箭一样射向灌木丛。过了片刻,就见李立仁提着拍膀子、蹬腿的白鹇从刺棵里拱了出来。

他张开扁扁的大嘴笑了,笑得那样甜,那样动人。他不顾小狗得意的叫声,把白鹇高高提起,交给刚刚赶到的王陵阳,低声地说:"又抹掉一个空白。"

王陵阳看着他脸上、手上正在流淌的鲜血,滴在白鹇雪白的羽毛上,不禁想起了在大别山上晚霞满天时的那段谈话,眼睛顿时湿润了,口里喃喃地说:

"没想到捉了一只活的。"

张雄跑过来,喘着粗气。他感到头发涨,腿发软。他见李老师经过这样长距离的奔跑,依然那样沉静,打心眼里佩服。他知道李立仁要填补动物学基础方面空白的宏愿,此刻,从李老师身上,他更懂得了:一个人应该怎样去实现自己的愿望;而崇高的愿望又是怎样给人的行动以力量的。

黑河一到,不是去看王陵阳拿在手里的白鹇,而是一把从望春手里抱过白雪,亲热地在它脸上贴着、拍着,白雪也用嘴巴蹭着小主人的脸蛋。

"奶奶,真逮个活鸡让你喂哩!"黑河还未进门,就嚷开了。

两位老人,还真未见过逮到的活鹇鸡,都来看新奇。罗大爷忙去钉个简单的笼子。罗奶奶一看李立仁脸上拉的伤,淌的血,连忙拉起他的手来看,见手上也是,她心疼得不得了。李立仁只是憨厚地笑了笑。

王陵阳两杯茶喝下后,稍稍轻松一些,也不管汗湿的衬衣冰凉地贴在脊梁上,高高兴兴地说开了:"我国的伟大诗人李白……"

"是唐朝的。他生于公元 701 年,逝于公元 762 年。"黑河说。

王陵阳更高兴了:"说得对。你用心记就记住了。李白漫游到这一带山区,有一次,他看到了白鹇,诗人非常喜爱。它头上长着长长的冠子,样子像一枝花,颜色也漂亮,闪耀着金属般的蓝光,还向后披着一撮长毛;赤红的脸上伸出淡绿色的尖嘴;雪白的背部,雪白的翅膀;长长的白尾巴像一把银刀。下腹部的羽毛也闪耀着蓝光;两只脚是红的。

"我们的大诗人越看越爱,很想养一只。东打听,西打听,一有机会就问。听说有个姓胡的人养了白鹇,赶忙托人去说,想买一只。谁知,人家不卖。

"后来,姓胡的听说是大诗人李白想买,就说:'人人都说白鹇美丽可爱,我也把它当作凤凰,可是还没见过有人能把它真正的美说出来。'

"这话又传到李白的耳朵里,李白欣然命笔,写了一首歌咏白鹇的诗:

"'白鹇白如雪,白雪耻容颜。照影玉潭里,刷毛琪树间。夜栖寒月静,朝步落花间……'

"那位姓胡的一看此诗,读了一遍又一遍,赞叹不已:'这才真正把白鹇的美妙之处写出来了,把我心里想的,但是说不出的话写出来了。'于是,赶忙送了一只白鹇给大诗人李白。"

"你们看,它真的在走动,还真有点像'朝步落花间'哩!"李立仁指着白鹇说。这时候,那只白鹇,正抖动银羽,在庄重而悠闲地迈着步子。

王陵阳继续说:

"有人说,就是因为它的姿态娴雅,所以才叫鹇鸟。

"李白在这一带漫游时,有不少的诗篇描绘了大自然的风光和白鹇。

"明明是早在一千多年前,我们这一带就有白鹇,可是,今天的书籍、资料中,竟没有一句提到此处有白鹇。我们一定要把科学研究快快地搞上去,把失掉的时间夺回来!"

他话音不高,但那发自肺腑的话,每个人听了都觉得身上涌起一股力量。

山道上的两个黑影

离分水镇不远的山道上,有两个人影,在夜色中,不紧不慢地走着、谈着。

老是把一绺头发搭到眼皮上的丁副主任,很不满意地说:

"你老是这样大惊小怪的,屁大的小事也来找我。若有事,我会找你的。"

走在后面的土产收购站的胖主任,也一肚子怨气:

"我的小爹,那边电报一封封发给我,催我交货;这边上头来查野生珍贵动物偷捕滥杀的情况,找的也是我;拿了支毒箭,调查是谁的,找的还是我;出了纰漏,找的更是我。真是越渴越吃盐,那个什么考察组又来了。你倒像个没事人一样。不说你也知道,人家早就开始在清查你了!"

"我常对你讲,政治这玩意儿,就看你玩得转玩不转。哪有什么真的、假的?你以为我不急?我还是那句话:自己先别装软蛋。他越是查得紧,我越是像个没事人儿,让他摸不透。他在背后玩的什么,我都清清楚楚,我要暗暗想方设法让他玩不转。"

"别屎到屁眼门子再找茅缸啊!"

"那是你们常干的事,我可落不到那样场面。他们刚来时,你屁都吓出来了,生怕人家摸到了前两年逮猴的事。我跟你怎讲的?还跟过去那样,只找江北来开石头的散工,把猴运到在公路上等着的汽车上。钱一给,各走各的路。买主,卖主,他们一概不认得。只要你不言,我不语,黑老包转世也没处查。"

"那是初一,现在是十五。"

"好吧,就依你说的,马上回那边的话:我们不干了。事情就完了?"

"不完还赖着?"

"真是拿你们这些头脑简单的人没办法。眼下的气候是科研要大上。他想要的大猴子搞不到,能不急?过去,年年从这里买到,五月份又来电报订了合同,如今突然断了线,能甘心? 既然你这里有,他不会找省里? 这就热闹了,省里正在查这事,真是送货上门,递根绳子让人捆。"

"就按你上次说的混一混不行吗? 我们知道啥长尾巴、短尾巴? 大猴、小猴? 接受教训,下次不干就是了。"

"捡根铁棍当灯草,说得轻松。别人不知道说得通,你是个搞业务的主任能认不清? 再说,上次来检查时,你不是当面推得一干二净吗? 怎么现在又有了? 这不是找虱子往头上放?"

山区的夜晚,格外寒冷,这两个影子尽管裹了厚厚的棉衣,还是冻得瑟瑟发抖。

胖主任停了半天,才说:

"这左不是,右不是,到底该怎么搞?"

"还是那句话:有货。只是加一句:要他们耐心等一等,现在正是大雪封山。先稳住他再讲。"

"啊! 我明白了。你意思是:拖到把这阵风躲过去再说⋯⋯"

"运动,运动,就是那么一阵子风,你别在风头上出事。刮过一阵子,运不起来动不成,就风平浪静了。我的难关一过,你也就没事了。"

"听说,考察组是来逮猴子的。怕只怕让他们逮到猴子,那就麻烦了。"

"就凭那三个臭老九、两个小娃娃,能逮到猴? 那不是放屁当枪响,不值钱哩!"

"那也难说。你上次讲得有十足把握,叫他们一定找不到猴,人家不是照样找到了,打到了?"

"我说呀,你们一点不懂政治,有得有失嘛! 还能一点差错不出? 关键是要保住根本。那次也可以叫他打不到,可那就有给人卡住手脖的危险。"

"这次呢?"

"我有绝牌哩! 这次非甩不可了! 他们一根猴毛也捞不到手,想搞科研、现代化？没那么容易！"

"听说已经找到猴子了。那些喝墨水的,能人多,别看只有三个人,听说都有能耐,不是呆子。也不能小看两个娃娃,他们对山情熟哩。"

"还是那句话:你把心吞到肚里去吧。我们的专家去看了,那群猴子是他们碰巧了。可是那里地形不好,逮不到猴,这逮猴的名堂多,他们连咋样逮猴也没见过,拿手逮？这群猴子不出两天,全都要远走高飞啰！"

"你别太迷信你那个专家了,我看是属卖糖人的,吹得凶！说不定船就翻在他手里。"

"事到如今,逮猴的事,不相信他,你能办得了？"

"他是谁？"

"这你就别管了。"

"就怕他比泥鳅还滑,抓不住还沾了一手腥。能有我这样对你言听计从？"

"哼！"

丁副主任用鼻孔说话了。静了会,才又接上讲:

"我抓在手里的牌,都是要人命的绝牌！他两只手都有洗不干净的血。1966年检举材料就到了公安局,中间还没来得及查清,'文化大革命'就开始了。造反派执行了首长指示,砸烂了反动的公检法。我是第一个冲进公安局的。他的材料,和你的材料一样,落到了我手里,算你们运气。这以后他帮我干了好几件漂亮事。这还不是要人命的绝牌？万一翻了船,他敢咬出了我,他也就完了。不咬出我,也大不了只是想偷野物、捕猴子,搞几个钱花花,扯不上政治问题。我还能保着他不受大罪。"

胖子一听,站住脚,挑起了大拇指:"妙！高！主任总是深谋远虑,站得高,看得远。"

"我说话图个爽快。胖子,船可不能翻在你的手里啊！"

283

"这话说到哪里去了？兄弟明白，武斗时是你们把我从牢里放出来的，就连这主任，也是哥儿们给的，兄弟还没糊涂到那样，我的绝牌也抓在你手里哩！"

"嘿嘿，说句玩笑话，你就急红了眼。不要紧，在这山窝窝里，刮不起大风来。就这么定了，那头由你顶着，这头由我抗着。对那个专家，要把劲拧着。他们一滚蛋，我们再来逮。大五子，大拾子（指五元、十元一张的钞票）一沓沓拿，不称心？"

"哈哈，谁和大花纸有仇。"

两个黑乎乎的影子分开了，各奔一方，急匆匆钻进了浓浓的夜色中。

第十七章 怪音

徘徊的猴群

晚上,他们忙着对刚捕来的白鹇进行研究,休息时,夜已很深了。考察组的三个人,只是打了个盹,就连忙起来出发。罗大爷一定要去。黑河、望春也硬抢了几张网背在身上。他们要赶在曙光初露之前,把捕猴的网下好。

这样做,尽管他们在出发前,经过了详细、热烈的讨论,来到包芦地下网时,还是碰到了意想不到的困难。

原以为可以利用包芦秸秆将网支撑起来,下网时却发现,包芦的秸秆并未按照他们的要求留下来,只得临时去砍伐树棍子。

埋杆子时,他们谁也没有想起,地会被冻得像铁一样硬。不使劲,挖不动;使劲,响声大,怕惊动了猴群。最后,李立仁硬是用猎刀撬起一小块一小块的冻土。他们是第一次捕猴,毫无经验,更何况如何能捕到整个猴群,就是一个小小的研究项目呢。

等他们费了九牛二虎之力,累得浑身是汗,捕猴网才颤颤巍巍地立在那里。他们刚回到隐蔽地,东方已露白了。

大山的小坳里,要等太阳出了山才能看清楚一切景物,早晨显得特别漫长。王陵阳指指耸立蓝天的雪山银峰,对黑河说:

"看那里,就知道太阳出来了没有。"

说话间,黑河和王陵阳几乎同时抬头向天空看去:初阳的光辉正从东方射来。

躲藏在森林中石壁那里的猴群早已苏醒,断断续续传来它们隐约的嘶鸣、追逐声……

当冬日的太阳终于照到这小坳时,猴群终于出来了。今天有些古怪,两只大猴一前一后地从森林里走出,直到它们快走到包芦地,还不见后面有猴出来。

这两只大猴在包芦地边停了半天,从网这头望到那头,又从下看到上;又停了停,才小心翼翼地走到地里,以迅雷不及掩耳的动作抓了个包芦,马上退到地边。眼看它们的颊囊鼓起了,这才一蹦一跳地回到森林。

森林里又走出两只大猴,其中有一只是被认作猴王的。猴王没急于抢包芦,倒是像个视察大员似的,沿着离捕猴网还有一尺远走了一圈。但它不放心,又回到埋树棍的地方,上下瞅了瞅。这才从同来的大猴手里拿过包芦,望也不望对方一眼,就啃了起来。

负责关网的李立仁,听报话机里传来了王陵阳的声音:

"它们已发现网了。"

这以后,它们都是三两成伙、四五结帮走出森林,一次最多也没有超过五只。只有一两只胆子大点的,从网边进去,抓起一个包芦就跑了。

虽然网有伪装色,但在空旷的山坳里,还是很显眼。王陵阳和望春他们的报话机,传出了李立仁清晰的低语:

"看来轰赶也不会有多大效果,这次捕捉是否放弃,改用第二套方案?"

原来大家讨论的方法有两种:以张雄为一方的,主张下网捕猴,猴不进就硬行轰赶;以李立仁为一方的,同意下网捕猴,但要见机行事,能网多少是多少,坚决不同意轰赶。轰赶的条件并不具备,人手少了,轰赶的结果可能捕到,也可能捕不到。不管怎样,猴群受到大的惊动是要逃跑的。

王陵阳权衡利弊后,认为李立仁的意见是对的,因为猴群跑掉后,马上又要重新找猴群。那样困难更多。但现在实践证明:在这样的地点,用捕猴网是失败的。

王陵阳发现:即使把猴子关到网中,又怎样把它逮出来而不致伤了猴子呢?捕猴网成了废物,又用什么方法捕猴呢?闸笼关?只可捕到少数,对整个猴群,毫无办法。猴群连网也不进,能进闸笼吗?

从今天的观察中,猴王的作用,给他们留下了深刻的印象。

这一晚,护林员家的灯光格外明亮,考察组又在精心研究第二套捕猴方案……

森林中的饕餮者

凌晨,考察组赶到了离猴群栖息地两里处。到这里,兵分两路。分手前,王陵阳再次强调了昨晚的布置,并要求各人检查一下所带的器具。

李立仁带黑河到栖息地东边的山脊,选择适当的处所进行埋伏。

王陵阳、望春、张雄向栖息地西边走去。快到栖息地时,张雄单独向山上运动,预定目的地在高于石壁的右上方。王陵阳和望春的观察点,在张雄的下方。从地形看来,这两个点比较便于观察栖息地,如果猴群被惊动,可能沿着山脊,向东边更厚密的森林转移。万一是向西边,王陵阳他们可以虚张声势,往东赶。赶不回去,就从速拦截。

山势陡险,王陵阳和望春艰难地前进。他们不得不脱去手套,用手指紧紧抓住冷冰冰的石头。薄薄的冰层很滑,稍不留意就要滑下去。望春看面前是块较陡的岩石,旁边又无路可去,只得停下来,把手送到嘴边呵着,想使冻得麻木的手恢复知觉。王陵阳看看时间还早,轻轻告诉他:"不要心急,注意安全。"

他的手也冻僵了,像有无数根钢针在扎。在冰天雪地攀越过陡峭山峰的人都会有这样的体验:你想抓住的石棱、搭脚的树根,总都残留着一点雪,结一层薄冰。你要上去吗?只得把手插进雪里,抓住滑溜的冰石,一股寒气便直向骨髓里钻。可是,手不能松,要紧紧地抓住,才能把你悬着的身体慢慢地拉上去。

王陵阳和望春,都是这样慢慢地上来的。望春暖了暖手,又向上抓住了一个石棱,刚挪动脚,就滑了下来。王陵阳蹲下身子,要他踩在肩头。望春不愿意。他想,王老师比自己的爸爸年纪还大哩。可王陵阳已经抓住他的脚踝,拉了过来,把望春顶上去。这时望春俯下身来拉他,他却拒绝了。他要充分运用平时练体操得来的功夫。只见他两手试了试抓住的地方是否牢实,然后,像是在单杠上做引体向上,先让胸、腹、腿贴着石头,两臂一拉,便轻松地上去了。

快天亮的这段时间,寒气格外逼人,砭骨冷风像刀在脸上割。为了能听到细微的响动,他们帽子上的护耳都未放下来。猴群栖息地静悄悄的。透过树丛,只能看到石壁平台上模模糊糊的一团。一棵高树上,也有个黑乎乎的毛团子坐在那里,任凭寒风的吹刮。大约是一阵阵风吹得树枝摇晃,它像是坐在摇椅上。

先是从报话机里传来了李立仁的声音:"二号已隐蔽埋伏,地点理想。"

报话机里传来了张雄的声音:"三号到达目的地。"

王陵阳回复:"我已在目的地。"

天刚透亮,王陵阳看望春满身雪白一片,再望自己,也是如此。真是浓霜似雪。

他看望春蹲伏在那里,一动不动。猛地,邱少云伏在朝鲜山坡,任凭漫山火舌飞卷吞舐,一动不动的形象,涌到他脑海里……这里虽然是另一条战线,它同样是在培育人们勇敢的精神,献身祖国的崇高品质啊……黄继光、刘胡兰、董存瑞、奥斯特洛夫斯基的形象,都在他脑海里放射光彩。李四光、竺可桢、童第周、贝时璋、郑作新、傅桐生……多少老一辈科学家们，经历过失望、苦恼、贫穷、残酷迫害……还是坚韧不拔地在向崎岖的科学巅峰攀登！

他们在科学上、思想品质上的丰功伟绩不正是我们民族的骄傲吗？不正是我们后辈的光辉榜样吗？我们的报刊、书籍，不是应当多向孩子们介绍科学家的事迹吗？

他低声对望春说："轻轻活动活动手脚，要不，坚持不长。"

望春笑笑，慢慢而又无声无息地活动起来了。

天已大亮。王陵阳看猴群只是坐在石壁平台上，大多只挪动挪动身子。也有两三只放下前面两肢，小心翼翼地兜了两圈，又悄然坐下。那样子，完全失去了往日猴群苏醒后的活跃和生气；还有两只仔猴紧紧偎在它妈妈的怀里。

细心的望春低声地说："它们怎么不跳、不叫？"

敏感的王陵阳，已感到这种现象很不正常。

报话机传来张雄的不安："它们发现了我们？"

王陵阳不是没有这样想过。但凭着他丰富的野外工作经验，认为目前猴群的表现，不像是发现了他们。假设是的，猴群可能骚动，就是它们产生了怀疑，也会有比较频繁的活动，而不会像这样沉静，不，似乎有点沉闷的气氛。他把自己的想法简单地通报了李立仁、张雄，要他们特别注意观察周围的异常景象。

他们集中精力观察，终于发现了被认为是猴王的大猴。它正在平台上方一个小石峰后面，那里有几棵小树构成了屏障。要不是它无意中直了一下腰身，还发现不了它。

"好像有什么东西行动的声音。"张雄向王陵阳报告。

"你估计是什么？"

"估计不出。声音若隐若现，有点小风就听不到。"

"严密注意!"

几个报话机都是同一波段,互相之间的对话都能听到。这次,小小的报话机确实为他们带来了极大的方便,否则,这样的联系是根本不可能的。

"会不会是那个家伙在玩什么花样?"

李立仁提出了问题。

王陵阳没有答复,他也正在想这问题:假设李立仁的怀疑是事实,难道那个神秘的人,时刻都在盯着他们?一言一行都没逃过他的监视?这倒是可怕的。他用的是什么方法?真的有故事中那个老头威慑猴群的怪音?到现在没有听到呀!或许是在他们之前已来过了呢?这个怪音能在这样长的时间起作用?如果不是,那么又是一股什么样无形的力量呢?

"严密监视!"

王陵阳的话音刚落,如一场疾风狂雨突然袭来,使人眼花缭乱,只见:

张雄隐蔽地下面的树林里哗啦啦一响,一个影子闪电般向石壁平台扑去……

正当那影子在空中飞跃时,猴群发出"哇——哇——"两声变了调的叫声,表现了极度的恐怖和惊慌。

那家伙落到离石壁只有两尺,离上面平台还有三尺多高的地方。他们这才看清了那是一只黄褐色、有花纹、个体不大的野兽。

猴王一马当先,跳上平台上方石峰,向东蹿去。

群猴如丧家之犬,跟随在后,纷纷逃走。

"不准射击!"

王陵阳通过报话机发出了简短的命令。他已从野兽停落的一刹那,看出了一点问题。

野兽只把落脚处当作跳板。它轻轻一纵,长尾巴甩直,又跃上平台。猴王已带领猴群到达森林边缘。

王陵阳估计这野兽身长不过一米,又看清它身上的花纹状如云波,四肢短,有黑斑,于是发出命令:

"三号跟踪野兽。猴群向东突围了,二号向这边靠拢。"

他两手迅速收起录音机,背在身上。

在"不准射击"的命令传来后,李立仁以为是他们惊动了猴群,向西突围了。等到听到第二道命令,他就断定是突然出现了什么野兽。从"跟踪"看来,野兽是在追捕猴子。他立刻和黑河向王陵阳他们奔来。

野兽从平台跳上石峰,追击猴群。猴群到达森林,立即发挥特长,迅速地上了树。

张雄来到了平台附近,王陵阳也快到达石壁下面。

野兽见猴群上了树,猛然大吼一声,震动山谷。猴群一愣,大多数仍跟随猴王继续狂奔,少数行动显然缓慢下来。野兽到达树下,纵身一跳,抓住树干,贴在上面,它爬树比猴子还要灵活,还要快。

王陵阳已看清它身上的黑褐色花纹确如云波一样,猫一样的头上,有黑斑,嘴角伸出很长的胡须。野兽在树上行动自如,一直扑向猴群的后卫。猴群的队伍拉长了,渐渐分散,失去了平时严整的队形。

张雄和王陵阳从不同方向,几乎同时进入森林。

李立仁跑了很长一段距离,很快就要和猴群的前锋相遇。这时野兽已追上猴群的后卫,但却不急于攫取唾手可得的果实,仍在树上向前蹿跳。

猴群后卫猛然折转方向,向山脊北面的森林逃去。野兽的两只前肢,一下就落在一只肥大的猴子身上。猴子像是触了电一般,猛地颤抖了一下,没有叫一声,就蜷缩在野兽的爪子下了。

披荷叶的豹子

李立仁他们都听到了,王陵阳沉着中带有惊喜的声音:"云豹!"

张雄一听是极为稀少的珍奇野兽云豹,立即问:"要不要采集?"

"不准射击!"王陵阳的回答既干脆,又严厉。

李立仁已和猴群相遇。他问王陵阳:"要不要打散猴群?"

"它已散了。不需要了。注意猴群去向。"

王陵阳选择好观察云豹的地方。他看见云豹的前爪正按着猴子,嘴在猴子颈部吸吮。望春问:"它在吸什么?"

"大概是咬断了猴子的血管,正在喝血。"

"它也不比猴子大多少,猴子身腰还比它粗壮,为啥那样怕它?"

"人们常说'一物降一物',就是这个道理。云豹比猴子凶猛,攀缘树木的本领不比猴子差。它是猴子的天敌,多少年生存竞争的结果,使猴子对它产生了畏惧的心理。"

张雄听到王陵阳严厉的命令,赶忙收起枪支,拿出照相机,悄悄地向正在大喝大吃的云豹接近。然后,从不同的角度,拍下了照片,直到将胶卷拍完为止。

云豹撕食、咀嚼猴肉的速度,渐渐慢了下来,不像刚开始时,咬下一块血淋淋的猴肉,几乎嚼也不嚼,就吞到肚里。过一会儿,云豹放松了前肢,猴子的残骸掉到了地下,它却坐在树上,懒散地休息起来。

王陵阳问:"二号,你看到云豹了吧?"

报话机传来了李立仁的声音:"看到了。"

他和黑河是根据王陵阳指示的方位,找到这里的。

王陵阳摇动树枝,又露出身子。云豹才不情愿地慢吞吞踱到另一棵树上,逐渐消失在森林里。

大家跑来,聚在死猴狼藉的残骸周围。

王陵阳说:"知道云豹吃猴子,是从资料上看到的。今天总算是大开了眼界。"

黑河说:"那坏了。俺紫云山短尾猴本就不多,一天吃一只,要不了多少天,还不吃完了?"

"别担心。云豹是树栖动物,很少下地,爬树的本领又大。猴子只是它的主食之一,平时还捉鸟和其他树栖性小动物吃。各种动物间为了生存竞争,各有各的本领。紫云山有云豹也不是从今年、去年开始的,还不是照样有短尾猴?"

李立仁向黑河解释。

王陵阳接住了李立仁的话头,说:

"猴子也不是傻瓜,它挑选石壁平台作栖息地,就是为了防止敌人的侵袭。"

"对了,难怪它们今天早上都不乱跑,死死守住平台。"

望春想起来了。

黑河说:"那,它们早就看到云豹了?"

王陵阳说:"可能是云豹早就在附近等着,有一种气味,猴子感觉到了,看到的可能性不太大。"

黑河抬杠了:"还真像俺姑爷爷说的,猴子能掐会算?"

大家笑了。

王陵阳说:"我看还是云豹身上散发出的一种气味,让猴子闻到了。"

"俺不信,狗鼻子才尖哩,没听说过猴鼻子也尖。要不,它不早闻出俺们来了?"

黑河怎么也不信。可这句话提醒了望春:

"说狗,俺想起来了。白雪常跟爷爷出去打野猪。前年,一个下大雪的早上,爷爷又要带白雪去打野猪,可它怎么也不出门。揪着它耳朵往外拉,硬拉出来,一松手,它又跑回家了。爷爷奇怪了,走到门外看看,啥也没有。过了小溪,才看到雪地上有老豹子的足迹。爷爷说:'难怪它不出来哩!闻到老豹子味了。'"

黑河也想起了这码事儿:"这可好了,俺们以后把这种味儿研究出来,造出来。猴子要不老实,就放这种味儿。"

张雄说:"现在正有这门科学哩,就是王老师过去说的仿生学。王老师,它怎么大白天也跑出来逮猴子?"

王陵阳说:"可能夜里不太饿,早上饿了;也可能是夜里猴子都待在平台上,地形不利于它进攻,只好等猴群出来。谁知左等右等都不出来,饿极了,虽然地形不利,也只得来捕食了。"

"要是采只标本就好了。稳能打下来,它不大嘛!"张雄还在可惜。

"它猛然出来时,我也没看清。后来,从体形和身上花纹看,可能是云豹。它上树时暴露得清楚,这才认准了确实是云豹。这里的群众叫它荷叶豹,也是根据它的毛皮花纹似荷叶叫的。云豹是国家规定的保护动物,极为稀少、珍贵。全国也只有可数的几个动物园有。过去,已有人在这里发现过云豹,云豹的研究资料不少,无须我们再来用标本证明了。我们是研究动物的人,更有义务保护珍贵动物,怎么能随便捕杀?这和上次批评黑河、望春不该随便猎杀苏门羚的道理一样。更何况准备得好,用关笼可以捕获到活的。"

王陵阳这样一说,大家才知道为什么他连续两次发出严厉的不准射击的命令。

黑河听说可以活捕,浑身是劲,眼睛、鼻子都说话:"那俺来逮活的!"

望春却不同意:"你又忘了?俺们不是打猎的,是考察研究的。眼下,主要任务是研究短尾猴!"

三个叔叔对望春说的话都很满意。

黑河没词了,想了想又说:"等任务完成,俺和爷爷来逮!"

截获信号

大家研究以后认为云豹还在这附近。因为它饱食后,是不大乐意远行的。猴群已被冲散,尽管这里有丰富的食物,也不会再来了。

半路杀出的云豹虽然把事情搞乱了套,但也帮助冲散了猴群,他们可以接着进行预定的工作。

考察组先观察了被云豹冲散的猴群后卫的逃逸方向。那里越过这个山头后,即是北坡,森林并不茂盛,很难长时间存住猴子。他们看到向北折去的猴子有三四只。

大家来到李立仁原来的隐蔽地,感到这地点选择得好。向东,过一低冈,是茂密的森林。从望远镜中看去,有好几处的景观都适宜作为猴群的栖息地,更重要的是猴群的大部分都随猴王冲到这边。王陵阳分析:假设分散的猴群要汇合的话,折向北坡的零散猴子,将向大群靠拢。

依据这样的分析,考察组设想了猴群汇合时可能走的路线和汇合地点。随后,他们就到那设想的汇合点附近去了。

大家吃了一些干粮,除了留下一人值班,都到背风向阳的地方休息去了。寒冷毫不留情地向人们侵袭,大家只得背靠背坐着。黑河情愿一直值班,也不愿坐在那里休息。

太阳快要落山,鸟儿飞来飞去地紧张觅食,在为过夜做准备。王陵阳把大家召集到一起,他认为失散的猴群要会合,现在也快到互相寻找的时候了。

西北方远处,传来了断续的两声:

"喔——喔——"

叫声使困倦、焦急、失望的考察组立即振奋起来。他们依靠树林的掩护,用望远镜向传来声音的方向观望。看了一遍又一遍,什么也没看到,连声音也听不到了。张雄甚至怀疑是否因为思想太集中而产生了幻觉。难道能几个人同时产生幻觉?

大家刚刚失望地坐下,接连又传来几声"喔——",这次声音清楚,不容怀疑了。

"喔——喔——喔——"

连续的呼号,使大家都认定是猴鸣。这哀哀的鸣叫,使人感到凄楚。西北方向的猴叫,愈来愈响亮,间隔愈来愈短。由此判断,猴群是在向这边移动,可是望远镜里却什么也看不见。

张雄专管录音机,猴叫声一起,他马上打开;猴叫声一停,他立即关闭。

忽然,意料中的事情发生了:在东边森林深处也传来了"喔——喔——"声。这边一应,那边更响亮地叫起来了。

东边猴群比预想的地方要远。

考察组根据刚听到的两边的声音,重新判定了猴群可能会合的地方,于是,赶快向前推进。

西北方向的猴群移动很快,两次鸣叫的间隔也长了些。不一会儿,考察组发现,失散的猴子鸣叫声,与开始时听到的有所区别:

"喔——呜!喔——呜!"

确实,后面拖了尾音,它虽然比较低弱,但还是能听得清楚。这大约是因为距离近了,山谷回音干扰也小了。张雄再也不顾惜录音带了,一直把录音机开着。

王陵阳兴奋地说:"这可能就是失群的猴子的叫声。"

一呼一应,使他们很快发觉,猴群的会合点,比第二次设想的还要远一些,眼看再往前赶也赶不上了。

猴群在暮色中会合了,发出一片错杂的叫声,可惜考察组没有能实地观察它们会合的种种表现。

一点声息都没有了,既未看到它们,更判断不出它们的去向。

王陵阳感到,已经用录音机录下的可能是它们的联络信号,需要仔细地分析甚至模仿,然后再放到实践中进行检验;而猴群在夜间又不会有什么活动了,留下来监视意义不大,便叫大家一起回去了。

猴群呼应了

第二天一早,考察组分头出发向猴群昨晚可能的栖息地走去。

直到七点,谁也没有发现猴群。只有李立仁在一片常绿林里,发现有很多断枝败叶。从断枝败叶的面积和数量,可以判断出这是猴群曾停留过较长时间的地方。从断枝的痕迹看,像是昨晚留下的。他又往前延伸了点路程,没有再发现任何可能是猴群遗留的踪迹。

李立仁赶到集合地点,其他两组已都在那里。情况用不着重新介绍,都已通过报话机随时交换过意见了。

王陵阳和大家商量了一会儿,决定进行一次大胆而有趣的实验。

他转过脸来问:"小黑河,有没有把握?"

黑河表情庄重、严肃。越是这样,越是显出他天真、调皮的神色。

"差不离,试试看,不吹牛,真的!"

王陵阳问:"要不要再听一遍录音?"

"不要,俺已录在这里了。"

黑河指了指他自己长着两个旋儿的头。

"别紧张,就像平时好玩一样。你有这方面的才能,一定行。"

李立仁没有说话,只是亲热地摸了摸黑河额前漆黑的鬈发。张雄已做好录音的准备工作。

王陵阳用轻松愉快,甚至是有些满不在乎的语气说:"开始吧。"

黑河向前走了两步,一双小手放到嘴边,形成了一个小喇叭:

"喔——呜,喔——呜,喔——呜。"

王陵阳听着,听着,不禁感到这一声声呼叫,在微微地拨动他的心弦,脑海里突然涌出了"猿声碎客心""风急天高猿啸哀"这些古典诗歌中的句子……

黑河呼叫的回音在山谷里悠荡。大家在不知不觉中,似乎又回到了昨晚倾听几只零散猴子在寻找猴群的境界。王陵阳感到有两次回音长了,他和李立仁几乎是同时紧张地对黑河说:

"停止!"

雾蒙蒙的山谷中,传来了两声像是回声余音的猴叫。顿时,一股被压抑的紧张的喜悦如电流一般,同时在大家的心头闪过。

王陵阳神采焕发地说:"再叫。"

从黑河嘴里,又发出了一声声猴叫。刚停,大家都已区别出在回来荡去的回音中,确有一种异样的声音。

"停止!"

一阵山风迎面吹来,林海里掀起层层微波。十几只八哥鸟斜刺里飞去,扑扇着的乌黑翅膀下,两排如雪片一样的白羽,花朵般一闪一闪。

"喔——喔——"

山谷里响起的这两声猴鸣,就像是一串红喜炮在他们的心头炸响了。

"猴群呼应了,真的,是猴群的呼应。"

黑河也不等王陵阳的命令,立即发出了猴叫,回答猴群。黑河刚叫几声,山谷里就传来了更清晰的猴群的呼唤。

"出发!"王陵阳下达了简短的命令。

考察组迅速地向传出呼应声的森林前进,人们心头洋溢着成功的喜悦。多少个苦思冥想的夜晚,风雪雨露的黎明,千山万壑的跋涉……不都是为了探索大自然的奥秘吗?当奥秘的大门终于向他们微微启开之后,前方是何等光明灿烂啊!

就是昨晚,他们几乎彻夜未眠,一遍又一遍地放着录音,分析着猴叫的特色。虽然录下的大部分的猴叫都不太清晰,有的声音微弱,有的噪音刺耳,但是他们终于找出了几声比较清晰的猴叫。这种经过实地观察,被认为是猴子的失群声,引起了大家的兴趣。他们把音节一部分一部分地细细分开,用科学的方法比较它的不同,终于,基本上找出了特征。

王陵阳动员大家都来模仿猴群的失群声。顿时,这深山高敞的房屋里飞出了一片乱糟糟的叫声,南腔北调,五花八门,啥音都有。罗大爷老夫妇俩,虽然不太了解它的意义,但知道这是在认真地工作,可是怎么也忍不住不发出笑声。幸而这是在深山老林,如果在闹市街口,警察不来干涉,行人也要把小屋围得水泄不通的。

用不着王陵阳细心筛选,黑河学鸟叫的才能是大家早已公认的,现在他模仿猴叫也惟妙惟肖,大家听了都赞不绝口。

现在,这支小小的队伍,一面走着,一面和猴群呼喊应答,距离愈来愈短了。

黑河停止了学猴叫,队伍散开,悄悄向猴群接近。

不一会,报话机里传来了李立仁和张雄发现猴群的报告。王陵阳按他们所说的方位,也很快看到了正在树丛中休息的猴群。停了会儿,李立仁说,他看到了仔猴,经过细心观察和计算,仔猴还是六只。从其他猴子的一些特征看来,这就是昨天被云豹追捕的猴群。

猴群还在一声声呼喊,可是,已没有散落在外的猴子寻找猴群的叫声了。

王陵阳已经观察到,是一只成年公猴在树上发出呼唤。那个被认为是猴王的大猴,正坐在树丫上咀嚼食物。从生境的景观看来,这里并不具备猴群栖息的条件。这里仅仅有一片常绿阔叶林,也没有看到附近有水源。王陵阳想:这可能是猴群等待零散猴子归来的临时停留地,或者是猴群漂游途中休息的地方。他把自己观察的印象简要地通报了其他人。

猴群开始了微微的骚动,呼唤的猴子已从树上跳下。不知是因为没有等到失散的猴子,还是失群声的突然消失引起了它们的怀疑?

猴王轻轻地鸣叫了一声,首先从树上跳了下来。这树、那树上的猴子们也纷纷跳到地上。猴王在前面一走,所有的猴子都行动了。有的猴子明明是在前面,但猴群行动时,它却跑到后面,混进零落的队伍里去了。

"跟踪! 二号在猴群的左侧,三号在猴群的右侧。我在猴群的后面。"王陵阳下达了命令。

猴群在漫游时,全部放下前肢在地面走。这是他们前几次都没有看到的现象。行进速度也较快,没有滞留的。

王陵阳看着这长长而散乱的队伍,感到似乎也还有着一定的序列。他跟在后面,没有看到仔猴和它的母亲,只发现走在后面的是七只公猴,体格都很壮实。可惜,转过一个山弯,猴群就停下来了。要不,还可以观察得更仔细一些。

山坡向阳,稍微偏了一点。有条小溪从山那边流来。隐藏在常绿阔叶树林后,有块并不大的石壁。

王陵阳和大家交换了意见,都认为猴群今晚可能在这里栖息。

不祥之音

到了下午四点,猴群还没有迁移的迹象。考察组会合到一起,拿出分散背来的包芦,由望春悄悄地投放在他们选定的地点。然后,返回了住地。

途中,他们啃着冰冷、铁硬的干粮。这还是因为刚刚给猴子投食时,才想起自己的肚子也是空的。从早上到现在,一直是在紧张、兴奋中度过的,谁也没有想起吃干粮。

晚上,他们汇集了各人观察到的情况,分析了这些资料,认为猴群现在栖息的地方,并不典型、理想,但很便于观察。他们今天选的三个观察点,不仅能清楚地观察猴群,而且能隐蔽得很好。如果投以丰富的食物,猴群不一定转移。

住地距离猴群那里,有十多里地。猴群如明天不迁移,他们就决定在猴群栖息地附近搭山棚,省掉来回的时间。这将需要有人来回运物资。另外给猴群投的包芦也快完了,要赶快向附近的分水公社请求帮助。罗大爷自告奋勇去公社联系。

捕捉猴群的方法,仍然是主要的问题。考察组虽然经过多次访问紫云山群众,询问动物园一些老饲养员,甚至向有关单位发了函件,所得材料都是不能令人满意的。

王陵阳认为,可能是大家确实都还没有捕捉整群猴子的经验。李立仁从另一方面解释了这件事:这一带真正的猎人是不猎猴的,猎猴的是少数人,而且是特殊需要。这种人,所捕的猴不大会是大量的,从他们实地观察猴群的生活习性看来,他们也不可能捕捉到整群的猴子。因为猴群是分批下山觅食的。

这些人,都不会轻易说出捕猴的方法。因为只有垄断,他们才有利可图。所以,解决捕猴问题只有靠考察组自己了。他们也早已从偷捕紫云山短尾猴的神秘人物那里,得知了一些线索,现在,还需要从他那里再取得一些材料!这就要靠李立仁的智慧和机敏了。

下半夜,罗大爷披着一身白霜回来了,说是公社的丁主任说:县里早下了通知,考察组需要什么帮助,说一声就行了。明天上午,公社派来的人将把包芦带来。

考察组离猴群昨晚停留的地方还有里把路的光景,天已大亮,正走着,前面响起两声震撼人心的猴叫:

"哇——哇——"

接着又是两声:

"哇——哇——"

大家的心突然往下一沉。这是不祥的声音,他们已从考察的材料和录音带上分析出:这是猴群的惊叫声。考察组已多次遭受过这种声音带来的失败。

连黑河都说这是"怪音",因为它来得突然,消失得也迅速。如说是猴群突然受到野兽侵袭,可是,野兽的踪迹一点也找不到。而且几次"怪音"出现,正是考察组要取得收获的时候。这到底是为什么呢?

猴群惊叫声刚起,王陵阳立即做了布置:"张雄快去拦住猴群的前锋。黑河跟我来。"

张雄跑出几里路,也没有看到猴群遗留下的任何踪迹,只得回来。

王陵阳和黑河,将周围搜索了一遍。猴群栖留后的迹象,随处可见,就是没有查到猴群的任何踪迹,更没有见到云豹猎猴以后留下的血迹。

王陵阳拾起一片树叶,指给张雄看:"这里还有新鲜的树浆。这说明,猴群是刚刚才惊散的。"

昨天投食的包芦也没有吃完,还剩下不少散落在各处。

黑河看两个叔叔都很焦急,说:"没啥了不起,俺再去把它们找回来。"

王陵阳没有那样乐观:"炸群后,猴群逃窜的速度很快,现在顶少在十里开外了,要找也得等一等。还是先检查周围,看看能不能发现一些'怪音'的蛛丝马迹吧。"

大家只得按王陵阳所划分的区域分头检查。结果,还是什么也没有发现。

王陵阳通过观察云豹攻击猴群,已经亲眼看到、亲耳听到,猴群只发出了两声惊叫,随即急于逃窜。云豹也只是到要威慑猴群时,才大吼一声。今天听到猴群的惊叫却是两次,每次两声,这和印象中记忆的是一致的。

他对"怪音"不是没有警惕,而且最先对"怪音"产生怀疑的,就是他和李立仁。他没想到居然又来得这样快。云豹攻击猴群的一幕;识别了猴群失群声的秘密,成功地用模仿失群声找到猴群……这一切,麻痹了他。他在心里严厉地责备自己。

"怪音",不祥之音! 大家暗暗地下定决心:一定要揭开"怪音"的秘密!

第十八章　赶猴

寻找，再寻找

下午，考察组又找到一处适宜猴群栖息的生境。他们停留在这附近。

傍晚，山谷里再一次回荡起黑河发出的猴子失群声。冬日的群山，在那一声声的哀鸣中，显得更加萧瑟、凄凉。

烦躁的张雄，又把黑河的模仿声和录下的猴群发出的失群声，一次次进行对比，还是一模一样。

王陵阳伫立在山冈上，慢慢地移动望远镜，眺望着远山林海，一言不发。

黑河满脸阴云，丰富的面部表情也失去了往日的光彩。寒冷的晚风，不时地将他额前的一撮鬈发掀起。尽管喉咙都叫疼了，他还是耐心地一声声呼喊着。如果从模仿失群声这个角度讲，那声音里确实倾注了他的忧愁、焦急，使得这失群孤猴的叫声，更加哀楚、揪心……

中午，考察组在早晨猴群逃逸的附近，发出了失群声。结果，除了山谷的回音，连鸟儿也不鸣叫一声。转移地点之后，还是得不到回应。王陵阳骤然放下望远镜，转过身来，把思虑成熟的意见，变成了简短的命令："收拾东西，准备返回。"

黑河嘟囔说："那……"

王陵阳脸色安详地说：

"再叫也没用了。你们想,这群猴已连续两天受到很大冲击。昨天,它们听到散落在外的猴子鸣叫声,迎到了跟前,又不见失群的猴子归来。这次听到'怪音'后,一定又逃得很远了,未必能听到呼唤;纵然听到,也不一定应答的。"

王陵阳见张雄情绪不高,黑河还想说什么,就用安慰的语气说:

"猴群是要找的,不然,我们来干什么?'科学'这个词,在法语中,它的意思就是'寻找';在英语中,它的意思是'再寻找',我们就是在寻找再寻找。我相信:一定能再找到猴群的。只是,我们还要做细致的工作。小黑河,你说呢?现在硬找它,它不睬你嘛。总要等它思想转过弯子才行吧?"

黑河的脸稍稍开朗了一些。

"王老师和小张同志回来了!"

王陵阳他们离小桥还有百多步远,就听到侯振本的大喉咙嚷了起来。接着,在暮色朦胧中,从罗大爷家的院里,走出了四五个年轻人。王陵阳他们还没来得及答话,侯振本已热情地迎了上来。他满面笑容说:

"你们辛苦了!看看,累成啥样子了?来,快把背包、枪支给我们。昨儿夜里公社丁主任一得到信,今儿天不亮,就赶到我们大队,派好人,准备好粮食,要我把人带来。真的,一听你们找到了猴子,我们也乐得一夜未睡安稳。自从打倒了'四人帮'以后,全是让人高兴的事儿。"

王陵阳好不容易才插上嘴,讲了两句感谢的话,和几个年轻人互相做了介绍。他发现:侯队长带来的几个人,全是二十岁左右的小青年,心里不禁"咯噔"了一下。张雄一看,侯振本还是那副老样子,浓密的络腮胡子像是一片苔藓,一说话,总是笑眯眯的,很随和。王陵阳却敏锐地发现他额上添了皱纹,但嘴里却说:

"侯队长还是成天乐呵呵的,样子一点没变哪。"

"王老师说笑话了。你看看,几个月不见,黑河这小子又冒了一截子。我们该变老啦,尽让这些小子催的。"

侯振本特意把黑河拉到了身边,往自己胸口靠了靠。

黑河挣脱了他的手,没好气地说:"俺可没催你!"

侯振本哪里会在意黑河的不高兴?没等王陵阳将毛巾从盆里拧起,擦一擦满脸的汗水,赶忙问:"这包芦往哪送?快说个地方,我们好连夜送去。"

王陵阳一边拧毛巾,一边说:"昨晚罗大爷没说清?"

"上了年纪的人,说话丢三落四的。或许他跟丁主任说了,丁主任忘了跟我们讲。要是知道在哪个山,哪个岭,我们早已送去了,还等到现在?"

王陵阳擦净了满脸汗水,人也显得精神了:"幸亏忘了,要不,还得往回挑哩!"

侯振本笑眯眯的脸色,突然变得迷惑不解、惊讶:"这,这,是为啥?"

"为啥?猴子跑掉了!"黑河气嘟嘟地说。

"这寒冬腊月的,猴子有得吃,还会跑?唉!这真是……事也难说,这大猴子嘛,谁也摸不着它的脾气。野物野性的,说跑就走了。这倒是没想到的事,难怪小黑河一进门,满肚子气没处撒哩!"

侯振本带来的几个小青年,也都小声地叽咕了起来。他们还没见过那种大猴,都怀着好奇心想去看看。

王陵阳点了支烟,说:

"侯队长,你刚才说得在理。这寒冬腊月的,猴群待的是块好地方,我们又投食,它怎么还跑了呢?我也正在想这问题,也想向你讨教讨教。"

侯振本认真地想了想:

"我们大老粗,没文化,什么科学研究呀,我不懂。这大猴,过去没见过,还是跟你们在一起长了见识。我估摸,是不是碰到别的野物了;要不,就是你们跟紧了,它犯了疑心。"

"俺离它还有里把路哩!"黑河又冒了出来。

"你们没看到别的野物?"侯振本问黑河。

张雄又在后面喊黑河。黑河肚里的气正在拱哩:

"看到个屁!只听哇哇两声怪叫,猴子早跑得没影了!"

出了这口气,黑河才又到张雄那里去。

侯振本脸色一变:"还有这样的怪事?"他又看了一下王陵阳的脸色,见他仍然是那样漫不经心,这才改了口,"王老师,你也甭急。常言道:能找到一,就能见到二。紫云山有这猴子,还能只是一群?"

"是呀,侯队长说得在理。俗话讲:猴子不上树,多打三遍锣嘛。"

王陵阳声调不高不低,不紧不慢。

正说着,罗大爷从外面背了筐猪草回来。他似乎已知道了一切,问也没问猴子的事,又忙着去喂猪了。

侯振本忽然想起一件事:

"怎么到现在,还没见到李老师和望春?他俩还落在后头?"

"他们清早就有事到别处去了。"王陵阳连连打着呵欠。

"到哪去了?"侯振本猛地站了起来,沉默一会,又说,"这大黑夜,深山老林的,走夜路可得当心。"

王陵阳微微笑了笑:"没事!他们俩有伴,又有枪,出不了事。"

"话是这么说。在这出了事,我们担当不起,还是去接接吧。在哪?"侯振本还是不放心。

"今儿,不一定回来哩!"

"唉!你们这工作真辛苦。我们山里人家,吃了腊八粥,都忙着备办年货了。你们还是风里来,雪里去,看样子,得留在这山里过年了?"

"我倒真想在这里过年,看看你们的风俗。"

王陵阳说完,往内屋找罗大爷。他得知罗大爷对侯队长他们留宿已做了安排，就转头找几个小青年聊天去了。罗大爷便来到堂屋，陪侯队长喝茶、吸烟。王陵阳向几个青年讲了一些通俗易懂的动物学知识和这次捕捉猴群的意义。他想，这些小青年，可能要成为考察组下一阶段工作的得力助手了。谈了一会，又知道他们是从几个村里抽调来的，都和侯队长不是一个队的。

第二天一早，侯振本找到了王陵阳，说：

"眼下，这码事又悬起来了。王老师，在这吃闲饭，我们心里慌，都想回去了。你们需要时，带个信，立马就来。"

王陵阳连忙说：

"何必两头跑？住下好了。考察组人手少，要请你们协助，这是早和地区、县、公社谈妥的事。"

侯振本张了几次嘴，也没吐出什么，最后不好意思地说：

"一年累到头，老小都盼着个年。年前家里事太多，我……"

停了几分钟，王陵阳说：

"这样吧，侯队长家里真有事，也不好勉强。我和几个年轻人谈过，他们留下。"

侯振本稍一沉吟，改为一副开朗的笑容说：

"哎呀呀，不怕你笑话，我们这些大老粗，就是私字重，公社把这样的大事交给了我，我倒要先溜了，像话吗？私事再大是自家的，公事得顶在头上办。承你们一片热心热肠的，我也不能冷着。行，就在这和大家一个锅里响锅铲子！"

"难为侯队长一片心意。好，就这么说定了。"王陵阳很高兴。

直到下午，李立仁和望春才风尘仆仆地赶了回来。

小望春满面春风。李立仁跟平时没什么两样。不知为什么，侯振本老觉得他脸上有股让人猜不透、测不准的神色。

晚上，罗大爷家高敞的堂屋里，烟雾缭绕，茶香四溢，笑语飞扬。火塘四周,坐满了人。王陵阳开门见山,宣布了考察组准备兵分两路,主要任务是找猴群。一路是张雄、望春和侯队长,另有两个小青年。余下的三个青年和王陵阳他们一起。王陵阳还大致划分了各组的活动范围,规定了在山上宿营地的处所。接着,请大家发表意见。

几个青年听了王陵阳平易近人、亲亲热热的谈话,都很高兴。明摆着的事儿:考察组没把他们当外人看,也没只当成是挑担送行的劳动力,而是请他们一道参加工作。这个戴眼镜黑瘦的大学老师,昨晚和他们谈了大半宿,已取得了他们的好感和尊敬。

侯振本也很高兴,笑眯眯地说:

"嘿!真不错,王老师就会调动大家的积极性,搞了两个'三结合'哩。喏,一个是知识分子、工人、贫下中农的'三结合',一个是老、中、青'三结合'。哈哈,哈哈!"

停了停,又说:"人一分散,一东一西,联系多不方便!碰到急事儿,要失误的。"

王陵阳说:"这次,我们接受了上次的教训,通讯联络的问题基本上解决了。有报话机哩!"他拿出了小型报话机,让大家看了看。

侯振本一拍大腿:"没想到你们已经电气化了!我这就多虑了。"

又讨论了一会具体问题。王陵阳准备结束会议:

"大家都清楚了我们这次来考察的任务,感谢公社的支持,也感谢大家在这严冬腊月来帮助。希望能坚持十天半月,没有特殊的事儿就别请假了。这是一个萝卜顶一个坑的事。实在有困难的,还可以换人。"

谁也没有异议,事情就这样定下了。

无数的小窝凼

李立仁、王陵阳这一组,只在搭好的山棚里住了一夜,就因为附近的景观不好,又移到另一处宿营了。他们在向阳避风的山坡上搭起的山棚,安全、暖和、方便,比帆布帐篷还要经济、实惠。

王陵阳他们成天在山上转悠,一处处考察,就像是看风水的"地仙"。两天工夫,他们终于找到了一处好所在:

一条山溪从阳坡的峡谷里潺潺而下,冲过了几块落叶林,融进了汪着墨绿波浪的高大的常绿阔叶林带,一直滚落到横在山前的一条河流里去。水流清澈见底,河面宽阔。

山溪西边的山峰和连绵不断的大山相接,山高林密,雪线上银峰比比相连。山溪东边的山峰,转过峡谷不远,就是山垇。山垇过去,森林突然断头,迎着东面,像是被刀斧劈开一般,全是笔陡的悬崖,只有几棵饮风宿霜的老松。

后来,罗大爷来了,给他们说了这山的故事。

相传,这山原是条懒龙。它长年不行云,不布雨,只是喝酒睡觉,糊里糊涂。山野连年干旱,树木枯凋。懒龙偶尔醒来,又是蹬腿,又是伸腰。这可了不得,万山震动,千山飞石。

有个年轻的铁匠气愤不过,他炼了九百九十九炉铁,锻打了九百九十九天,终于打成了一把大斧头。一个老樵夫,找了九十九天,才在西山找到了一棵九丈粗、九十九丈长的大檀树。他把这棵砍倒的檀树送给年轻的铁匠做斧柄。

年轻的铁匠,在九月初九重阳那天,站在对面的铁匠峰上,手举大斧,狠狠地向懒龙砍去。这一斧刚好把老龙拦腰斩成两截。立刻,千山涌泉,万山飞绿,可斧头也断了。那斧头砍下迸出的一块,直落到南边十里路外的基石峰上。于是,它落下了名字:断斧峰。

断斧峰东边山腰,靠溪流附近,有块大石壁。石壁约有十米高,上面平台总有二十多平方米。平台上方山势也较陡险,高大的常绿阔叶林,层层垒叠。

他们粗略地计算了一下,平台上每天可照到七八个小时的阳光,仅这一条,在这大山密林里就难找。

平台靠溪流一边下方不远处,山坡上有块小小的平地。过了平地到了溪流,如果不过去,得顺着峡谷向右上方转进去,刚巧是个小小的山坳。

简单说来,平台可称前山,山坳可称后山,中间挡着个山膀子。这个地方是考察组几个月来对猴群考察中,选择出来的最理想的猴群栖息的地方。

李立仁和望春做了一次秘密旅行,为考察组这次新的行动做了准备。

王陵阳和一切从事科学研究的人一样,总是要给自己留有保险系数和可供选择的别的方案。除了现在选择的这个地方,他和李立仁也相准了另外两处地方,以作备用。

三个青年,除一个留下看守山棚,那两个都忙于从罗大爷家,往这里搬运一些必要的粮食和物资。

王陵阳、李立仁、黑河三人,成天在山上寻找猴群。干粮也只是包芦粉做的饼,由于缺少新鲜的蔬菜,几个人的嘴唇裂开,露出了血口子。可大家的心里是踏实的,胜利的希望在鼓舞着他们。

自从李立仁回来,王陵阳向黑河介绍了情况,做了一次简短而严肃的谈话后,黑河好像突然长大了几岁,没有叫过一声苦,也没有撒过一次娇。

这一天,考察组跋涉于探头峰,在常绿树的密林里,发现了一片奇异的景象:树林像是被一阵龙卷风刮过一般,树枝都被折断了,地下落了一层,有的还皮连丝挂地耷拉在树上。树叶被捋摘得更多,有的枝头只有两三片残缺不全的叶子,甚至树皮也被剥得干干净净。

特别叫他们惊奇的是,在树上、地下的枝枝叶叶上多处残留着血迹和一撮撮兽毛。有棵细叶青冈栎的树丫,都让血染红了。地上,布满了一个个小窝。窝旁边留有清晰的爪痕,它不深也不大。

王陵阳捡起一些留有啮痕的树叶,细细观察着。在这方面,已有的经验,使他们不难认出,这是要找的紫云山短尾猴所留下的。落在地上的兽毛,也从旁证实了这点。这说明猴群在这里栖息过。

那些血迹和猴毛又是怎么回事呢?难道又碰到了云豹?他们怎么找,也没发现死猴的残骸或别种野兽的踪迹。被糟蹋的树林面积虽不很大,但摧残的程度却比过去看到的都厉害。是云豹追逐的结果吗?难道云豹需要这样反反复复在树上追逐、猎取?和他们亲眼见过的情形一比较,感觉不像。

李立仁提出了一种看法:"会不会是猴群内部发生了严重的争食现象?"

王陵阳没有马上回答,过了半天才说:

"在这严寒而食物缺少的冬季,是可能发生这种情况的。不过,这里可采食的树叶比较多,不必为它争夺。假设是发现了比树叶更美味的食物,如谷物或昆虫之类才有可能。我已经找过了,并没发现周围有可供猴群争夺的高级食品。几个小昆虫引不起这样大规模的激烈争战。"

李立仁一想,也确实是这样。可是,怎么来解释这一奇异的现象呢?

王陵阳也提出了一个问题:"它们为什么掏了这许多小窝?"

这就像是一道数学题,有了已知数,求得未知数还不是那样容易的。看来,目前只得接受猴群发生了激烈内战的推测了。要求出正确的答案,还必须再多得到一点事实。

不久,考察组又发现了一件让他们高兴和惊奇的事。如果按照树木被糟蹋的面积和程度来推算,这是一个很庞大的猴群,估计有一百三四十只猴子。

从血迹凝结的程度和树枝、树叶上的浆汁来看,猴群是在四五个小时以前离开了这里。现在已是黄昏,它们大约也停留在某地,准备过夜了。今天也无法和这些漂游的流浪汉见面了。

考察组在落日的余晖中,观察了附近的景观,估计了猴群可能栖留的地方,就向宿营地返回。

一夜之间,老天变了脸。昨晚太阳落山时,西边天际还是晴朗的。今早,却是山风呼号,阴云密布。

电台的天气预报说,近两天将有一场小雨夹雪。仅仅是雪,还要好一点,他们毕竟在雪天里观察过猴群。下雨呢?将对猴群有什么影响?更何况,对这里的小气候还不清楚,谁能担保它不会是大雨大雪?这猴群要不要找呢?王陵阳和李立仁在临出发前,不得不慎重考虑这问题。

王陵阳想起了,他在查阅紫云山气象资料时有过这样的印象:冬季,这里很少有雨,多是雪。他追忆了一下入冬以来的天气预报:紫云山只降雪,未降雨。从他们的任务看,他们必须抓紧这一有利的时间。这时间是他们和"怪音"经过了一场无形的较量才获得的呀。

猴子的行军序列

按紫云山区这个季节的日照时间,应该是黎明了。到达探头峰,天空却依然是浓云笼罩,大山也似乎被压得矮了一截。

"喔——呜""喔——呜"……

从北方吹来的山风,把失群猴子对猴群的呼唤,散布到黎明的群山。山谷响应,发出低沉的回声。

昨晚认为的可能是猴群的栖留地,现在一点异样的声息也没有。

黑河站在突兀的岩石上,胸前的红领巾在风中拂动。他像是神话中昂首挺胸的号手,正向无边的天宇、连绵的群山、广袤的大自然呼喊。

王陵阳和李立仁站在他的身后,锐利的眼睛、灵敏的耳朵,正在探索收集大自然的一切音响、反应。

黑河叫一会,停下,转动身体,再喊叫。顺风时,声音传播得较好;逆风时,一股冷风往肚里灌,叫声刚出口,就被迎头风吹了回来。黑河跳下岩石,说:

"王叔叔,可能是风大了点,俺到上风口去吧。"

王陵阳点了点头,李立仁提枪要和黑河一道去。黑河说:

"李叔叔,你甭去了。还怕俺丢了?"

他们一想也对。王陵阳对李立仁说:

"咱俩也分开,你再往东走千把米,听到的范围可以更大一些。"

王陵阳和李立仁在各自的点上,都听到了山风传来黑河模仿的失群声。真巧,三人鼎足而立,刚好是个大三角形。

不一会,报话机里传来了李立仁喜悦的声音:

"听到猴群的应答声了。在我东边约五百米处。你们听到没有?"

"俺没听到。"

王陵阳也没听到,连忙说:

"黑河迅速向李立仁靠拢,不要间断呼喊。李立仁原地观察。我马上就到。"

实践再一次证明:利用失群声确实可以找到存在着的猴群,这就朝揭开猴群"信号系统"之谜向前迈进了一大步,也为以后对紫云山短尾猴种群的各种研究,打下了坚实的基础。

看来猴群正朝着他们原先估计的相反的方向移动,假如没有黑河模仿得惟妙惟肖的失群声,要找到猴群,真不知道要花多少精力和时间!

他们两人很快到了李立仁那里。黑河因为走得急,气喘吁吁,没有连续呼叫,猴群竟焦急地先叫起来了:

"喔——喔——"

等气平缓了些,黑河回应了猴群的呼喊。然后,他们循声找去,不一会,果然发现了猴群。三人几乎是同时发出信号,证实这是短尾猴猴群。

猴群的栖息地在一个狭小的山沟里,虽然也是阳坡,但石壁并不太大,估计平台的面积也不会大。山溪很小,只有一股刚能看见的细流。树林也稀稀拉拉。枝头还挂着果实和种子的树木更少。很显然,这里存不住猴群,这只是昨晚它们匆忙间寻找到的地方。他们粗略地计算了一下,猴的数目在五十到六十之间,比估计的少了一半。

"一号、二号,俺看到好几只猴身上都有伤!"

报话机里传来了黑河的报告。他身体小,又伶俐,大约是钻到了贴近猴群的地方。

李立仁和王陵阳仔细观察,发现果然有受伤的猴子。有只大公猴,血把背上的毛染红了一大片。它正坐在树上,大口大口地嚼着,似乎没感到什么痛苦。

"你们发现有受伤的母猴吗?"

王陵阳没观察到,只得询问。

不一会,报话机里传来了黑河和李立仁的声音:"俺没看到。""只发现带伤的全是公猴。"

这些情况,似乎证明了王陵阳关于解开猴群谜团的一些想法。于是,他简短地说:"继续注意观察。"

李立仁和王陵阳通过报话机交换了意见,都认为这群猴,就是在树林里留下血迹的那一群。这里的景观不理想,栖息地特点不典型,不具备捕捉猴群所要求的一些条件。附近地形,他们昨晚已观察过几处,认为可能成为猴群栖息地的地方,它们偏偏未去。

怎么办?下一步该怎么行动?

在他们的考察计划中,一是观察猴群在自然界中漫游的情况;一是在条件成熟的情况下,同时捕捉猴群。按照当前情况,他们决定:两项任务同时进行。

这里在断斧峰的西南方向,距离他们所选定的断斧峰山腰,有二十里左右。这个距离,在这样的深山里不算远,孩子们上学,每天都得跑这么多路。现在的问题是要让猴群听指挥,迁移到考察组为它们准备的宿营地。

李立仁立即出发,回山棚召集那三个青年。王陵阳和黑河留下监视猴群。

快到九点钟时,猴子纷纷从树上跳到地上。王陵阳估计猴群要开始漫游的生活了。这是在一个大公猴发出了低沉的呜呜声后开始的。这个大公猴遍身黑褐色的近乎发青的长毛蓬松着,体形大,四肢粗壮有力。

黑河亲眼看见,它轻轻一巴掌,就把另一只正在抢野果的大猴打得踉跄几步远。也就在这时,黑河看到这只公猴脸上有块长疤,那是老伤。在下巴颏那里,还有一处结了血疙瘩的新伤。王陵阳也注意到了这只发出行动信号的大猴。他从报话机里告诉黑河:"它可能就是猴王,要注意。"

黑河心里想:常说美猴王,美猴王,它脸上那么一块大长疤,下巴颏儿还有一个疤,要是奶奶看到,一定说破了相,咋能称上美哩!

猴群的前队出发了,接着整个猴群都开始了行动。

王陵阳和黑河各在猴群的一侧,跟随猴群前进。王陵阳要求黑河靠近猴群队伍的中段就行了,不要超前,也不要落后。自己却紧张地来回行动。

猴群全部用四肢走路,顺着崎岖的山势向西北移动。它们尽量沿着山脊,避免迎头逆风。王陵阳为了能观察到猴群在漫游途中的行进序列,快速跑到猴群的前锋,仔细地观察。

猴群走到了乔木林下。前锋有六只大猴,全是雄性。起先,令人奇怪的是,被认为是猴王的那只大猴,并未走在前面带路,它走在第四、第五的位置,有时也和几只猴子一同行进。

但走在前头的猴子,时时回头注意猴王的行动。当猴王掉转方向,他们也赶快掉转方向。这样的次数不多,但说明猴群的前锋对选择漫游路线是熟悉的,而猴王实际上就是猴群行军时的总指挥。

前锋的后面,是在体质上略次一级的十只成年雄猴。接着是携儿带女的雌猴。有七只仔猴,三只在地下依傍着它们的母亲行走;那四只,全都悬吊在母猴的腹部。如果距离远一些，真能把雌猴错当成是个大肚子；如果不是看到雌猴的四肢在走动，也会误认为是母猴在抱着它的孩子。

后面，又全是雄猴。担任整个猴群后卫的是体格较为健壮的四五只雄猴。整个猴群有五十二只猴子。它们在漫游途中，虽然队伍零散，但大致保持着这样的序列。

猴群行进时，发出的声音很小，速度较快。最快，每小时可达十八公里左右。

特殊爱好

现在，猴群走得相当快了。猛一看，它们放开四肢快步奔走的模样，真像一群狮毛狗。它们大概是早晨已饱饱吃了一餐，所以现在不急于取食，只顾赶路寻找优良的栖息地，或是寻找更丰富美味的食物。

小黑河跟着猴群，紧赶慢赶还是难以保持总在猴群队列的中段。幸而几只小猴很顽皮，走路也没个正经相，有时还往妈妈的身上爬，又禁不住路旁野果的诱惑，常常离开妈妈的身边，停下摘果吃。

有只满脸脏相的小猴吃得高兴，嘴巴直喷喷作响，嘴咧得老长，小眼挤得只剩了一条缝，连吐着咬碎的野山楂，口水、果渣挂满了下巴。黑河心里直好笑："嘿，酸果的味道好吧？干吗吐哩？"

还有两只，为一串小果子打起来了，被追的吱吱叫，跟后撵的也哇里哇啦，眼看追上了，又打又闹，扭成一团。等到抢完了、闹够了，妈妈也没影子了，大队人马也不见了。这下，笑脸变成了哭脸：

"喔——呜！"

"喔——呜！"

那又急又慌的样子，就像是个迷了路的娃娃。

小猴几声一叫，真灵，它的妈妈在前面也慌了，"喔——呜""喔——呜"

地叫唤起来了。

小猴便乐得又蹦又跳往前撵。猴群也放慢了脚步等它们。直等到小猴到来,母子欢聚了,漂游的队伍才又继续向前奔走。

王陵阳早已满身大汗,来不及脱衣服,只能在奔跑中把衣扣解开。他担心黑河跟不上猴群的队伍,可是,从报话机中传来的声音,说明黑河一直没有掉队。

王陵阳暗自思忖,如果再照这样的速度行进一个小时,不仅黑河没法跟上,他的体力也要跟不上了。他不得不慢走几步,了解李立仁的情况。然而,不论怎么呼叫也联系不上,这使他的担忧变成了焦急。

正在这时,王陵阳发现猴群行进的速度放慢了。他注意探望前面,原来有条小溪横在路前。他想猴群一定要绕道过河了。可是,猴群根本没有绕道的意思。当前锋刚隐没在溪岸的崖石后面,就立即响起了水声。

整个猴群一听到哗哗啦啦的水响,就像是听到了一种特殊的信号,漫游的行军行列一下乱了套,纷纷乱跑乱跳,争先恐后地向前闯去。

王陵阳正不知发生了什么事情,报话机里响起了黑河气喘喘的呼声:"王叔叔,猴群乱了!"

王陵阳的心猛地一收,刚才并没听到奇怪的声音,也没看到任何异常情况,猴群怎么骚动起来了?还能又是哪个神秘的东西来作祟?可是,事前一点消息也没得到,这怎么可能呢?他还是在行进中冷静地对黑河说:"严密监视。要沉着。"

话音刚落,就听到山泉那边,响起猴子的一片吱吱叫声和更响亮的涉水声。王陵阳加快步伐,迅速向水流接近。山势突然陡险起来,水边地形较复杂,植物繁茂。他速度要快,还得时时注意隐蔽,这使前进变得更加艰难。

黑河风风火火地说:"猴子都跳水了!"

黑河一直按照王陵阳的指示,始终保持在猴群行进队伍的中段。猴群行进的速度快,小黑河也只得把两条小腿的马力开得足足的,像是参加百米赛跑,不,像是参加翻越障碍的赛跑。不同的是,还得注意隐蔽,这些更增加了难度。

小黑河本来是喜欢游泳的,可在这样的大冷天,穿着棉衣怎么游泳?眼看猴群都在向前跑去,他越是心急,越是爬不上溪岸边的大石头。猛想起,叔叔常说遇到紧急情况要沉着,急躁了容易把事办糟。

他平静下来,看准了能搭脚的地方,一使劲就上去了。放眼一看,一幅新奇的景象把他弄迷糊了:

从他左后方赶来的猴子,一到溪水边,想也没想,纵身就跳,它们的跳水姿势还真优美哩,就像是黑河自己在岸上往黑水潭下跳水一样。"扑通"一声,水花四溅。有单个的,有四五成群的,纷纷向水里跳去。

落到水里的,有的喝水,有的闷水;更有一些互相泼水嬉戏,追逐厮闹。

几只小猴也离开了妈妈,正在水边小心翼翼地试探,一不当心,落到水里,就惊喜地乱扑腾,然后又赶快爬到岸边。

溪流里全是猴子。大猴多数集中在靠上游的水里。它们在河里耍着,任哗哗的流水冲着,全身都湿淋淋的,兴致正高哩。

黑河长长地舒了口气,告诉王陵阳:"猴子在玩水哩!刚才可把俺急坏了,真是一群调皮捣蛋的家伙!"

王陵阳刚才何尝不像黑河一样。现在,他正在抢拍猴群戏水的镜头。

猴群在这样的寒冬腊月里,还如此喜欢冬泳,这是没有想到的。原来考察中发现的几件并不连贯的事情,突然被眼前的场面贯穿起来了:紫云山短尾猴一号标本的毛,为什么有那样长?炎夏酷暑的季节,为什么只在海拔一千三百米以上、阴凉潮湿的峡谷中才发现它们?很显然,这种原来生活在热带和亚热带的猿猴,经历了漫长岁月的地壳运动、气候变化的严酷考验,在生存竞争中,已经逐渐适应了严寒的气候,反而不习惯低山区的炎热。

雪线上的气候,猴群也可能适应。但是,大雪覆盖了山野,常绿阔叶林几乎不存在,这样,它们因失去了粮食的来源,而不得不转向低山寻找食物。当然,这只是问题的一方面,也还需要在以后的考察中用更多的事实来揭示其中的奥秘。

王陵阳拍着照片,怕光线不好,不能很好地拍到猴子入水的动作,心想:要是李立仁在场就好了。刚想到这儿,果然听到李立仁的呼叫:

"一号!一号!二号正准备出发。请通知方位。"

假如猴群还是那样快速前进,王陵阳和黑河很可能跟不上猴群。幸而这条溪流把它们绊住了,他紧绷的心弦才松了下来。于是,王陵阳向李立仁通报了已发生的情况和现在的方位,叫他快来。

现在,已将近十二点了。有的猴子已在附近树上采食,大口大口地吃着捋下的树叶。几只小猴贪恋着玩水,还在溪边泼水嬉闹。从猴群的情绪看来,不像要立即转移的样子。按猴群活动的规律,也该是它们休息的时候了。

王陵阳连忙叫黑河休息一会。他们取出了干粮,喝着水壶里的凉水,啃着冰冷铁硬的包芦粉饼子。他们像是古罗马人一样,坐在奇特宏伟的广阔露天剧场,一边吃着美味的茶点,一边欣赏着正在上演的令人眼花缭乱的猴戏。

快乐的猴群

飘雪了。西北风从灰色的天空吹扬起无数的雪花。它们在空中翻卷着,似乎是恋恋不舍地离开了云层,不情愿地落到山野、森林、溪流。寂静的群山,被漫天雪花编织的帘幕笼罩起来,雪线上的银峰也失去了耀眼的光彩。

王陵阳和小黑河紧张地走来走去,不知道大自然的变化会对猴群产生什么影响。他们看到在树上寻找食物的猴子,仍然积极活动,对落到身上的雪花满不在乎。

在崖石上漫步的猴子,只偶尔摇摇身子,抖掉落在毛上的一层白雪,而在溪边玩耍的小猴,始终没有终止顽皮的嬉闹。

　　李立仁和三个青年,披着满身雪花,风风火火地赶来了。经过短时间的磋商,考虑到下雪这个因素,考察组决定"赶猴",有计划地把猴群引导、驱赶到断斧峰那边。

　　可现在距离断斧峰更远了,但只要方法、手段得当,是可以在一两天内把猴群赶到目的地的。李立仁在来的路上,已根据王陵阳的通报,大致地为猴群选定了今晚的留宿地。

　　在如何控制猴群行动的问题上,他们一时没有拿定主意。但有一点证实了原来的设想:利用失群声,在一定的程度上,能控制猴群行动的方向和速度。

　　可是,黑河究竟是走在猴群的后面好,还是走在猴群的前面好呢?各有利弊。权衡的结果,决定黑河的位置暂时在猴群的前头为好。因为在后面,虽然可以滞留猴群,但落伍的猴子没有跟上,猴群可能不前进了;或者,在几次落空以后,会引起猴群的不安。

　　半天的跟踪,王陵阳已敏锐地发现猴群迁移时,不从灌木林通过,只在高大的乔木林下行动。这大约是因为灌木丛不易通过、不易隐蔽,也可能就是老猎人说的,猴子行动自有"猴路"。

　　猴群已开始行动了。黑河报告说:"树上的猴子都在往地上跳了!"

　　王陵阳催促大家分头奔赴各自的位置。

　　黑河还未到达位置,猴群已经开始出发了。他只得紧跑一段路,才赶到猴群的前面。王陵阳和李立仁各在猴群前锋的一侧,他们后面各有一个青年。还有一个青年,尾随在猴群最后。猴群冒着飞雪仍然大致沿着西北方向前进。

　　为了要把猴群引导、驱赶到在东南方向的断斧峰,必须改变猴群的前进方向。王陵阳从猴群的左侧上了坡。他用力摇动了一下小树,造成了声响。

321

前锋的猴子只向那边看了一眼,仍然沿着原来的方向前进。

王陵阳又使劲摇动了小树,领路的猴子才不情愿地偏离了原来的方向。它走了两步,就回头去看猴王,见猴王仍然沿着原来的方向前进,便连忙转回了头。

王陵阳见这个法子不灵,只得通知黑河,实施另一方案。

过了一会,东南方向传来了猴子失群的哀哀鸣叫。

猴群立即响应,放慢了速度。

正当他们暗暗高兴时,猴王却在路边徘徊起来,像只狗似的东嗅西嗅。突然,它迅速而坚决地带领着猴群走出了森林,跳上山崖,沿着光秃的山排,向峡谷奔去,好像是要抄近路去迎接失群的猴子。

这一意外的行动,立即打乱了赶猴人的阵脚。王陵阳和李立仁几乎是同时紧急刹车、收住了脚步,没敢暴露在毫无遮掩的山排上。

这座高山有些古怪。它的雪线下,是茂盛的森林世界,偏偏有只肩臂突然裸伸出来。裸露的臂头成了悬崖。崖下是条深峡幽谷。悬崖上耸起一片乱石小峰,峰冈上没长出一棵小树,只有刚落的一层白雪和长在石缝里绿得发黑的苔藓,这使得它的面目更加狰狞。

现在,猴王特意从悬崖峭壁的边沿通过,纵然猴王友好地伸出手来,邀请考察组一同漫游,他们也没办法接受这样的好意了。而猴子们却毫不费劲,甚至是十分踊跃地在石峰上攀缘。

为了争夺一个小小的奇兀的石峰,两只猴子竟互不相让,龇牙咧嘴,似乎要角斗一场。

如何运用四肢在这险峰恶岭上行进,它们个个都是得心应手,随心所欲。就连那腹部悬着吃奶娃娃的母猴,也轻松愉快地在危岩上翻越。它们比苏门羚飞驰在"鬼路"上,显得更加轻柔、灵敏。

王陵阳想:难怪人们常用"猿猴愁攀缘"来形容崇山峻岭的险恶呢。

李立仁赶快抢拍镜头。他想:就是失去了猴群,有了这宝贵的资料,那也是收获。

猴群的可能意图,使王陵阳从惊慌中醒悟过来,赶来通知黑河:要沿预定路线快跑,不要喊叫,并尽可能监视猴群的去向……

第十九章　玉树琪花下的精灵

谜中谜

猴群刚刚从视线中消失,考察组便赶快从树林中走出来。这片有着悬崖石峰的山冈,显然是猴群愉快的竞技场所。但对赶猴的人说来,每前进一步,都格外艰苦了。李立仁好不容易走到悬崖边,想找条路翻到对面的山上,却发现横着一条雪花乱卷的深谷。一行人只得折回头,再小心翼翼地通过那座山冈,沿着原来的路线绕过山梁。

王陵阳不时擦拭着眼镜上的雪水,往前探望。他担心小黑河单身在荒山野林里,可能迷路或碰到野兽。他几次要黑河撤回,黑河却坚持要在前面监视猴群。孩子的理由很充分,王陵阳只好要李立仁不断地通过报话机和黑河保持联系。

到达他们认为应该是猴群越过山脊、向东边森林转移的地方,却怎么也找不到猴群留下的踪迹。李立仁和一个青年跑到森林的边缘,也没找到任何迹象。怎么回事?

李立仁认真想了想,在他们绕道追赶时,他曾在背风的石头上看到了几滴血迹。王陵阳因为眼镜老是被雪水弄模糊了,看不清。有个青年说,那可能是雪水淋下的石头颜色。李立仁用手指蘸着放到嘴里尝尝,确认是血。不一会,他又在另一块石头上发现一小团凝结的软血块。从血的新鲜程度看来,是昨天留下的。

这是什么血?猴血吗?不错,他们是发现了这群猴有很多受伤的,可是,这群猴根本没有走到这边来呀。是云豹逮到猴子边走边吃留下的?但四周又没有留下丝毫证据。

对了,刚才猴王是向这边走的,在这儿嗅了嗅又折回了头,然后率领猴群在他们面前消失了。难道这两件事有什么联系?王陵阳对李立仁说:

"天不早了,也没时间多折腾。只要还能找到猴群,事情总能搞清楚的。"

李立仁说:"也只有这样了。"说完,通知黑河采取行动。

黑河也在前面四处奔跑,寻找猴群。听到了报话机里传来了李立仁的通知,就放慢了脚步,停在一个高处。他擦了擦脸上的汗水,又学起了失群猴子呼喊猴群的声音。

第三声刚停,猴群立即回应。这些长跑运动员已越过黑河,冲到东边去了。看来,猴群也正在寻找失散的伙伴。

黑河将发现的情况,立即报告了王陵阳。

原来就不太大的雪花,渐渐稀了。风还是那样时紧时松地吹着,灰色的云块却飞速地向前拥去。

黑河按王陵阳的要求,在原地等待。大家会合后,一同赶到猴群发出声音的地方。东寻西找,还是没有发现猴群。黑河又学了两声猴鸣,应答的猴群折向偏北方去了。真怪,是什么在导游,使猴群总按固定的大致方位走去?难道这群流浪者有测定方向的本领?

王陵阳立即招呼大家向猴群奔去。

"慢!等一下,"李立仁说,"你们刚才听到别的声音没有?"

大家站住都细细地回忆刚才所听到的声音……只有小黑河回答说:

"没听到呀!"

王陵阳挥了一下手:"黑河,再叫几声。"

这一次,不仅王陵阳听清了,就连小黑河也听出,在东北方向传来清楚的猴鸣间歇中,有种异样的声音从南边山腰传来:"那边也有猴子应答!"

是山谷的回音在捉弄人吗?王陵阳要黑河不要再叫。没隔一会,云层下迷迷蒙蒙中确实传来了猴鸣。

一个青年满脸疑虑地问:"这是怎么搞的?"

"嘿,猴子还能打了架,分家了?对了,上午就看到那么多猴子带了伤嘛……"

黑河很自信地说着,一看两个叔叔只是沉默不语,赶紧刹住了话头。

李立仁打破了沉静,说:"这是个谜,但不管哪种情况,对考察工作都很有意义。"

王陵阳没接话茬,偏过头来问黑河:"你的两条小腿,要不要歇歇?"

"不用。"黑河爽快地拍了拍腿,望着王陵阳。

"行!有股子劲儿,你和李叔叔到南边找那一群;这里的,我们负责。"

不知什么时候,小雪已完全停了。王陵阳和三个青年,没费多大事,就找到了在不远处的这群猴。树林里渐渐幽暗,王陵阳想尽了办法,也没找到猴王,只得赶快观察猴群栖留地。这里的景观也不具备猴群长时间栖息的典型特点,但猴群也没有立即迁移的意思。

王陵阳没有听到黑河学猴叫,只是从报话机里知道李立仁和黑河也找到了猴群。

"一号,视线不好,只能看到模糊的影子。景观不理想,水流太小。"

"能估计出有多少只猴子吗?"

"初步估计,七十只左右。"

"有这么多?"王陵阳不禁脱口而出,与其说是怀疑细心认真的李立仁,倒不如说是惊奇。

"误差不会大。你那里呢?"

"估计五十只左右。"王陵阳想起李立仁可能要问的问题,连忙补充说,"没发现猴王。你那里呢?"

"也没发现。"

天已经暗下来了,直到确认猴群已经安定下来过夜了,他们才打起电筒做信号,会聚到一起。王陵阳要大家休息一会再赶回宿营地,谁知一坐下来,疲劳、饥饿、寒冷一齐袭来。他们拿出冻得铁硬的包芦饼子啃,啃不动。黑河便把饼子放在石头上砸,捡碎块子吃。这个经验立即被大家采用了。

在夜色中,一行人借着薄雪反射出的微弱光亮,摸索着道路,一步步地向归途走去。

这是多么劳累而紧张的一天呀!两个叔叔都要背黑河一段路,黑河却把腰挺得更直,两只小胳膊使劲摆动着。要不是纪律规定,他真想唱一支歌呢。

回到山棚,他们烧了锅糯米稀饭吃了,只在温暖的被窝里美美地睡了四五个小时,又踏上征途。

猴战以后

老天不再落雪了,也未晴朗起来,只顾阴沉着脸。

关于昨天发现的一连串怪现象,他们反复地讨论过,每一种推测都还遗留下无法解释的问题。为了取得的第一手资料全面些,李立仁和王陵阳调换了观察位置。黑河领着王陵阳很快到达了昨天隐伏的地方。

没一会儿,黑河吃惊地说:"这群猴子也有好多带伤的!"

"你说得对。注意观察受伤猴子的数字。有没有受伤的母猴?"

王陵阳一看到猴群,就发现了他很关心的问题。首先,他证实了李立仁关于猴群个体的统计。受伤的猴子显然要比昨天看到的那群多,特别是有四只猴子受伤较重,有一只甚至躺在地上,站立不起,肩部全是殷红的血迹。不用找到猴王,王陵阳也能认出,这群猴不是他们昨天观察的那一群;不仅数字不对,而且连一只有些面熟的猴子也没发现。

"一号,我发现了你所说的猴王,个体数也符合。你那里情况怎样?"

王陵阳没有立即回答报话机里传来的李立仁的问题,倒是问他:

"猴群情绪怎样?"

"正常,比较活跃,没发现异常迹象。"

"这里的猴群缺少早晨时的活泼劲,觅食也不积极,也没发现猴王。"他把观察到的现象都告诉了李立仁。

早晨的观察,弄清了两个未知数:

第一,北面的是他们原来跟踪的那一群,而南面的则是新发现的一群;

第二,这两处的猴群中都有受伤的猴子,基本上可以肯定是因为同一个原因所引起的。

但是,主要的答案还是求不出:是同一群猴分群的,还是两群猴?

如果是同一群猴,什么原因引起了内战?什么原因促使它们分群?猴群是不可能一日无王的,也不可能同群有两个王。那么,新猴王是怎样产生的?从生物学观点看来,为了生存和发展,猴群到一定时候分群是必然的,就像蜜蜂一样。关键是要搞清分群的原因。

当然,也可能不是内讧,而是由于外部来的灾害,云豹就是它们的天敌。那么,造成这么多伤号,得有多少云豹来攻击呢?

如果原来是两群猴,猴群是占山为王的。一群猴侵占了另一群猴的疆土,战争会立即爆发。那么,这就是外战了。

外战的法规是胜者为王,败者为贼。谁是胜者呢?可以认为,发现遍地血迹、兽毛的地方是战场。从昨天发现的一群来看,离战场不远,可能是胜利的一方;可是,它只有五十多只,而失败的一方竟达七十多只。猴子还不能制造和使用武器,是什么使小群打败了大群呢?

李立仁提议:"我们是不是集中观察……"

王陵阳打断了李立仁的话:"是集中观察有没有受伤的母猴吗?"

这边话刚落音,报话机中立即传来了喜悦的回答:"对。是这样。我们的想法完全一致。"

"就这样办。"

王陵阳一看黑河那丈二和尚摸不着头脑的样子,忙补充了一句:"查查有没有受伤的母猴,顺便统计一下有多少母猴。"

黑河为了看得清楚,从这边转到那边,他的身体既灵巧又隐蔽得很好,有时连王陵阳都找不到他。等他又转回王陵阳身边时,忙说:"能分得出的,有二十一二只母猴,有九只受了伤。"

"和我看到的基本一致。"

王陵阳终于找到了猴王,它无精打采地坐在树上,耳边的血块把毛都黏结在了一起。从望远镜中发现,它那原来就小的耳朵几乎完全没有了;前肢的臂上被撕掉一大片毛,露出了很长的一条血口子。

李立仁又复查了一遍,结果和王陵阳他们昨天看到的一样,没发现受伤的母猴。互通了两边的情报。李立仁说:"时间不早了。如果继续漫游,猴群快到动身的时间了。"

王陵阳说:"我们马上过来,继续原来的方案。"

"同意。"

小黑河急了:"这群猴不要了?"

"不是不要,是不能要。我们目前的力量只能逮一群。"王陵阳微笑着说。

黑河笑不出来,更急了:"逮多的一群不好吗?"

"这群不好逮,也难以赶得走。"

"调小张叔叔他们来看住不行?"

"你忘了? 他们有更重要的任务。"

黑河不好意思地点了点头。但是,他脑子里还有未解的疙瘩,又说:"究竟是一群猴打架分了家的,还是两群猴?那么多事情没弄清,就慌着赶猴?"

王陵阳神秘地笑了笑:"我们已把答案求出来了。"

"俺还不晓得哩!"

"答案是真的求出来了。这道题是要你自己做,晚上交卷。"

黑河知道,叔叔们经常这样考他,为的是要调动他的主观能动性。

王陵阳抓紧时间拍了一些照片,为这群猴建立起档案,方便以后再研究。

黑河没有去问李立仁什么,倒是被一个奇异的景象吸引住了:六七只猴子正在用爪子扒掉地上的残雪。尽管土冻得结实,它们还是一个劲地掏,刚掏了一个小窝,又去掏一个,不知又在玩什么花头?

"李叔叔,它们在掏窝。"

李立仁笑着说:"掏老窝,打弹子吗?"

黑河也笑了:"那是说着玩的。这下俺看清了,它们在掏东西吃。"

"掏什么吃?"

"像是树上掉下的种子……你看,那家伙还从石缝里捉了条小蛇……不,像石龙子。嘿,还用爪子捏死了哩!哟,有猴子来抢了。"

黑河看得津津有味。

那猴眼看到手的美味有了危险,赶快把石龙子塞到嘴里,跑掉了。来抢的猴子只得失望地走开,想了想,它也去扒石头找。

黑河猛然想起耿耿于怀的一件事:"难怪俺藏的小录音机遭殃了!原来它们到了冬天喜欢掏树种和小虫子吃哩!"

王陵阳接着说:"这段公案现在是真相大白了。看来,猴子到了冬季,食物少了,饥饿就威胁着猴群。这两天我们不都看到了,树皮也被它扒下吃了吗?"

这一秘密的解开,更加坚定了他们原来的想法。到了九点钟,猴群还没有开拔的意思,大约是因为这里还有食物。考察组也曾考虑把猴群稳定在这里,可是环境确实不典型,只得赶猴了。

考察组砸石头、摇树枝,把猴群轰赶起来了。有了昨天的经验,今天进行得很顺手。李立仁在昨天回山棚的途中,已经选好了猴群的栖息地。原是准备让它们昨晚过夜的,现在就作为它们午休的地方了。

下午,他们更大胆地使用了牧羊的方法。黑河在前面偶尔用失群声引导,考察组其他人则围成半包围圈向前轰赶。他们认为轰赶只是一方面,饥饿威胁才是它们不断往前走的主要原因。从两次发现有的猴子单独闯入紫云山北坡居民点来看,短尾猴虽然胆小、畏人,但饥饿却能逼迫它们铤而走险。所以,利用猴子这个主要弱点,赶猴的设想在一步步接近成功了。

傍晚,他们终于奇迹般地把猴群赶到了断斧峰。这些山林里的流浪汉,一进入考察组为它们准备好的宿营地,就显得喜气洋洋。地上、石壁、平台,都闪着金黄的包芦粒子。这些闪光的美味使它们眉开眼笑,吱吱笑闹,似乎在说:这地方多好呀!

有石壁,有流水,有大树,有美味,真幸运!

并非最后的答案

在离猴群栖息地二百多米的西山,考察组快速地搭好了山棚。地势选在一块石壁下,棚子不高,但宽敞、温暖。棚内架起了大通铺,准备容纳更多的人。溪水上,也架起了几棵杂树拼成的小桥。

经过几天连续辛苦,终于有了初步的成果,大家的心都安定下来了。三个青年社员对这一切都感到新奇和惊异。王陵阳给他们讲趣味动物学,广阔的科学世界引起了他们极大的兴趣。

他们都是1976年中学毕业的知识青年。前些年,在学校根本没有学到什么系统的知识,他们听从了两位老师的建议,临时组成了复课小组,都以有机会跟这样的老师学习感到很高兴,所以工作都很主动。

晚上，正当李立仁和王陵阳就着烛光，整理这几天所得的丰富、生动的资料，填写考察日志时，小黑河神情严肃地来了。他们吓了一跳，以为发生了什么事情，忙问："怎么啦？"

"俺来交卷。"

王陵阳笑着说："你把答案说出来吧。"

"俺的答案是：它们是两群猴。昨儿说它们是一家子，打架闹分家，不对。"

两个老师都不动声色，王陵阳说："说说理由。"

"理由是你们告诉俺的。老是要俺看哪处有受伤的母猴。俺就想：这是为啥？对了，俺在九花山看到过，母猴和小猴在猴群里是受保护的。如果是自家打仗，打不到母猴身上。"

"不兴是云豹咬的？"

"俺也想过这码事。可那片地上的血很多，又不在一处。老豹子连一只猴都吞不下，咋会伤了那么多？和俺们上次看到的不一样。"

"按你说的，它们是两群猴打仗了？"

"是的。你们也说过，一群猴有它的地盘，两群猴碰到一起就干仗。原先看到有血有毛的地方，就是它们打仗的战场。"

一直未开口的李立仁也问："依你看，这仗是哪群打胜了？"

"看样子，像是俺们赶的这群，不过俺还没想出个道道子。"

两个叔叔听了这场面试加答辩，很满意。李立仁正想说话，却被王陵阳使个眼色止住他。王陵阳继续问：

"你问过，为啥不逮大群？再想想，李叔叔和我交换了什么情况？两群猴的情绪一样吗？"

王陵阳虽然是在提问题，倒一下把黑河的思路引得开阔了：

"对啰。李叔叔看的那群猴情绪好；俺们看的那群情绪不正常，食都不想吃……受伤的母猴又在它这边。那是因为它们吃了败仗,连母猴都没保护好嘛!它们吃了大亏,连猴王都没劲了,胆子小了。再要赶,容易炸群……对,是这么回事。"

李立仁看王陵阳的启发起了作用,高兴地说:"这样的推断就合理了。"

小黑河倒冒出了个问题:"那小群才五十多只,咋能打败七十多只的大群?"

王陵阳感到遗憾地说:

"可惜我们没看到这场奇特的战争,失了一个难得的机会。他们打得一定很激烈,徒手搏斗一定很精彩!小群怎么打败了大群?我们也和你一样,还不清楚。但可以推论出:小群的猴王既聪敏又坚强,这小群猴种群强悍。"

"那俺们把它们再引到一起,打一场看看?"黑河兴趣很浓。

"恐怕打不起来。就像两条咬得头破血流的狗一样,输了的狗碰到厉害的狗,夹着尾巴就跑。"李立仁说。

王陵阳手指敲了敲桌子:

"黑河,别担心,只要捕到了猴群,别说这问题基本上能搞清,就是再逮几群猴也是容易的事了。刚才说的,最大可能是两群猴碰到一起,发生了激烈的争斗。但也不是说,不存在是一群分成两群的可能。究竟是什么,还需要研究。当前,最要紧的事儿,就是尽快捕到一群猴。别忘了,还有那个'怪音'在威胁哩!"

这一说,小黑河也想起这个严重问题来了,他想了想说:"一定能揭开这个秘密!哼,到时候看吧!"

到了规定的联络时间,张雄报告:那边也落了一场小雪。他们的两个投食点,除了被山老鼠偷食了一点包芦米,没有发现猴群。公社的丁主任,由罗大爷领着冒雪上了山,来慰问考察组。他热情地询问大家有什么困难,还一再表示,要到王陵阳他们这边来慰问,张雄婉言辞谢了。

王陵阳简略地向张雄通报:这边已发现猴群。如果猴群能稳定下来,将立即通知他们来这边。目前,他们还应该在那边利用雪后容易发现踪迹的特点,积极寻找新猴群。考察组的任务重、工作量大、时间紧,也不只是观察、捕捉一个猴群。

张雄这组,工作也很辛苦。他们选择了两处生境较好的地方,设立了投食点。每天由侯队长领路,翻山越岭去观察。

张雄不熟悉山区的路,只得依靠侯队长,凡事和他商量。张雄细心多了,每天把考察范围的各种资料都按王老师和李老师给他列的项目,描述、填写清楚。把每座山、每个岭的景观和林相的组成,有无适合短尾猴栖息的典型环境,都绘成了详细的图表。

望春是他得力的助手,而侯队长成了他不可少的顾问。

侯队长也很主动,再没提出家里有事要回去。他在和小石猴打交道这方面,确实有些办法。群众普遍反映,小石猴虽然多,可它们伶俐,行动诡秘,也很难被发现。不到四天,侯队长就跟上了一群小石猴,把望春乐得嘴都合不拢。可是,他们毕竟不是来考察小石猴的。

放猴啰啰啰

天刚蒙蒙亮,王陵阳这组就分头到各个观察点去了。他们分析了这两天对猴群实际观察所得的宝贵材料,又做了调整,把观察点和对猴群包围的控制点,有机地结合起来了。

王陵阳的观察点在石壁对面、西山坡上,和猴群的直线距离七十米左右。他可以很清楚地观察到石壁、平台及其他几个观察点。

李立仁的观察点在石壁和溪流之间。溪水流经石壁下,偏西是个大水潭。猴群要到石壁下去喝水、冬浴,可从东边一处缓坡下去,也可从靠李立仁这边的缓坡下去。猴群向西移动,或是沿峡谷溪流向后山转移,这是必经之路。这样,他不仅能观察到平台及其附近,而且可以控制猴群向西山或后山突围的可能。

东边因为是断壁悬崖,林木稀少,相邻的山之间是深壑大谷,配备的力量稍小一些。有两个观察点,全是由公社来的青年负责。

王陵阳的点居高临下,很自然地形成了制高点和指挥部。

黑河的观察点在石壁下方,是溪流和山下大河汇合的中间地带。除了观察猴群,他还有更重要的任务哩。

八点钟,王陵阳发出信号,黑河背了一篓包芦,去投食了。他从观察点出来,慢悠悠地走着,嘴里飞出了一串欢蹦乱跳的山歌:

  放猴啰啰啰,
  在高山。
  我去喂猴啊——
  好清爽。
  研究大自然,
  保护大自然,
  大猴小猴啊——
  听召唤。
  请你来做客,
  该喜欢——
  帮你检查身体,
  伤风感冒得出汗。
  考察项目完成了,
  放你回大山!

这种曲调的山歌,原来就是对歌时一种欢乐幽默的挑逗,经小黑河的童音一唱,调皮的味儿更浓了,原曲调的幽默劲儿更足了。

那几个青年人的感情,都被逗得火辣辣地燃烧起来,要不是有规定,他们早就对上山歌了。就连李立仁也不得不捂住嘴,生怕笑出声来。

小黑河还是那么倾心地唱着,两只黑眼珠不断地转悠着。歌声刚起时,猴群小小地骚动了一下,黑河不自觉地放慢了脚步。王陵阳通过报话机告诉他:眼睛不要看猴群,继续前进。果然,一小会儿,猴群就安静下来,各自隐匿起来了。黑河愈走愈有信心,愈唱愈快活,跨过了小溪上的木桥,从李立仁位置旁通过时,还做了个鬼脸。

猴群又骚动起来,向平台东边转移。王陵阳立即通过手势,给那两个点上的青年发出了信号。那边立即响起了树叶的哗哗声和砸石头的声音,猴群又停下了。

黑河的歌声一刻不停,离平台还有一段路,他就边唱边撒起包芦米来。听到包芦米落在树叶上、地上的沙沙声,有些猴子吓得动也不敢动。投食完了,黑河又唱着歌儿,一步步向山下走去。

猴群大多隐匿在树上,眼睛却瞅着金黄的包芦米子,露出饥饿的神色,但没有一个跳下来。

直到傍近中午,它们才开始活动,从这棵树攀到那棵树。王陵阳判断这是好现象:他相信,饥饿总是要战胜怀疑、畏惧的。

入冬以来,从他们和猴群的几次接触中,他发现它们并不像春季时那样畏人,主要是因为饥饿的折磨。动物在生存竞争中,维持生存最基本的是食物,不论什么情况,它们首先要满足这一点。

又过了一会,有一只大猴下到地面来了。它的两腮和下巴,都长着浓密的黑褐色的胡须般的长毛。黑河叫它"大胡子"。大胡子在近处,瞅着那一粒粒包芦米,又东张西望地瞧瞧周围,露出一脸贪婪的样子。

它终于忍不住用手去碰一下包芦米,看看没有什么反应,又连续碰了两下。四周还是没有什么反应。它放心了,这才馋相毕露,抓到手里吃了起来,还不时愉快地咂巴着嘴。

猴王也下来了。大胡子一见,很恭敬地往旁边让了让,好像是个仆役在说:"请!"

猴王并不欣赏它的殷勤,只顾两手穿梭般地连连捡食米粒。猴王的两个颊囊迅速鼓胀起来了,像是肌肉松弛,垂下了两个大腮。

这时又有几只大猴下地寻食。

进食的次序,大致和在包芦地观察到的一样。只是在最后一批来觅食的猴子中,开始了更为激烈的争夺。终于,有好几个猴子带着伤痕退出去了。

有一只大猴,跑来和带仔的母猴争食,急得仔猴吱吱叫。突然,猴王像从天而降,张嘴就咬抢吃的大猴,大猴带着流血的伤口连忙跑开了。这一现象,再一次证实了考察组采集九花一号、二号标本中所做的推测:带仔的母猴和仔猴,受到猴王和整个猴群的照顾。

地上的包芦吃完,猴群又去寻找残留在草棵、石缝里的粮食,然后又习惯地掘地、掏洞,翻寻着可能找到的树种和野果。

猴王坐在树上,安闲地将颊囊中的食物倒入口中,慢慢咀嚼。黑河听叔叔们说过,食物稀少时,猴子抢着先将食物装到颊囊里,然后再慢慢倒到嘴里,有滋有味地吃着。现在亲眼看见,果然是这样:

那猴王肩膀一耸,锁骨就顶起了颊囊,把食物从颊囊挤到了嘴里;然后它放下肩膀,上下两排牙齿用劲搓动,搓得嘎嘎作响;嚼碎了,往肚里一咽。那些没有吃饱的猴子还在采食树叶。

又过了一会,猴王领着猴群下来饮水,走的是李立仁这边的路线。下水时,虽然没有昨天那样跳跃入水的精彩场面,可是猴子一到水边,猴群前呼后拥着往水里挤,打得水哗啦啦响。

有的猴子看到大胡子向一只仔猴泼水,就立即前来参加。水珠像雨点般往下落,仔猴又高兴又惊慌,哇哇叫着跑了。

好多猴子都卷进了泼水的游戏,有的掬水击脸,有的捧水淋头,胆小的躲到一边看着,胆大的横冲直撞。整个猴群沉浸在一片嬉戏的狂欢中。

没到十二点,猴群安静了。直到下午两点钟以后,又开始活跃起来。黑河在报话机中问王陵阳:"猴子又在闹了,要不要去投食?"

王陵阳严肃地回答:"按计划执行!"

黑河哪里知道,为猴群所制订的投食时间、次数、分量,都是经过仔细考虑和计算的。这个计划是根据采到的三只标本所提供的资料,按猴子体重和消耗能量的关系以及每克包芦米所产生的热量等规定的。

所投食物,既能保证猴群的基本需要,又不使它饱食。这样,才能达到用食物引诱、稳定猴群的目的。

下午四点,黑河又背起背篓,踏着轻松的步子,唱起愉快的山歌,向石壁、平台走来。猴群又开始骚动了,紧张地蹿来蹿去。黑河投食回去,山歌断音后,很长时间也没一个猴子下来。直到快近黄昏,猴群才又按次序下来进食。黄昏后,猴群又安静下来了。

一整天,考察组都在紧张中度过。长时间蹲伏在那里,不能动,不能说话,中午只是静悄悄地吃了一点干粮。由于不能活动,寒冷更加令人难忍。

晚上,撤下来的同志都回到了山棚。吃了一餐热饭以后,开始了兴奋的讨论。

稳定和包围猴群的计划是成功的。选择好地形的优越性也初步显露出来了,这简直就是个自然界的猴园嘛。为了住得舒服一些,他们又将观察点改造了一番。

王陵阳和李立仁商量,为了预防"怪音"的破坏或其他突发性的事故,决定夜晚派人值班:主要是控制进山口的要道。这只要在山溪和大河的汇合处放哨就行了。

跌一跤的报偿

值夜班的李立仁回来说:"起雾了。"

山野大雾弥漫。它遮挡了雪线上的座座银峰和远处的千山万壑;它把一切都揽到朦朦胧胧的怀抱中去了,连门前滔滔不息的河流也被淹没了。虽然浓雾布下了一堵韧软的墙,但王陵阳他们凭着在云海里练得的本领,慢慢摸到了观察点上。

风,一会儿把雾搓成一缕缕浓淡不一的带子,缠来绕去;一会儿把雾揉成一团团混混沌沌的棉球,摔来摔去。冬天的雾,不像春天的雾那样温暖湿润,而是冰凉的,风一吹,脸上就像有无数的小针在扎……

"这鬼雾!"王陵阳轻轻地嘀咕了一句,取下眼镜擦着。一会儿不擦,不仅看不见东西,镜片上还结了一层冰。

黑河倒挺乐的:"王叔叔!等会儿,你就要说运气好了。雾散了,你能看到雾凇,那才叫奇哩!这可不是十天半月能碰到一次的。"

王陵阳还是头一回听到这个词哩:"雾凇,什么雾凇?"

"俺也说不好,你看了就知道了。"

李立仁看看天亮后,雾愈来愈浓了,没敢休息,又跑到观察点上。观察点上根本看不到猴群,只得往前靠,才模模糊糊看到猴群还是安静的,没有异常表现。

好在浓雾不能把黑河的歌声淹没。这个刚刚开始建立的信号还真有作用,猴群听到黑河的歌声,投食不久,它们就下来吃早餐了。

王陵阳想起这样的天气容易出事,连忙通知李立仁离开观察点,到路口和各个点巡逻,警惕"怪音"出现。

"怪音"之谜还未解开,总得考虑复杂一点。

将近中午,浓雾终于慢慢散去,天空明朗起来了。

"王叔叔,你看到雾凇了吧?"

黑河一提醒,王陵阳忙放眼望去:

眼前只有如黛的陡岩峭壁依旧屹立,山林已是一片银色。在千万棵绿树上,陡然开放出了无数雪白的花朵,映衬得原是苍绿的树叶晶莹而翠生。青枝绿叶托着白花,像是玉兰朵朵,昙花簇簇。王陵阳心头不禁涌起"忽如一夜春风来,千树万树梨花开"的诗句,眼前不正是这般景色吗?

"雾凇美吧?"报话机里又传来了黑河的声音。

"雾凇?"

王陵阳不自觉地重复了一句。他拿下眼镜仔细擦干净,再戴上:

近处绿叶上的银花,一下子把他吸引住了:简直是一片盛开的白牡丹!花盘特大,花瓣多变且厚实,层层辉映。还有的状如银菊,瓣丛挺拔,花蕊傲然翘首。王陵阳将枝条攀到眼前细看,凇枝上还缀满了各种形态的结晶花……这些花没有冰透明,又不像雪那样松散,似玉非玉,别具一格。

王陵阳细细想了想,恍然明白:原来这是大自然的巧手,让绿树开放出了这种人间未见的奇花:浓雾悄无声息地落到树叶上,凛冽的风阵阵吹拂,于是,亿万朵凇花神奇地出现了……啊,雾凇,雾凇,紫云山的奇景雾凇!

瞬息间,天宇风驰云推,露出了一轮红日。涧峡射光,峰峦闪电,雪山矗立,云霄洞开,一层层轻轻的紫烟红云弥漫在空中,浮荡在雾凇银花之间。

猴群就在这玉树琪花中漫步。不久,猴群开始蹿来蹿去,叽哇乱叫;尤其是猴王,表现得惊慌失措。考察组对这种反常现象感到莫名其妙,他们连忙通过报话机,商讨对策。

王陵阳一边紧张地思考,一边观察周围的异常现象,想着想着,他似乎抓住了什么,立即通知黑河,说:"赶快再投一次食!"

不一会儿,猴群忙于进食,慢慢安静下来。这场小小的风波才算结束。

黑河问李立仁："树上都是雾凇，它没得吃了，才急成这样，是吧？"

李立仁满意地点了点头。

过了一天，太阳出来了，冰雪开始消融。

中午，黑河到河边淘米。河边结了一层薄冰，河岸上的石头也镀了一层冰壳，滑溜得很。

他想找一处既不滑溜，河边冰又少的地方，又往上走了一段路。还没走几步，就哧溜一声滑了下去，他想止住脚，却呼隆一声跌倒了。手里的淘米篮子抛得老高，又哗啦一声落到了水里。

这时对岸也呼噜一阵响，把跌倒在岸边的黑河吓了一跳。他抬眼望去，只见一只乌亮的麂子连蹦带跳掩入森林中去了。

他觉得奇怪，还没看见过这种颜色的麂子哩。他帮爷爷剥过麂皮，吃过麂子肉，上次去九花山，还和姑爷爷一道去河边等过麂子，可那都是黄毛的，也没这样大……啊呀，那次李叔叔很生气，张叔叔的枪坏了，说是放跑了一只特殊的麂子……

黑河连忙爬了起来，淘米篮子也不要了，屁股摔疼了也不管，三步并成两步赶快往回跑。

李立仁正在烧锅，听完黑河的话，拿起猎枪出了门。对岸河边哪里还有麂子的影子？他脱了鞋袜，卷起裤脚，砭骨的寒冷使他皱起了眉头。他找到一处浅水滩，向对岸蹚去。黑河也不睬李叔叔的劝阻，也脱掉鞋袜跳到河里。

黑河到了李立仁跟前，见李叔叔站在水里不走了，他就边走边说："李叔叔，站在水里看不清，也不能站长，快上岸去。"

李立仁一把拉住他："不能上去。"

黑河一翻黑眼珠子："咋啦？"

"人一上去，就留下了足印，也有了气味。麂子精得很哩。"

黑河这才明白李立仁站在水里的道理。

他们在水里慢慢地挪着脚步,察看窄窄的河滩上留下的清晰的足迹。不错,从又深又尖的蹄印看来,是麂子,而且,这只麂子比一般的黄麂要肥大得多。再往旁边看,还是麂子的足印。

"黑河,你去砍一根长树枝,或是小竹子来。"李立仁吩咐说。

"干啥?"

"你看这些蹄印都一样吗?"

黑河真的仔细地瞅过来瞅过去,然后回答说:"看不出什么名堂呀。"

李立仁从黑河手里接过他砍来的小竹子,站在水里量着河滩上各个足印之间的距离。黑河也慢慢看出一些门道来了,便问:"还能是两只?"

李立仁说:"看来,有两种步链和裆距,应该是两只。你看,这边的足印是一条步链,往那边去的,是另一条步链。"

黑河乐得心口怦怦跳:"这回,再不能放跑了,一定要把它们全都干倒!"

"就看机会了。你看,森林那边的小灌木丛里,都给踩出小路来了。它们大概是常来常往的喝水客。"

黑河又说:"姑爷爷讲的,像这样的足印,说明到傍晚时,麂子还要来这里喝水。"

李立仁也知道这点。猎人常说:"立冬一过,麂子有路。春分一过,漫山乱跑。"这个"路",是说它走的道有规律。猎人正是利用它的这一特点,来猎取麂子。

李立仁轻轻一提,就把黑河挟在胳膊下,蹚水过到河这边。

王陵阳一听到这个消息,兴奋得快步踱来踱去。上次,他就估计紫云山可能有黑麂。近几天,高山严寒,结了厚冰,又起了场雾,处处是雾凇,黑麂只得到低山找水了。

从黑河说的毛色看,可能是毛冠鹿,或是黑麂。这里距离猴群栖息地虽有一段路,但山谷里打枪,回音大,难免不惊动猴群。李立仁想了一下,说:

"问题不大,我另外装两颗子弹,控制火药量。埋伏的距离再近一些,还是有把握采到的。"

原来,双筒猎枪用的霰弹是自己装的,火药量有个控制数。采集个体大小不同的标本,就装填不同型号的铅砂。有经验的人,可以根据需要装填。王陵阳对李立仁的枪法和装弹技术是不怀疑的。

"好,就这样。假设是黑麂,就采;毛冠鹿就算了。注意它们头部的区别。这是值得冒一次险的。我再到那边采取一些措施,防止意外。"

四点钟,黑河唱着山歌,给猴群投食后,就和李立仁到河边埋伏下来了。李立仁特意把大衣带来,铺在黑河埋伏的地上。黑河可不要这种照顾。李立仁只得耐心地对他说:"你人小,嫩骨嫩肉的,趴在冰石上,寒了身体,可不是玩的。"

"那你不也一样吗?"

"我锻炼过来了。"

"俺也要锻炼得像你那样。"

"锻炼也得有个过程。你想,一个很少走路的人,头一天就跑百儿八十里的,能行?听话。"

就这样,他把黑河硬按到大衣上,又进行了一番伪装,才耐心等待起来。

泥 雨

李立仁和黑河选的是一条小溪的入水口,想利用这哗哗的水声更好地隐蔽。黑河眼睛都瞪酸了,还是没见到麂子。这时,倒是有种很好听的声音传到了他的耳朵里。

原来,溪边横着一根小树枝,挂满了一个个小冰钟,流水激起水花不断溅到上面。风一吹动,冰钟互相敲撞,那好听的声音就是冰钟敲出来的……

黑河正听得入神,李立仁用胳膊肘碰了他一下,他这才集中注意力,看着前方。

麂子刚从林中露头,黑河就看到了。他轻轻嘘了两声,李立仁也应了两声。

麂子站在坡上看看周围,然后用后蹄刨起泥沙。泥沙像一阵雨洒得树叶哗哗响。它这是在故意试探。听听周围很平静,它这才快步走出了林子。

突然,树林里又跳出一只麂子。这只麂子肚子挺大。李立仁还未采取行动,它已走到前面那只麂子的身边。黑河向李立仁看了一眼,那滴溜溜的眼睛像是在说:"妙!能把两只都打倒吗?"

李立仁心里却很矛盾。他看出,这不仅是一对麂子,而且后来那只母麂的肚子里还怀着小麂子,兴许怀的还是两只。它们已经暴露出来了,要想全部采到问题不大,可是他舍不得。

因为这是前人尚未在此地发现过的高山特产动物。就全国说来,数量也不会太多。要保护母麂的道理很简单。

然而,这样好的机会能失去吗?

可是,他只想采一只公麂,现在这两只麂子在一起,却给射击增加了麻烦。

他考虑再三,还是决定先拍照片,然后看情况再说。

两只麂子很亲昵地彼此用嘴互相触着脖颈,缓步走到河边去喝水。它们一会低下头大口大口地喝着,一会抬起头舔着嘴唇,四处张望,这使它们头部的特征更清楚地暴露出来了。李立仁举起照相机,连连拍了几张。

他们从埋伏的位置看去,母麂的身体,始终像在掩护着公麂子(有不少动物,雌性有保护雄性的本能),公麂子的头部略略侧斜地对着他们。黑河又朝李立仁使眼色,那意思是说:"你怎么还不开枪?"

李立仁也决定下手了。可是这时候射击位置不好。如果一枪射去,霰弹的面积比较大,不可能只打着一个;再说,被控制了火药量的铅砂,未必能穿透坚硬的头盖骨,很容易打烂头部的毛皮,那正是分类学上很具特征的地方。

眼看麂子已喝了不少的水,快要走了。

李立仁焦急地等着它们掉头转身时可能出现的机会。

麂子快乐地互相用嘴亲着闻着,扭过身子,快步向树林跳去了。

黑河急得直咂嘴,李立仁却像无动于衷,直到麂子消失,才站了起来。

黑河的小脸憋得通红:"李叔叔,你怎么把这样好的机会放过了?还能叫它再回来?"

"别急。黑河,你说采标本是为什么?"

"不是为了研究?"

"说得对呀,这和那次不该打苏门羚的道理是一样的。"

"不一样?那次是已有人采到标本了。这回是头次发现。"

黑河有理时,谁也不让。

"你的话有一部分是对的。可是我们还不能叫子弹长眼,想打哪只就倒哪只。打不好都得打死。而我们只能采一只。"

黑河撅起了小嘴:

"那俺们就不采这标本了?"

"谁说的?要采。我看,今天没惊动它,明儿还会来。你没看到,山上冷,水都结冰了,它还得到这儿来喝水。"

王陵阳从观察点上下来,已估计到狩麂落空了。他原以为麂子没来,哪知李立仁却递上了几张照片。王陵阳一看,非常高兴:"哈哈,还是一对相亲相爱的小夫妻哩!怎没采到?"

听了李立仁的介绍,王陵阳觉得他处理得对,便说道:"老猎人如果能用锁脚弓捉到活的,那就更有价值。动物园里就能有真的黑麂了。"

第二天,中午回来吃饭时,刚好黑河和王陵阳一班,说到美丽的雾凇,黑河又指着叮叮当当响的小溪说:

"王叔叔,俺紫云山出奇的景儿多着哩。你往这边看,那是啥——"

王陵阳顺着水流看上去,黑石的溪边百草凋零,而一丛丛的石兰却繁茂得同水流争夺空间。碧绿长叶潇洒而优雅地随风拂动。在一道小小的溪流溅落处,另有一片石兰,像是笼罩在琉璃中,不断溅落的水珠在石兰上面结成了一层冰壳。碧绿的石兰一改婆娑多姿的风韵,衬着山石细流,显得庄重、俊美而又挺拔,透出一股大自然的灵气。

"王叔叔,游客争着在春天来,还不知俺紫云山冬天景色的美哩!"

王陵阳两番受黑河的启发,领略了紫云山的佳色奇境,他深深地为孩子眷恋家乡、热爱生活的纯洁情操所感动,高兴地说:

"说得对,还希望你在寒假作文中把它写出来,立志用自己的双手把祖国建设得更富强、美丽!"

第二十章 擒猴记

猴相种种

李立仁走到昨天埋伏的地方,正准备趴下,黑河说:"这里不好。俺们移到那边去,就是它俩再并排站在一起,也不怕了。"

"要是今天它俩刚好调个位置,母麂站到那边,怎么办?"

黑河的黑眼珠转了几圈,也没答出来。

"别担心,今天想个新法子。"李立仁安慰他。

山岭上积雪的反光,照得山谷里很亮堂。河面上,水波粼粼,闪着无数耀眼的金星。

太阳刚落到西山头,对岸小树丛哗啦一阵响,那只雄麂快步走了出来。它借着林边灌木丛的遮掩,走向河岸。它从灌木丛刚露出头来,就站住不走了,扭转着颈子,四处张望、巡视。

黑河决心耐着性子看看李叔叔的"新法子",可还是急得两手紧紧地抓着石头。这时麂子侧着身子对着他们。黑河这一段时间跟考察组在野外工作,已经看得出现在它虽然已经暴露,可还没把要害部位暴露出来。

李立仁的腿轻轻蹬了一下,响起了石头滚动的声音,正往外走的母麂子停了步。那只雄麂子机警地耸肩抬头,身子一扭,屁股往下一顿,提腿就要跑。黑河急得差点喊出来:"真糟糕!"

"砰!"

枪声把黑河吓了一跳,要跑的麂子猝然倒下来了,吓得母麂子一蹿,钻进了树林……

李立仁猛地弹了起来,一下跳到水里,飞快地奔跑。小黑河也从石头上跃起,追赶李立仁,不管水花溅得他一身一脸。

李立仁扛起麂子,兴奋地说:"黑麂,是雄黑麂!"

王陵阳一听闷闷的枪声,看看猴群并没什么反应,也连忙从观察点上下来了。隔着老远,他就看到昏暗中李立仁扛着个野兽跑回来,不禁也跑步迎了上去。

李立仁笑着,语气里充满了无法抑制的喜悦:"王老师,又填了一个空白!"

王陵阳啥也没说,硬是把麂子夺过来扛着。

到了灯光下,王陵阳并不翻捡麂子的乌黑的毛色,只是拨过麂头,说:"你看,这额头的两角之间,鲜亮的黄棕色毛长成了 V 形,而毛冠鹿的额头长的是 U 形的黑毛,这是它们明显的不同特征。你们看看,这种黑麂的个体大,一只抵得上两三只黄麂。现在,我们可以大声宣布:紫云山有黑麂,黑麂在紫云山有分布!"

"教材上,可以……用我们自己的……资料了!"

王陵阳一听李立仁哆哆嗦嗦的声音,这才注意到他的裤子发亮。一摸硬邦邦的,已是一条冰裤了。这时才知道,他和黑河乐得鞋袜没脱,就从水里奔到对岸,王陵阳的眼睛湿润了。

大家赶快拿来衣服让他们换了,又打来一盆温水在火塘边让他们烫脚。

解剖时,黑河发现子弹正从黑麂前胸稍侧的部位进去,击中心脏。难怪黑麂倒下后,像是块木头似的。是呀,李叔叔的新法子真灵,枪法真好,麂子一惊,扭头要走的一刹那,正巧把心脏部位暴露出来了。

山棚里的灯光,一直亮到东方破晓。

对猴群的控制,情况一天比一天好。

现在,一听到黑河的歌声,几十只猴子就都轻快地走动起来,爬到几棵大树上,一双双带着一圈圈黄光的眼睛,一齐向黑河投去,还不时响起一两下咂嘴声。压在王陵阳心上的一块石头落地了。

他要以黑河的歌声,为猴群建立第二信号系统的试验,已经基本成功。这歌声将像失群声一样,可以用来控制猴群。同一个人唱同一支曲调,就表示着它们能立即得到食物,扑灭难熬的饥火。

李立仁的录音机,已录下了猴群进食后,坐在石壁和树上休息时,伸着懒腰,吐出的安闲、懒散、疲倦的"啊呼——"声。它低弱、出气长,像是在打呵欠。

显然,猴群对这样的栖息地是满意的。在天气晴朗时,考察组摄下了猴群在山林中怡然自得的生活景象。它们在石壁、平台上分坐成几堆晒太阳。有的还以背抵背,互为依靠。大约是温暖的太阳照得身上发痒了,它们又互相帮着翻毛、搔抓。还有几只猴子四肢落地,沿着石壁,缓缓散步,呈现出一片友爱和安宁的景象。

时而,还有猴子直立着行走。它们袒露着的腹部,长有灰白色的毛,从前胸到后胯逐渐变淡。另有两只猴子可能是还不会前后摆动,把前肢捧在胸前,以取得平衡,走起来,两条腿盘成一副罗圈似的,像个蹒跚的醉汉,憨态可掬。

猴王也显出了难得的亲切,不时和仔猴逗乐。它把一只仔猴呼的一下抛起,小猴没有及时抓住上空的树枝,掉下来了。它的妈妈和猴王就赶快去接住。又抛起来,这回小猴抓住了树枝,快活得在上面翻了一个跟头。这时,猴王龇出了黄色的牙齿,表示高兴。母猴又把掉下来的仔猴,很亲热地搂在怀里,帮它搔痒。

通过分析照片,他们渐渐发现,在猴子种群中,彼此之间存在着亲疏不同的关系。这几只常在一起散步,那几只经常在一起采食。在采食过程中,偶尔还能看到它们相让的情景。

以络腮胡子为首的四只大公猴,经常不离猴王的左右。有时,它们会在猴王行动之前,先去解决猴子之间的争端。

这种现象使考察组很惊异:看样子,种群中不仅存在着猴王,而且还有几只地位略次于猴王,但又高于普通猴群成员的猴子哩,它们就像是猴王的左右丞相。

考察组继续拍摄了猴子多种多样面部表情的特写镜头。猴子面孔较小,表达情感时比较单调,譬如发怒和喜悦吧,它们都是龇牙咧嘴、翻鼻子弄眼的。但细细分析,还是不难看出,当脸面上的线条趋于横向时,那是高兴的表情;脸面上的线条拉成直线,那是愤怒和不满。

最有趣的是一些母猴和它的子女了。仔猴能准确地识别自己的妈妈,在妈妈的身边任意嬉闹。一会儿吊在妈妈的脖子上,一会儿揪住妈妈短短的尾巴打秋千,还常常骑到妈妈的背上,甚至在背上翻跟头。黑河说:"它倒是找到了练体操的好地方哩。"

开头几天投食时,母猴每次都把子女搂在怀里,有只母猴还一手搂了一只(可能是孪生的一对),两眼警惕地注视着黑河的每一个动作。

仔猴吃奶时也不安稳,吃两口,向旁边瞅一瞅。那只在前胸的小爪子还抚摸着妈妈的另一只乳头。

仔猴额头上都堆满了皱纹。有一只额头上皱纹特别多的仔猴,调皮得出格,也特别讨大猴子们喜欢。整个猴群都对它极尽爱抚。

有一次,它被一只小母猴揽在怀里抓痒痒,亲亲热热地玩着。这个调皮的角色大约是肚子有些饥了,先用小爪子在母猴胸前摸索,接着,伸出小嘴去拱。母猴浑身一颤,像是被什么咬了一口,猛地弹了起来,推开仔猴,跑了。

李立仁对它的举动有些莫名其妙,注意观察,才发现这个母猴还小,大概还没做过妈妈吧?

考察组为了让猴子熟悉环境,同时也为了观察它们的行为,又做了多种试验。

有一天,黑河正投食时,一阵大风吹来,竟把他头上的大软布帽子卷到石壁下去了。还未等黑河想出办法,那只大胡子老猴已跳下石壁,捡起帽子,两只又黑又脏的手,拿着帽子翻来掉去的看,又凑到鼻子跟前闻闻,又耸起鼻头挤了挤眼睛。

李立仁看黑河愣在那里,似乎在指望大胡子把帽子送回来,连忙发出信号,黑河才不情愿地往回走。

大胡子又用嘴去咬咬帽子,还是没发现什么,就把帽子往自己头上扣,却怎么也戴不上——帽子小了。它只得把帽子顶在头上。别的猴子一看这新鲜玩意儿怪有趣的,一拥而上。

霎时,帽子就在树上、地上飞来飞去。猴子们都抢着要戴一戴,模样可笑极了。有的歪戴,有的反戴。

还有一只小猴,一下让帽子捂住了眼睛,吓得它双手乱抓,越急越是抓不下来,就气急败坏地乱撕乱揪,别的猴子也不去帮忙,只在旁边看笑话。一揪下了帽子,小猴像生怕再被烫了手似的,一下把帽子甩得老远,然后蹿到树上,躲起来看同伴们争抢撕扯……

没有一会儿,黑河那顶漂亮的帽子,就被撕扯成了一块块碎布。

看了这种情景,考察组受到了启发,便有意用竹竿撑起一件衣服插在石壁旁边。猴子先是躲得远远地瞅着。当畏惧心理消失以后,它们又一起来争夺这个玩意儿。它们一会儿把两条腿伸进去,一会儿只套一只前肢,衣服又很快被撕烂了。

通过种种观察,考察组已经为进一步研究猴群的组成和种群生态等,取得了极其宝贵的资料。后来,当他们考察结束时,几位有关学科的专家得到这些照片之后,高兴得抱起了王陵阳,说了许许多多感谢他们的话。

奇特的睡眠方式

既然猴群在新居满意而愉快地生活着,考察组决定冒险进行夜间的观察。

他们已知道猴群夜间警觉性较高,且有放哨的猴子,容易惊动猴群。如果在夜间一炸群,可能达到无法收拾的程度。

王陵阳想,在科学实验中,是不可能一蹴而就的,常常要经过多次的失败。当然,要尽可能做好准备工作,避免一些挫折。但是,一定要容许失败,在失败中也可以总结经验。考察组在采取了一系列的安全措施和准备工作后,出发了。

没有月光,山色幽暗。考察组沿着溪流向李立仁的观察点走去。那里,已在伸出的树枝上,搭起了凌空跳板,像是座小小的飞桥。从跳板上往平台看去,只隐约地看到黑乎乎一片,什么也看不清。

"你听,猴子睡觉还打呼噜哩!"黑河扯扯李立仁的衣角,低声说着他的新发现。

一点不错,平台上传来了沉沉的鼾声,有的响得还挺有节奏。要不是知道那里栖息着猴群,还一定以为是躺了一群醉汉哩。

王陵阳小心翼翼地往跳板上走去,眼睛近视严重地妨碍了他的观察和工作。李立仁很不放心,惊动了猴群事小,若是从那只有尺把宽的跳板上跌下去,几十米的高度,可不是开玩笑的事情。他把王陵阳硬拽下来了。

李立仁敏捷地走了上去。尽管他是那样小心和缓慢地向前走,两棵树还是发出了轻微的响声。这里距平台直线距离不过二十米,但也只能看到那里的大概轮廓。

怎么办？他小心地取出照相机，打开镜头，检查了闪光灯。闪光灯一亮，尽管像闪电一样，还是惊动了放哨的猴子。它刚要鸣警，四周却陷入了更浓的黑暗之中。

李立仁就在闪亮的一刹那，看清了平台上不是模糊一团，而是有好几团。他想，一不做，二不休，干脆在已选好的几个角度，连续地拍了起来。等到最后一张拍完，他立即关好镜头，也不等自己的眼睛适应一下夜色，就迅速而准确地滑到了树下。

猴群在第三次闪光时，微微地骚动起来，模糊的毛团稍稍散开了。可是，当它们睁开惺忪的睡眼，却什么也没看到，什么也没听到。

那只放哨猴也被弄糊涂了。

于是，猴群又安静下来，继续摆出它奇特的睡觉姿势，昏昏然做美梦去了。

王陵阳从心里佩服李立仁拍照的迅速和准确。这些功夫都是他平常练出来的。在闪光灯闪光之后的黑暗里，他眼前又一次浮现出李立仁光膀子赤脚在树林里飞跑的形象。

照片被放大洗印出来了。从照片上可以看清：猴群分成五小群。每小群的猴子都坐在石壁上，面向里，抱成一个团，简直就像是五个毛茸茸的大球平放在那里。

外围的猴子都是体格健壮的。

"猴球"刚散开时，仔猴和它的妈妈在中间，仔猴不情愿地睁开了眼睛。

在接下去的一张相片上小仔猴正眯着眼向外张望，嘴里还含着妈妈的乳头，把乳房拉得长长的。

"猴球"有五六个猴子组成的，也有十多只猴子组成的。猴王居于"猴球"的外围，正睁开警惕的大眼。

放哨猴坐在高高的树上，瞪着惶惑的眼睛。照片的旁边，还无意中留下了坐在另一棵树上的放哨猴的三分之一的身影。

大家看着,都被这奇特、动人的景象所吸引。从猴子们那熟睡后醒来的神色看出,它们是多不情愿自己的酣睡美梦被打扰了。

王陵阳想,猴子的这种睡法,大约是多少年来为了抵御夜晚寒冷而逐渐形成的。这也是它们之所以能经受住气候变化的严酷考验、得以生存的原因之一。猴王和体格健壮的成年公猴,在猴群内享有一些特权,但也负有保护猴群的义务——照顾母猴和仔猴。猴群不存在了,它们的特殊地位也就消失了。

黑河说:"难怪它屁股瓣子长了那样厚的两块肉垫子!它睡觉都不躺倒,老是坐着嘛!"

上次解剖时,他就对那两个很难剥干净、要多涂砒霜膏、注射防腐剂的肉垫子发生了兴趣。

李立仁说:"有些猴种,臀疣已经很小了。上次王老师说的疣猴和叶猴都是这样。这与它们生活习性和进化程度有关。"

猴群结成球状的睡眠方式,使考察组产生了夜间捕捉的想法。如果有一种网能像撒渔网一样,不是可以一网成功吗?可是怎么躲过放哨猴呢?能不能先把放哨猴逮住?不行,还有无法解决的问题。但是发现猴群特殊的睡眠方式为执行已定方案提供了新情况。

现在每当夜色浓浓、山林也沉沉入眠的时候,考察组就投入了紧张的捕猴准备工作中。他们避开放哨猴的监视,艰难地一点一滴地做着,虽然手上磨出了血泡,大家的心情还是喜悦的。

关放猴子的铁丝笼,在隐蔽的山棚里组装。工作量相当大的各种工作,在王陵阳的组织、指挥下,进行得很快。

李立仁和王陵阳,每晚都抓紧对三个青年和黑河进行培训。轮流讲解、演习如何捕捉猴子,如何由大笼传送到小笼;以及运输、测量等。总之,凡是想到的问题,几乎都讲了,也都做好准备了。

随着信号系统的巩固,黑河去投食时,常有猴子来到地面迎接他。当然,这种欢迎仪式还是保持了一定的距离。投食以后,立即就有猴子抢着进食。猴群已经开始喜欢这个每天给它们送来美味的孩子了。

紧急警报

这天,考察组接到了学校发来的一份电报。校务委员会研究了考察组关于前一阶段的工作汇报。经与有关单位磋商,认为考察组在执行"云海漂游者"考察计划中,对所出现问题的分析是深刻的,并对考察组的工作提出了补充意见。主要是,希望考察组将主要精力放在科研工作上,其他问题将由公安部门严密注意,采取有力的措施。

考察组立即给学校回电,汇报了执行学校补充意见的措施。

随着工作的深入,考察组感到人手紧张。经过慎重研究,决定立即通知张雄那个组,要他们把工作适当安排后,明天赶来。

其实,张雄那组早已提出要来了。侯队长对这事特别积极和热情,希望能亲眼看看科学家是怎样和"神猴"打交道的,还想亲眼看到怎样逮住"神猴"。

王陵阳则一直认为那边的工作也很重要,这里的猴群还不稳定,条件还不成熟;还希望他们能发现新的猴群,所以让他们晚来了几天。

只有王陵阳一人在营地迎接准时到达的张雄和侯振本一行四人,其他的同志都还在山上。王陵阳招待他们吃了饭,连口气也没歇,就向他们简单地介绍了情况。

王陵阳又听了张雄他们的汇报,对他们的工作表示很满意,虽然没找到猴群,却为下一步工作做了很好的准备。他也对侯队长的支援表示感谢。侯队长说想到山上去看看。王陵阳说:

"你们今天跑得很辛苦,时间也不早了,还是先休息一会吧。吃了晚饭再上山参加值班。"

这么一说,侯队长也不好坚持,几个人都忙着做饭去了。菜刚摆上桌子,饭还没进口,报话机里传来了李立仁的紧急呼叫,大家都连忙跟着王陵阳跑了过来。李立仁报告:

"一号,二号在一号点向你报告:猴群情绪不正常,下午四点投食后,只有少数猴子下地进食。现在已是黄昏了,还没有休息的意思,一个劲在树上蹿来蹿去。"

王陵阳很焦急:"猴王的情绪呢?"

"它藏起来了,只露了一次面;表情惊慌,行动诡秘。"

"周围发生过异常情况吗?"

"到目前为止,还未发现。不过,从我来值班开始,猴群的气氛好像就不太正常。"

"你的判断呢?"

"猴群突围的前兆很明显,很可能要炸群。"

王陵阳转过脸,询问正注意听着他们对话的侯振本:"侯队长,你看这种情况……"

侯振本虽然也感到问题严重,但还是笑眯眯地说:"天快黑了,黑灯瞎火的,往哪跑?话说回来了,这野物野性的,你也难摸着它的脾气。"

王陵阳又问:"我们是不是要去看一下?"

侯振本转脸看了看门外昏暗的天色,说:"王老师,你看,这天快黑了。"

"要是炸群了呢?"

侯振本两手一摊:"神仙也没好办法。过去,来逮小石猴的人碰到这事,赶快烧香磕头。嘿嘿,那是迷信。"

王陵阳未听完他的话,转身通过报话机对李立仁说:"严密监视。你们暂时不要下山,我们吃了饭就来。请随时报告情况。"

大家赶快把饭吃完。王陵阳又通过报话机问李立仁:"二号,现在情况怎样?"

"比刚才有所好转。猴群似乎逐渐安静下来。天也全黑了。"

"你现在的意见?"

"如果从现在起,没有什么大的冲击,今夜,猴群发生激烈行动的可能性不大。明天早晨的情况就很难估计了,为了防止最坏的情况,有必要考虑采取相应的紧急措施。"

王陵阳沉思片刻,果断地说:"再等一刻钟,如果没有特殊情况,你和黑河回来。我们现在暂不上山,等你一起研究一些措施。"

李立仁和黑河一进山棚,大家就亲热地招呼着。李立仁发现张雄的眼窝深陷下去了,心里想:他的担子也不轻!单独工作是最好的锻炼。小伙子现在长进多了。

张雄看见两位老师和黑河都瘦了,心里也在想:"真是些铁人啊!"

等他们吃好饭,王陵阳就派黑河和望春,给在山上的三个青年送饭去了。

王陵阳他们的心情都有些沉重,讨论来讨论去,最后认为:只有提前捕捉猴群这一方案可行。他们想,与其让猴群逃掉,不如冒险一战,或许能取得意外的成果。

侯队长紧锁着眉头,也失去了往日的笑脸,但说起话来,还是笑眯眯的:"逮猴网搞好了?"

"没有。"王陵阳说。

"赶紧拿出来整整,检查一下。听说是上等货,尼龙的。"

"不用它了。"

"不用它?那用什么?"侯队长吃惊不小。

"有别的办法。"

"又有新门道?"侯队长似乎更吃惊,他眨巴眨巴眼睛,又挺随和地说,"是呀!那个网靠不住,听说上次用它逮猴子,它们不进网。这次……"

王陵阳很有信心地说:"这个问题,我们已经研究过、试验过,解决了。有新的方法来捕,问题不太大。只是工程还未完成,今晚要突击一下。"

侯振本紧锁的眉头舒开了:"你们大知识分子,就是有办法,啥事也难不住。这次支援你们工作,我也顺带着长了不少见识。这打突击的事,算上我一份。"

李立仁说:"侯队长年纪大了,又跑了一天路,还是好生休息吧。明天有你忙的。"

侯振本不慌不忙地说:"怎么,嫌我老了?嗨,李老师,你到队里问问,有啥重活,我不抢在前头?不说上回,就说这次,小张同志在山上还甩不下我哩!"

他又用下巴指了指张雄:"你说,是吧?"

张雄微笑说:"这倒一点不假。山上的活路,侯队长比我们精哩!"

王陵阳高兴地说:"侯队长能参加今晚的突击更好,顺便还可以指点指点。"

大家趁着黑夜,在李立仁带领下,跨过山溪上的小桥,经过李立仁观察点的小窝棚,来到了准备捕猴的地点。

这里,正是平台靠溪流下方山坡上那块小小的平地。侯振本一看:平地上挖了个长方形的地坑。地坑挖得不深,四周已加上了用圆木做的方框。框上面的盖子也还未编到头,像是留了个大窗子。他怔住了,愣愣地站在那里,好半天才问:"这是什么?"

李立仁连忙摇摇手,这使侯振本想起了王陵阳宣布的、在山上不准讲话的规定,连忙把话咽到了肚子里,只是迈着方步,低头弯腰兜了几圈,仔仔细细地把地笼瞅了个够。

大家在李立仁的手势指挥下,紧张地悄悄干开了。

工程结束后,李立仁又检查了一番,还一再试验了关笼的机关是否灵活。当一切都稳妥后,才最后离开那里。

一回到山棚,侯振本就问:"两位老师,那玩意能行吗?"

李立仁难得地笑了:"行!我们研究出的新方法,经过试验,效果良好。"话音里,充满了自信。

王陵阳说:"这是我们李老师的研究成果。他总结了别的捕猴经验,经过改进试验,效果很好。当然,明天还要到实践中去检验,相信它不会出我们的洋相。"

侯振本拍了拍脑门:"哎呀,你看我这忘性,这玩意好像在哪见过的……这、这、这……是在猴子望海那边,打到猴子的那天,是吧?临走了,李老师还在量那地坑哩。"

王陵阳微笑着说:"侯队长记性不赖嘛。不过,我们这个地笼,比它那个更先进。科学能给人智慧,给人力量。"

侯振本又连连称赞他们有能耐。

擒贼先擒王

王陵阳在原来的位置,指挥全盘。

李立仁照顾现场,负责把关进地笼的猴子逮出来,再装到组装好的铁丝笼里,运到后山。

掌握关闸的人,要待在地笼旁边的窝棚里。为了减小目标,尽量避免猴子怀疑,窝棚盖得很小。人蹲在里面,动也不能动,只能容得下黑河或是望春。考虑结果,还是确定黑河去,望春另有重要任务。大家有些担心黑河好动。可是,王陵阳说:"黑河进步很大,能遵守纪律,问题的重要性,他不是不明白。"

张雄负责东边的警戒,防止猴群从峭壁岩那边逃窜。同来的两个青年也随张雄一道去,换回那边两个点上的三个青年。

换回来的三个青年和望春,都隐伏在李立仁附近,帮助逮猴和运输。逮到猴,运到后山,再交给望春看守。

王陵阳把各人的分工一宣布,侯振本一看没分配到自己,急了:"王老师,是欺我老头,还是咋的?"

张雄说:"侯队长,你就跟王老师在一起,指挥全盘,看热闹吧!"

"叫我看热闹?那怎么行?回去后,社员们问起,我这老脸往哪放?"

王陵阳一看这样,就说:"我很担心东边。那边都是些新手,对情况不熟悉。李立仁又抽不开,我也走不脱。要是侯队长能去,我就放心了。"

侯振本一拍大腿:"行!我就到那里。"

李立仁说:"干脆,让侯队长在最靠近平台的那个观察点。从张雄那边再抽个青年,守在河口,正面监视,防止猴群突围。这样,防线就严密了。要不,正面还是留着个缺口哩!虽说可能性小,还是有备无患好。"

王陵阳说:"大家都知道:猴群的警觉性很高,生性多疑,傍晚的情况又很不好。我们研究种群生态,要逮,得逮整群的,出一点差错,就可能招致整个工作的失败。希望大家明白问题的重要性。我们制定了几条纪律,等会由李老师说一下。不完备的地方,再补充。定下的,明天要坚决执行。"

李立仁宣布了纪律后,大家都说应该这样。接着,李立仁又对今晚的工作做了安排。

因为傍晚时,猴群发生了骚动,为了防止意外,晚上仍然由原来的人马值勤。张雄他们先休息好,明天天亮前去换班。王陵阳明天要指挥全盘,最近也太疲劳了,留在家里。王陵阳虽然和他们争了半天,还是众意难违,只得留下。

王陵阳和侯振本在山棚里喝茶、抽烟、谈些猴经,又拉拉家常。

时间不长,张雄把望春、黑河也从山上带回来休息了。

侯振本连连打着呵欠。王陵阳要他先睡,就自顾去整理材料和更详细筹划明天的工作去了。

侯振本第一次起来小解时,发现王陵阳用纸遮着烛光,还在棚子角落的床板上看材料,就小声说:"王老师,该歇啦!养好精神,明儿要上阵哩。"

王陵阳怕吵醒别人,只是笑了笑,低声说:"习惯了。夜里干起事来,效率高。"

侯振本第二次起来小解时,一开门,发现张雄正就着月色在整理明天要用的工具。他嘿嘿地笑了两声:"年纪大了,就是尿多。小张同志,你这么早就起来了?"

"要想多砍柴,先得把斧头磨快。明天要用的东西不理好,到时候要误事的。"

在天亮以前的黑暗里,王陵阳和李立仁迅速地调整了布置,把各项工作又作了一次检查,才回到各人的位置。

张雄和侯振本三人,把那三个青年换下来了。张雄一直和侯振本待在一起,这个位置离平台确实不远,能看到平台上一团一团的猴子。

冬日的朝阳,跃出了山头。

灿烂的阳光洒满了绵亘起伏的群山。不时,有一群群小鸟掠过蓝天,拍着翅膀飞向远处,留下了三两声划破清晨宁静的歌唱。

在指挥点上的王陵阳,像是一位激战前的指挥员。他一次一次地把在即将来临的战斗中,可能出现的情况又细细推敲了一遍:"怪音"会出现吗?将产生什么影响……想着,想着,他的思想豁然开朗了。

一阵清脆的山歌从山下飞起,荡漾着黑河满腔的喜悦。

侯振本一惊:"这是干什么?"

"黑河来投食了。"张雄不紧不慢地说。

猴群一听到这熟悉的山歌,就从晒太阳的石壁上爬起来,走动了。

黑河慢悠悠地来到地笼旁边,左手搂着背篓,把它卡在腰眼上,右手大把大把地撒着包芦米。

他撒得那样悠闲而自在,就像是个老农,把一粒粒种子播撒到春天的土地上,把美好的希望种到田野里。

他那漂亮的鬈发下面,一双会说话的眼睛特别有神采。今天他的工作今天做得格外精细:包芦米的细流一直向地笼淌去,再汇聚堆积到了地坑里。

黑河又唱着下山了。

歌声刚停,他急忙返身,往自己的位置走去。

张雄也猫起了腰:"侯队长,这里就靠你关照了,我要到自己的位置上去了。别忘了,等会王老师检查时,给他一个信号。"

"放心吧,出不了事。我看今天的猴群还怪正常的嘛。"

王陵阳发出了信号:要各个点注意,不能疏忽。各个点上,有报话机的发出了信号,没报话机的,摘下帽子摇摇。

猴群开始向投食点走去。

先去的几只,瞅了瞅地笼,觉得有些变样,便犹犹豫豫,不敢贸然向前,只是不眨眼地盯着地笼坑。但包芦米的光亮是那样的诱人,经过了一个寒冷的夜晚,它们感到特别饥饿。

有两只大猴大着胆子走进了地笼,眼睛还是瞟着这个张开大嘴的家伙,抓了一把,就赶紧跑了出来。

猴王今天的表现也有些特殊,离得远远的,坐在那里。当第二批的三只猴子又进去抓了一把包芦米,安全出来之后,它才走到地坑前面。

有只猴子立刻很谦卑地放下手里的包芦米,走到旁边去了,把满嘴的口水往肚里咽。

考察组的同志们,虽然已习惯了风风雨雨的生活,可是,今天就要揭开一连串的奥秘,要收获多少个日夜辛勤耕耘的果实了,心情都格外不平静。

黑河蹲在小窝棚里,腰也酸了,腿也麻了,胳膊、手都像是多余的。他一动也不能动啊,眼睛要盯着地笼,耳朵要听着报话机里的信号。

今天,他特别恨那个多疑、狡猾的猴王。而猴王却不理会黑河的心事,正慢吞吞地向地笼走去,就像是个大腹便便的绅士,迈着方步,但神情还是显得很紧张。

有个猴子一看猴王来了,赶紧从地笼里跳了出来。

猴王在地笼边迟疑了很长时间,又绕着地笼兜了一圈,还没发现这张着大嘴的玩意有啥可怕的,才小心翼翼地往下走,慢慢向里挪动着步子,渐渐接近了成堆的米粒……

黑河听到耳边响起了一声紧急信号。那信号虽然单调而低弱,对黑河说来,却像是催动千军万马的冲锋号。他立即把关闸的细索一拉,笼盖迅速而沉重地落下来了。

也就在这时,平台上方的山上,响起了炸雷般的"哇——"的一声。

第二声"哇"还未出口,似乎那发音器官一下被什么堵塞住了。

像是有颗炮弹在猴群中突然爆炸,这些褐色的毛团"哗啦"一声全都爬到了树上。它们个个瞪着惊恐的眼睛,支起小小的耳朵,屏声息气……

山上正在进行一场激烈的搏斗。当第一声"哇"发出时,一个人影从石缝里突然冒了出来,像猛虎一样扑上去,双手紧紧地捂住了发出"怪音"的嘴。

那个发出"怪音"的人,立即把身子向前一弯,腹部一收,想用屁股猛地一撅,把袭击的人狠狠从头上摔过去,掼到山下,摔得粉身碎骨。

没想到,半空里又跳下一个人来,一脚踹在他那弯曲的颈子上,砸了他个嘴啃泥。

这家伙刚要扭过身子,一条像铁棍般的腿抵住了他的脊梁,抵得他脊椎骨咯咯作响,全身关节好像散了架。

用膝头顶住发出"怪音"脊梁的人,一伸手,又把他的胳膊反拧过来,把一团烂布塞到"怪音"嘴里。虽然声音不大,可"怪音"听得清清楚楚:

"再动,我就把你摔下去喂猴啦!老实跟我走!"

"怪音"不敢动了。

散落在树上的猴群,正等待猴王的命令。左等右等,怎么也等不到往日总是及时进行指挥的猴王。

猴王已被关到笼里了。李立仁和三个青年连忙奔上去,黑河也从小窝棚里走了出来。好家伙,笼里除了猴王,还有那个左右不离身的大胡子哩!

从平台那边,因有密密的树林挡着,很难看清这边的行动。

因为经过预先多次演习,大家在手势和眼色的指挥下,紧张、迅速而又默无声息地工作起来。

猴王和大胡子刚好被盖子压住,压得它们只能曲着腿,怎样挣扎也站不起来,更无法走动。

黑河心里非常钦佩李叔叔把地笼的高度,计算得这样准确。

过了一会,他更惊叹笼框子设计得竟如此巧妙。他们很容易就能在细树枝编成的框盖上扒开一道缝,投下阔带子。被闪电般袭击弄得稀里糊涂的猴王,只顾张着大嘴,龇着两排黄牙,一声不吭。

李立仁投下阔带子兜它时,它扭头就咬,可是只能像小狗咬尾巴一样,转不过头来。它又想用后腿蹬踢,可踢不了多高。

李立仁两眼紧紧盯着猴王的一举一动,迅速地兜住了猴王的腹部,一使劲,提起了猴王,夹在框盖上。

一个青年伸手揪住了它的耳朵,拉出了它的头。

黑河和另一个青年,早已把组装好的铁丝笼子打开。

猴王刚一进入转不开身的狭窄笼子,门已扣好了。从逮猴到运走,前后只用了十多分钟。

李立仁迅速将地笼盖重新安装好,检查一遍,才各自回到自己的位置。

运猴的青年回来了。他们无比惊奇地压低声音对李立仁说:"侯……侯……"

"知道了。注意这边,猴又来了。"李立仁打断了他们的话,平静的语气,使青年们更加奇怪。

一次"政变"

李立仁内心的风暴早已过去,多少天来,困扰他的谜团终于解开了。

为了探索"怪音"的秘密,他苦苦地思索过,长途跋涉过,用各种科学的方法试验过。从昨天到现在,他更是紧紧地抓住撬开这神秘铁幕的杠杆。

当"怪音"爆发的时刻,风暴也从他心里卷起。现在"怪音"消失了,猴王被捉了。

猴群因为失去了猴王的指挥,只是引起了骚动,并未突围。虽然捕捉五十多只大猴的工作才开始,可是他似乎已经看到了全部的胜利。

猴群已从骚动恢复了安静。考察组为猴群逐步建立起的第二信号系统正起着作用。小黑河的歌声又响过了。神经系统的信号使它们更感到饥饿。

虽然有过警报,可是猴王却没来指挥它们躲避、逃跑。走吧,几只猴子忍不住又走到了地笼里,迫不及待地攫取食物。

耳边又响起了令人兴奋、紧张、喜悦的信号,黑河再拉闸索。好,成功!

这一笼关了五只,全是大的公猴。

捉猴、运猴的工作更加有条不紊地进行。

黑河从窝棚的瞭望孔里严密地注视着地笼。他的脑子里浮现出了每天夜晚紧张工作的情景。那时候,一到晚上,他就盼着天色快黑下来,愈黑愈好,浓重的黑夜才能掩护他和叔叔们工作。

开头是李叔叔划好线,然后挖土。山腰上的平地就那么一点点大,只能容得下很少的人干活。土质层很薄,杂着石块,冻得铁硬。别说铁锹使不上劲,为了不被猴子发现,连大一点的声响也不能有。

两个叔叔用快刀撬起一块块土、一个个石头。动作要快,又要做得精细。再由他将装满了篓子的泥土、石块,运到后山。

黑夜,给了他们方便,也叫他们吃了不少苦头,砸了自己的手,碰破了别人的头是时有发生的事。

每天晚上又只能挖那么一点,结束时,还要整理一番,把踩倒的树枝、草棵扶起来,让猴群看不出破绽。

一个个不眠之夜,一滴滴汗水,一个个血泡,一道道伤痕,他们付出了巨大代价,才筑成了这样的地笼。

他知道,叔叔们是怎样在日夜思索着捕猴的工具和方法的。在采到"紫云一号"标本那天,他看也没看一眼的地坑,却被李叔叔锐利的眼睛抓住了。一撮兽毛就暴露了真相。难怪李叔叔常引用恩格斯的一句名言:"往往当真理碰到鼻尖上的时候还是没有得到真理。"

王叔叔告诉过他:李叔叔和哥哥后来又去猴子望海那里,是要从偷盗国家珍禽异兽、破坏大自然的坏人那里找钥匙的,还真找到了。他们的脑袋真灵,懂得的事情真多,俺啥时候也像……

信号又来了。黑河赶快扯动关闸的细索:好啊,又是四只。

捕猴的工作,进展得很顺利。考察组和几个青年全都忘记了疲劳和饥寒。到下午三点多钟时,猴群只剩下十几只了。眼看再有几笼,就可全部捕捉到。

王陵阳忽然听到报话机里传来李立仁的报告:

"情况有变化。现在关笼的间隔时间越来越长了。猴群不愿接近地笼了。有只大公猴特别活跃,不断蹿来蹿去,还撕咬别的猴子。"

"你估计是什么原因?"

"一时难以看得出准确的原因。是不是让黑河再投一次食?利用建立的信号系统,安定一下猴群情绪,然后再观察。"

"同意。立即执行。"王陵阳果断地说。

黑河的山歌又从山下往上飘了,虽然喉咙已经唱得有些沙哑,可那愉快、幽默的曲调还是没有走样。

猴群暂时安定了下来。

又捕了两笼。只剩下七只猴了。

那只不安分的大公猴更加活跃了。它在树上树下乱窜,一会躲到茂密的枝叶后面,一会藏到石壁后的石缝里。

当有别的猴子想向地笼接近时,它就突然跳出来,拦到前头,鼓起丑陋的塌鼻孔,张开獠牙,吼出低沉的威胁声,吓得猴子又赶快跑回去了。

这只大公猴还曾两次企图冲破东边的防线,都被那边观察点上的人赶了回来。李立仁仔细观察了这一情况,向王陵阳谈了自己的看法:

"由于时间过长,猴群很可能产生了新的猴王。在剩下的七只猴子中,这个大公猴是具备担任猴王的条件的。从它的行为看来,它已开始争夺王位了。如果没有出现这样的情况,已经十分饥饿的猴子,会更迅速地到地笼取食的。建议立即采取紧急措施。"

考察组根据对猴王的不断观察,知道猴王在猴群中有举足轻重的作用。

在探头峰附近发现交战过的两群猴子时,他们分析小群为什么能打败了大群,当时大群猴王重伤的惨相,给他们留下了强烈的印象。

经多次试验,也证实了猴王的作用是无可置疑的,因而,他们才制订了擒猴先擒王的策略:使群猴失首,然后再有条不紊地捕捉整个猴群。

同时,他们也曾依据已得的资料,对猴王产生的过程做过分析:猴群中经过激烈的争打撕咬后,胜者则为王。这个新猴王脸上的长疤就是证据。而且只有身材健壮、体力强大的公猴才有在猴群激烈争斗中取胜的可能。

王陵阳知道李立仁所说的紧急措施,是使用麻醉枪。他们这次带来了一支手枪式的麻醉枪,可是在几次的试验中效果都不理想,主要是枪的质量不过关。因而,他们一直没使用。但在这次捕捉猴群时,还是把这个武器当成一个可供选择的应急手段。

现在问题很清楚:不冒险使用麻醉枪,就有可能使剩下的猴子突围逃窜,达不到预定目的。他想了一下,觉得李立仁在现场,还是由他决定比较好:

"同意。由你最后决定。"

李立仁觉得不能再迟疑了,便迅速地装好麻醉枪,计算好距离,等待最有利的时机。当那只大公猴又跑来威胁另一只取食的猴子时,只听"噗噜"一声,那大公猴惊得一跳,就往石壁那边奔去,走到离观察点只几米远的地方才倒了下来。

形势立即发生了变化。剩下的六只猴一下子全都拥到地笼里来争食,那狼吞虎咽的饿相,简直什么也不顾了。这时,闸门最后一次关上了。

山谷里响起了一片欢呼:"五十二只猴的大猴群,全部被捉,一个没有漏网!"小黑河的声音喊得最响。

多了一只"猴"

王陵阳离开指挥位置才走出几步路,迎面就碰到了罗大爷和曾经见过面的地区公安局的两个同志。大家一齐拥上去向考察组祝贺。

公安局那个大个子同志笑着说:"我们来晚了。到这里一看你放在那里的信号,就知道事情进行得很顺利。为了不打扰你,没得到同意就参观你们捕猴来了。"

王陵阳神采飞扬:"不晚,正是时候,一网打尽了。你们也很辛苦,特别是罗大爷,跑坏了。"

"没啥、没啥！都按你的锦囊妙计办的。张雄他们从俺那里往你们这边来,俺也就出发了。四周山口都有公安战士守住,他本事再大,逃了这关,也逃不了那卡!"

罗大爷乐得像个年轻人,紧紧拉着王陵阳的手不放。

王陵阳说:"我们去看看吧,逮到的猴都放在后山。"

他们刚走过跨在溪上的木桥,东边观察点撤下的青年也到了。人们听到从后山传来黑河脆嘣嘣的欢叫声:"哈哈,不是五十二,是五十三。五十三只猴。老猴、小猴、猴子、猴孙、猴王,都逮到啦!哈哈……"

"这小鬼,又咋呼起来了!"罗大爷抑制不住内心的欢悦。

可不是,真是五十三只猴哩——在关着五十二只的一笼笼的猴子旁边,那个侯振本像霜打的茄子,耷拉着头,蜡黄的面孔上挂着大滴大滴的汗。

望春端着双筒猎枪正对着他。王陵阳对公安局的同志说:"喏,向你们介绍一下,这是我们的捉侯小英雄望春!他埋伏在石缝里几个小时哩。"

这下,把望春闹了个大红脸。他羞涩地说:"是李叔叔把埋伏地点选得好,李叔叔真神!姓侯的刚回应了王叔叔的信号,就把帽子挂到树枝上,让人以为他还在那里。其实,他像只黄鼠狼,已经从树棵石缝里往山上溜了。这个蠢蛋,他瞅了四处,望了八方,就是没看到俺埋伏在他鼻子底下。他定了定神,又想干在猴子望海和采一号标本那天玩的把戏,双手往嘴边一拢,扯着嗓子叫起来……幸亏小张叔叔猛地从山上跳了下来,这家伙才老实点!"

张雄将一卷磁带递给了公安局的大个子:"这是'怪音'的现场录音带。"

大个子从包里,拿出了上次罗大爷给他的那支毒箭:"侯振本,你认得这支毒箭吗?"

侯振本只翻了翻眼皮,瞟了一眼从自己亲手安放在地弓上射出去的罪证,冷汗淌得更多了,一声也不敢吭。

大个子又问:"你知罪吗?"

"知罪,知罪。我只是想搞几个现钞花花。"

"你还不老实?还想你们的那个丁副主任再把你包庇下来?别做梦了!"

"哎呀呀,我就是上了他的当、受了他的骗呀!他是'四人帮'的小爪牙,这次我不干,是他硬逼着我,前两天还跑到山上找我、威胁我,这是大家亲眼看到的。我是不得已呀!"

公安局的同志说:"好一个不得已呀!我问你,那个来捉猴的山东老汉,是怎么死的?"

这像是一声霹雳,炸在侯振本头顶,击得他一下矮了半截,站都站不稳了。

大个子说:"告诉你,群众的眼睛早就盯住了你们这一伙,收购站的胖子也没跑掉。你们这一伙,原来就对人民欠下了债,趁着'四人帮'掀起的一股邪风,大搞打、砸、抢,然后拉帮结派,胡作非为,是盗窃国家珍贵动物,破坏科学研究、破坏自然保护的罪犯!"

侯振本像散了骨架一样,一下瘫在了地上。

"王老师,这个侯,得交给我们了。"公安局的同志幽默地说。

"你们带去吧,那是你们的研究对象。我们要研究这五十二只一大群,够忙的了,恕不远送了。"

回来的路上,罗大爷问:"两位老师,你们是啥时候怀疑上侯振本的?这个结,俺还没全解开哩!"

王陵阳笑着说:"李立仁,你就帮罗大爷解结吧!"

李立仁憨厚地笑了笑:"是从采到'紫云山一号'标本时开始怀疑的。头次,望春和他一起发现了猴群,他支派望春等我,利用奇峰怪石的复杂地形耍手段。我还没到,他'哇哇'两声怪叫,猴群就炸了。他说那是小石猴叫的。

"采一号标本那天,先是望春发现路标被人移动了,快接近猴群时,他又溜了。这时王老师身后却突然响起两声'哇哇'怪叫,猴子立即炸了群。幸亏我们及时赶到,要不又要落空。

"有了标本,我们一检验,发现上次带回的猴子吃剩的竹笋上面留下的齿痕,就是短尾猴的,他却说是小石猴咬的。这不明摆着在撒谎吗?

"我们发现那个地坑,不知是捕什么野兽的,他尽催着我们走,不愿我们细看。我们化验了残留的兽毛,才肯定那就是捕猴的地坑,知道紫云山有人偷捕过短尾猴。

"通过对猴群的考察,我们清楚了解到猴群会发出惊叫声。过去,有些猎人也会模仿动物的一些声音,他可能就是从那个山东老汉那里知道的。这次,我们又找到了猴群。你送信去公社要求支援的第二天,我们还没到,又是'怪音'惊炸了猴群。

"起先,我们只是从他的为人发现问题的。你别看他一说话,总是笑眯眯的,关键性的问题,他说的话却叫你沾不着边。前半句讲的是,后半句说的非。也没有一个真正的社员,像他那样成天把'我们贫下中农'挂在嘴边当招牌。再加上公安局同志介绍过的情况,我们就基本上肯定是这家伙干的坏事。"

"怎不抓起来,还让他成天领着我们转山呢?"有个青年气愤地说。

罗大爷嘿嘿笑了两声:"捉贼要赃,捉奸要双嘛,能随便抓人?让他跟着你们,这叫调虎离山计,让你们看着他。"

"难怪这回那个姓丁的尽挑我们这些人。我们年轻,别说了解,过去还不认识侯振本呢。"

另一个青年高兴地笑了:"对,对,这我就明白了。你们决定今儿逮猴,才通知我们来。昨儿晚上李老师报告猴群不稳定,也是安排好的假情况⋯⋯"

张雄拍拍报话机:"真实情况,有望春在山上和这边通话哩!"

黑河深有感触地说:"开始时,俺还把他当过好人哩。"

太阳沉入了西边的群山,余晖还在雪峰上浮动,阵阵晚风悠悠地吹拂,微波碎浪在林海沙沙作响。

考察组营地的灯火亮了。天空的星星似乎也比往日明亮。一长溜、一长溜的工作台上,摆满了被囚禁的短尾猴,考察组正在分门别类地进行研究。

猴王的体重竟然超过了七十斤,身长将近一米二,大大地超过了猴群的平均数。它不仅脸上有那道破了相的长疤,身上也多处残留着伤痕。还有二十三只猴也都留有不同程度的伤残,被咬断手指的就有八只,耳朵缺损的有十一只,这说明动物的生存竞争是多么激烈而残酷。

在对猴群的毛色进行比较时,他们发现老年猴和仔猴的颜色确实存在着差异,但毛色难以判定个体猴的大致年龄。拿三只标本与它们比较,由于季节的不同,大致上同龄猴的毛色并不相同,冬季里毛色又要深一些。

通过这么多天的考察,也证实了王陵阳关于前几年群众围捕到的个体猴,是被逐出的猴王的猜想。

个体猴绝不会自动脱离种群,纵然在外部灾害冲击下,离开了猴群,双方都要竭力寻找,也一定能再会合到一起。

只有被逐出猴群的猴王,才既不能回到原来的种群,更不能加入另外的种群,只得流落在外,还要躲避猴群。饥饿使它不得不走向低山。一般情况下,猴王不会被逐出猴群,只有当猴王变得年老而又昏庸,新猴王和猴群无法容忍它的时候,才把它赶走。

事实上,猴群在缺少有力的头领时,会及时产生新的猴王,否则,猴群将遭到覆灭。

考察组为每只猴子编上了号码,做了标记,留影建档,然后,把带上示踪物的猴群都释放了。

晚上,考察组的同志和来协助工作的青年,坐在试制成功的荧光屏前,观看带有示踪物的猴群,已经又聚集在一处新的栖息地宿营了。

有志者,事竟成。不久,考察组又追踪上了他们在探头峰附近放弃追踪的那群猴子。捕捉后的研究证实了考察组的估计：两个猴群之间确实发生过一场激烈的战争。

在以后捕捉到的猴群中，考察组为动物园留了四只猴子，以供展览。

对种群生态的研究，基本上摸清了短尾猴的繁殖问题。在一个种群中，有怀孕的母猴、仔猴、亚成年猴、成年猴、老猴；在年龄的顺序上没有脱节的现象，说明短尾猴全年都有繁殖，但以九月、十月为高峰。怀孕期为七八个月。每胎一至两仔。哺乳期是六七个月。

使考察组感到不安的是，从对这几群猴的研究来看，在猴群的组成中，雄性猴与雌性猴的比例是2.5∶1。这说明，紫云山短尾猴的发展有数量逐渐减少的趋势。这就使得对这种为数不多的猴子的自然保护，更加重要和迫切。

于是，考察组又研究了恢复紫云山短尾猴种群应采取的一些措施，并决定为解决冬季食物匮乏对猴群的影响，立即建立一些投食点。这个工作交给了望春和黑河。

对于紫云山短尾猴在经济、科学上可利用的价值，初步研究成果已展示了极其光明的前景。这些，都给深山科学考察组的营地带来了无比的欢乐。

尾　声

1978年，正是春风又绿江南岸。

科技战线的战士们用辛勤的汗水、崭新的科研成果，迎来了科学的春天。

古老的泥水之滨，新建成了一座银色的科学大楼。从四楼大厅里不断飞出春雷般的掌声、洪亮的欢歌笑语……

省动物学会主办的、"云海漂游者"考察报告学术讨论会正在进行。王陵阳代表考察组报告考察的经过和取得的成绩。考察组的辉煌成果、学术上的成绩，深深地吸引着听众，讨论会现场时时响起一阵阵雷鸣般的掌声。

考察组的汇报刚结束，省科学委员会就在热烈的掌声中，宣读了全国动物学会的贺电，电报说全国动物学会研究了考察组的《关于紫云山短尾猴个体、种群分类、生态学的研究报告》，收到了模式标本。生动而丰富的事实，证明了它是我国新发现的一型猿猴亚种，现正式定名为：紫云短尾猴。同时，对考察组在动物地理学、野生动物资源的利用及野生珍贵动物的考察、保护等方面所取得的巨大成绩，致以热烈的祝贺。

省政府和农林部门，随即公布划定紫云山、九花山为自然保护区的法令。法令中列举了考察组在报告中指出的：紫云山、九花山丰富的野生珍贵动物资源，其中属于国家规定保护的动物有：华南梅花鹿、黑麂、毛冠鹿、獐、苏门羚、云豹、大灵猫、香狸、猕猴、鲮鲤、白鹇、白颈长尾雉、华南虎、鸳鸯、紫云短尾猴等多种，并指出：由于"四人帮"的干扰破坏，滥杀滥捕的现象十分严重，当地生境已遭受很大的摧残,必须加强宣传,教育群众;同时要严惩那些偷捕珍贵动物、破坏自然保护的罪犯。

动物学会和农林部门共同宣布:对紫云山、九花山的大规模考察即将开始。考察队已经组成,正式委任王陵阳为队长,一旦准备工作完成,即开赴紫云山、九花山。今天开的也是个动员大会。

动物学会已推选出了一批优秀的、在科研中取得卓著成绩的科学工作者,参加即将召开的全国科学大会。代表中有王陵阳、李立仁。动物学会借此机会,表示欢送。

大厅里坐满了各方面的科技人才和优秀的教育工作者。正当人们为祖国科学的发展欢呼鼓掌的时候,大厅里又扬起了孩子们的欢笑声。

原来团省委和少年宫联合举办的少年科学爱好者与老一辈科学家的见面会,也趁此机会举行。他们特意邀请了紫云山青少年自然保护小组的代表——罗望春和罗黑河,请他们介绍怎样在老一辈科学工作者的教育下,爱上了科学,努力学习科学的情况,以及自然保护小组生动有趣的生活。

这个丰富多彩的大会,越开越热烈,满头银发的科学家、教师和戴着鲜艳红领巾的孩子们,在一起愉快地畅谈着,欢笑着。

会散了,人们还久久不愿离去,自动组成了一个个活跃而欢快的圆圈。王陵阳和李立仁找到了张雄、望春、黑河。王陵阳说:

"今天,谁也别想搞自由主义了。走,全部开到我家,好好聚一聚!我们都将为了祖国的科学、为了实现四个现代化,奔赴新的岗位了。"

是的,他们刚刚欢聚,很快又要分手了。

张雄在两位老师的辅导下,已经以优异的成绩,考取了他俩任教的生物系。

王陵阳和李立仁即将飞到伟大祖国的首都,和祖国各民族的优秀人物、智慧的代表会聚一堂。

黑河和望春又要回到巍峨秀丽的群山怀抱中去了。紫云山啊，正在向他们发出召唤！

为了纪念这一次有意义的聚会，他们请来访的记者给他们摄影留念。镜头里清晰地映出了身材魁梧、相貌英俊的张雄和神情恬静、含着微笑的李立仁。黑河的个头都快齐王陵阳的肩了，那一撮乌黑的漂亮鬈发，调皮地鬈在额前。望春的个儿齐王陵阳的耳朵了，眼看就要冒得比他还要高，明亮的眼睛笑得像一汪春水。王陵阳一手搂着望春，一手搂着黑河，他那锐利而富有探索意味的眼神，充满了欢乐和希望，好像是在说——

长吧，快快长吧！孩子们，我们愿做铺在你们前进道路上的一粒石子，愿做你们攀登科学高峰的人梯中的一级！漫长的道路要你们接着走下去，勇敢地继续去开拓，前进！

未来的科学是你们的！你们是祖国的未来和希望！

1978年10月14日凌晨脱稿于合肥耐温高楼

1979年初夏改稿于北京

1996年春修订于合肥

后　记

《云海探奇》初稿于 1978 年 10 月 14 日,合肥。改稿于 1979 年盛夏,北京。中国少年儿童出版社,1980 年初版。1981 年天津人民广播电台连播。1982 年获全国优秀儿童文学奖。

1996 年中国青年出版社结集为《刘先平大自然探险长篇系列》(五卷本)出版。1997 年获中宣部全国"五个一工程"奖、国家图书奖;并被推荐给联合国教科文组织。

2003 年收入中国少年儿童出版社"传世名著"。

据说酒是猴子发明的。《云海探奇》中写有猴子酒的故事,古籍中也记载黄山发现过猴子酒;但多年来,黄山再也没有发现猴子酿出的美酒。

附录

刘先平四十多年大自然考察、探险主要经历

1974—1980年

- 参加野生动物科学考察队和筹备建立自然保护区的考察，主要区域在皖南的黄山和皖西的大别山。
- 1980年以前，这里一直是刘先平的生活基地，至今每年至少会去考察两三次。美丽奇绝的自然风光、深厚的人文底蕴，曾吸引了诗仙李白等长期在此漫游。目睹了生态的恶化、珍稀动物的灭绝、人与自然的矛盾，他于1978年重新拿起笔来呼唤生态道德，孕育了描写在野生动物世界探险的长篇小说《云海探奇》《呦呦鹿鸣》《千鸟谷追踪》及散文集《山野寻趣》等。1978年完成、1980年出版的《云海探奇》，被认为是中国大自然文学的开篇之作、标志性作品。
- 那时的野外考察异常艰难，在山里行走，只能凭着"量天尺"——双脚。根本没有野营装备，只能搭山棚宿营。使用的还是定量的粮票、布票……

1981年

- 4月，考察云南西双版纳热带雨林及访问昆明植物研究所。为热带雨林繁花似锦的生物多样性所震撼，从此走向更为广阔的自然，将认识大自然作为第一要务。5月，到四川平武、黄龙、九寨沟、红原、卧龙等地探险，参加对大熊猫的考察。之后，前后历时六年，参加保护大熊猫、金丝猴的考察。著有长篇小说《大熊猫传奇》、考察手记《在大熊猫故乡探险》《五彩猴树》等。

1982年

- 在浙江舟山群岛考察生态和小叶鹅耳枥（当时是全世界唯一的一棵）。

1983年

- 10月，在大连考察鸟类迁徙路线。11月，在广东万山群岛考察猕猴，到海南岛考察热带雨林、长臂猿、坡鹿、珊瑚。

1985年

- 7月，在辽宁丹东、黑龙江小兴安岭考察森林生态。

1986年

- 8月，在新疆吐鲁番、乌苏、喀什等地探险及考察生态。

1988年

- 在甘肃酒泉、敦煌等地考察生态。

378

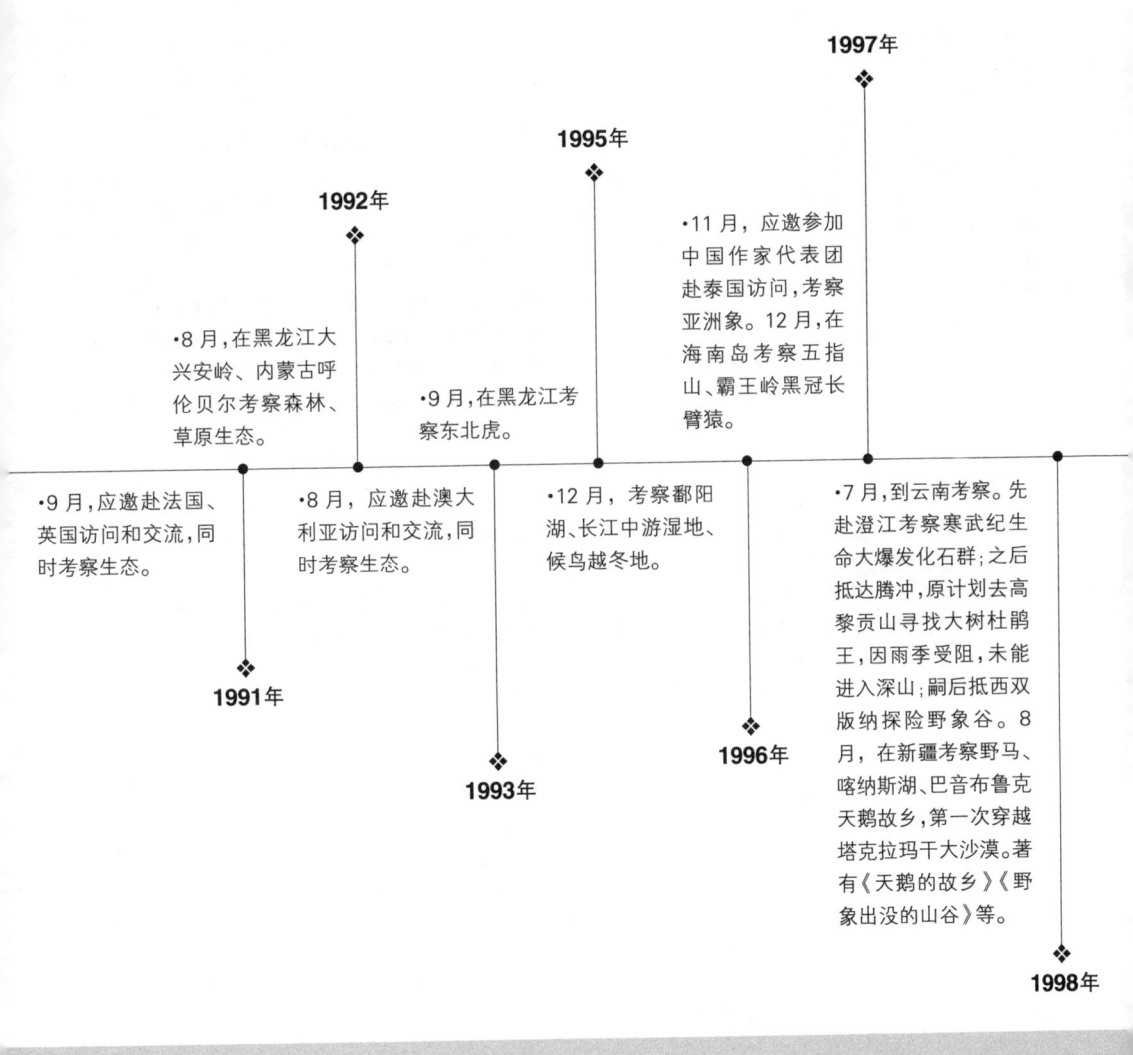

1991年
・9月，应邀赴法国、英国访问和交流，同时考察生态。

1992年
・8月，在黑龙江大兴安岭、内蒙古呼伦贝尔考察森林、草原生态。

1993年
・8月，应邀赴澳大利亚访问和交流，同时考察生态。

1995年
・9月，在黑龙江考察东北虎。

1996年
・12月，考察鄱阳湖、长江中游湿地、候鸟越冬地。

1997年
・11月，应邀参加中国作家代表团赴泰国访问，考察亚洲象。12月，在海南岛考察五指山、霸王岭黑冠长臂猿。

1998年
・7月，到云南考察。先赴澄江考察寒武纪生命大爆发化石群；之后抵达腾冲，原计划去高黎贡山寻找大树杜鹃王，因雨季受阻，未能进入深山；嗣后抵西双版纳探险野象谷。8月，在新疆考察野马、喀纳斯湖、巴音布鲁克天鹅故乡，第一次穿越塔克拉玛干大沙漠。著有《天鹅的故乡》《野象出没的山谷》等。

1999年

- 4月，在福建考察武夷山等地的自然保护区及动物模式标本产地、小鸟天堂，寻找华南虎虎踪。7月，应邀赴加拿大、美国访问和交流，考察两国国家公园。8月，一上青藏高原，主要考察青海湖。9月，在贵州探险，考察麻阳河黑叶猴、梵净山黔金丝猴。著有《黑叶猴王国探险记》《金丝猴的特种部队》。

2001年

- 8月，应邀赴南非访问和交流，考察野生动植物。

- 4月，在四川北川、青川考察川金丝猴、大熊猫、羚牛。8月，应邀访问英国、挪威、丹麦、瑞典，由挪威进入北极圈。著有《谁在跟踪》。

2003年

- 7月，横穿中国，由北线走进帕米尔高原，寻找雪豹、大角羊、野骆驼。路线是：甘肃河西走廊→罗布泊边缘→从北线再次穿越柴达木盆地到花土沟油田→回敦煌（原计划进入阿尔金山国家级自然保护区，未成行）→库尔勒→第三次穿越塔克拉玛干大沙漠→托木尔峰→伽师→帕米尔高原→红其拉甫。10月，在重庆金佛山寻找黑叶猴，到沿河土家族自治县再探黑叶猴。著有《走进帕米尔高原——穿越柴达木盆地》等。

2005年

- 1月，考察深圳仙湖植物园。5月，考察江苏大丰麋鹿国家级自然保护区。7月，二上青藏高原。探险黄河源、长江源、澜沧江源。由青海囊谦澜沧江源头和大峡谷至西藏类乌齐、昌都、八宿（怒江上游），再至云南德钦、丽江、泸沽湖。沿三江并流地区寻找滇金丝猴。10月，在广西考察白头叶猴。11月，至海南，再次考察大田坡鹿、红树林生态变化。著有《掩护行动——坡鹿的故事》。

- 3月，考察砀山。4月，在高黎贡山寻找大树杜鹃王，终于得偿心系二十一年的夙愿。一探怒江大峡谷，但因大雪封山，未能到达独龙江。6月，在湖北石首考察麋鹿。7月，再去江苏大丰考察麋鹿。8月，三上青藏高原，探险林芝巨柏群、雅鲁藏布江大峡谷、珠穆朗玛峰国家级自然保护区。著有《圆梦大树杜鹃王》《峡谷奇观》《麋鹿回归》等。

- 8月，横穿中国，由南线走进帕米尔高原，考察山之源生态、风土人情。路线及主要考察对象为：青海柴达木盆地、察尔汗盐湖→可可西里→雅丹地貌→花土沟油田→翻越阿尔金山到新疆若羌→第二次穿越塔克拉玛干大沙漠→帕米尔高原。10月，随中国作家代表团访问南非、毛里求斯、新加坡。著有《鸵鸟小骑士》等。

2000年   **2002年**   **2004年**

380

2007年

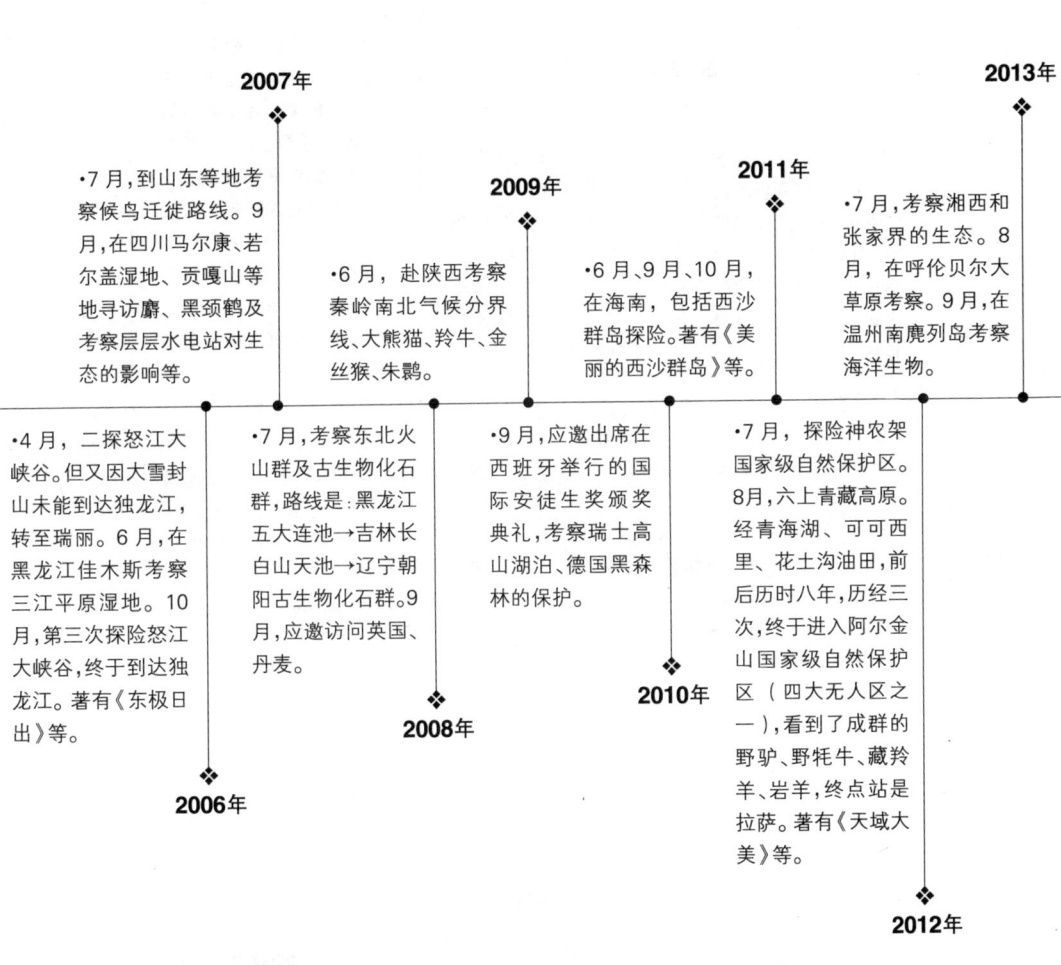

•7月,到山东等地考察候鸟迁徙路线。9月,在四川马尔康、若尔盖湿地、贡嘎山等地寻访麝、黑颈鹤及考察层层水电站对生态的影响等。

2009年

•6月,赴陕西考察秦岭南北气候分界线、大熊猫、羚牛、金丝猴、朱鹮。

2011年

•6月、9月、10月,在海南,包括西沙群岛探险。著有《美丽的西沙群岛》等。

2013年

•7月,考察湘西和张家界的生态。8月,在呼伦贝尔大草原考察。9月,在温州南麂列岛考察海洋生物。

•4月,二探怒江大峡谷。但又因大雪封山未能到达独龙江,转至瑞丽。6月,在黑龙江佳木斯考察三江平原湿地。10月,第三次探险怒江大峡谷,终于到达独龙江。著有《东极日出》等。

2006年

•7月,考察东北火山群及古生物化石群,路线是:黑龙江五大连池→吉林长白山天池→辽宁朝阳古生物化石群。9月,应邀访问英国、丹麦。

2008年

•9月,应邀出席在西班牙举行的国际安徒生奖颁奖典礼,考察瑞士高山湖泊、德国黑森林的保护。

2010年

•7月,探险神农架国家级自然保护区。8月,六上青藏高原。经青海湖、可可西里、花土沟油田,前后历时八年,历经三次,终于进入阿尔金山国家级自然保护区(四大无人区之一),看到了成群的野驴、野牦牛、藏羚羊、岩羊,终点站是拉萨。著有《天域大美》等。

2012年

2015年

•3月,在南海考察珊瑚。8月,在宁夏考察贺兰山、六盘山、沙坡头、白芨滩、哈巴湖自然保护区。著有《追梦珊瑚》《一个人的绿龟岛》等。

2017年

•4月,考察安徽芜湖丫山国家地质公园。5月、6月,考察黄山九龙峰省级自然保护区。7月,考察青岛滩涂海洋生物。8月,考察九龙峰省级自然保护区。11月,考察四川攀枝花苏铁国家级自然保护区、宜宾金沙江和岷江汇合处、重庆嘉陵江与长江汇合处。

2019年

•4月,在牯牛降考察云豹的生存状况。10月,在福建、广东考察海洋滩涂生物。11月,在黄山市徽州区考察中华蜂的保护状况。

2014年

•3月,在云南、贵州考察喀斯特地貌的森林和毕节百里杜鹃——"地球彩带"。

2016年

•7月,在英国考察皇家植物园和白崖。9月,考察黄山九龙峰省级自然保护区。10月,考察长江三峡自然保护区、恩施鱼木寨、水杉王、恩施大峡谷。

2018年

•2月,重返高黎贡山,终于亲眼一睹盛花时节的大树杜鹃王。3月,在当涂考察蜜蜂养殖。5月,到雷州半岛考察海洋滩涂生物。8月,考察长江三峡地区生态变化。9月,到昆明植物研究所考察。12月,在高黎贡山考察沟谷雨林和季雨林。著有《续梦大树杜鹃王——37年,三登高黎贡山》等。

2020年

•10月,应邀去江西横峰讲课,同时考察那里的生态。